地下人

THE UNDERGROUND MAN

黄金明 著

SPM
南方出版传媒
花城出版社
中国·广州

图书在版编目（CIP）数据

地下人 / 黄金明著. -- 广州：花城出版社，2018.11
ISBN 978-7-5360-8747-7

Ⅰ. ①地… Ⅱ. ①黄… Ⅲ. ①科学幻想小说－中国－当代 Ⅳ. ①I247.5

中国版本图书馆CIP数据核字（2018）第233511号

出 版 人：詹秀敏
责任编辑：黎　萍　夏显夫
技术编辑：凌春梅
封面插画：姚泰延
装帧设计：姚泰延

书　　名	地下人
	DI XIA REN
出版发行	花城出版社
	（广州市环市东路水荫路11号）
经　　销	全国新华书店
印　　刷	广东新华印刷有限公司
	（广东省佛山市南海区盐步河东中心路23号）
开　　本	880 毫米×1230 毫米　32 开
印　　张	11.375　1 插页
字　　数	280,000 字
版　　次	2018 年 11 月第 1 版　2018 年 11 月第 1 次印刷
定　　价	45.00 元

如发现印装质量问题，请直接与印刷厂联系调换。
购书热线：020－37604658　37602954
花城出版社网站：http://www.fcph.com.cn

目 录
CONTENTS

第一章　胶囊公寓　／　1
第二章　寻我记　／　50
第三章　实验室　／　76
第四章　蝉人　／　119
第五章　看不见风景的房间　／　157
第六章　倒影　／　226
第七章　小说盗　／　289

附录：
小说与现实（创作谈）　／　350

第一章　胶囊公寓

往事与记忆犹如淤泥中面目模糊、牙齿闪光的鳄鱼及其猎物在时间沼泽中沉没，我如实记录每天目睹的事实，以提醒自己有的东西不应遗忘。

——陆深题在日记本扉页上的话

二〇四五年九月一日

明天我就要去海葵胶囊公寓上班了。这是我的第一份工作。我买了一本笔记本，打算好好记录这段生活。

在二〇四五年还用笔写日记的人怕是不多了。我是不可救药的保守主义者。我生活在科技日新月异、崇尚速度与效率的新时代，而怀念古典时代的颓旧与缓慢，尤其是手工艺及其制造物在暮色中透出来的微光与朴素。相对于每天层出不穷的新奇事物——譬如微型机器人、3D打印机（这种发端于本世纪二十年代初的机器经过科学家近五十年来的努力，已能直接打印出人的肉体、思维及灵魂），更新到第一千代的苹果手机——我更迷恋过去的事物，譬如在世纪初仍在果城上空昙花一现的瓦蓝天空及火烧云，在果城及其郊外消失的河流、树林、野草乃至泥土——土地全被混凝土覆盖了，果城就像一个长满了楼房肿瘤而全身裹着混凝土外套的巨人——即使是最悲观的生态主义者，也没想到大自然会以如此快的速度崩溃如报废的机器（我从文献及录像资料中领略过大自然的美但已破碎乃至湮灭，只恨出生太迟）；譬如我坚持用手写字，坚持写日记。我喜欢白纸黑字。这不仅给我带来视觉上的奇妙享受，字纸以及所承载之物，也更接近事实或就是事实。在人工造物将自然之物全面替代之日，那些让人眼花缭乱的新事物（譬如克隆人、电子书以及网络的虚拟社区）带来的虚无感让人恐惧。我在万花筒般疯狂旋转的世界里捕捉着真实感。

我固执地认为，写日记只能是手工作业。利用纸与笔，每一个字都出自手写。这是我存在的证物。我认为博客或微博跟写日记不是一回事，正如机器批量生产的宣纸跟古艺宣不可同日而语。

二〇四五年九月二日

今天是我第一次上班。我在海葵胶囊公寓谋了一份管理员的差事，身份卑微，职责烦琐，大致相当于门岗、保安、杂役等等之总和。

据说三十年前，胶囊公寓还是新生事物，仅在果城郊外有零星出现，如今已成为单身公寓的主流。市中心正在兴建一栋占地九万平方米、高达一百三十五层的高档胶囊公寓，该公寓落成后可以解决七十万人的居住问题，乃是本城十大房产商之首创造集团本年度力推的主打楼盘。海葵公寓的规模只算中等，占地七千平方米，高五十五层，上面四层是公共活动空间，辟有休闲、体育、购物及娱乐等场所。第五十一层是"海葵"高层的办公场，其余楼层皆是胶囊公寓区，每层有五十个单元，分成ABCDF五个管理区域，每个单元建有五十个"胶囊"，即微型房间。通常，每个胶囊房宽七十厘米，长和高都是两百厘米。特制的胶囊床可躺、可卧、可坐，当然主要是用来睡觉。

床头可做凳子,一个小隔板可放电脑,可上网看电视,有电灯,有电视插口、宽带口、插头等等,总面积不到两平方米。没有任何形式的窗口。胶囊的六面均连接着统一规格的胶囊,密如蜂巢。单元之间的过道倒有铝合金窗子,一天之中,视季节不同在特定时刻可以看到阳光,蓝天或云彩就甭想了,铺天盖地都是灰霾。胶囊房装有防盗网,这是神来之笔。每间胶囊房的月租金在两百到三百元之间。入住胶囊的都是衣冠楚楚的白领或知识阶层,防盗网却让大家倍增安全感。间隔墙、天花板及地板都用特殊材料建成,通气孔做得很巧妙,看上去好像不存在,整座大楼全被中央空调系统覆盖着,隔音、防火、隔热及私密性都很好,这也是全城胶囊公寓的基本特征之一。

据说果城的胶囊房都差不多,材料有档次,工艺有高下,但大小及功能都差别不大。"海葵"的配套设施很完善,每一个单元都设有公共卫生间、洗浴室、洗衣房等,但没有厨房,肚子饿了可以叫外卖或到本楼的餐馆享受美食。整栋大楼遥望像一座圆形堡垒,采光靠照明,通风有空调,密如蛛网、纵横交错的大小通道将各个胶囊房、单元、区域以及上下层连成一体,并通向中央通道的电梯。其中的动脉应是电梯,也是跟外界联系的唯一出口。本大厦设有中西餐厅、酒吧、咖啡馆、超市、歌舞厅、健身房、发廊、沐足室、桑拿房等足以佐证金钱魔力的场所,这给海葵集团带来了滚滚财源,而公寓业务仅占集团业绩的一部分。这也是果城每一座胶囊公寓之风尚。

作为"海葵"第十二层C区的管理员,我的"势力范围"是本区十个单元共五百间胶囊。我的日常工作是坐在本区大门口,密切监控着进出的房客以及其他可疑情况。公寓规定房客必须凭磁卡出入,闲杂人等休想进门。我的角色除了门岗、监控者之类,偶尔还得应房客的要求,换一换电灯泡,一旦有风吹草动得及时处理并汇报上级,说白了就是守大门。我跟本单元五百名房客的联系隐秘而微妙,怎么说我也是管理者。本岗位由三人负责，三班倒，八小时轮岗一次，滴水不漏，休想有一只苍蝇飞过而逃脱我们的眼睛。在该楼层，同时有五个同事跟我做着相似的工作。本楼层房客约有二千五百人。管理员跟水工、电工、清洁工等，有八九十人，我们共同的上司是秦美韵主任。

秦主任的办公室至少有二十间胶囊房大吧。她坐在一张镶嵌着皮革的大吧桌后头，墙上挂着一幅大雪山的摄影，办公桌前放着一张木椅，专供来访者就座，那当然是下级或普通人士。我很讨厌这个位置。房间还摆着一套布艺沙发，几上有一套茶具，屋角摆放着几盆绿色植物，生机勃勃，好像是凤尾蕉或什么名贵的阔叶植物。其价值不仅在于奇花异草，还在于花盆上堆垒的黑亮沃土，这个很重要，这也是果城成功人士的必备之物。尽管科技发达到草本植物如花卉、浆果之类，均可无土栽培，但泥土变成了身份的标签，犹如古代人玩和田玉或紫砂壶。因为泥土很珍贵，在果城越来越稀罕了，果城地表几乎全被混凝土覆盖掉了，普通人即使买得起花卉，也是一"尘"不染。

秦美韵是个中年妇人，健硕高大，却神情冷淡。我今天下午报到就是她接待的，她从头到脚打量了我一下，目光像冰锥穿透我的心底。我脊背一阵发冷。她递给我一个胸卡、一把钥匙及一本小册子。胸卡上贴着我的大头彩照，标着我的编号及姓名拼音缩写：HK12CLS。这算是上岗证。她挥了挥手，说："该管的一定要管，不该管的不要多事。"我正想问哪些该管的、哪些不该管，她说："小册子上写得很清楚，关键是要服从上级安排！"

我赶紧离开了。像秦主任这样的小头目，本公寓数以十计，有什么好神气的。在五十个楼层主任之上，还有十二太保、四大秘书，之上是海葵公寓管理处处长高大伟。在高处长之上，还有集团董事长哩。

第一章　胶囊公寓

今天我没见到高处长，也没见到任何一个太保，倒在第十二楼的主通道上遭遇了高处长的四大秘书之一牡丹。她打扮新潮，挺胸翘臀，是个大美人，但她斜着眼睛瞧人，好像她是稀世之珍。

我的办公室与其说是个房间，不如说是个圆球状的巢穴，但顶得上两个胶囊房，该知足了。门口挂着一个牌子：第十二楼C区管理室。室内挂着一个石英钟，有一张办公桌，有一张椅子，弧状的四周安装着数十个闭路电视屏幕，难以计数的摄像头将本区纵横交错的大小通道上的一举一动都现场直播，并汇总到上头里去。至于胶囊房内的情况纯属隐秘，受到法律保护，那就不是我该管的了。我的重头工作就是守在本区门口，有可疑情况马上得采取措施，必要时汇报上级或摁响报警器。公寓的大门口及大堂均装有闭路电视，所有进出大楼的人都暴露于摄像头之下，再加上每一层每一区的严密监控，守卫森严，水泼不进。

我是在下午四点报到并上岗的，没见到本区十个单元的房客进出，可能都上班或外出去了。直到下午六时起，才见有人陆续返到本区。其中最迟一位是HK12C1—38房的柳曼曼，当时墙上挂钟的指针指到了午夜十一时五十分。我到凌晨零点就要交班了。驻守本岗位的共有三人：魏礼、贾宁和我，轮流三班倒。早班八点到十六点的美差不会轮到我。我对十六点到二十四点的值班段没意见，倒庆幸不是零点至八点那班，那是魏礼的。据说他一上岗值的就是这班，习惯了，不想换。反正我是夜猫子。我每天夜里都要写日记，第二天就起不来。作为果城第二大学中文系的毕业生，我也算是笔耕不辍。自从去海葵公寓上班后，恐怕每天记的，多是昨天的事了。譬如今天记录的，实是昨天之事。

作为管理员，上头要求，我必须尽快熟悉房客。抽屉里有一本花名册，姓名、房号都在上面，还贴着彩色证件照，当然事涉隐私，不可能更详细。但五百号人，看得我眼花缭乱。男女老少都有，我本以为单身公寓居住的必是年轻人，没想到这些单身者不少已年届不惑乃至步入老年。女房客中，有好几个从照片上看，有几分姿色，但证件照也看不出啥名堂。

我在临交班之前，本C区五百名房客除了三位没见回来，有可能到外头去了，也可能压根儿就没出门。我用铅笔在这三个名字上圈了圈，也就剩下他们没将真容跟照片对照察看了。快下班了。我的家当然不在"海葵"。我居住在西城一家叫"四季"的小型胶囊公寓，只有九层，夹杂在四周巨无霸般的高层胶囊公寓及富人优雅的独立公寓中，早晚要被大房产商推倒重建。

二〇四五年九月三日

昨天有不少事还没记完，今天接着记。昨天我上班时接替的是贾宁，他握着我的手，使劲地摇，说："你就是陆深吧，热烈欢迎——"他一溜烟跑了。我值班中的前两个小时，C区仿佛是一层空楼，静得让人发慌，毕竟有十个单元五百个房客的啊。办公桌抽屉里有一个硬皮抄，正好用来记日记。接我班的魏礼很准时，他约莫三十岁，个头不高，一张圆脸笑容可掬，人也精神，没有那种经常熬夜的倦怠。我的前任不知是谁，为何要离开，又到了哪儿呢？管他呢。

今天依然如昨日，值勤时没见有人出门。料想要见到房客，也必是傍晚之后了。我将《管理员守则》抄录在日记本上，以加强记忆：

一、不得擅离职守，做好查岗工作，进出认证不认人，不得让无证者包括房客入内，（我在此条下画了道红线，莫非有证者不管是不是房客即可进出？）服从命令，不得顶撞上级；

第一章 胶囊公寓

二、不得迟到早退，无故旷工者，视情节影响轻重不等，分别以记过、处分、开除等论处，情节特别严重或造成重大事故及恶劣影响者，移送司法机关追究其刑事责任；

三、不得性骚扰女房客；

四、不得接受房客的礼物或现金，如有必须上缴管理处，否则一经发现即以受贿论处；

五、不得跟房客有暧昧关系乃至发生男女作风问题，譬如公然勾肩搭背、打情骂俏乃至无故在客房作长时间逗留；

六、不得做一切有损害本公寓形象的言论、行为和事情；

七、要提高警惕，擦亮眼睛，眼观六路，耳听八方。一旦遇到紧急情况，必须及时处理并摁报警器，必须及时消除一切有可能危害本区域乃至本公寓的隐患，尤其是要警惕敌对势力的破坏活动并将其扼杀在摇篮之中，以确保本公寓的安全；

……

这些条文夹搅缠绕，让我哑然失笑。禁令很多，尤其是跟房客的接触之类，有的太啰唆，有的又语焉不详乃至含糊其辞，即使要严格遵守也无从下手。这些守则多数不难熟记并遵守，尤其是对于多达六十条的《房客守则》而言。我又将《房客守则》抄录如下：

一、不准随地大小便；

二、不准改变公寓的性质及用途，不得转租，不得改变公寓内外的结构、形状及摆设，譬如往墙上钉钉子之类皆属违例；

三、为确保本公寓安全，房客凭证出入，不准擅自带外人留宿；

四、不准携带管制刀具、枪械、易爆易燃物品等进出本公寓；

　　五、不准养各类宠物，包括犬只、蜥蜴、迷你猪及攻击性强的微型机器人；

　　六、不准做一切违法乱纪的事情，譬如聚赌、淫乱、吸毒等，一经发现必开除租住资格并扭送到派出所处理；

　　……

　　六十、房客必须服从本公寓所有管理员的管理，但管理员如有无理要求或出格行为可向管理处投诉。投诉电话是：020—876543××。

　　在果城，胶囊公寓大同小异，其房客守则亦相互抄袭，有点像本世纪初的文学作品或"送子观音人造人公司"生产的克隆人，面目相似，千篇一律。不过，规章制度强调道德训诫及思想行为之约束，无须有何创新或文采，正如本土两千年以来的学术界之现状，大房子里建小房子，无甚新意，但很有力，有强大的稳定性。

　　今天，我将房客的姓名、门牌号对应起来，记诵了好几遍。我跟大多数人打了照面，记住了不少人的模样。人数太多了，仍不得要领。看来，我不花十天八天，不可能全对上号。我数来数去，发现有一位房客仍没见到庐山真面目，那就是HK12C1—12房的女房客。我记住了她的名字：呼延莲花。

二〇四五年九月七日

　　今天是周末，我仍要值班。我在海葵公寓上班快一周了。这几天风平浪静，我在工作上得心应手。我每天就是进入公寓（当然我也要凭证出入），在大堂坐电梯来到十二楼，经过一段迷宫般的通道，

第一章　胶囊公寓

七弯八拐，来到C区的工作间，然后坐在办公桌前，瞄两眼寂静无声的本区域内外，时而看一下寂静的监控录像。前几天写日记时还有点新鲜感，也很有激情，今天便略觉沉闷。

此刻，我又想起了那个女子。那个陌生人。那个我不知道姓名也没有联系方式的女孩。我跟她除了有过流星坠地般短促的相聚，对她一无所知。但我记得跟她相遇的那个日子、天气、场景以及空气中弥漫着不知从何处飘来的广玉兰花香（这种曾一度遍布果城大街小巷的著名花树，我童年时还见过几株，如今踪迹全无），跟她气息相混淆的味道——而主要是她的脸，像莲花瓣浸润着秋天明亮的阳光，也许还有淡蓝天色映在她的脸颊上（这仅是我的想象，果城三十年来已见不到哪怕是一块巴掌大的蓝天了）。是的，除了用干净的莲花，我找不到更恰切的事物来形容她的容颜（那个我尚未谋面的女房客之芳名，从我脑海一掠而过，犹如蜻蜓点水）。当我远离烦扰，内心澄明，心中总是浮出她沉静而清丽的面容。

当时，我在万叶堂前面的小广场上，望着万叶堂上修建于数百年前精美绝伦的砖雕，赞叹不已。作为岭南古建筑艺术的集大成者，乃是硕果仅存，我对过去事物有天然的亲近感。不要说像这样的建筑物已成绝响，就是本世纪一二十年代初遍地皆是的商品房也不多见了，大多数被拆除建起了胶囊公寓；一些漏网之鱼，零星散布在有钱人的独立公寓及胶囊公寓之间，犹如茫茫大海上的孤岛，早晚要被新一代房产商开发胶囊公寓的狂潮淹没。除了豪门贵族拥有独立公寓乃至别墅，普通人家有几个买得起房子？

秋风将尘埃吹起，万叶堂前的游客稀稀拉拉，小广场显得空旷而孤独。一个年轻女子在玩"跳房子"游戏，它属于遥远的年代，多年来已销声匿迹。那些笔迹粗疏、浅淡白线构成的小房子图案，每一格都写着阿拉伯数字：1，2，3……一共有十格，这些方格象征着古代的房子,而这个游戏也洋溢着怀旧的气息。她弯着腰,抬起右脚,仅靠左脚尖小心将一小块瓦片踢进房间里去,逐一踢遍,然后便可双脚跳跃,在两间房子之间来回跳动,直至将所有房子全跳完并占取。她长发飘荡如旗,穿着蓝底白花的长裙,脚穿雪白球鞋,双腿在房子间跳跃,轻盈如鹿,裙裾随着双腿的起落而旋转,头发千丝万缕,如青纱掠过她的脸,又拂过身后。广场也是上个世纪的产物,由青石板砌成。那些白线条画成的房子,其线条看来也出自那块旧瓦片。在果城,要找到这样的瓦片,比寻找玉石或古瓷还要难了。

那个潦草而简洁的房子图案,在刹那间将我带回了童年。二十年前,父亲还津津乐道于其孩提时玩过的几种游戏,其中就有"跳房子"和吹蒲公英。父亲还兴致勃勃地在纸上画出了跳房子的图案,讲解了玩法,但我没有玩过。他们是这些古老游戏的最后一代玩家,很快就在时光沼泽中沉没。即使你还有这个闲情,但到哪儿找蒲公英去?不要说找一株野花,在这个时代,就是一抔泥土也难觅踪迹了。

她看来很年轻,嘴角带着浅笑。阳光如白色花在她的身体、脸上怒放。她屏气凝神,专注地去玩这个游戏,仿佛天地间只有她一个人,没有任何东西能影响她玩好这个游戏。汗珠从她的鼻尖沁出,脸红扑扑的。我看得痴了。我凑过来,脑海里接二连三地涌出了电影上跟女仔搭讪的情景及台词:"靓女,我请你喝一杯好吗?""达令,你真性感!""天啊,我居然遇见了梦中情人我不是在做梦吧——"诸如此类,但太酸了,也不应景。我性情胆怯,心中叫苦。我最想说的就是:"你跳得太好了。"但我一个字也吐不出来。她似乎没留意我的存在,长发一扬,用手将额角的汗珠拭去,将搁在路边的小挎包拎起来,往肩膀一挂,就往路边的地铁站走去,像一尾鱼卷入了人流汹涌的漩涡。

我不由自主地跟上去。我几乎嗅到了她身上的香气,有新鲜植物的味道，但说不出是哪种植物。我一阵恍惚，不知是沉醉还是慌张。在地铁里，她瞄了我一眼，似乎还笑了笑。我依然鼓不起勇气跟她搭讪。她至少有一米七吧，而我只有一米六，站在她身旁，就像白雪公主身边的小矮人。地铁过了九个站，到了豹子岭站，她下车了。我也跟着出去，她出站后走了两三百米，前面出现了一栋高大建筑物的阴影，将我跟她的身影都遮掉了。她忽然伫立，转身，冲着我嫣然一笑。她的手搭在我的肩膀上，以脚跟为支轴，身体倾向我，状如斜塔，她的嘴唇恰好触及我的嘴角。她噘起嘴，轻轻一吻，然后走进了那座高大建筑物的入口。我全身酥软，甜蜜得像一块糖在高温下融化，又像是血液凝固，全身僵硬。理智告诉我，必须马上追上去，至少让她停下或问她要个电话之类，但是我什么也做不了。我们一句话也没说。

我眼睁睁地望着她在那栋圆柱状的建筑物里消失了。那就是海葵胶囊公寓。她是公寓的房客？管理员？还是偶遇的来访者？我恐怕丧失了进一步了解的机会。我向来是悲观者。我迷恋过叔本华的哲学、里尔克的诗歌和普鲁斯特的小说。童年是我的祖国。我常沉浸于一个依赖记忆、经验和冥想构筑的世界。我有怀旧癖。过去年代的事物给我带来的现实感犹胜于当下，而我对未来世界更一片迷惘。

此后，我再也没见过那个玩跳房子游戏的女子。快一年了吧。她当时为什么要吻我？又为什么念头而驱使？我再愚钝也知道她对我有好感，甚至有进一步发展的可能。说不定，她也后悔当时没问我要电话，也可能像我一样在茫茫人海中找寻呢。正是这个心酸而甜蜜的想法，使我自以为拥有了不可遗忘的记忆，甚至拥有了一个失散的情人。我多次去万叶堂及海葵胶囊公寓门前溜达及张望，但一无所获。这符合我的偏见：奇迹永远不会降临于一个多愁善感的人。只要见到她，不管她的发型、服饰乃至肤色有何改变，我都能于刹那间将她认出来。我在脑海里无数次温习过她的形象并镂刻于心头。

毕业后，我选择海葵胶囊公寓工作，恐怕也是因为她。海葵公寓在果城算不上高档，但待遇还不错，以广揽人才、管理科学、升迁机制畅通而闻名于业界，入职门槛颇高。据说招一个清洁工，也要海葵集团董事长拍板签字。当时竞争很激烈，我如愿以偿了。我跟她重逢的机会不大乐观，至于见到了又如何，则无暇细想。

我对该公寓的配套设施尤其是影剧院抱有好感。我居住的公寓，廉价而低档，除了一个小士多，并无类似商店及餐厅，更无舞厅及影院之类的娱乐场所。在上班时间，我因工作需要，来到海葵公寓，又不得擅离岗位；一下班就得离开。我不是房客，就没有资格随便进出，更不准涉足于只对房客开放的有关场所。这有点像会员制俱乐部。管理处以空间逼仄为由，也将来访者一律拒之门外，严禁在胶囊房内会客。来者可以约房客在外头会面。因此，海葵公寓以管理高效严密著称，没听说闹出过什么乱子。房客虽有不便，但为了安全计，亦鲜见怨言。我一直怀疑公寓并非其对外宣传的固若金汤，毕竟是一个逾十二万人的庞大社区，但其封锁消息的本事怎地了得，密不透风。

今天，我跟魏礼交班时，他跟我透露了一个消息，说 HK12C1—23 房的男房客李锦跟 HK12C1—24 房的女房客方秀惠好上了，两人互相串门，进进出出，常常将门一关，就待上半天不出来。他说得眉飞色舞："干柴烈火，还能干出什么事来？爱也好，性也好，这种事情谈不上崇高，也说不上低俗，乃是人之本性，也没有违反房客守则，我也就睁一只眼闭一只眼，只要不将胶囊房搞塌，我是懒得去管的，呵呵。没想到，李方二人居然是认真的，还打算去领结婚证，而拿证之前的一个重要事项就是企图将两家合为一家，将两个胶囊房之间的间隔墙拆除。他们跑来跟我说，我说：'那绝对不行，这不就违反了守则第二条了吗？如果每一对勾搭成奸的野鸳鸯都有样学样，那整座公寓不都变成一个空心公寓了。'方秀惠插嘴说：'我们不是野鸳鸯，他未娶，我未嫁，可是正大光明要结婚生仔的——'我厉声说：'如果有了小孩，就要被扫地出门。本公寓向来只提供给单身者居住，素无已婚人士，所以你们甭跟我谈结婚生仔——'"

魏礼当时将情况向秦主任反映了。秦主任找李方二人做思想工作。李方二人大气不敢出，垂头丧气地离开了秦主任的办公室。

"那他们怎么办？"我问魏礼。

"这种情况也不是第一遭了，"魏礼笑道，"要想尽情驰骋，只能省吃俭用攒钱去外头找酒店开房了。"

二〇四五年九月八日

昨天我又想起了那个玩跳房子游戏的女子，并由此想到了HK12C1—12房那个叫莲花的女房客。从我来到"海葵"至今，我有一周没见过她从房间走出来，也没见她走进去。这几天她好像压根儿就没在公寓活动。我这是有根据的说法，都问过魏礼和贾宁了，也调了这几天的摄影录像来看，均无发现。魏礼说她怕是出远门了吧，据说也是娱乐圈的人哩。贾宁曾从九月一日凌晨四点的录像资料中找到她回家的记录（当时我尚未上班），她脸红如胭脂，双脚有点晃，可能是喝高了。在十二楼C区，不少人都知道她是一个女酒徒。此后，一直没见过她出门。

我嚷道："糟了，都七八天啦。即使是她要绝食，也要玩完了。"我跑到HK12C1—12房拍打防盗门，边拍边喊："莲花，莲花——"我想着再拍而没人应答，我就要动用钥匙卡了，管理员手上的万能钥匙卡，必要时可以将辖区内的房间打开，而查房本来就是例行公事。

地下人

房门开了一条缝,有个女子探头出来,她发鬓散乱,眼布红丝,衣衫不整,除了脸色有些憔悴,也无甚异样。之前我没见过她。

"你是谁?撞鬼啦你——"她骂道,"又拍门又鬼叫的,我要叫管理员了。"

"好几天没见你进出,还以为出事了。"我指了指胸卡,表明身份。

"你这小保安良心倒不坏!"

"你没事就好。"

"那几箱快食面和矿泉水都搞掂了,你快去帮我叫个外卖吧。我的剧本就要完工了,等晚上我请你吃顿好的。"

"我晚上要值班啊,不能陪你吃饭。"

"那去吃消夜好了,"她笑着说,"难道我不会等你下班吗?我们去外头找个安静的小酒馆。"

我打电话去公寓的餐厅,让人给她送了个烧鹅套餐。我下班后,走出公寓大门口,发现她已站在路边等我。在果城,九月常有"秋老虎"反扑,气温不低,但今天有一小股冷空气南下,就有点秋风吹梧桐的感觉。她穿了件长袖衫,英姿飒爽。

她扬手打了一辆的士,拉我进了车。的士走上内环路,穿越滨江路,到了沙面的红玫瑰法国餐厅。我捏了捏钱包,心里叫苦,我一个月的工资怕也吃不了两顿法国菜哩。莲花带我入席,显得轻车熟路。夜已深,餐厅内人不少,却很安静。光线暗淡,烛影摇红,莲花笑逐颜开,说:"我的新剧本今天大功告成了,手艺活还不赖。那是一个女艺术家寻找艺术和爱的故事,有肉体又有灵魂,不是我夸口,拍成电影会很好看的,算啦,改天我再说。累死了,可得好好吃一顿。小保安,你叫什么名字——呵呵,陆深——你倒挺会帮衬的——"我读过《卖油郎独占花魁》,晓得"帮衬"之意,知道她用的是古义,而不是今天的粤方言之意，不禁脸上微热。莲花点菜，拿酒，大呼酣战，大快朵颐，说："我闭关写作了七八日，就靠着水和快食面度日，现在总算狠狠补偿了一笔。来呀，干杯！"我跟她连干三杯，有点不胜酒力。她幽幽说："我在海葵公寓住了一年多，这样闭门不出的时候，也不是一次两次了，何曾有人关心我？谢谢你。你真对我好，我会加倍对你。"她摸我的手，酡颜嫣红，真是个可人儿。刹那间我脑海浮现出那个玩跳房子游戏的女子，我的手立马僵硬了。

"瞧将你吓得——"莲花笑着放手，说，"走吧。"我提出要打车送她回去，她豪迈地嚷道："本姑娘独来独往惯了，也是老江湖了，自己走，我也不送你，再会！"

这是发生在昨天的事（当然，严格来说，也算是今天凌晨，起码横跨了两天），由于昨夜搞得太晚了，昨天的事就只能今天补记。我偶尔也在办公室写日记，又怕被别人发觉不好，尤其是随着日记渐多，涉及同事及房客，还是小心为好。我多是回到四季公寓才写。每天下班均在零点之后，我记录的往往是昨天的事，有时也分不清是今天还是昨天。

二〇四五年九月十六日

上午九点，秦主任在十二楼的会议室召集了本层全体员工开会，这是每月一次的例会，通常在中旬召开，本楼层 ABCDF 五个区域的管理员（包括现岗及休班的）、清洁工、水电工等杂役都得参加，将近百人。这支队伍要管理本楼层五十个单元的二千五百间胶囊房，算得上精兵简政。秦主任照本宣科地重申了一遍管理员守则及职业道德之类，总之要求员工上岗要认真负责，有集体主义荣誉感及团队合作精神，不要因为没事就松懈了。我是第一次看到本楼层的大多数同事。我跟魏贾二人共同负责 C 区的十个单元，三人轮流值班，就像是同一个人的三个化身。这种感觉很不好。我跟他们不是同类。

在例会上，秦主任说了一件事，就是 B 区第四单元 HK12B4—24 房的周伯养了一条大蟒蛇作为宠物。看来不是一天两天了，也不知道他是如何带上来的。前天，周伯出门后，清洁工小张去收拾房间，发现那个骇人的家伙通体金黄，盘在床头上，昂起头来，冲她吞吐着分叉的舌头。小张吓得大叫一声"妈呀"，将笤帚及畚斗一扔，夺门而逃。《房客守则》严禁房客养宠物，相关的管理员必须将宠物清理出本公寓，管它是蛇鼠还是狗狼。比起之前第九层发生的一桩命案以及第三十七层发生的聚众淫乱之事，本楼层发生的事算不了什么。但也不能大意，必须引以为戒，将潜在的险情或事故扼杀在摇篮之中。

散会后，我通过众人讲述总算将那些事情拼凑了出来。第九层有个女房客有晨练的习惯，但昨天不见起床，管理员觉得奇怪，先是敲门无人应答，继而用万能钥匙卡开门而入，发现一个赤身露体的陌生男子死在胶囊床上，女房客不知去向。据调查，死者并非本公寓的房客，其身份有待进一步证实。但管理员调遍了相关录像，亦不见有该人进出本公寓的画面，线索有中断之虞。

昨夜，第三十七层的一个胶囊房在剧烈摇荡，像飓风中的小船在波涛上颠簸，将四周上下的六间胶囊房摇撼得如风暴中的果实。房客还以为发生了地震，惊诧之下速报管理员。管理员一查，才发现一间不到两平方的小房间里，居然有三男三女在疯狂淫乐。好不容易腾出的方寸之地上，摊开着一册大十六开本的彩印《中国古典秘戏图全集》，那伙人在一一对照着图上那些千姿百态、匪夷所思的高难度动作去操练，被管理员破门而入，抓了个现行。在二〇四五年，性解放及女权主义大行其道，但场面火爆如此，也算罕见。当然这也算不上什么大罪，一般不会处分，但罚以重金是免不了的。

第一章　胶囊公寓

秦主任通报时，强调说这种丑闻涉及商业信誉及本公寓的利益，均属机密，不可泄露，违者必重责。我知道类似事件不独在海葵公寓发生，在其他公寓也屡见不鲜，尽管官方传媒从不见报道，但在网络及民间总是传得沸沸扬扬。

通常，我在海葵公寓吃晚餐，管理员的用餐时间有十五分钟。尽管公寓管理严密，但毕竟不是军事化单位，说是三班倒，每时每刻都有人守在岗位上，管理员去洗个手什么的，还是允许的。至此，我才知道值班上均有小漏洞，守则虽写得详尽严苛，也不是没空子可钻，并非如管理处对外吹嘘的那样，一个蚊蝇也飞不进来。每次我不得不离开岗位，总是尽快赶回来，且仔细回放录像，以免有什么纰漏。当然，直到如今我尚未发现有什么可疑情况。

莲花有空会约我去玩。我平时不禁对莲花及其胶囊房多加留意。她才貌双全，阳光灿烂，我从心里不肯承认或抗拒着诱惑。我有了意中人。尽管我不知道她是谁，是否还有机会相见。一年多过去了，她在我脑海里的形象仍清晰如昔，有时又飘渺如蜃境中的仙女，仿佛不是现实中存在的人物。显然，她的影像也在逃离我的记忆，犹如那个在不断膨胀、变淡的圆月，飘过了月影下荒废果园的围墙。在昨夜的梦境，她竟跟莲花的形象重叠——一个是巧笑倩兮、玩跳房子游戏的天真女性；一是个大块啃咬着牛排、喝着红酒或黄酒的女编剧——她们都是给别人带来阳光的人，却形象迥异。陌生女子优雅、沉稳、内敛，她胸中藏着灿烂千阳，却散发着晨昏般的柔光，她压抑着内心的激情，犹如熟透的果实封存着甜汁。而莲花像这个时代罕见的野生植物，枝条茁壮，叶片肥硕，放肆而疯狂地生长，开花，无视果实的坠落——尤其是她的笑声——像峡谷冲出的一群猛兽，像秋日下野火焚烧的枯干草原——她从不压抑内心排浪般的激情和火焰。她们是同类而有着尖锐的个性，我有意忽略了一个事实——我对陌生女子的了解纯属臆测。而对莲花,我又能了解多少呢?但我满足于这种漫无边际而天马行空的狂想。这有助于我打发那冗闷的值班时间。有时我想,如果在海葵公寓找不到那个玩跳房子游戏的女子,在这里做管理员是否妥当,也许该考虑跳槽,譬如尝试从事网站编辑或图书出版?我不见得就输给莲花这类以码字为生的人。

时间到了午夜十一点,手机上传来莲花的短信:"陆深,你到我房间坐坐如何?"

"好是好,上班时间不便走开啊。"

"少啰唆,房客有事找你,这也是你的工作!"

我仍踌躇不决。她又发来:"没关系的,你快过来。哪有人像你整天木头一样坐在那儿?傻瓜!"

我走在过道上,尽量抬头挺胸,装作光明正大去巡房的样子。莲花的胶囊房跟我住的差不多,都不足两平方,但她布置得温馨而清新,两边较大的墙壁上,贴着巨幅摄影的图片——一幅是雾气笼罩的辽阔白桦林,一幅是如花似玉的原野,我仿佛听到风吹木叶的飒响及花草在风中飘荡的气息。这种图片在网上比比皆是,但所拍的都是过去的风景,随着六七十年来城市化的疯狂扩张,风景已成陈迹,很难在现实中找到对应之物了。她的胶囊床床头上,摆着一台笔记本电脑,旁边摆着一个碗口粗的木头墩子,上面放着一个微型金鱼缸,缸里养着一尾红色的小金鱼,它眼睛鼓凸,仿佛在打量着我。

"这鱼儿通人性哩,它有时会一眨不眨地凝视我,望得我心里发颤。它好像比我还孤独。"莲花说。

"你今天不用写东西?"

"我那个稿子完成了,本来就是应蒋学智导演写的。他是炙手可热的大导演,等这个戏拍出来,看来我想不名利双收都很难了。我还是第一次跟他合作呢。我对这个本子很满意,估计不用改,真要改,我宁愿撤回拉倒!这个稿子太好了。我捕捉到了冥冥中来自神灵的启示,甚至不是我在写,而是神在口述,而我只是在弥漫着神秘而肃穆的气氛中将其飞快地记录。我从没写过连自己也觉得满意的故事。我的运气不错,碰到了一个千载难逢的题材,又按照设想漂亮地完成了它。我在数天之内将潜能激发了出来,几乎耗尽了我的激情和能量,我的身体被掏空了。唉,每次写东西,我都全力以赴,在跟文字搏斗,不是我将它写好,就是它将我玩残。但此刻,我宁愿将它忘掉,我一个字也不想去改。我只想好好休息几个月。"

"你太累了。你去逛逛街吧,好好犒赏自己!"

"我在人群中更孤独,受不了,我宁愿躲在房间,让金鱼陪伴着我。我一个朋友也没有。"

她也会寂寞?她好歹也是娱乐圈的人。呼朋引伴,灯红酒绿,挥金如土,彻夜狂欢,乃至聚众酗酒、嗑药、淫乱,这就是狗仔队在八卦周刊提供的消息。

"我写东西,是为了对抗孤独,"莲花说,"用文字将内心的虚空排除出去。我以天才自诩,却算不上成功,尤其是拿赚钱来衡量的话。"

她抓住我的手,按在她胸膛上,说:"但你来了,我就开心了。你摸到了吗?一个女人的孤独……犹如冰块在融化成欢腾的浪花。"

她的脸挨着我的脸,嘴上的气息在吹拂。她的身体如深山百合散发幽香。她嘬嘴印在我的唇上。我身体滚烫,难以抗拒。我脑海突然冒出那个玩跳房子游戏的女人,身体如受符咒,于刹那间冷却。

"在二〇四五年,性早就不是问题了,"莲花说,"有问题的是爱。我们都性解放快几十年了,却爱无能。你好像活在上个世纪啊。"

"你相信爱吗?"

"那当然。要不我就不写了。人家编剧是挣钱,于我却是找寻爱的途径。"

"看来你没找到。"

"我找到了,或者说我懂了——爱就是自由,不要求,也不依赖,不对未来抱有指望,也将过去遗忘,而只是活在当下,心无尘埃。我万事俱备,只欠一个爱人。作为新时代的女性,我从不将性与爱混为一谈,而做了精确而必要的区分。爱的发生很困难,犹如神秘之花的孕育和开放。在爱来临之前,我以情人的肉体哺养着饥饿的孤独之兽——尽管我越喂它越膨大而饥饿——不喂呢身体也会枯萎而窒息。"

"爱是最大的神秘,那不可言说。我不好说什么是爱,但知道很多东西不是爱,譬如占有、欲念、情绪……还有情欲。你有几个情人?"

"说不清了。我将过去像旧包袱随手抛掉,对将来也没有想法,每天像一个空杯子等着被人注满。爱的确难以描述,却可以感觉。情欲的淤泥偶尔也会升起爱的莲花,让人惊喜。对于成年人来说,性爱有益身心。我十九岁时有了第一个情人,是我中学老师。后来呢,谁会刻意去记取呢。我连一张脸也记不住。我需要性。我爱这个乱七八糟的世界和热衷于床上体操的情人们,但我一直没有发生过爱情——"

"我是问你现在的情人数量——"

"现在一个也没有,看来你也谈不上。我很挑剔,很尊重身心的感觉,很难爱上男人,但在性上我不得不降低标准。看样子你爱上了!"

我跟莲花说起了那个玩跳房子游戏的女子,她在海葵公寓前吻过我,然后像幽灵迅速隐没。"我对她一无所知,"我说,"不能肯定她会爱我,但坚信还能见到她,我甚至感到她在这座公寓里,藏身于这十几万人之中,像一粒大米掉进了米堆。"

"可惜我不是她，否则也许会感动的。"莲花双眸似有泪光，她摸着我的脸，说："她摸过你吗？是这样吗？"

我不记得那女子有没有抚摸我。我被柔情交织着的伤感攫住了。我一句话也说不出来。

"我没在万叶堂广场玩过跳房子，"莲花叹息说，"我没在果城玩过，童年时也没有玩过吧，至少我想不起来。像我们四十年代出生的人，有谁去玩这些游戏？"

我能体会到莲花的失落，又不能夸大。她若无其事，努力维持着亲近而松散的气氛。她说："她也许是一个幻影，当你再次遇见时，感觉也许就不同了。"她顿了顿，又说："你会找到她的。女人的预感很准的。"我越发尴尬。"你走吧，"莲花说，"请你不要将我当成随便的女人。"

我出来后，发现背部汗水涔涔。我累坏了，好像干了一场重体力活。我待了三四十分钟，想起我的职责，赶紧调出离开岗位该时段的摄像来看，我在通向 HK12C1—12 房过道上的录像有点贼头贼脑，此外并无可疑情况。我第一次对上班感到焦躁，好在，马上要下班了。

二〇四五年九月十九日

今天记录的是昨天的事。我一到办公室，HK12C9—36 房的女房客熊蕾就来找我。她高大丰满，气咻咻地反映：她的文胸晾在公共洗衣房不见了，害得她此刻没有文胸穿。我平时在该时段没见过她。她激动地嚷着，一对巨乳在睡衶里急剧地起伏着，像两座土山在滑坡。她比画着说："35D 的，你懂吗？估计你没见过吧？"我不明确她的所指，但也知道这样的乳罩大如簸箕。我说："下次要小心财物了。我会向上头反映，加强保安力量，以免类似事情再次发生。"

"下次,还有下次,得将我的失物追回来才好。"她嚷着。我说了两句,将她打发走了。

我调出昨夜以来的摄像资料,仔细查看,发现有一人从洗衣房出来,鬼鬼祟祟,而他的风衣兜里胀胀鼓鼓的,看来内有乾坤。那个人竟是魏礼,当时自是他值班无疑。他从洗衣房出来,需要一个合理的解释。我想着要不要去跟秦主任汇报,考虑良久,决定按章程办事。

我先用对讲机跟秦主任联系,但无人应答,遂跑到她的办公室去,却见门又关着。不怕领导凶,就怕他关起门办公。我虽是第一次在上岗时找主任,也知道现在未到五点,还没到下班时间呢,遂"笃笃"地敲门,里头传出她的声音:"是谁?"

"是我啊,陆深。"

她磨蹭了好一阵,将门打开了。我进来一看,秦主任在大吧桌后的转椅上正襟危坐,而桌子前面的那张椅子上坐着魏礼。茶几摆着两杯热茶,冒着水汽。秦主任神色如常,魏礼却面红耳赤,像个害羞的小姑娘。

"小魏在汇报工作呢,"秦主任说,"说完了就走吧。"

她冲魏礼挥一挥手。魏礼走了,又顺手将门带上。我一怔,若按守则行事,魏礼无论如何不该在此时出现,上次有他不该出现的地点,这次有他不该出现的时间。我有点紧张,感到空气中有一股越来越强的压力,我还是将熊蕾胸罩失窃的事说了出来。至于录像中关于魏礼的情节,我硬是将说出的冲动按捺下去。

"她有什么好炫耀的?很大么?"秦主任哼了声。她挺了挺胸膛,双乳风起云涌,看来比熊蕾的毫不逊色。

"该如何处理呢?"我问。

"我自有分数,"秦主任笑道,"下次她再找你,你就让她直接找我便是。陆深你坐下来,安心喝杯茶。芝麻绿豆大的事,慌啥嘛。"

第一章　胶囊公寓

她似乎不知道，正是她让我发慌，她向来以一座冰山的姿态出现，走路趾高气扬，说话冷若冰霜，连眼眸也寒意森然。但此刻她脸上春暖花开，媚眼如丝，就如冰天雪地碰到了阳光，她的高大身体如冰河在变软，在溶化，在流淌，并涌动着无穷尽的波涛，我依稀听到她体内浮冰在急流中碰撞、碎裂的声音。她的笑容如春水荡漾。我眼睛一花，有点天旋地转的感觉。

秦主任像巨人向我大步走来，脚步声响亮，连地板也在震颤。她伸出双臂，毫不费劲地将我抱起来，放在她的大腿上，而她的臀部几乎将沙发压垮。她的大腿很丰满，很结实，又颤动如弹簧，一股热浪逼人而来。我像被动物园母猩猩抓住的小孩，无力抗拒。秦主任将长袖罩头 T 恤拔除，又解除乳罩的束缚，将双乳压向我的脸。我的五官当场被一堆白花花的东西埋没了。我的头部像被按入了水底，几乎窒息，我努力抬起头来，大口吞咽空气。秦主任叫道："宝贝，请立马将我撕成碎片，大口啃咬，将我生吞，啊，请你一口吃掉我——"她像在发布命令，又像在梦呓。我当时没有反应。不是说她泛滥着肉欲气息的身体没有吸引力——我也没有想起玩跳房子游戏的女子或莲花——而是我被她暴风骤雨的情欲吓呆了。她像咆哮的母狮，对着利爪下的小兔说：请将我撕成碎片，请一口将我生吞——我冷汗直冒，手足冰冷。秦主任笑道："敢情还是个雏儿哩，让姐姐教你——"她的手像蝰蛇钻入我的裤裆，她抓了几把才摸着。秦主任冷笑："你能躲到哪儿去？你就是太监，落在我的手上也会重新做人！"我不知从哪儿冒出的勇气，抡圆巴掌，一耳光刮在她的脸上。秦主任头一歪，随即一巴掌扇在我的脸上。我感到整张脸像沙卜的塔被狂风吹刮，五官全挪了位。秦主任啐道："没用的废物，老娘对你好倒不领情，你滚！"

我捂着脸落荒而逃。我回到岗位上，惊魂未定。据说有不少人为她的两座乳峰而神魂颠倒,我也是男人,只是觉得她向来冷若冰霜,如今突然变了个样,被她吓坏了。我不喜欢做面首,尽管秦主任有则天女皇的气概和威严,我也不是玩偶。我转瞬又为自己被肉欲诱惑而无地自容,更后悔那巴掌刮出了一个仇人,说不定将饭碗也打掉了。我庆幸没有将魏礼的事说出来。

二〇四五年九月二十九日

昨天上班时,我发现不知为何将贾宁也得罪了。我旁敲侧击,试图了解在哪儿得罪了他,却一无所获。下午临下班时,秦主任又找我。她神态如常,又冷漠又高傲,好像不要说是我,就是潘安再世,她也瞧不上眼。她声音柔和,透着友善,仿佛昨天的事压根儿没发生过。

"小陆,你是个好员工,好好干,在海葵会有前途的。"她说。她拿出一个信封,让我跑到第五十一层去,亲手交给处长高先生。我不知道这里头装着什么,但知道是她在示好,至少表达了她有容人之量,也对我信任有加。

我去第五十一层,一出电梯,就看到了一个大套房,门前挂着一块"处长室"字样的鎏金牌子,看来大套房的四周还有几个套间,肯定是高层们的办公室了。整个楼层结构简洁大方,空间宽敞,连走廊也气势非凡,没有那么多曲里拐弯、密如蛛网的细小通道,跟胶囊房的布局迥然不同,当然也没有逼仄感。

我走到处长室,前台有一个美女在接待,我见过她,就是四大秘书之一的牡丹。她腰肢儿一扭,将我引进内堂。该办公室的厅堂约有一百多平方米,旁侧还有五六个门,据说共有三百多平方米,辟有寝室、厨房、餐厅、乒乓球室等多个场所。在厅堂里,其余三位秘书在

第一章　胶囊公寓

电脑前忙碌,均是花容月貌、蜂腰肥臀的年轻女郎,衣饰华美,气质优雅。我在一张大吧桌前几乎错过了高先生。他从桌后踱步而出,仿佛从桌底或椅底钻出来,竟是一个不到一米的侏儒,但长相俊秀,不怒自威,两鬓微白,渐近中年,却细皮嫩肉,像个七八岁的孩子。他的眼睛很阴冷,犹如蝮蛇的眼,又天真又邪恶。他接过信封拆开一看,满脸堆欢说:"好,好,你到海葵也快干满一个月了。据秦主任反映,你表现得很好,小伙子,望继续努力,争取更大进步。"当我走出处长室,仍觉得高先生的目光在我的脊背粘着,无法摆脱,不禁毛骨悚然。

我回到岗位,发现一个脸上有刀疤的高个子进入了HK12C6—15房柳曼曼的房间,行动迅疾,犹如一阵风掠过防盗门和木门。我没见过这个人。众所周知,海葵公寓的房客从来不得在胶囊房接待来访者,要见客人可以到大厦的咖啡厅、影剧院等公共场所去,这也是本公寓创造商机的奥妙之处。我想起熊蕾丢失胸罩之事,这刀疤脸莫不就是小偷吧。我走到房门前,敲了敲门,里头没反应,我大声说:"柳曼曼啊,你在吗?"柳曼曼将木门开了条缝,露出半边脸,没好气地说:"你瞎嚷啥呀,老娘在睡觉呢。"

"好像有人溜了进去,安全第一,你让我进去看看。"

"没有人,我说没有就没有,你走吧。"

我思忖莫不是她受到威胁或遭到劫持,所以不敢说真话?倘若处理不好,怕连她的性命也难保哩。我待要找秦主任汇报,她早已下班,我一眼盯住闭路电视上的荧屏,一手去拨秦主任的手机,我想请教她该如何处理。她果断地说:快摁报警铃!海葵公寓有一支以十二太保为首的保安队伍,有两百人,受四大秘书管辖,四大秘书则直接向高先生负责。平时,十二太保分成三批,每天三班倒轮岗,昼夜候命,只要报警铃一响,十二太保必火速带人赶到现场。报警兹事体大，故先请示。

我一摁警铃，须臾之间，牡丹带着六条彪形大汉如神兵天降，手提警棍，腰挎盒子激光枪，杀气腾腾。为首者在防盗门安装了一个微型炸弹，轰一声将其炸开，再用脚一踹，木门又应声而倒。众人发一声响，有两人持枪猛冲入胶囊房内。两人赫然显露，两边的人同时一怔。那个刀疤汉打着赤膊，仅穿着大裤衩，而柳曼曼衣衫不整，酥胸半裸。房间实在是太小了。刀疤汉走出门来，凶神恶煞，厉声道："是谁报的警？"柳曼曼指了指我。他骂道："这是什么鸟人？"他揪住我的衣领，我登时双脚悬空，他秉要一拳冲我的脸砸过来——牡丹上前一步，冲着他耳边嘀咕——他松开手，骂道："狗仗人势的傻×，以后给我睁大狗眼，看清你豹哥是谁！"

"都是误会，没事啦。"牡丹挥挥手说。

众人鱼贯散去。我惊魂稍定，后来才知道，那刀疤竟是十二太保的老大豹哥。

今天虽受了惊吓，但长了见识。高处长、四大秘书及十二太保的老大都是海葵公寓的高层，我这样的小职员本来连他们的办公室都无从得知，没想到今天全见到了。海葵集团的董事长才称得上神秘人物。据说他很少在公寓，设在公寓的住所却富丽堂皇，几乎占了大楼一层的十之八九，有四千多平方米，室内的装修和陈设极尽奢华之能事，光浴室就有三四十平方米，像一个小型游泳池，顶得上十几、二十个胶囊房。楼顶有一个直升机场，专供私人飞行器起降。董事长平时周游世界，甚少待在果城，一年之中，也难得来几次公寓。我今天才知道，董事长名讳"海葵"，公寓原本是就以其命名的。

第一章　胶囊公寓

二〇四五年十月十日

长假过后,我差点挨豹哥揍的消息传遍了第十二楼。那柳美人是豹哥的姘头,人尽皆知,我真傻。豹哥飞扬跋扈,看谁不顺眼就要揍人,却对我手下留情,人们不禁刮目相看。莲花在长假期间去了一趟西北,回来后请我喝酒。她说:"豹哥没打你,看来你来头不小啊。"我也搞不清是何缘故,但嘴硬说:"我只是按章程办事,就不信公寓没王法了。"

莲花远赴西北,原来是跟剧组寻找外景地来着。之前听她说过,该剧本写的是世外桃源般的人间仙境。不去桃红柳绿的江南倒去风沙漫天的西北,怪了。湖南常德的武陵源、湖北十堰的桃花村等地,风光优美,都有人说是桃花源的原型。莲花说:"我们要的是三四十年前的田园风光。现在江南也像果城一样,荒野盖起了高楼,土地被混凝土覆盖了,连杂草都长不了一根,好像你没看到?倒是西部边陲之地,有些地方仍有零星的荒地和树林,但效果不理想。蒋导演打算乘船出海去,到海南省三沙市的海岛找找看。三沙市设市不到五十年,但近年来发展得不错,既有内地的繁荣兴盛,又颇为注重生态保护。正因为绿化不易,反倒不会随便破坏。刚建市时种的榕树,高大繁茂,形如巨伞,胸径都快两米了。"

我表示对三沙市不了解,但如果真有那么好,我有兴趣去看看。莲花兴致很高,跟我讲述那个剧本的故事梗概——

禾城有一位叫维拉的女油画家,以古典主义画风享有声誉。她当年在画展上有一幅叫"白房子"的作品引起了轰动。画中有林木幽深的山麓,有清幽如镜的湖泊,在芳草萋萋的湖泊之滨,有一栋小白屋,就坐落于绿树掩映之中。屋前一片雏菊金黄,屋旁有一畦菜地,

地下人

竹枝编的篱笆墙摇摇欲坠，一条灰白小径在草叶簇拥中伸向林荫深处，蜿蜒如蛇。许多人被打动了，尤其是上了年纪的人。据他们说，这幅画将他们带回了童年。在他们小时候，这样的荒野仍随处可见，树林、湖泊和小屋子，都不是传说中的事物，而是活生生的存在。他们甚至在郊游时在禾城郊外的双龙山上住过类似的小屋。一切俱往矣。三四十年前，双龙山上的森林幽暗庄严如庙宇，如今没有像样的小树林了，全覆盖着用钢筋混凝土建起来的高大建筑物，而大半又是城堡或圆塔状的胶囊公寓。至于这种奢侈的小房子，在偌大的禾城乃至郊外，都不可能见到了。因为根本就没有树林及湖泊了。

维拉遂一举成名，《白房子》在拍卖会上被神秘富豪以天价买走。发了财的维拉，从胶囊公寓搬到了富人区的独立公寓中去。故事才刚刚开始，她成名后发现不知在何时失去了作画能力，哪怕是画一株小草，也不得要领。她一次次拿起画笔涂抹一番，又将画布剪成了碎片，掩面而泣。似乎有一种神奇的魔力，夺走了她作画的能力，就像是一个诅咒，在警告她不得再拿画笔。维拉不愁没钱花，但郁郁寡欢。对于艺术家来说，创造力就是生命力。如果无法作画，就等于夺走了她的魂魄，而只剩下躯壳。即使住在独立公寓的大房子里，禾城越来越密集的高楼大厦也让她越来越压抑，她常往穷乡僻壤跑。经过数十年持之不懈而卓有成效的城市化建设，乡土在近三十年间纷纷瓦解，变成了繁荣喧嚣的城镇，俨然是禾城的复制品，无非是尺寸型号不一而已。在粤西一个叫"桥"的小镇，当年是河汊纵横的水乡，如今也河涌断流，地产商推出的新楼房像庄稼从大地上冒出来，在中心镇区里，慧眼独具的开发商已推出了精致的胶囊房。那是她的故乡。当她来到桥，就后悔卖掉了《白房子》。现在她才知道这幅画的价值。而竞得者依然保持着神秘性，连《禾城晨报》神通广大的狗仔队也没挖到蛛丝马迹。

第一章　胶囊公寓

故事发生了突转，维拉在一个无法描述的奇妙时刻、在一个可能存在又难以固定的空间里，居然跟这幅画重逢了——严格来说——她是跟画中的事物重遇于某个神奇的时空之中，她画的东西全变成了现实，却又不属于她所处的世界。画中的树林、湖泊、小屋都是真实的、有生命的，但她只能目睹而无法进入，就像隔着金鱼缸去窥视金鱼的世界而金鱼也无法突破那个透明鱼缸的局限。（我忽发奇想：维拉的多愁善感也许源自剧作者胶囊房里养的小金鱼？两者之间有无关联？）小屋里有一位俊美的年轻男子，他趴在窗台凝视，仿佛在冲她呼喊，但她一句也听不到，好像他俩之间隔着辽阔的大海。两人咫尺天涯。那个男子就像电影银幕（尤其是3D影片）里的角色在冲着她（作为观众的她）呼唤，而他们不可能在同一个空间里进行任何交流。维拉泪流满面，她感受到了画中男子作为一尾金鱼的孤独，这种孤独感又何尝不属于她？她之前埋首于绘画艺术，七岁起开始作画，近二十载，她没分过心，也无暇他顾。她没试过恋爱的滋味，但她于刹那间体验了爱的甜蜜，还有苦涩，那种柔情蜜意，千回百转，全涌上心头。她爱上了画中人，那个神情忧悒的男子。他每天都通过窗子凝望她，他像虚幻的影子或烟雾般的事物。他们互为倒影。她明明来到了房子门前，却无法将门打开，也无法进入那个林木幽深、湖水清澈的人间仙境。里头的人显然也看到了她，并试图走出来而不得，犹如悲哀的囚徒。

她忘记了（也许是刻意的、选择性的遗忘）原画压根就没有房子里的愁容男子，连一个人或一个小动物也没有，而只是林间简单的一座白房子。展现在她眼前的这个画面，好像不是那幅画幻化而成，而是该画的原型或写生的对象。这更古怪，她发誓从未见过此地，即使在梦中。画中的素材得益于她多年以来对古典风物、绘画史、风俗学等领域的不懈研究、提炼及天才式再现。换言之，即使在世纪初也

地下人

　　不可能有这么美的地方，何况是工业暮年的二〇四五年。也许，的确存在着这样的地方，而她的画作纯属巧合？将其归于偶然性的巧合，这一切就迎刃而解，但未免失之简单，也没有说服力。现在，由于维拉跟她爱上的男子分隔于不同的世界，注定了这是一场悲剧。

　　维拉站在这片风景或画面之前，静静地观看，仿佛只有一瞬，也像过了好几十年乃至千百年，她感觉到了两个世界、两种时间在以不同的速度滑过或流逝，依稀还有奇妙而飞速的交叉，就如电光火石般迸发又熄灭。那个瞬间无法捕捉却又能清晰地体验，维拉犹如触电般战栗，一股巨大的迷醉交织着失落感，几乎像飓风将她刮倒。她像目睹了神迹，悲欣交集，泪流满面。

　　打个比方说，她几乎等同于看电影。不同的是，她感知到"银幕"里的人能看到她。白房子外头来了一群人，其中有个妙龄女子。她偷看了一眼该男子，露出了狡黠的笑容。看来，她就要像老狐狸捕获小鸡，将他手到擒来。时间像河水一刻也没有停留，然后，一个黄道吉日的到来像河湾平静而幽深，他们在一个风和日丽的好天气里结婚。男子拥娇妻入怀，脸上愁云于刹那间一扫而空。但维拉感到他身体里头有另一个他，隔着肉体（宛若他之前隔着玻璃窗）在将她张望。她贪婪地凝望，强忍着眼眶里打转的泪珠。

　　她注视着，随着时间飞逝，那个世界里的景象走马灯般旋转。山谷中人类在繁衍，人口在增多，房屋在扩张，在沼泽地上建起村落。林木被砍伐，水源被污染，村落变成了城镇，最终发展起了靠消耗煤炭和石油为基础的能源工业。一条高速铁路将小镇连接起来，湖泊干涸多年，林木荡然无存，白房子仿佛没有存在过。终于，第一栋胶囊公寓在原来白房子的位置上拔地而起，规模和高度都远非昔日的白房子可以相比。那个仙境似的世界，在维拉的眼前消失了，或者说，跟她所处的现实重叠或相互融入，画中世界彻底变成了现实世界（不可分割的一部分），看来毫无两样了，界线早已被抹掉。让维拉感到惊异的是，那个世界至少持续了一千年，却仿佛发生于一瞬间。那个她爱上的男子早已作古，但维拉仍能看到他的幽灵在早已不存在的林间游荡，犹如清风在倾诉，对着草木的魂灵。

她一转身，就在桥的大街上遇上了阿尔，他们几乎撞了个满怀。尽管画中的世界早已消失，但她一眼就认出阿尔就是画中朝她焦虑地张望并呼喊的男子（即使在其新婚之夜，也没有将她遗忘）。她抓住了阿尔的手，她要带他去看那个桃花源般的神奇世界，至少要给他讲一个故事。不用说，那个世界是无法再现了。阿尔微笑着倾听，非常安静。他对她说的一个字也不相信，却被她急迫的讲述及热情打动了。但是他不承认就是那个作古的画中人，那太荒唐了。他性情乐观，跟忧郁呀烦恼呀沾不上边。不过，他不反对做她的男友，尽管她有点神经质。维拉急得满头大汗，又哑然失笑。她太冒失了。那也太离奇了。幸亏阿尔不将她当成了癔症患者。

要证明她所说的一切是真的，并重返那个桃花源或伊甸园般的奇幻世界，她还有很长的路要走。至少，得找回那幅画并设法去恢复她绘画的能力。她发愿，有一天会证明她说的并无虚言，到时阿尔不得不信。同时，她又发现她的爱情似掺杂了某些难以言喻的复杂成分，至少带有功利主义的偏执。

在随后的数十年间，他们相恋并结婚了。阿尔对维拉很好，但他不是那种一辈子只忠诚于某个女人的人。至少，他被为数众多的女性（主要是肉体）所迷醉。白发苍苍而依然美丽的维拉，在一个阳光明媚的午后，心酸地想起了当时她眼睁睁地看着情人与他人结婚的场景（她一直以为他就是阿尔，但现在看来他不是，这一切仅发生在画中或其幻化成的世界，总之与她身处中的现实生活无涉），她从对爱懵然无知到深谙爱恋及婚姻的滋味，既有美好也有污秽凄苦，在刹那间,甜蜜、忧伤、妒嫉、宽容……爱之核心、相关乃至相反之物悉数涌上心头,她像病患者吃药丸那样吞咽。她为一个秘密使命而活于人世,在努力了数十年而徒劳无功之后,在容颜被岁月摧残的暮年,她依稀看到了希望的曙光。

那个黄昏没有任何征兆却意义重大,年迈衰弱而雄风不减的丈夫在一间旧旅馆死于小情人的怀抱,她年轻时赖以成名的画作《白房子》失而复得。至于其流转的途径,至今仍是一个谜。她有半个世纪没拿过画笔了,但一看到那幅画,激动得如见了失散多年的亲人——她的手尤其激动,恨不得拿起画笔立刻作画——她相信这一切都是天意。此刻她没有机会向阿尔证实过去的种种说辞了——她一直活在某种近似于欺骗的负疚之中,阿尔生前曾善意地嘲讽她为了将他搞到手而以花言巧语编织了一个美丽的谎言。那幅画经过岁月及尘埃的种种侵蚀,也像水灵灵的少女步入了老年,成熟中饱含着沧桑。维拉不禁潸然泪下。她看着这幅画,仿佛看到了当年那个站在秘境前的年轻女人(当然,她脑海中也浮现出了林中寂静的白房子)。她的画笔蘸满了颜料,她鸡爪般的手在颤抖,她打算将那个女子添加到画中去——这是唯一可以改变历史并使自己进入那个世界的方法——但出于对未知或风险的恐惧,使她迟迟下不了手。电影到了尾声,镜头应当定格于某处画室:先是那位满头白发、神情不安的老妪,之后是她拿画笔的手,在她眼前摊开一幅画着房子和树林的旧画上颤抖不断。窗外,一座胶囊公寓正在施工,远景是那些密如蜂巢的房间……该剧本的标题是《寻找白房子》。

莲花讲述得很生动,剧情也一波三折,我写日记时略记大概,我不可能也没有必要将她说的每一句都记下来。我省略了维拉一生之中为了向丈夫证明她所言属实的千百次努力,那也主要是寻找画作《白房子》及重现那个画中世界的努力……那幅画作为重要意象,贯穿始终。如果要完全记录，那也约等于剧本的原著了。在这里，不少情节我都一笔带过了。我不是在照本宣科或将莲花的讲述鹦鹉学舌，我到时将其剧本一阅便是。有个细节让我震撼，维拉在三十岁那年，为了买回《白房子》，她不惜忍辱跟美术界一位德高望重而贪婪好色的老前辈上床，到手的《白房子》尽管也出自名家之手，却非她的旧作。她一望便知。

莲花讲得眉飞色舞，我惊叹于她对虚幻世界及现实世界的精细描绘以及两者之间的微妙对立及融合，这体现了一个成熟作家的想象力及语言天赋。我转述时无法将其保留于万一，我缺乏这样的书写才能。我对莲花赞不绝口，这是一部雄心勃勃的剧作，一旦投拍成电影，风景上的观赏性及男女主人公在性与爱上的表现，将巧妙地相互融入，交相辉映，那些性爱情景重要而无法删节。这将是一部叫好又叫座的影片。但我对电影主创人员素质构成的挑战隐含着担忧，毕竟那种想象与现实交融、虚幻与真实交织的叙事要用镜头有力而准确地呈现，难度很大。莲花再三强调将由中国最具实力的导演之一蒋导演来执导，但我疑虑未消。我对她说，让她将剧本发我QQ，先睹为快。

二〇四五年十月十三日

今天上班时，我读完了莲花的剧本《寻找白房子》，非常震撼。里头有男女主人公之间的激情戏，各式各样的外遇及偷情场面。剧中说，维拉为了卖回《白房子》一画，曾多次强忍恶心去跟下三烂的人上床。她毫无私通的欢愉，对肉体的玷污或贞洁也不在意，而将画作当成了生死攸关的大事，仿佛那才是她沦落风尘的肉体，这又是她因无知一手造成的，只好在悔恨中一次次去救赎，既是对自我的救赎，也是对那个世外桃源的拯救。她自以为是的使命感，使她身心憔悴,又激昂振奋,至少,她为此愿意付出一切代价。那幅画到底是成就了她还是毁了她?阿尔的出轨显得更随意、任性而变幻莫测,他能感受妻子近似于偏执的爱,又隐约觉得她爱上的只是躯壳或符号,只是一个子虚乌有的画中人(他本人甚至不在原作上出现过),对女人肉体的贪恋及对妻子的不满并非总能一一对应,但又隐约庆幸妻子的出轨及感情上的罅隙,使他有了性放纵的借口而减轻负疚。

维拉爱上阿尔的理由很简单,也很充足——姻缘自有天定。阿尔的理由更简单。爱是无法解释的,但爱也难以界定。这注定了他们的悲剧。性格乐观的美男子阿尔不乏性伴侣,吊诡的是,他意识到自己正在向那个忧郁的画中男子走去,在劫难逃。当维拉在鸡皮鹤发之后,终于找到了寄托生命的证物——她为了追逐虚幻世界的入口,而将今生轻率处理——她值得吗?我脑海里掠过了莲花跟我亲密而略有暧昧的关系。

该剧本对男女婚恋心理的创造性刻画到了多侧面多维度的地步(这反映出莲花对婚恋或爱情的了解非同凡响,尽管她声称从未爱上过男人,也从不在任何一个男人的身体上滞留,但这让人难以置信。至少她对爱及其奥秘下过功夫)。她似乎对我有意。我上次跟她说过玩跳房子游戏的女子后,她对我执礼甚恭。她的确是活在当下而无挂碍的人,而我总是看不破,放不低,又拿不起。我又想起了那个玩跳房子游戏的女子,我对她的爱恋乃一厢情愿,对她也一无所知。爱情是一种感觉,是不讲理的,也说不清楚。但我为一个镜花水月的女人而憔悴,不算明智。我在苦苦地找她,她也在找我吗?她可有想起过我?

今天是值得记录的日子。我中午去上班时忘了拿手机,返回四季胶囊公寓时猛然就发觉了她——本楼层的管理员,天哪,她居然是本公寓的管理员。她含笑望着我,我问:"还记得我吗?"

她点了点头。我鼻子一酸，说："你想过我吗？"她不说话，但站起来，慢慢地跟我拥抱。她在我耳畔低语："这两个月来，天天看见你从公寓走出来，但你对我视而不见。我忍不住要跟你打招呼了，但心里升起一个念头：你不说我也不说。"

我找到了她，她也记得我，并愿意接受我的爱，还有比这更完美的现代爱情童话吗？我狂喜之下，仍努力保持清醒，当务之急是知道她的姓名及手机号码。她说："我是——"然而，这仅是昨夜里的一场美梦，我梦醒后怅然若失。事实上，我的确未曾留意过该公寓的管理员，下班后，我发现值班的是一个打着呵欠的小老头。我决定明早天一亮就去看上午值班的是谁。

二〇四五年十月十五日

今天天一亮，我就跑到四季胶囊公寓本楼层的值班室去看管理员，果然是个年轻女子，白净娇小，但不是我要找的人。她冲我莞尔一笑。如果问她是否喜欢玩跳房子的游戏，并说我曾爱上她而苦苦找寻，说不定她也会喜欢我吧。我转瞬间打消了此念。

下午，我满怀心事去上班。我吃晚饭时听到一个小道消息，说海葵胶囊公寓有一个地下赌场，其根深叶茂，盘根错节，几乎从一楼蔓延到了五十层，而高处长尚蒙在鼓里，或知道了却没有办法取缔。又有人说这原本就是管理处在幕后操纵的，要不他们哪有这么多钱？光靠开胶囊公寓，赚不了多少。其背后却有大阴谋，那就是将消费者利诱过来，再掏空其腰包，要不干吗本大厦除了胶囊房，还有餐厅、舞厅、影院、洗脚屋、桑拿房等等？但这些都比不上开赌场！桑拿房作为本公寓的红灯区，早已不算秘密了，其幕后老板就是海葵集团的董事长。我作为本大厦第十二层Ｃ区的管理员，听到这些大逆不道的说

地下人

话,即使没有当场去阻止流言的传播,最不济也要跑去向秦主任报告。如果换了刚来那一阵,我肯定这样做。但快两个月了,我了解了一些背后的东西。关于管理处及本大厦的一个定律,那就是无风不起浪,流言通常是事实。管理守则说得严苛,却难以落实,只要没人公然制造麻烦,管理处也就只眼开只眼闭,要管也管不过来。但对公然挑战管理处权威的人,高处长绝不手软。

据说第三十八层抓获了一个散发传单的男子。内容大意是天赋人权,人人生而平等,如今天下无道,有钱人身居豪宅,穷人则居无定所。人数庞大的穷人在工厂辛勤工作,遭受盘剥而潦倒,其劳动果实被富人以各种名义掠夺一空。有人拥有别墅数十套,而老百姓只能挤在胶囊公寓里,更遑论露宿街头者多如蝼蚁。传单号召底层民众尤其是胶囊房客团结起来,抵制那些无良开发商(传单中对这些人有特定的称呼:吸血鬼及寄生虫),平均房产及地权,保证人人有房子安居,解决本世纪最大的社会不公云云。

我很关心该捣乱分子的下场。但众说纷纭,并无确切消息。管理处认为此事纯属谣言,本来就没人发传单,何来拘捕之有?有人说,那个外来闯入者没什么背景,好像是疯人院跑出来的,保安员将其教训了几句,就放走了。有人说该人是对社会不满前来该公寓滋事者,被太保痛殴了一顿,抬起来扔出了公寓。有人说该人本来就是海葵胶囊公寓的房客,高处长倒不为难他,只是赶走了事。有一个靠谱的传闻是,该滋事者已上了果城所有胶囊公寓的黑名单,不会让他再租住公寓。有的人压低声音,说,他早就人间蒸发了。

还有一个说法也许更靠谱,就是该人已被移送司法机关,依法处理。类似事件在果城的胶囊公寓,几乎每月都有,那些人不是在狱中暴毙,就是关入了疯人院。总之,滋事者不会有好下场。最吊诡的一个说法是,三个月前,有人说在火山胶囊公寓看到了一个房客,按理说该人不应该在任何胶囊公寓出现。他曾在海葵胶囊公寓散发反动传单，还拒捕袭警，打掉了一个保安员的门牙。这种人应被严惩不贷，当时他也确实被关入了疯人院，在里头待了几天，又大摇大摆地出来了。该说法的诡异之处在于，他本是海葵胶囊公寓安排的人手，无非是跟管理处演一出好戏，以杀鸡儆猴。然而，该人重获自由的消息一经传出，那个以儆效尤的作用就被消解了。这些五花八门的说法都有点价值，又不可全信。

今天，秦主任召集大家开例会，说据上头侦查得知，"天堂客"的人已潜入海葵公寓，将会有针对性地策划一系列破坏活动，每个人都要提高警惕，擦亮眼睛，不要说是陌生人，就是陌生的苍蝇，也不准放进一只！

这"天堂客"是果城臭名昭著的恐怖组织，自称是天堂里的房客，成员大多穷得叮当响，却拒绝入住价廉物美的胶囊公寓，又偏专以胶囊公寓作对。据说其短期目标是谋杀十大胶囊公寓的首脑，其终极目标是将所有胶囊公寓从果城乃至地球的表面上抹掉。平时也有针对房客的恐怖行动，如绑架、勒索、殴打等等，与一般恐怖组织无异，是极端仇恨胶囊公寓的秘密黑手党。其组织人数庞大，结构严密，行动诡秘，实力不可小觑，几乎每个月都传出某胶囊公寓有房客遭受"天堂客"侵害的消息。当然，十大公寓防范严密，岿然不动。每隔两三年，果城当局就会联合十大胶囊公寓召开记者招待会，发布公告说已将"天堂客"的巢穴捣毁，抓获其首脑，瓦解其组织。但民间总是传来该组织死灰复燃或卷土重来的消息，民众亦真伪难辨，只要厄运莫降临到自己头上就好。他们除了依赖当局及保安员之外，也只能求菩萨保佑了。

地下人

二〇四五年十月十六日

那个时刻，我终生难忘。第十二层C区的入口前，有一个衣饰华美的陌生女子款款走来，我的第一个反应是她形迹可疑。因为在我管理的C区五百名房客中没这个人，她也没有带上岗卡，那么就算不上我们的管理人员。老实说，对本公寓庞大的管理队伍，我也对不上号。

她越走越近，大约相距四五米时，我惊呆了。我像被一股巨浪劈头打中，脑中一片空白，转瞬间像彩色打印机那样蹦出一帧清晰的图片：一个穿蓝裙子的女子在万叶堂广场前玩跳房子游戏！眼前的她肤色如雪，气质高雅，穿黑色套装，发髻高挽，尽管衣饰及装扮都跟以前判若两样，但我还是认出了她。她就要跟我擦肩而过，我上前一步，说："小姐，请留步！"她转身望着我，我无法准确描述她目光中的内容，陌生、冷漠、带着愠怒，那种陌生感又略显虚假，就像你在街头撞见了大人物，他对你有点印象又故作遗忘。我把心一横，即使她就是天堂客，我也必须将那句在内心操练了无数遍的话说出来，我做到了——

"你还记得我吗？你去年曾在万叶堂前的小广场玩过跳房子游戏吗？

"去年七月二十九日午后，你还记得你在海葵胶囊公寓入口前吻过一个男子吗？

"我一直在找你！"

我连珠炮般说，唯恐她不理我就走了。她犹如天鹅，挺着修长的脖颈。她高傲得像公主，说："我没玩过你说的什么游戏。不认识你。"她走到了电梯口，消失在电梯里。我手脚冰冷，四肢哆嗦。我

第一章　胶囊公寓

在考虑着要不要摁报警铃,但最终颓然坐在椅子上,强迫几乎要冒烟的脑袋冷静下来。我找了她一年多,最终却是这个结果。我连她的姓名都不得而知。我手机响了,秦主任在电话里说:"下次醒目点,不要见了美女就双眼放光,有的人你得罪不起!"

"她是谁啊?"

"大人物!"

秦主任语气粗暴,看来心情糟糕之极。

秦主任说一刻钟后召开一个紧急会议。会议室黑压压的,坐满了人,我还是第一次见到本楼层有公寓高层参加的会议,管理员、杂役全到齐了。我一眼就看到了高处长。他很矮小,但很威严,仿佛头上顶着一个光环,反显得鹤立鸡群。我又看到了那个女子,看来她的确是大人物。秦主任面色凝重,果然有大事发生了。

会议有秦主任主持。高处长讲话:"第十二层 A 区 HK12A6—43 房的女房客,曾离开本公寓三个多月,回来时挺着大肚子,形迹可疑,但有关管理员懵然无知,幸亏保安队之前接获了线报,说今天'天堂客'来搞破坏,遂安排人手,层层排查,终将疑犯身份锁定并立即拘捕。保安员从她的孕服底下搜出一束雷管,如果稍有差迟,后果不堪设想。这束雷管是土炸弹,威力不算大,但要炸掉几十间胶囊房及里头的房客,也不算难事。秦主任及本层管理员要好好反省,其他人员也要引以为戒!至于对相关功过人员的赏罚,那是下一步的事,但我们一定做到赏罚分明!"

接着,秦主任说了几句检讨的话,然后说:"请海葵集团董事长海葵小姐作重要讲话!"

那个女子朗声启齿,声音铿锵悦耳,啊,原来她就是海葵。这个玩跳房子游戏的女人!我百感交集,头脑里翻江倒海,一片晕眩,她说了什么,却是一句也听不进去,但料想也无非是事态严重,必须加强警戒之类，指出渎职之危害及褒奖立功人士之类吧。会议结束了，我望着她走出会议室，差点要跑去问她，她没有忘记我，或者对她说：谢谢你录用了我（我知道海葵集团录用每一个员工，祖宗三代的关系都得交代，政审过关，且全由董事长签字通过，所以，她不可能不知道我。至少，我的求职表上就有我的免冠大头照）。但这样有意思吗？她对我忘记与否都不重要了。今天，最难受的人除了那个假孕妇，恐怕还有那个倒霉的管理员和我。

我挨到下班，约莲花去喝酒。我说："还记得我以前说的那个故事吗？有结尾了。"

"别卖关子了，一看你就知道了。"她望着我说。

我讲了来龙去脉。莲花拍拍我的肩膀。我说："我没想到她会说不认识我。"

"明天你早点起来，九点正在万叶堂见！"她摸了摸我的脸。

二〇四五年十月十七日

昨夜我翻来覆去，难以入眠。我为自作多情羞愧。这算是哪门子的爱情？她吻过我，而当时我连她是谁都不知道。一年多过去了，那个吻依稀残留在唇边，但也难以确定，就像从嘴边吹走的蒲公英。我对她一直是陌生人。我不了解她。我真傻。但她玩跳房子游戏的那一幕，给我的印象太美好了。爱情真神秘。

今天早上，我早早坐地铁到了万叶堂。我心肝儿一颤，我看到了她。她在玩跳房子的游戏。她穿着蓝裙子，素面朝天，如瀑长发在风中飘荡。随着她每一下跳动，裙上的白花在蓝色的裙裾上颤动、怒放。她独自一人，专心致志在玩跳房子的游戏，一遍又一遍，直至我来到，仍不停歇，也没有瞧我一眼，仿佛她眼中只有那些白粉笔线条

第一章　胶囊公寓

组成的房子图案,还有那块闯关用的瓦片。没有人比这些更重要,也没有人能将她干扰。我仿佛回到了那个夏日。如今是深秋,日光顽强地透过彤云,显得软绵无力,光亮还可以,却不够热烈。风阵阵吹来,我感到凉意吹过身体。她在广场上的方格上跳着,汗珠从额头顺着脸颊滴落,犹如荷叶盘上的晨露。我跟她拥抱。她偎在我怀里,仰头笑了。她当然是莲花。

我跟莲花相恋了。我留在海葵胶囊公寓还有什么意思呢。不管那些事件是真是假,都将与我无关。我向秦主任递交了辞职信,办好离职手续无非是数天之事。

今晚跟莲花相聚时,她说有了一桩麻烦事。她那个剧本《寻找白房子》拟由蒋导演执导,本来谈得好好的,马上就要开拍了,却说要做大修改。她向我转述——

主要有三点:第一,原来剧本中,一幅画的内容变成现实,这个核心理念不变,但那个画面首先就得改。画中树林要改成林立的电塔,硕果仅存的几株树木(街道树多是塑料树,只有在富翁及政府机关的庭院里,才有用瓷盆或铁盒子种植的无根树,泥土的价值直追黄金),湖泊要改成街心花园(栽种的多是塑料花木,少数重要区域也有真花无土栽培,因全城已罕见泥土,而无土种植的成本又太高),白房子改成一座巨大胶囊公寓,高耸入云,犹如巴别塔。这样,油画《白房子》就相应改成了《胶囊公寓》,画风也从古典主义变成了现实主义,这也是当下果城的现实,更有现实感及震撼力。

第二,维拉不仅没有丧失绘画能力,相反具有了点铁成金的魔力——她所画的东西都变成了现实。于是,一个创造新世界的宏愿在她的心中油然而生。她要重整乾坤。当下社会潮流是大力发展胶囊公寓,浩浩荡荡,摧枯拉朽。于是维拉像有史以来最伟大的建筑师,每天不断地从画布上生产这种在最大限度上利用空间的新兴建筑物,这成了她造福人类的伟大工作。由于人口急剧膨胀，原先错综复杂的自然环境不断简化，生态系统像家畜那样被驯服，人类彻底改造了大自然，但也陷入大自然崩溃的险境，这最终会危及人类文明。有识之士指出，人类居住区域的保障是捍卫人类文明的底线。因此，居者有其房何其重要。她每天不懈地努力，搞创作超越了艺术层面，显得充实、幸福而有意义。

第三，维拉跟男人的感情纠葛及激情戏固然不可少，这是本剧矛盾冲突的重中之重。但还必须突出一点，维拉追求爱情的障碍，是因为她对人性、爱欲、革命等观念的认识上与常人不同，这导致了她跟阿尔或别人的冲突。在剧本中，创造者维拉不仅可以随时进出她创造的世界，而且追随者众。她就像新世纪的女王，所到之处，都受到民众的盛大欢迎。但阿尔是一个异数，他作为落后及野蛮文明的象征，对现代文明充满仇恨。他对维拉的感情却超越了简单的二元论，充满了复杂与矛盾，一方面有造物对创造者不由自主的膜拜，一方面又对其利用特殊才能大力兴建胶囊公寓（仅就维拉而言，实乃纸上建筑）不以为然，却无能为力。尽管他为了阻止或改变这一切，采取了无数办法，去劝说，去诱导，去哄骗，甚至不惜搞阴谋诡计，妄图引诱维拉将当今世界描绘成一个黑暗的海底世界。在那个符合他意图的史前伊甸园里，他们是一对相亲相爱的美人鱼，彼时人类尚未诞生；在陆地上，大自然的风景完整如处女，还没有开始流血。在如花似玉的原野，草地犹如姹紫嫣红的地毯，草叶吹拂，蛱蝶飞舞，鸟儿啁鸣，百兽奔走。既然没有人类，那就不必辟田垦殖，也不必伐木建屋（蒋导说，在阿尔的构想中，多么浪漫，当然这仅是一个思路，还得填充大量细节、场景及戏剧性的桥段及冲突，以使之丰富和完善，这就要考莲花你作为编剧的功力了）。

阿尔为了达到不可告人的目的，无所不用其极，甚至借助巫术及

第一章　胶囊公寓

催眠术，但奸计始终没有得逞。维拉摆脱了一切干扰，冷静、细心、有力乃至无情地按计划推进她为人类造福的工作。在艺术家维拉最终的设想之中，世界是一根绳索，是一个蜂巢，是一个瓶子。在卡尔维诺的《看不见的城市》中，人类文明的最高形式是城市，而建筑物既是基本构件，也是标记，无论建造在风中、云朵、海底、湖水、陆地、火焰、露珠、肥皂泡、诗句、符咒、梦境乃至幻影等各种地方之上（或之下、之外及内部）里的城市，其核心都是建筑物，也就是砖石筑就的房子。维拉受到该书的启发，综合、梳理及分析了人类文明数千年来的最高成果，在某个天启的时刻，灵光一闪（就像她当年受到神明眷顾而创作了名画《胶囊公寓》），决定建造一座有史以来最伟大的超级胶囊公寓（她不讳言受到了《圣经》中人类建造巴别塔的影响，但她忽视了此举跟上帝的启示背道而驰），这座建筑物将以地球为基座，完全覆盖了地球的水陆表面，犹如一只果实包裹着果核。于是，她开始用神奇的画笔去逐一拆除她之前所创造的、难以计数的胶囊公寓，而那原本存在的胶囊公寓、独立公寓、富人区的大厦及别墅等等一切建筑物，皆成为其拦路石而必将被悉数铲除。她的画笔及颜料可建筑新楼，也可将建筑物抹掉。她独自一人，埋头苦干，势如破竹，狂飙突进，作为史上最有力最霸道的强拆者，无人可以挫其锋芒。人们像被摧毁巢穴的昆虫四散逃窜。钉子户曾经是本世纪一二十年代的新名词，如今彻底成了历史。

维拉只花了一天，禾城及附近一带的城镇就拆空了，空地越来越广阔。维拉坚定不移地执行其计划，冷酷无情，一将功成万骨枯，历史车轮的进程就是如此。她目光如炬，策马扬鞭，盯着大路尽头在云端之上若隐若现的黄金国，而顾不上车轮下被碾碎的螳臂。等到她大功告成，一次性彻底为人类解决居住问题而名垂青史，到时人类才会意识到她的悲天悯人、远见卓识及杰出才能。

地下人

　　她作为绘画者（也是拆除者和建筑者）在画室里夜以继日地工作，她欣喜地看到，画面里的景象全在画室外变成了现实。在画室之外，空荡荡的地方越来越广阔，没有了混凝土的覆盖及人类的践踏，很快就长出了绿油油的草叶，各式各样的野花在怒放，甚至长出了一些杂树苗，似乎一个死亡了数十年的大自然在复活。一开始，阿尔还以为他对维拉施加的影响有了效果，尽管这跟他的设想有所偏差，但也不错了。他趴在地上，注视着一株波罗蜜树苗，这种从天竺传入的、带着古老佛教信息的果树，将会结出大如木桶的果实，一俟成熟，浓郁的甜香在空气中缭绕弥漫。在果城，近三十年以来，人们除了能吃到无土栽培的西瓜、番茄和草莓等草本植物长出的瓜果之外，已经没有品尝过任何水果或坚果的滋味了。果树及其他树木已无容身之地。阿尔的眼泪哗哗地流。他决定每天用一掬狂喜之泪去浇灌一次那株珍贵的树苗。

　　维拉用了七七四十九天（这比上帝创造世界的时间长多了），才将地球上的所有建筑物完全拆除，而建筑业相关的行当一并式微乃至消亡。她对地球的毁灭性打击，至少使人类文明倒退回到了原始社会，不破不立，大破大立，这就是维拉。但大自然反倒呈现出古怪而强大的活力。你瞧，植物疯狂生长，铺天盖地，树木每天以惊人的速度开枝散叶，蔚然成林。阿尔以泪水浇灌的波罗蜜树，已经长到了四五米高，树冠如盖，在树干及枝条上还长出了上百个黄茸茸的、拳头大的果子。这一番景象，跟史书上记载的蛮荒年代何其契合，换言之，这就是大自然的雏形或童年。但这一切脆弱如蛋壳，像海市蜃楼飘忽而虚幻。至少，这完全在维拉的设计之外，她没有画过这些。她现在对画花花草草之类的小儿科毫无兴趣。阿尔像置身于梦境中，不敢相信这一切都是真的。

　　维拉最后动工的时刻到了。此前她沐浴斋戒，焚香祷告神灵，她

第一章　胶囊公寓

将用尽精气神,去画好这一幅世界之图,力求一举成功!她将《胶囊公寓》上的画面全涂掉,画上了荒凉原始、如新生婴孩般的地球,然后在其表面画上了一座庞大的胶囊公寓。该超级公寓以整个地球为地基,连大江大海也被它覆盖。它直通天际,里头的通道密如蛛网,胶囊房间以天文数字计,但她尽可能模仿了(她所理解及考证的)天堂的造型!这座庞大建筑物足以容纳地球上的已有人类乃至未来出生的人群。转瞬之间,那幅画变成了现实,那栋庞大得无法形容的胶囊公寓将地球上的陆地和海洋完全覆盖了,每个人都分到了自己的一间胶囊房。至于休闲区、运动区、娱乐区等公共活动场所,在公寓中早有安排,应有尽有,甚至有空中花园,用塑胶盆栽种着奇花异卉及至种种无根树,这虽然有违二〇四五年的现实,却不失为想象雄奇的浪漫之举,也体现了维拉作为女人的温柔与慈爱。维拉成功了。那个空中花园不能说不是一个亮点,这也是阿尔认为"维拉超级公寓"跟地狱略有区别的唯一地方。至于食物,全由温室供应,这也是现实中的果城或禾城的情况。现在已进入了二〇四五年,科技发展迅猛,自不在话下。在这座乐园里,不仅有供之无尽的肉食及菜蔬,甚至连树木生长的水果、坚果都能生产及供应了,而不仅是草莓之类的浆果。

阿尔忧心忡忡。他感到世界末日提前来临。每天夜晚,他都偷偷拿着一把锄头,跑去挖超级胶囊公寓的墙角,但一等到天亮,好不容易被挖掉的墙体,又像伤口已自动愈合。他想起了月亮上砍伐桂树的吴刚以及推巨石上山的西绪福斯。他们仿佛是同一个人,有三种不同的躯体,生活在不同的年代及世界。这种苦役犯般的徒劳之事,就是他余生中不可更改的命运……

蒋导演说完了。连莲花也不得不认为,这个剧本的修改思路有狂想曲的磅礴气势及神话般的想象力,但是她拒绝修改。这不仅是观念及价值观上的问题,而是她憎厌以创世主自居的新维拉。

地下人

我提醒她说，这两个故事似相互抵牾，其实有异曲同工之妙，其寓意不亚于原著，只是原本错综复杂的人物关系有所消弱，人物形象也变得扁平和单一，原著的深度被取消了。莲花直摇头。一个追求爱情和艺术的维拉变成了专横、独断的巫婆或女君主，这让她无法接受。另外，这个故事不是她的。这冒犯了她。她从来不愿借助别人的构思，来完成一个署名"呼延莲花"的剧本，哪怕仅是别人的一个小意见，她也不会采纳。她拒绝使用任何人的灵感，对文本的原创性及形式感都高度重视，不愿看到一丁点瑕疵或别人的建议来伤害她的故事。这样说吧，她一旦定稿，连一个标点也不肯修改。

结果是灾难性的，她失去了跟大导演蒋学智的合作。这曾是她梦寐以求的机会，本来她可以借此鱼跃龙门，身价倍增，即使无法像富人那样立马乔迁独立公寓，至少也可以在不同的胶囊公寓租住多几个小房间。蒋导演也深表遗憾。他本来可以借此拍出一部反映这个时代乃至对未来世界不无讽喻意义的史诗性巨片。但莲花拒绝合作，那他也就没有办法。关于画作变成现实及女画家拥有特异魔力等核心情节，均受到版权法的保护。莲花付出的代价难以估量，其中一个就是她无力再交付在海葵胶囊公寓的房租。在这样的情况下，我们真是天生一对，同是天涯沦落人。

在一个风雨如晦的日子，我跟莲花离开了海葵胶囊公寓。我跟她像是一根绳子上的两只蚂蚱，既相依为命，又搅缠不清，关系也有点别扭。我们比普通情人要复杂和古怪。我们之间有一股犹如革命同志般对彼此忠贞的激情，一种秘密结盟式的同谋者关系，这比普通的爱恋似乎更牢固，却也散发出某些复杂荒诞、难以言说的味道。我有一个虚幻而为之疯狂的单恋情人，但这种关系从来没有过实质性的存在；她有过数不清的情人而从未付出或收获过爱情。我们本来不应走

第一章　胶囊公寓

到一起，但现在谁也离不开谁。在离开海葵胶囊公寓之后尤其如此。与其说我们为爱情所吸引，毋宁说是为了某个古怪的信念或共同的追求，但跟爱情关系不大。当然情欲的相互吸引一直存在，不必否认，也无须掩饰。

我们对一切胶囊公寓都烦透了。我们必须寻觅容身之所。天地之大，却似无我们的立锥之地。在果城，到处都是底层者聚居的方形或圆形的胶囊公寓，此外的建筑物则是富人们的独立公寓及别墅区，两者之间为纵横交错的灰色街道所连接。微型荒野乃至哪怕是一小块公共绿地，早已荡然无存。

其他城市也是如此，到处都是市中心，而没有郊外。我跟莲花相视而笑。我眼前浮现出了维拉的名作《白房子》。那个女画家纯属虚构，那幅画亦了虚乌有，而其画面及其相关幻境更是双重虚构，此刻却为我们带来了巨大的现实感。那个虚拟之境未尝不可以从手上变成现实。我们不需要一座大厦，更不需要一座城市，我们的需求很低，只要几株树，一个小池塘，几畦田地，一座小房子足矣。但是，去哪儿找这样的一个地方建造新家园？在这个没有泥土更没有植被的世界里，私建房子是违法之举，不仅违建物要依法拆除，私建者也会锒铛之狱。在二〇四五年，这跟贩私盐及走私核武器一样有罪。我们凝望对方，异口同声说："去洞城！"

洞城是果城的地下卫星城。众所周知，几乎每一座城市的地底下都有一座地下城，犹如大树的根系，互为镜像，犹如倒影。在地下城的摩地大楼以及狭窄巷道里，住满了赤贫的人类。大多数足不出户，一辈子老死于地下。但洞城跟果城仍有连通（有两条地铁将其联系），犹如果城在地下的延伸、补充和发展，某种程度上也有对立和拒斥。不少人住在地下，却在果城工作，有的人在攒够了资本之后，甚至搬迁到地上生活，重见天日。我跟居住于洞城的人打过交道，但

地下人

没去过洞城，那些隐匿于地下的街区是我的陌生之所。没有谁说得清洞城的第一代居民是谁（也许那时还不是一座地下城，而仅是一个洞窟及其简陋建筑），是一个还是成群结队？又在什么时候？但到了二〇四五年，洞城的规模已接近于三四十年前的果城，人口怕亦有八九百万。

洞城的文明程度不容小觑。至少在地下挖掘或建筑房子方面拥有较大的自由度，只需例行公事去国土局、房产局、城管局等十几个部门申请登记即可，不像在果城完全杜绝了私建住宅的可能。正是这一点，让我们感到洞城是人间最后的乐园。你整天在地下鼓捣，也没有人去管。据说有一个人在地下的某个隐秘之所挖掘了数十年，矢志要修建地下天空，也不知是真是假。当然，在洞城要种树或培育植物仍难如登天。由于现代科技的广泛应用，五谷、杂粮及蔬果的生产不算难事，成本却十分昂贵，倒不如从果城径直进口。不少贵族或富豪利用温室来培育草本植物，要培育树木乃至地下森林的可能性仍很小。要建筑一座像样点的白房子、红房子或蓝房子却大有可能，这当然比住在海葵胶囊公寓或别的任何胶囊公寓要舒服。

民间一直流传着种种更神奇的说法，那就是洞城之下或之侧还有数不清的地下城，更隐秘，也更庞大，跟地上王国完全隔绝，俨然是独立城邦。诸城在修建之初，就刻意隐藏及避开了地上居民的耳目，文明程度有过之而无不及，经过多年经营，蔚成大观，如君子城、地下伊甸园、儒城、道城、桑城等等，有人造太阳提供热能及照明，有温室生产食粮，跟地上世界一刀两断。诸城之中各有特色，甚至有绵延数百公里的地下森林、浩瀚辽阔的地下湖泊乃至地下海，这都是地下居民文明及智慧的产物，筚路蓝缕，不断建构。我对此将信将疑，就像是否有神或外星人难以证实，更不好一笔抹杀。但我倾向于认为，这一切都是染有浪漫主义癖的好事者在洞城基础上发挥想象力铺陈演绎的结果。

我们将以一己之力在洞城挖掘出足够的地下空间,以不存在的油画《白房子》中的建筑物为蓝本,以中世纪工匠建筑神庙或教堂的虔诚、耐心和激情,一手一脚地用一砖一石去建造我们的房子。我们喜欢纯手工生产的方式,当然也是为了尽可能省钱。另外,即使无法种树,也必须养活几个盆栽。从明天起,我们将在洞城开始新生活,告别了"海葵"及"四季",我关于果城而主要是胶囊公寓的记事到此为止。

(本章刊发于《西湖》2014年第1期,"新锐"栏目,头条。重写版更名为《剧本》,刊发于《小说界》2016年第6期,"乌有谭"栏目,配发安石榴评论《"我们正在接近城市生活的一个危机时刻"》)

第二章　寻我记

多年以后，我发现失去了我的过去……而主要是往事与记忆。这种丧失难以觉察，却连绵不断，不可逆转。我的过去将大面积沦陷，最终被遗忘占据。有时，我忽然想起某人又想不起其名字。有时，我想起某事又无法得到整体。有时，我抽出了连接着过去记忆的线头，一拉又断了。有时，我省悟现在这个形态，跟某时某地的某次遭遇有关，但想不起是何时何地，又发生了什么事。那些往事也许没有消失，像礁石潜伏于海底，当记忆之船撞上去才被感知。我陷于遗忘带来的孤寂中。头脑的记忆也靠不住，像彗星的尾巴在飘散。

早几年，我还试图通过朋友寻找、搜集、拼凑别人关于我的看法或记忆，以还原我的过去。我一无所获。我决定活在当下，享受每一个瞬间，没有记忆，也没有负担，忘记任何人及任何事物，忘记时间的堆积及流逝。

我是一位诗人，但忘了写过什么诗。我倒是记起给《果城都市报》写的专栏"洞城秘辛"，每周要供稿一篇。洞城是果城的地下卫星城。为了稻粱谋的文字，让我羞于启齿。该专栏是为了向读者介绍洞城的奇闻逸事而写，是一个交织着传闻、报道、轶事、揣测、流言之类的大杂烩。除了诗和专栏，说不定我还写过别的什么，譬如故事或小说。就算有，我也忘了，手头亦无文字留存。

我喜欢旅行。陌生之地的美及神秘，有助于我习惯越来越陌生的

第二章 寻我记

自己。我对沿途的风光比终点更感兴趣。在路上，所遭遇的人及事物都很陌生，这使生活因流动而出现了新的可能。不断涌现的风景及事物，也有利于填充我因记忆漏失而空洞的头脑。我在旅途通过互联网将写好的专栏稿发给编辑。

我有一年多没回家了吧。我至少有半年忘了曾有一个家，或一套房子，它位于洞城一栋名叫"蜂巢"的摩地大楼第三十八层。除了老鼠或蟑螂，很少人喜欢住在不见天日的地下城。有钱人住在地上，穷人只能选择地下，这就是二〇六六年的现实。当然，也有大款爱在地下建园林及别墅。我参观过地产商王家成在洞城的地下园林，俨然是苏州拙政园的翻版，长廊曲折，水流不息，亭台楼阁之中，林木青翠，花卉吐芳，让人误以为置身于地上世界。花木都是利用温室培育的，有的树木长到了七八米高，树冠如伞，这在洞城的私家园林中殊为难得。我曾以此为素材，写了篇文章，内容想不起来了。

这趟远行持续了一年多。我从洞城出发，沿着果城、谷城、云城等兜了一圈。这次旅行乏善可陈，没么值得记取的事。据说在洞城更深更远的地底，存在着比果城更大的桑城、儒城、道城、自由城、君子城等等，人口在六百万到三千万之间，但没人宣称去过或有资料佐证。现代的交通工具太快了，极大缩小了所需时间，与其说这是对空间的胜利，毋宁说是对时间的嘲弄。像我这样时间多如海沙的自由职业者，很怀念骑着一头毛驴或一台单车去远游的时代，哪怕是坐长途列车也好。无论地上还是地下，列车的速度都直追光速了。

在果城与洞城之间，每天均有地铁及地下高速公路相连接。我从果城广场的地铁站，转乘了三路地铁线才返回洞城的"蜂巢"大厦。好久没回家了，但愿没有小偷光顾。不料房里灯光明亮，里头奔出一个女人。她抱住我说："亲爱的，你总算想起家啦。"

我居然有一个女人？我印象中没结过婚，短暂的三次恋爱都半途而废,那几个对象也记不清模样了。我说:"你认错人了吧?怎么在我家里?"

"这也是我的家啊,可怜的人哪,看来你失忆得太厉害了。"

"那我是谁?你又是谁?"

"你是陆深啊,我除了是黄晶还能是谁?我们结婚快四年了。你回来就好,这次你离家这么久,我好担心。你会恢复记忆的,一切都会好起来的。我会好好照顾你。"

她身材高挑,风姿绰约,对于这样的妻子,谁会拒绝呢。我说:"我失忆有多久了?"

"大约从去年初起,你突然得了种怪病,颈肩僵硬,背部奇痒,问医不愈。过了一个多月,你常做噩梦,老发谵语,后来连我也不认得了,还说遇到天上的仙人来着。之后,你失踪了。"

我狐疑不定,说:"我累了,有话明天说吧。"

我瞥了一眼客厅上挂着的结婚照,头大如斗。我进了厢房,掩上门,将思绪梳理了一遍。这样对妻子太冷漠,但我对她所说的抱有怀疑。我得谨慎行事。她说得有板有眼,但太离奇。至少,我对她没有印象,也从未想过我是有妇之夫。我本想一走了之,又怕她说的是事实。我对她有点着迷。门外传来她的声音:"你甭紧张,一切都会恢复正常的。晚安!"

我很久没在家里睡觉了,习惯了住旅馆。至夜深,我屈服于对黄晶的情欲。她敲开我的房门,回眸一笑,笑意中有羞涩,也有明目张胆的挑逗,我忍不住跟她进入了卧室。她将双手按在胸前,做了一个宽衣解带的模拟动作。我脸红耳热,对此似曾相识。她褪下衣裳,背部赫然露出鸟翅般的物什,翎羽整齐,绒毛细密。她将其摘取,脸色羞红,仿佛那才是她最后一道防线。

第二章　寻我记

"那当然不是真的,而是一对模型。做工很精细,看上去难分真假。"她说。

那是她父亲离家出走时留下的唯一礼物。她从十二岁起就戴着它们,时间久了,不戴反而像没穿衣服那样不习惯。她常做在天空飞翔的梦,有时还梦见父亲。他的脸总是看不清,只能看到那对硕大有力的翅膀。她当然不会飞,但从不怀疑他是一个会飞的人。

黄晶搂住我说:"我在飞,而你是广阔无边的天空。"她委身于我,娇弱无力。我不否认她肉体的美妙,而我从她身上发现了一条若隐若现的线索。我想起多年前在某次旅途中遇见的一个女人。我俯身将她的双脚搬过来,又掀过去,那双脚温软滑腻,十只脚趾丰润白嫩,显然是人类的美足。我叹气。她不是长着鱼尾巴的女人。我心不在焉,精神游离于肉体之外,黄晶那个略带色情的动作,就像一根记忆的线头,让我抓住并抽出了一桩往事。

那一年,我好像是到了一个海边的小镇,但更像是涉足于某个高原的咸水湖。具体地点是想不起来了。眼前那一片涌动着蓝色波涛的水域,却犹在眼前。它像流动的镜面,使记忆历历在目。重要的还有天空,倒映的天空和真实的天空所构成的二重性,让我置身于梦境或镜面之中,让我晕眩。除非来到这种地方,才能看到稍微干净的天空。甭说是洞城,就是果城,也无法找到一块手帕那么大的天空了。果城上空矗立着难以尽数的摩天大楼,连同尘埃、废气及太空垃圾将天空遮蔽了。我怀疑见到的天空源于梦境或幻觉。天空彻底消失于人们的视野,是二三十年前的事了。

我不知为何漫游到了此地,也许是无心插柳,也许是赴约。我跟那女人的相遇也说不清是萍水相逢,还是早有约定。我们初次相见,后来也没有相遇。我们在海滩上相视而笑。她说:"你来啦。"我向她走过去。她倚在一栋木屋门前,阳光灿烂如白花。她的面容如美玉晶莹温润，眸子幽深如海水，透着神秘的黑蓝。她的长发纷披于双肩，又从背部流泻如下，像金色的波浪在阳光下跳跃。她的白色长裙垂到脚底，裙子上绣着海浪和蓝色水草，长发也垂及地面，像是另一幅裙裾。我看不到她的脚。

那个午后，我们聊了半天。我们的交谈事关风月，但也不仅是调情，可惜细节全忘了。当我想到这里，忽然发现记忆又重回眼前，往事历历在目。只是她的名字及家乡的具体位置，却怎么也想不起来。那一次，我们似乎谈及了生命、自由和欢笑，而这都源于爱、善与美，也触及了神秘的事物及其源泉。譬如，在地下及海底均有神奇国度，住着非同凡响的人，尚未被贪婪而愚蠢的地上人类所污染及破坏。她不担心这一点。她认为人类科技虽日新月异，发展迅猛，制造的核武器足以将地球连同太阳一齐炸毁，但不可能窥见那些地下世界及神秘之美，因为他们丧失了纯真之心——我旋即又怀疑记忆中掺杂了虚构与想象，至少也有着遗漏、删减、篡改乃至歪曲，这样就不可信。我们坐在海滩上，一直到落日带着壮丽的晚霞坠入大海。

"你是诗人，你天真而伤感，像笼中兽痛恨监禁和奴役，又像鸟儿渴望飞翔般向往自由。诗人是通灵者。我一直盼望能遭遇一位诗人，那也许是你也许不是，但遇见你让我愉快。"

她往屋里走去，回眸一笑，将双手放在胸前比了比。她有天使的脸孔，但略带色情的手势，让我惊诧而亢奋。她眼里的海水几乎将我淹没了。我跟她如鱼得水，又宛若身处于肥皂泡般的梦幻中。我像大船在海上航行，像踩着冲浪板在四五米高的巨浪上穿越，又像载满宝物的货船被卷入了漩涡中的海底。我像海底的火山，爆发于她幽深神秘如汪洋的肉体。这一切都跟海水有关，我自信以后仅凭她的眼睛，就足以记起她来。

翌晨，我醒来时闻到了煎面饼的香味。她在做早餐。我的背部被

第二章　寻我记

床上的硬物硌住了，那是一块银白又泛着浅淡七彩的东西，像是大鱼鳞片，美丽炫目，却有莲花瓣那么大。我顺手塞入了背包。

用餐之后，她划船陪我出海去。阳光如雨，风平浪静。途中远远眺见一座海岛，云雾缭绕，树影中似有桃花，涛声中有鹤唳，云影间见鹿奔。她说："那儿是我的故乡。"我以为她要带我上岛一游，但她脸色凝重，似有悲戚，只是默默划桨，泪珠欲滴。小船又行驶了一两个小时，忽觉风云变色，大雾愈来愈浓，天地间仿若裹于一团浓雾之中。小船像是向那岛驶去。须臾间，船已靠岸，她说："到啦。"我还以为到了那座仙岛，却听得女子说："送君千里，终有一别，他日有缘，自会相见。唉，只怕是再无机会了。你走吧。"她伸手一推，我身不由己，双脚趔趄，早已登岸，回头一望，但见浓雾弥漫，海天均裹于白雾之中，哪儿还有她及小船的踪影？耳畔犹听到她的声音传来："爱甜如羊乳，一旦凝固，就会像奶酪那样僵硬。爱在流动中保持神秘，否则自由也会变成绳索。愿君安好——"

"你是谁呀，请告诉我姓名——"我冲着波涛呼喊。但闻涛声激越，再无她的声音。我如梦初醒，发现已处身于果城的大街之上。果城虽与海相邻，市区距海边也有二三十公里，却不知那女子撑舟如何抵达此处。我后悔没有问女子姓名，也许问过又忘了。后来，我每次想起来只能以渔女相代，更后悔的是，在船上没有偷掀她的裙裾，看她是否长有人脚。我将那块鳞片视若珍宝，愈加认定是她身上脱落的，她可能长着鱼尾。

黄晶问："你怎么了？"我一声叹息，到储物柜里翻找，那块鳞片赫然在目，光华不减。感谢老天，让我想起了她，以及这段往事。很快又会遗忘，除非是我将其写下来，或将其当成"洞城秘辛"的一篇，但这跟洞城有何相干呢。我心头酸楚。

"没事吧？"她问。

地下人

"我想起了跟你初次相识的情形。"

"总算想起我了。你说说看。"

"时间忘了,跟你相识的那一幕,却历历在目。"

记忆真是怪东西,说忘就忘,说来就来。当时我在一个海滨小镇漫游,海水肮脏、黏稠而腥臭,像熔化的废铜烂铁在流淌。这跟天空的颜色和形状倒很相配。远处岬角上有一堆东西,像是报废的渔船,出海打鱼也是湮灭多年的旧事了。一种叫海葫芦的植物,叶厚梗粗,以惊人速度占据了海湾,散发着浓郁的腥臭。

那几年,我老往海边跑,心情复杂。我也无法断定那次旅途遇见的是黄晶,还是该渔女。都跟海边有关,这是确定的,尽管回忆中的两个大海大相径庭。我试图看清海水中的天空。海面像古老的铜镜,斑驳模糊,天空也是这副模样。我很伤感。对于一位持自然论的诗人来说,我好多年没写诗了。我诗思枯竭跟大自然崩溃几乎是同步的。

打扮入时、长发飘扬的黄晶出现了。她说:"愿意请我喝一杯吗?"

我笑了,和她步入海边的一间小酒馆。

"我是新宇宙有限公司的高级主管,也算是个科学家,擅长宇宙学、黑洞理论及人造天空的研制和开发。我注意你很久了,知道你想要什么——"黄晶用手捏了捏我的背部及肩膀,诡异地说,"我不会将你暴露的。"

她误以为我是拥有翅膀或飞行能力的人。据说,近年来会飞的人越来越多,驼背人及穿着长裙的女人,都可能是半人鸟或美人鱼。但我不是。我说:"你误会了。"

"我不会看错人的。你迟早需要这件产品,"黄晶掏出一个核桃状的东西,说,"你别小看这个玩意,里头是一个水陆面积有三百万平方公里的人造星球——地球—二〇六六号,不仅有你梦寐以求的广阔天空，还有与之相配套的大地、森林、江海和湖泊，尤其是海洋，你将能看到三百年前的干净海水，像新丝绸在舒缓地起伏，鸥鸟在浪花上盘旋，水底有大鱼遨游。这跟你现在看到的巨大垃圾池是无法比拟的。这个小宇宙性能稳定，使用安全，用途广泛，可随身携带。研制时严格按照地球——当然是创世时未遭人类践踏的世界来克隆的。我可以免费送你，但作为交换条件，你得跟我走，陪我在这个人造星球度过一年时光。"

"这是测试吗？"

"也可以这么说。但不会有事的，我进去过六次了。"

"你找我是因为公司的业务？像是一次推销？"

"瞧你说的，那是我喜欢你。我是有任务，找谁却由我说了算。毕竟，我们极有可能就是那个世界的亚当和夏娃，可得找个又帅气又靠得住的，嘻嘻——"

"你怎么知道我靠得住？"

"我就知道。"

但是，出于对某种未知事物的恐惧，我打了退堂鼓。她说："亏你还是诗人呢，不是以揭示神秘为己任吗？我看你是叶公好龙。"

"我不喜欢一切科技或人造的东西。出于人类享乐及贪婪的天性，地球就是被毁于种种打着造福于人类而实质背道而驰的科技与发明。你们的狂想固然值得称道，但立足于商业之上的科技产品，未必是福音。我不需要什么人造天空。如果在尘世跟你携手共度，倒是美事一桩，至于跑到什么果壳里去，却未免有点荒唐——"

"你不信我？"

"你不需要骗我。我不否认你们有那个能力。"

她紧握着那个核桃，我担心她一怒之下就摁开关，突然消失于果壳中。那核桃的材料非金非玉，非塑料非木头，可以肯定不是树上长出的核桃。它的表面大致呈红黄蓝三色，晶莹剔透，像一个无限缩小的地球。

"你爱我吗？"

"爱！"

"那你马上跟我走，什么也不要说了。"

"如果你也爱我，就不能让我做不想做的事。"

"你不陪我去，我就得跟别人去了。遇到你，我不可能再爱别人了。你不爱我！"她哭着跑了。

我后来未曾想起在其他场合（包括那个果壳里的世界）见到她，更想不起我们为何冰释前嫌、缔结连理。因此，这个记忆是片面的、断裂的，残缺不全。但我还是老实交代了相见的情景，也是唯一一次。

"那不是咱们第一次相见的情形，"黄晶说，"我不知道你想起了哪个狐狸精，但不可能是我。你满怀深情地说起的女人，都留着火鸡尾巴似的长头发，而你老婆向来都是短发。你看我的头发！你是故作不知还是要气我？关于所谓人造宇宙的事，我闻所未闻。我从来就不是什么公司的职员，而是洞城一位光荣的人民教师，教书十几年了。你真忘了？我就跟你说吧，那天我看你在《果城都市报》'洞城秘辛'专栏的《地下天空》，被打动了。这让我想起了父亲。我怀念他，他离家出走多年，不知所终。

"我通过报社跟你联系上了。我们当时在报社旁的咖啡馆见面，外面下着大雨，雨水对玻璃窗的敲击让我心烦意乱。父亲离开我时，不到三十岁。你让我想起了他。这是我唯一一次主动去约一个陌生男子。我问，我是你笔下那个艺术家的女儿，感谢你。你是否见过他？你有联络他的方法吗？你是如何掌握这个素材的呢？你的回答让我很失望。你从来没想过艺术家也有家庭，还有女儿，甚至连他本人的存在都是未知数。该文纯属杜撰，那个专栏十之八九均是如此。但是，现实中跑出来一个女子，自称是艺术家的女儿，并向你打听其下落。看来，你在传说基础上的撰写并非全是假象。一个虚构故事却招来了现实中人的干预，这让你满足了虚荣。你说，如果当时就艺术家的女儿添两笔就好玩了。但是你对我表示爱莫能助。

"我没找到父亲，却收获了爱情。你像孩子暴躁而任性，反激发了我的母性和温柔。你的专栏真不错，广受欢迎。但你的诗不怎么样，就像说梦话，太朦胧了。你说，这不能怪你，无论在果城还是洞城，我诗歌的读者不会超过十个。"

我搜索枯肠，眉头紧锁，对这一切没有印象。我没有想起任何跟结婚相关的场景、事件及人物，甚至连洞房花烛夜都忘掉了。关键在于那篇《地下天穹》，我说："你能找给我看吗？"那是二四年前的事了，黄晶到书柜翻出了一个剪报本，里头是我这几年的专栏"洞城秘辛"。她翻出《地下天穹》指给我看，日期是二〇六三年五月十二日，第一句就让我触目惊心：

一天清晨，他醒来后发现肋生双翅，羽翼丰满，羽毛洁白。他曾被双亲遗弃，关于双亲记忆全无，他想象过每个认识的长辈都可能是父母，从而在心中塑造了千百个形象。他现在被人类抛弃而成为非人。他也许是天使，但更像是人类的孤儿。他不是鸟而拥有一对翅膀，他是人而比飞鸟更善于飞翔。他作为果城年轻有为的艺术家，但因为一次忍不住在果城郊外飞起来，惊动了市民及当局，惨遭追捕。追猎者动用了猎枪、渔网乃至直升机。当他侥幸逃脱后，进入了开发前期的洞城，作为洞城最早的居民之一，一直是这个地下城最卓著的开拓者及建设者。

传说洞城中央那座容纳了三百二十栋高楼的空间（即庞大

洞窟），就是他的杰作，而洞城附近面积达九千公顷的地下湖，也是他以一人之力挖掘出来的。这都是上个世纪七十年代的事了。有趣的是，在近百年前，果城及其附近的地上世界，亦在大兴挖湖修渠移山填海的雄伟工程，那当然是集群体之力。当时的地下人跟地上人素无来往，而洞城渐成规模，并作为果城的卫星城容纳了数百万底层公民，则是本世纪三十年代以来的事，距今不足四十年。他的真名实姓无人知晓，只有其绰号"艺术家"为世人所知，并永载洞城史册。

艺术家据说精通雕刻及装置艺术，又是独步当世的书画家，但其作品常人难以看到，连资料亦语焉不详。他有一幅画散佚海外，在巴黎拍卖了两亿美金。据说，画的是一位被囚禁的天使，被关入了铁笼子，而笼子从天空的一朵乌云中悬垂下来，连接着一根粗大锁链。羽毛几乎被拔光的天使垂着宽大翅膀，像就要被送上烤肉架的火鸡。而天使的面容实则是其自画像。笔者对艺术家的所有作品都很感兴趣，翻遍了果城及洞城的图书馆，乃至到互联网上查找，欲一睹为快，却无缘相见。该画实有其事还是道听途说，仍是一个谜。就像艺术家本人及其众多神奇事迹既流传至今，家喻户晓，又无从考究。

作为洞城近百年以来有数的奇人异士，艺术家仍然是首屈一指的神秘人物。有人居然论证出他就是开辟了洞城的"地下盘古"，尽管语焉不详，更没有说服力。"地下盘古"是传说中的洞城缔造者，也就是开挖了该地下城第一锹土的人，一个洞城史前史半人半神的人物，这更难以考证。关于"地下盘古"的故事，容笔者下期再谈。

说回到艺术家身上，他对洞城做出的不亚于开天辟地的丰功伟绩，据说倒不因为其心怀苍生，具大悲悯及天下为公之心，实

第二章 寻我记

乃出于私心或至少是无心插柳——这对贤者有大不敬——此说笔者当然不敢苟同，但并非空穴来风。他之前挖掘洞城中枢及地下湖，乃是为了修建一个堪与跟地面天空相媲美的地下天空，但由于他缺乏远见，选址过于接近果城，旋即被人发现，被越来越多涌入地下居住的人们所占据。他遂弃之而去，在地底更深处挖掘地下湖。不幸的是，他重蹈覆辙，鹊巢鸠占。他没有低估二十世纪果城人民的生育能力及对居住地的需求量，但没想到地下城移民一次又一次发生了人口大爆炸。这一次，他总算学乖了，深入洞城地底下数百公里之外的神秘所在，去挖建他心目中伟大的蓝图——建筑一座宏大完美的地下天空。他是怎么到达该处而不留下蛛丝马迹，以及如何工作及生存，等等，都成了当代洞城史上的谜团。

数十年以来，各种猜测从未间断。有人说这是无稽之谈，起码那个地下天空或其工地就没找到，甚至连一个会飞的艺术家是否存在都是未知数。这是对某个拙劣艺术家的神化及对其生涯的艺术加工罢了。该派甚至罔顾事实，连艺术家身上的翅膀都予以否定，认为不过是他曾绑着两件人造翅膀而妄想飞上天去的失败试验，以讹传讹，遂将其包装成了异人乃至仙人。这种实验不足为奇，在前飞行器时代的一千年里，古人一直未停过尝试。有一家说法是，艺术家殚精竭虑，全力以赴，在昼夜不停地劳作了七八十年之后，终于建成了辽阔无边的地下天空，高度及宽度都看不到尽头。他也垂垂老矣，翅膀掉光了毛，根本无力举起那对沉重而硕大的翅膀，哪怕是做一次小小的像鸭子一样的飞行。该派人士笑他太过痴傻，如果计划中的地下天空略为小一些，他便有可能因早日建成而得以享受飞行的乐趣。但人都是贪得无厌的。这种说法最为悲怆，迹近于恶毒。笔者写到此处，亦不禁为之洒

地下人

一掬同情之泪。还有一种说法是，地下天空的建造实有其事。艺术家已届耄耋之年，白发皓首，年老体衰，仍在艰难而坚定地劳作，这项计划虽然惊天地、泣鬼神，却像制造永动机一样不可能实现，正如人不可能拔着自己的头发离开地球，也就不可能从地底挖出天空（笔者对此不敢苟同，地下天空不是说真要建造一个有风云雷电的天空，实乃隐喻之说，是指一个足够大的供艺术家飞翔的空间。哪怕是隐蔽的、密封的巨大空间也行，无非是一个庞大的洞穴或房子罢了）。

在此文见报之时，那位可怜的艺术家可能仍在地底下不断地挖掘和搬运，至死方休。他将洞城乃至整个地下世界当作了堪跟坎儿井、大运河或万里长城相媲美的伟大工程来进行。也许他沉醉于工作本身而遗忘了目的。有朝一日，也许这件伟大的雕刻品（在泥土中挖掘算不算一种另类的雕刻？）终将出土而令世人震惊。到时其影响之大，跟西安兵马俑的发现相比怕有过之而无不及吧。

无论如何，当此事流传了近百年之后，艺术家恐怕已不在人世，尽管他有飞翔的能力及天使的尊容，但既无法返回天庭，终究跟仙人有别而无异于常人。不管怎样，关于艺术家修建地下天空的狂想及实践，毕竟是本世纪最有趣及最有想象力的事件之一。兹录于此，以飨读者。

文章署名"陆深"，其繁复夸饰的文风也确是我的手笔。我说："看来我歪打正着了。我没见过老丈人啊。那你到底是不是'艺术家'的女儿呀？"

"洞房时你也问过我，我当时就说了，当然不是。你的文章让我想起了父亲。父亲平时爱鼓捣艺术，搞发明，曾制造小飞机未遂，后

第二章 寻我记

来干脆研制出一对利用电能或太阳能飞上天去的翅膀。他做过无数件类似的模型,但没有一件能使他获得飞翔能力。后来他离家出走,音信全无。他给我留下的这对翅膀,我视为护身符,多年来都戴着它们。除了他的年龄和姓名,别的全忘了。他不是你笔下的艺术家,更不是洞城或其他地下城的先驱,我父亲没那么老。"

"第一次见面就怀疑你所说的,艺术家未必实有其人。你是醉翁之意不在酒。"

"你呀,真是个呆子。"

阅读那篇旧文,又触发了我关于跟某人遭遇的记忆,我犹豫不决,不知该不该说出来。黄晶凝望我,仿佛洞穿了我的心思。我说:"这篇旧作让我想起了一个小老头。当时我跟他相遇于果城郊外一个废旧的游乐场里,它怕有五六十年了,设施在风雨侵蚀下残缺不全,场中的旋转木马却几乎保持完好。那柄巨伞千疮百孔,那十六只木马倒四肢齐全,虽无法转动,却让我涌起童年的记忆。我一跨腿就坐上去,耳畔仿佛响起了悠扬乐曲,身体也像跟木马在转动。我闭上双眼,那种旋转的感觉美妙而真切。好一会,当我张开眼,发觉有一个矮小驼背的老头笑眯眯地望着我——"

那老者五短身材,须发皆白,双眸澄碧。他身穿灰色葛衣,乃仿古唐装,虽缀满补丁,但干净整洁。他散发着旧时代的气息,像是古代至少是上个世纪的人。

"我是一个雕刻师,我认为你报道过我,"他说,"但大多是臆测胡诌,道听途说,捕风捉影,距离事实太遥远了!这太遗憾了。诗人或作家也是艺术家,就像创造者及立法者一样,必须对事实或真理充满敬畏,不可随意,更不能乱来。我不是因报道失实指责你,你写的也不是什么报道——而是作为一个同行,对你提出忠告。当你在充分

地下人

了解要书写或创造的对象之前,请莫轻易动手。至少我是这样的,我的作品不算多,但倾注了我数十年的经验和心血,还有扎实的研究及调查。你既然所知不多或毫不知情,最好是保持沉默,或至少去做一点案头工作。我那些最好的作品或创造物,具有独立的生命和灵魂,也许活得比我更长久。譬如这只鸟儿——"

他招一招手,虚空中飞来一只鸟,在阳光的照耀下,颜色青翠,又似乎流动着金色和白色。鸟在清脆地鸣叫。每一声啼叫,都有一朵红色或白色的玫瑰花在虚空中怒放又消逝,宛若烟花,花香亦依稀可闻。我没见过这种鸟类,更没有试过用视觉感知鸟鸣。

"这就是传说中的青鸟,"老者说,"当然不是原始意义上的那种,而注入了我对自由鸟的理解。我利用蓬莱仙岛的千年沉香木雕刻其身躯,以昆仑山的玉石作其喙角及脚爪,以东海之滨的第一缕晨曦作其羽毛,又采集神秘园的玫瑰作其魂魄,其叫声如玫瑰的蓓蕾绽放,但不能持久。故名玫瑰鸟,又称爱情鸟。它的啼鸣将给你带来好运,看来你很快就会结束单身生涯了。"

我深感惊诧。我搜索枯肠,但当时想不起写过关于雕刻师或艺术家的报道或评论。至少近年没有。由于我愕然不解,老者略感不快。

"在大作里,我被称为地下天空的建造者,"他说,"你不吝赞美,甚至认为我是开发洞城的先驱者乃至'地下盘古',溢美之辞让我不安。你在文章中罗列的种种说法,离事实太远,迹近造谣。本来我也没有看到,近三十年来,我不上网,不读报。我女儿看到了,跑来告诉我。她见过你。她是我用昆仑之巅产的美玉雕琢成的,耗了我十年心血,并获得了自己的灵魂。她决定离我而去。她心灵强大而自由,就是创造者也不能将其束缚。她在人世间乃至神奇幻境漫游了好几年,在一次探望我时跟我说了,她说你是有趣的人,让我有机会不妨见见你,也许对我们探寻艺术大有裨益,诗歌和雕刻有相通之处。

第二章　寻我记

她说得对。"

我惊讶得张大嘴。我遭遇的女子不计其数，却多无交往。我为人胆怯，对风月手段所知甚少。我脑海浮现出了旅途邂逅的几个佳人，不知老者所指何人。但我毕竟想起了某些相关的记忆，恍然道："你就是那个会飞的老人？"

"你到我家看看吧，"老者点了点头，说，"我读过你不少诗，我以为形式新奇，思路独异，辞章亦华美丰赡，但内容空洞无物。不少诗篇陷入玄学之境，更有故弄玄虚之嫌。长诗《我们的祖先》倒使你跻身于当代最优秀的诗人之列而不逊色。只是我怀疑到底有几个人耐心读完它，哪怕仅是片断？这就是艺术家在这个时代遭受的命运。人们对我所谓的寻找天空及飞行术津津乐道，而对我作为艺术家的工作一无所知，对我的艺术世界视若无睹。即使是我最佳的创造之物——我利用玉石雕刻的女儿——尽管她拥有了独立精神及自由思想，对我也了解不多。我不去抱怨，但再也不指望知音。艺术的本质就是对陈规陋习、僵化凝固及愚昧无知的反抗和蔑视。越伟大的艺术家越让庸常之辈无法理解，高处不胜寒，这就是艺术家的宿命！"

我点头称是。他从怀里掏出一根小绳子，小到肉眼难以分辨，但发出幽光，好像是用某种丝线编织而成。他往天上一抛，那根绳子绷得笔直，如黯旧的闪电往天上钻去，又像是空中垂挂的一道雨水。他说："这是我平时接待来访者的绳梯，很少有机会动用——"他将上衣的纽扣解开，往后背一撩，那件衣裳宛若斗篷，露出了他背后的翅膀，银光闪烁，呈半透明状。我没看清那是何种翅膀，但肯定不是鸟翅，因为没有羽毛，也不是蝙蝠的翅膀，更没有鳞翅目昆虫的特征。那样的翅膀恐非人间所有。老者腾飞如大鸟，瞬间消失于混沌而稠密的云层中。

我望着那根细小的绳子，犹豫片刻，终于伸出手去，用力扯了扯，但觉坚韧无比。我在腰间绕上几道，打了个结，再用手指死劲揪住，顿感身体一松，已双脚离地，腾空而起，耳畔风声飒然，脚下的事物愈来愈小，直至模糊不清。我在空中上升了上百公里，但也是弹指间事。只见上面有一处庭院，林木葱郁，林中空地有一栋房子，黑色墙基、白色砖墙，屋瓦呈青黛色，屋檐高挑，外观秀丽，形体古朴，整座房子美轮美奂，就像是精美的工艺品。虽然不大，却气魄撼人，若日出之于霄汉。庭院前有井，有菜地，屋后有果园及桑林。园中的一砖一石，一草一木，既灵性张扬，又和谐自然，无一不见匠心。

老者在一处八角小亭上沏茶，笑容满面。他衣饰整齐，那对翅膀隐匿不见。我很想问他，那翅膀是天生的，还是出自他天才性的创造？但我难以启齿。

"世人皆知我于洞城底下寻觅栖身之所，"他娓娓道来，"修建什么地下天空，实只知其一，不知其二。我二十年前已安家云端之上。随着地下城的新移民蜂拥而来，越增越多，洞城已难得清静。我于地下挖掘并修建的多处房子，修建时尚处于洞城荒僻之所，不为人知，未及三五年，已成为城中村的一户了，屡遭城管及地产商的强拆及摧毁，手上的雕刻成品及珍贵材料，损失无数，却无人负责。后来，我谋得一法，见果城上空的云朵因积聚尘埃、金属碎屑及太空垃圾，状若滚雪球，越滚越大，越来越沉，也越来越厚实、牢固，风吹虽飘移而不散开，犹如移动的荒岛。我遂精心挑选了数万堆厚云，用丝绳将云朵穿起来，连成一片，方圆逾百里，遂使我得以栖居。那丝绳乃我故乡桑城的镇城之宝，伸缩无尽，坚韧无比，又轻盈而利于携带，用来束缚云朵，实乃上佳之物。我又从果城收集泥土覆盖其上，天长日久，层层累积，至今已如沃野良田无异，万物遂得以生长，鸟兽亦闻风而来，栖息繁衍。我独自栖居，倒不觉寂寞。有时我创造出来的鸟呀,兽呀,也会过来做客。女儿也偶尔回来探望。多年以来,我雕刻过的人像不计其数,用玉石雕了十二个倾国倾城的美人,拥有生命的却只有一个。到工作室看看吧。"

我跟老者步入房屋,里头陈列着数以百计的大小雕像,有木头、石头、玛瑙及一些说不出名字的材质。老者解释说:"特殊材料除了玉石,还有陨石和云精。云精是一些玉石化或金属化的云中硬块,产自乌云的深处,因雷电锤炼而具有了硬度和质感。"他所雕之物,也五花八门,包罗万象,有珍禽异兽,有窈窕淑女,有花草虫鱼,也有历史题材的人物故事。发生于二〇一二年因谣传世界末日而引发的果城大恐慌之情景,就在一个木雕屏风上有详尽深刻的反映。一头用汉白玉石块雕刻的恐龙栩栩如真,张开大口,作势欲奔。

老者说:"我还没有找到让这个史前动物拥有能量和生命的办法,它只是个雕刻品而已。"那十来个用美玉雕成的美女像,面容姣好,眼波流转,冰肌雪肤,白皙滑腻,表情细腻而生动。

老者说:"她们也没有魂灵,让自己的创造物拥有生命,是艺术家最高的荣誉。虽呕心沥血,却万中无一,可遇不可求。这对我当时的工作状态要求严苛,必须全神贯注,凝聚起全部心血、能量和灵感,将我的创造力及潜能发挥到极致,既要元气充沛,又要小心翼翼;既要激情勃发,又要头脑冷静;既要一气呵成,又要步步为营。线条的准确、用刀的速度和劲道,以及激情的凝聚、爆发及收敛,都必须恰到好处。我务必要像捕捉稍纵即逝的闪电般抓住神来之笔,而又得将灵感及激情延长并结晶,这要求我必须有强大的精神强度及耐力。我发挥得好时,不知疲倦,也不觉时间之流逝,仿佛不是我在举起刻刀,而是我本人像一把刻刀在神灵的手上挥动着,每一刀都落笔准确,力量恰到好处。直至将创造物的外观及魂灵从材料中剥离出来,完美地现身。她就像听到我的呼唤,推门走出来。我在雕刻之中，不可有欠缺，也不能有多余，只要有一处败笔（包括力所不逮、用力过猛或犹豫不决及所谓的修饰），都会前功尽弃，而成为没有生命力的次品。老实说，我刻了太多不尽人意的次品。当然，材料本身也得完美无缺，既要灵性内蕴，又要饱满沉实，气韵流动，在形状、质地诸方面都无可挑剔。一块有生命力的材料也在参与着雕刻，甚至像神灵指引着我去操作。

"如果说仅是我一个人的功劳，那就是睁眼说瞎话。我只是一个中介，或一个通道，而一股神秘的力量通过我去创造，我以为那股力量来自上帝。

"那次我很幸运地创造出了我的女儿，这样的材料千载难逢。我觉得她本来就有生命，是存在的尤物，是造化之精灵。她隐身于那具巨大的玉石之中，仿佛被石头囚禁的公主。我看得清清楚楚，仿佛听到了她的呼救声……以及腮边的泪滴。她容貌美艳，杏眼桃腮，身材高大而丰满，优美地耸起的双乳，健美而笔直的大腿……作为她未来的父亲，我闭上眼睛，转过头去。她原本就是活人，而被凝固的玉块封锁着，我只要将那些多余的玉石敲掉、砸碎，就能将其解救。我仿佛听到她在喊：'爸爸，快救我出去——'她有点心急，但并不惊惶，与其说她对我有信心，毋宁说是自信。她无声而准确地指引着我的每一下雕琢及敲打，而我如有神助，运刀如风，一气呵成，就像帮她脱去一件外套那样敲掉她身上的多余之物。她晶莹剔透，闪闪发光，站在我的面前，亭亭玉立，美艳绝伦。她搂着我的脖子，亲切地唤我，让我如饮醇酒，心醉神迷。那无疑是我最杰出的作品。但她不属于我。她比我还有头脑，精神更强大，内心更自由，即使是我也无法干涉她的生活。她每年都回来看我一两次，但我不知道她在何方，在干些什么，也不晓得她过得好不好。随着岁月渐增，我日渐衰老，而她依然保持着新生时的青春和活力，也就是十八岁至二十五岁之间，显而易见，她比我有更美好的人生。我为她高兴。

"我创造了为数不少具有生命的禽畜及昆虫，但无法再创造一个像她那样具有生命和灵魂的人。我不是没有遇到好材料，也见到了玉石中另一些女儿的倩影，但总是功亏一篑。不是操之过急，就是粗枝大叶，譬如心神恍惚或手指一颤之类的低级错误频频发生，从而留下了致命的败笔。我试图补救及勉力完成雕像，看上去也不错，但我不能自欺欺人，我知道她们缺少那最珍贵的一口气。我就像蹩脚的接生婆，没有将她们顺利接生到人间。她们在玉石的子宫或大自然的母体夭折了。你瞧，那十来个雕像就像美人的标本。我像一个谋杀犯，至少也犯了过失杀人罪。我自责不已，悲痛欲绝。这就是残酷命运对我的打击。好在，我毕竟有了一个女儿。我终于领悟，是女儿赋予了我那种鬼斧神工般的力量，也是她将这种力量独断专横地带走了。我有使命，但不可滥用。我终于放弃了创造又一个女儿的想法。这让我的心灵渐趋平静。

"我放弃了雕刻工作多年了。我像一位退休的小老头侍弄园艺，养鸟喝茶，安享晚年。我将精力花在经营这座空中花园上。也许，有朝一日，女儿厌倦了漫游而重返故园。这种想法使我安慰。"老者说到动情处，哽咽失声。

"你说令爱跟我有一面之缘，"我说，"她叫什么名字？"

"她叫玉灵，这是她自己起的。"

我透过窗口往外望去，觉得这座建筑在云中的园子，奇特而雅致，简朴而灵动。显然艺术家除了雕刻出神入化，也是一位精通建筑、机械、园艺乃至铸造等百般技艺的能工巧匠。我忽想起一事，问："听说有家公司研制出了一批人造星球，看上去只有核桃般大小，包含的空间却足有三四百万平方公里。那种神奇的核桃或星球，是否出自您的设计或巧手？"

地下人

"我对此略有所闻,但对制造的真实性及取得成功持怀疑态度,"老者说,"我没有这个兴趣,也超出了我的能力。我们这些自命不凡的家伙以创造者自居,其实在老天、上帝或神佛面前,终究是一个微型的、二手的创造者,只是造物而妄称创造者。是的,我是玉灵的父亲,但不是我创造了她,而是神通过我而使她诞生,这里头触及了神秘的源泉,也有着远大于艺术的力量。因此,我希望她能多回来陪我,但我不能要求她,也不必依赖,毕竟她有她的天地以及生活。"

老者留我吃饭,菜肴是一盘上汤的嫩桑叶。我以前听说桑叶不仅可泡茶,可入药,亦可当菜蔬烹食,却是第一次吃到此物,但觉滋味鲜美,入口甘甜,不似人间蔬菜。老者笑道:"此乃故园之物,故亦栽种了数株,以慰思乡之情。"

当老者送我回到果城地面,落脚处乃是一座阒寂无人的博物馆。我恍如梦中苏醒。我眼前有一幅油画作品,画着一座废弃的游乐场,中央的旋转木马油彩剥落,颓败荒凉,以写实主义的风格描绘了果城往昔的风俗及记忆。我想起那座空中花园及其屋宇,头脑里顿时塞满了棉絮状的浮云及雾霭,这样的情景乃是果城上空的常态。也许我刚才打了个盹,或做了个白日梦,不知怎的就进入了那幅画的情景或空间之中?关于艺术家的面晤及其邀请,却如楔子般从雾状的记忆中凸出来,使我头痛难忍,又无法忘怀。当时我不及细想,后来再回头去找那幅画及其作者,以觅得更多关于游乐场乃至空中花园的线索时,却又如泥牛入海,再无踪迹了。

我后来不死心,又去找了几次。但怎么也找不到那个废弃的游乐场,更甭提艺术家的空中花园了。

黄晶静静地听我讲完了那个故事,眼眶潮湿,说:"你无疑见到了我父亲。"

第二章 寻我记

"我不能保证句句属实，毫无误差，"我说，"毕竟是过去的事了，又太古怪离奇，但我尽量还原事实或见闻。我深知最有诚意的记忆，也会带来欺骗。你也不像是一个脱胎于玉石的人啊。"

"你没有骗我，那个老艺术家却可能在说谎，或者他由于过度沉湎于冥想及创作之中，已混淆了现实及创造两界的事物。譬如他依稀记得有一个女儿，宛若玉像那么美丽，而他又刚好创作了不少完美的玉雕。我说他撒谎可能重了点，他未必是有意为之，但很可能将某些幻觉当成了真实。你所说的关于老人的不少特征，都跟我记忆中的父亲相吻合。譬如他的身高、服饰及专长等等。我父亲就是一位离群索居的雕刻大师，他为了追求艺术的更高境界，不惜抛妻弃子，不可能有那么多巧合。肯定是他了。"

她对失踪了近二十年的父亲能有什么印象？当时她只有六岁。我说："你相信一个人可以栖居于云中？"

"有人去修建地下天空，就有人建空中花园。"

"请你不要将我写的文章跟现实生活混为一谈。别忘了，那只是杜撰或演义。"我说，"我忽然想起来，我曾在专栏'洞城秘辛'中写过《云中城》，我以老者的建筑物及花园为蓝本，却扩大了成千上万倍，居民亦相应增多，成为一座无与伦比的空中城镇，你去找找看。"

"我没看过这篇文章，"她翻了翻剪报集说，"你肯定没写过，至少在这个专栏里。"

我陷入了沉思，我至今仍没想起黄晶是我妻子，或者跟她相恋及结婚的相关情况。我连跟她上次亲热的场景或细节都毫无印象。这让我对眼前的妻子及好像被橡皮擦掉了的婚姻生活忧心忡忡，如坠云雾中，被一种虚幻感所挟裹。我为真实性迟迟未果而焦虑。相反，我跟海滨女郎的艳遇及跟微型宇宙推销员的"谈情说爱"却历历在目，那些情景虚幻如梦境，又无比清晰。我以为，那个推销人造星球的女子跟黄晶是同一个，但她矢口否认，并以头发的长短作为证据。那个神秘的"渔女"跟艺术家所说的女儿玉灵像同一个人，我知道这太过牵强，并无真凭实据。我认为推销员及"渔女"都在我的生命中留下了深刻印痕，可惜杳如黄鹤，无从寻找。眼前的黄晶跟玉灵一样虚无，飘忽，不确定，充满了梦中人的特征，至少缺乏记忆及往事的支撑。除非黄晶能提供更多的资料证据，或者我彻底将相关的往事想起来。我默然无语。我不能将这个想法和盘托出，那太伤人了。

当天夜里，我做了一个梦。我独自在一个洪荒年代的世界游走，没有目的，也没有想法。天空蔚蓝而纯净，没有受到来自人类的污染，甚至人类疯狂繁殖及学会用火，都是漫长年代之后的事。江河清澈如镜，小鱼在浅滩上嬉戏，大鱼在深水中翻身。森林苍郁茂密，参天巨木如高大穹顶之下的圆柱，奇花异草散发着浓烈的香气，野兽和飞禽在林中悠闲地来往，奔走或觅食，旁若无人。事实上，它们尚未见识到那些举着石斧和木棍的双足动物的厉害。很多动物我都叫不出名字，也闻所未闻。一群半人马在草原上如黑旋风般席卷而过，又消逝于远处的山丘，犹如闪电迸发而带来的雷霆。山谷中有一处溪流，溪中巨石滚圆洁白，青灰色的鲑鱼在石头间穿梭。一头棕熊在溪水的上游捕食鲑鱼，它双足直立，扬起黑掌，冲着我咧嘴一笑。溪畔野草茂盛，百合花、玫瑰花、鸢尾花及风信子竞相怒放，姹紫嫣红。山坡上有一片李树林，从山脚一直蔓延到半山坡，花朵密集而细碎，遥遥望去，如枝头堆雪，白灿灿一片，花香随风飘荡。更高处有一个梅林，已结出了细小青色的果子。天空和大地都是崭新的，大地除了原始林莽及野生植物，尚未有人耕种。除了兽类奔走，尚未有人类的足迹。

即使在梦中，我也知道这是在做梦，因为除了亚当，不可能还有

第二章 寻我记

别的男人接触到原始的、从来无人涉足的洪荒世界。而我显然不是人类始祖。

我在清晨完全清醒过来,终于确定了黄晶不是我的妻子,至少暂时还不是,在那个遥远的、深渊般的现实世界里不是。她只是我在一项惊世骇俗的实验项目里的合作者,或者说是同事,我们的作用跟一对小白鼠相仿佛。不幸的我终于发现我现在不是在做梦,而的确置身于一个崭新的星球之中,尽管这个星球是人工制造的,仍在测试之中,也不稳定。正因为这样才需要测试,我跟黄晶才会来到这里。之前所恢复的记忆或想起来的事情,都有确凿的证据,因为发生在另一个世界里,却显得一片朦胧。我想,我的过去一片朦胧,而未来也如坠五里雾中,前途未卜。我发现我们栖居于一个岩洞中,岩洞就在海边突出的一块岬角上。耳畔涛声轰鸣,鸥鸟啁啾,清晨的第一缕光线就像彩色的丝带飘了进来,像慈母的手抚摸我的脸。洞中一片红光,我顺着光线望出去,红日如火球正从海浪中上升。我和黄晶简易的床榻由一张红地毯构成,两人穿着睡袍,洞壁之侧放着的两个大旅行箱……这都说明我们不像祖先那样身穿兽皮或树叶裙,而是来自文明高度发达的世界。我们来到此地,就像只是来进行一次奇妙而莫测的长途旅行。

黄晶在床榻上以手叉腰,扭过头瞧着我,喜悦地说:"全想起来了?"我点了点头。她手上抓着一个核桃,非金非玉,非铜非铁,看来亦非塑料制品,不知是何种材料所造,但肯定不是树上长出来的核桃。

我笑着说:"我敢肯定里头没有桃仁。"

黄晶微微一笑,用石头一下便将其砸开了,果壳脆薄如纸,果仁饱满丰隆,呈淡黄色,她塞一块到我嘴里,说:"你尝尝地球一二〇六号的核桃,无污染,无农药残留,绿色生态食品,滋味应当

地下人

不错。"

我咀嚼着桃仁,往事及随想纷至沓来,时间与记忆鱼贯而至,思想与经验排山倒海,既有完整的情节,也有情景的碎片,有连续的声像,也有定格的镜头或人物的特写……过去之种种遭遇、情绪及感受,犹如万花筒般错杂混乱,轮番涌现,让我眼花缭乱,百味俱全。然而我仍有不少事情语焉不详、模糊不清及残缺不全,乃至坠入了记忆的黑洞,可以确定,却无力探测。至少,我就没想起为何会来此地,又是如何来到这里。

我深深地吸气,努力保持头脑清醒,并使自己恢复平静。我盘膝而坐,如老僧入定,却凝视着洞外的天地,我好像捕捉着每一个细微之处,又好像视若无物而眺望着虚空。我看着太阳东升,直上中天,最后渐渐西沉,目光尽头,海天连接于一线间。而云彩像烧着了的大火,将大海和天空都烧红了,并幻化出无数种不同层次不同亮度的色彩,光亮以金色及橙色为主导,以灰黑及紫黑为底色。我知道黑夜将于瞬间来临,就像一架大帐篷,像蝙蝠的翅膀那样张开,并将天与地笼罩其中。

黄晶掏出一个打火机,点燃了蜡烛。烛影摇红,她的脸在光影中显得美丽而神秘。她凝视我说:"刚刚从地球来到这里,头脑未免有些混乱,但慢慢就会改善的,到时一切都会想起来,一切都会好起来的。"

"我们得在这儿待多久?一年还是半载?"

"一直待到地老天荒,要么是我们的生命走到尽头,要么是这个世界突然崩溃于一瞬——"

"难道这不是一次试验?"

"这既是试验,也是现实。与其说新宇宙有限公司为我们提供了关于命运的实验场,毋宁说我们将拥抱一种跟过去截然不同的新生

第二章 寻我记

活。那既是被预先设定的,又是变幻莫测的;既有不可逆转的宿命,又充满着无限可能。在过去,你是洞城一位寂寂无名而心高气傲的诗人,而我是新宇宙有限公司的高级主管兼洞城第七大学的物理系客座教授。我们都是微不足道的小人物,但在这个世界里,将开创一部光辉的人类历史。起码来说,这个世界的人类史,将肇始于我们将要进行的一个神圣仪式。当然,现在的一切估计或论断都为时尚早,而历史将从我们的手上诞生。陆深,你说一千年之后的人类是否会想起我们是这个世界的祖先?当我想到这点,就晓得有一件当务之急的事还没有做。我做好准备了,你呢?"

"什么事?"

"也就是那个仪式。"

"什么仪式?"

"一个繁衍人类的仪式。古典的说法是洞房花烛夜。"

(本章刊发于《青春》2013年第11期,"短篇小说"栏目)

第三章　实验室

> 有两种东西，我们越是经常、越是执着地思考它们，心中越是充满永远新鲜、有增无减的赞叹和敬畏——我们头上的星空，我们心中的道德法则。
>
> ——康德

陆深以笔名刘军发表的小说《实验室》，描述了一个在另类空间里的漫游者。在漫游者看来，他所涉足的地方乃是仙境。他不知道何时来到此地，这是什么地方，他是谁，从哪儿来，又要到哪儿去。天地都是崭新的，还来不及命名。他惊喜地望着太阳，感到阳光像小鱼在树叶的波涛上跳跃，大地庄严而自由，他感到第一次获得了（实则是重新获得了）写诗的能力。他拉着行李箱（是那种装着小轮子的拉杆箱）在长满了青草和野花的原野上行走，花草折断，汁液四溅。他举目远眺，视野之内，有树林、湖泊和草地，远山如巨兽耸起青灰色的脊背，掠过山冈的一堆云朵像神秘之花在缓缓地展开雾状的花瓣；鸟群飞过而欢叫，百兽奔走而和善。他像孤独的亚当，没有旅馆可供歇息，没有同类缓解寂寞。他头脑狂热而清醒，心灵亢奋而平静，一连好几天都沉醉于奇幻之境。

在漫游的第七天，他遇到了那个梦幻般的女子。在过去的数天，他习惯了一个人的生活，并为自己的存在找到了某种神学或进化论的

第三章 实验室

依据,他隐约感到了不妥,但没有发现其中的悖谬。他想这也许是诗人的天性起了作用。他有资格认为自己是这个不稳定的、尚未成型的世界的人类始祖。后来,他在某个天启的时刻,撰写了一首长达万行的长诗《我们的祖先》,来记载这次神奇的旅行及体验,算是一篇诗体的旅行笔记,也是向这次旅行的主办方新宇宙有限公司提交的一份实验报告。

在过去的六日,有过天气晴朗,但地震、海啸、飓风、暴雨及火山爆发也隔三岔五地发生。他起先栖居于一棵大树的树洞里,旋即在深入海湾的岬角找到了一个宽阔如厅堂的岩洞。洞中有个陌生的女人。她的衣服布料细密,色彩艳丽,显然是现代纺织技术的产物。她也有一个大行李箱。在洞中的干爽之处,铺着一块红地毯,一盏利用太阳能的应急灯将岩洞照得通明。她说:"你来啦。"

他狐疑不定地望着她。她笑道:"你不认识我了?你可以叫我女人或夏娃。除了我,你不会再遇到别的女人,而你是这儿唯一的男人。"

"我不认识你,也不知道你是谁。但经验告诉我,我可以遇到你,就会见到别人。"

"那是不可能的。"她说得像先知那么自信和肯定。

他将信将疑,又欣慰又惊惧。在刹那间,一股狂风般的孤独感袭遍了全身,同时也涌起了海潮般的爱意。那女人蓝汪汪的眼睛望着他,渐渐涌起了柔情,像湖面上涌起了白雾。这让他感到新奇,又无法抗拒。他向她走过去,像泅泳者向大海走去。女人像海水将他淹没。他往更深处挺进,又是一波巨浪劈头打来,白色的泡沫在空中飞溅。女人快活地咯咯大笑。他觉得眼前的女人像大海般辽阔而神秘,涌动着无穷无尽的波涛,他像一艘木船驶入了这片梦幻般的海域,直至被卷入她漩涡般的温柔。他从一艘船变成大鱼,在浪花上沉浮,在海底翔游。他像野马在长满鲜花的草原上呼啸而过,小花如灯盏及水滴在马蹄下纷纷破碎。后来,他像大鸟拼命地飞,飞到了天空尽头处那无限深邃的巢穴。他因精疲力竭而彻底放松,像海底的火山狂怒地爆发之后,归于平静,冷凝成了海岛。他躺在女人温暖而柔软的怀里,头枕着她的双乳,陷入了半梦半醒之境。他浑身无力,又无比放松,躯体轻如鸿毛,仿佛空空如也,又随时会像大鸟飞起来。

女人问:"还好吗?"他点了点头,在短暂而永恒的刹那间,他经历了多种物体乃至物种的变形记。而那女人亦幻化成了大地、海洋及天空。当他说到天空时,女人眼睛一亮。她拉着他跑到洞外去看天空,天地间只有他们两个人,如今大致是初春。天气晴朗,太阳如火球悬在天上,并往西边缓慢地沉去。那团即将熄灭的炉火将四周的云朵烧得红彤彤的,又幻化出耀眼的金光和白光,辉煌而壮丽。转眼之间,暮色像灰黑的丝线从七彩布匹上拉扯出来,很快就会笼罩大地。女人说:"那盏应急灯终会损坏,我手上还有打火机呢。火种会源源不断地延续下去。算了,说这些你也不懂。"

他们的生活简单而自由,饥餐野果,渴饮甘泉,偶尔还能捕猎到小兽。他不时涌起了创造的欲望,还不知道那是要写诗的冲动,只是激情勃发,有话要说。但他苦于没纸和笔。于是,他一遍遍地歌吟,对着天空、涛声、森林和原野大声歌唱,滔滔不绝,后来,他将其整理成了那部长达万行的长诗《我们的祖先》,被女人戏称为"小宇宙"的创世史诗。

他有时忧郁而古怪地想,他觉得家庭生活或一切隐私,皆被一双看不见的摄像头似的大眼睛所窥探并记录,这让他不安。他觉得像一尾金鱼在玻璃鱼缸游动,一举一动都在他人的视线中一览无余。他意识到他丧失了过去。他不可能一出生就这么大,也不可能一出生就跑到这里来。他的过去一片朦胧。他慢慢恢复了一些记忆或过去生活的某些事情，但无法将其融会贯通连成一片，像有一个啤酒瓶在他的头脑砸碎了，记忆的碎片像玻璃屑在脑海里搅动，让他头痛难忍。女人笑道："别疑神疑鬼了。一尾金鱼是不会感到被别人注视的。这个世界除了我们，不会有其他人。"她羞涩而喜悦地拍着逐渐隆起的肚子说："当然以后也会有人的，越来越多哦，那都是我们的孩子。"他摇摇头，指着天穹上最明亮的一颗星，说："你瞧，它不就是一只眼睛吗，或者是什么仪器的电子眼，又可能是天上巨兽的独眼。"

"傻瓜，那是金星呢。东为启明，西为长庚，乃是我们肉眼所能见到的最亮星辰。"

"你什么都懂。"

女人的箱子装着很多稀奇古怪的东西，就像一个百宝箱，不仅有灯具、刀具、炊具等日常用品，还有很多他闻所未闻的东西（也许他过去见过，但无从忆及）。她不准他擅自打开，说："每个人都有自己的隐私，我想保留自己的一点空间。"

她拿出一根桑枝，让他去扦插在岩洞前的洼地上，说："每天浇点水，很快就长出叶片和嫩枝来了。"

他问："这是什么？"

"这是桑树，乃是故乡的吉祥物。"

"故乡？难道这里不是我们的故乡？"

"也许是该告诉你真相的时候了，这一切既是现实的，也是虚拟的。我们栖居的，是一个人造的小宇宙。"

他一笑置之。他以为女人不是疯了，就是开玩笑。女人忽然面色苍白，眼泪涌出，她掩面跑进了洞中。他没有追上去，心中却掠过了一丝阴影。

隔了数日，他在女人的指点及指挥下，用竹子及茅草搭建了一座草房子，虽然简陋，却牢固异常，足以遮风挡雨。他砍伐竹木为栅栏，圈养了几只野猪及原鸡。他曾想将狼崽豹子之类驯服以作家畜，但以失败告终。尤其是野马驹，一看见人影，已如闪电般消逝在高原上，腾起一阵黄色的烟雾。

他种植五谷，开辟了桑园及果园。女人坚持以炒熟的桑叶为食，不沾荤腥，亦不食其他食物。他问："既是如此，何必要种五谷养禽畜？"

"你可以享用嘛，"女人说，"我纯属个人口味。小时候的习惯定型了，长大后就无法改变。以后我们的孩子会用得上的。我们不应也没有权力将自己的生活方式强加于人，而是为他们创造更多的可能以供选择。我们会有很多很多孩子，子子孙孙无穷无尽……"她的脸上笼罩着一层忧悒，停顿了片刻，说："这只是乐观的一面。也许腹中物是世上的最后一个人，他能否顺利降生都是未知数。即使只有一天或一瞬间，也要当一生一世过下去。"她被恐惧的闪电攫住了，并震颤了全身，瘫软在他的怀里。他安慰她说："一切都会好起来的。"他心里也充满了未知及恐惧。他觉得这个地方如一场大雾般飘忽及朦胧，一脚踩下去全是谜团，而他无从拆解。

桑树生长得很快，一株变成两株，两株变成四株，不过数月之间，已蔚然成林。女人让他去竹林砍来竹子，劈成篾片，教他编织成圆形的匾箕，采摘桑叶给一些身白而带有黑斑的虫子吃。那些虫子生长得很快，吃桑叶发出的沙沙声，让他牙根发酸。她笑着说："它们将会给我们提供冬天御寒的衣物。"他半信半疑，感到女人既无所不知、无所不能，又天真单纯、懵然无知。女人的表现也很矛盾，看上去就像两个人，时而清醒，时而遗忘，时而聪明，时而愚钝。她大多数时候什么都记得，也偶尔健忘如夜游症患者。他终于留意到，只要女人待在房间片刻，必容光焕发，精神百倍，犹如换了一个人。

有一天，他趁女人去桑园劳作，偷偷去看她的百宝箱，箱上的密

第三章　实验室

码锁很难搞,他心中焦躁,用斧头砸开了锁头。他发现里头玩意甚多,之前取出的火种、蚕种及桑枝等均已见识。又见零乱的杂物中,有一个巴掌大的电子屏幕,却不知是何物。他记忆中完全没有平板电脑的概念了。

箱中有一个闪闪发光的核桃,他拿起来端详,像玉石不是玉石,像金属不是金属,不知是什么材料所造。他在林中见过真实的核桃,都不是这个样子。他抄起了一把羊角锤,想将它一锤子砸开,看里头是否也有桃仁。正在此时,他被旁边的一沓笔记本、一支钢笔及一瓶蓝墨水分散了注意力。大多数笔记本都是空白的,只有一个写满了娟秀的字迹,第一句就让他触目惊心:"你叫黄晶。你来自另一个世界。一切秘密都藏在电脑里。打开电脑的钥匙就是这个本子。这有助于你恢复记忆,足以解答你的疑问。这台电脑贮存的文字资料、图片及表格,相当于大不列颠图书馆的全部藏书,包含着你在这个地方生存需要的一切知识及技术。电脑装着太阳能芯片,没电时拿到太阳底下晒晒就可汲取能源,但务请慎重保养,一旦损坏要修复就难了。一个保险及笨拙的办法是将电子图书馆里的资料抄出来复制成书本,但对于一次实验来说,似无此必要。……"

他拿起钢笔在笔记本写字,字迹流畅而潦草,无数个词语从脑海通过他的手及笔流泻到了纸上。他被一股创造的灵感及欲望攫住了,他疯狂地书写,像中了魔,不像他在写作,而是神灵通过他的手写下了这部长达万行的诗篇。将三个厚达百页的大笔记本全写满了,密密麻麻,一页不剩。他将笔放下,如梦初醒,忽觉女人回来了。不知她是何时出现的,也不知道她是怎么进来的,刚才他沉浸于那个他创造的世界里。那也是他多日来在这个世界生活的全部经验及观感。那女子身体在颤抖,她表情复杂,说不清她是愤怒还是负疚,是惶恐还是悲伤。

"你好，黄晶！"他说。

"你完全知道了？"

"我知道了很多，但还是一鳞半爪，或影影绰绰。我连自己的名字也不知道。"

"我会告诉你想知道的一切。你是陆深，来自洞城的一位作家。你刚才写下的诗篇足以说明你的才华。这也许是你最好的诗。你是在一个不稳定的宇宙或世界中写下来的，它未必能跟你回到现实中去，换言之，这一切看上去是真的，却如梦似幻，至少在地球的人看来是这样。它们能否跟现实连通、重叠或融合，这都是未知数。我之前曾暗示过你，但你不以为然——"

陆深一听到自己的名字，脑海中电光火石般迸溅出了记忆的火花，他仿佛找到了一条回到过去的钥匙。他几乎想起了这个相关的试验计划及其来龙去脉。但他未能融会贯通，仍有一些关键的节点仍未澄清。他头痛剧烈，一屁股坐在地上，脑海像打开了一个万花筒，涌现着无穷无尽的镜像、人物事件、场景（还伴随着相关的声音、话语或音乐），最后定格在二〇六六年不见太阳和天空的洞城——那个建筑在果城底下的地下城——他的居所和故乡。他仍在人造星球当中，记忆却回到了现实的层面。这在他看来又如幻象般虚假，甚至比起这个只有他和黄晶两人的小宇宙更荒唐，更让人难以置信。也许，记忆也有靠不住的地方，但他毕竟找回了一段相对完整的过去——

在二〇六六年，无论是果城还是它的地下卫星城洞城的居民都不见天日了。近五十年来，一栋栋摩天大楼将果城上空肢解成了碎片，楼群越建越高，越来越密集。在过去，天空犹如破碎的镜子，但仍能见到一小块蓝天及零星或局部的白云。大约从二〇四〇年起，天空已从果城居民的视线中消失了，整个果城及其楼宇被一个云雾状、灰白色的茧子所覆盖,这个茧子是流动的,但不会消散。生活在洞城的人当然看不到天空,连那个灰白色、云雾状的巨茧都见不到,洞城跟果城被一层泥土隔开,犹如果城的倒影。在二〇六六年,地上的每一座城市,几乎都有这样一座对应的地下卫星城。简单地说,果城是富人区,洞城是穷人区。住不起果城的人,只好搬到洞城去了。但也不排除有一些有钱人,出于某种对黑暗与寂静的嗜好,选择了在洞城的摩地大楼或蜂巢小屋定居。正如有一些来自洞城的冒险家也冒充上流人士混迹于果城碰运气。

果城不仅是经济繁华之地,也是艺术发达并展示的最佳场所,但艺术家大多蜗居于洞城,当然不妨碍他们频频出现于果城的艺术馆抛头露面,引人注目。除了少数在商业及公众上获得成功的艺术家,大多数的艺术家、诗人、自由作家、通灵者、灵修者、堪舆家、星相家、阴阳师及气功师,都生活于不见天日的洞城里,与老鼠与蟑螂为伍。陆深就是其中的一员,在二十岁写出了杰作《喝醉了的飞船》,被誉为二十一世纪中叶的"醉舟",他被评论界誉为"中国的兰波",但这无助于改变穷困潦倒的命运。这也是一百年来中国现代派诗人的命运。

十二月的一天,诗人陆深收到了一份来自某艺术机构的邀请,动身去出席一个叫"天空与信仰暨重建天空"的高峰论坛。当他乘坐地铁一号线赶到集合地点洞城广场时,只见广场上灯火璀璨,跟在果城没有根本性的区别,地上地下混淆不清,难以区分。这是经常穿梭于双城的陆深的感觉。他受到邀请是"鉴于他在此一领域上的开创性贡献",他想不起自己有何贡献,但还是欣然赴会。广场上的停车场有一辆半球状的轿车,车身的图案是辽阔的蓝天,上面飘着朵朵白云(这个画面来自二三十年前的写实主义摄影),车头上拉着一条横幅,红底黄字,异常醒目:热烈欢迎参加"天空与信仰暨重建天空高峰论坛"的专家和学者。他望着那个画面，心情很好，那样的情景，童年时曾听父亲指着漆黑而厚重的洞城上端说过。而洞城之上就是泥土，泥土之上才是果城。在父亲小时候，果城仍可见到碧空如洗，白色的云朵如绵羊，黑色的云朵如墨渍。父亲成年之后迁居洞城，他算得上是"地二代"。陆深上得车来，发现车上除了司机，一共有十一个人。他是最后一个，车马上出发了。九男二女，全是陌生人。个个都装腔作势，端着大人物的架子。这让他有点烦。

他注意到车顶及车厢均印制着关于天空的逼真画面，俨然是一个缩微的天空或天空的模型，看上去赏心悦目。他敏锐地发现，那些画面中没见到太阳，这就像画龙而缺少点睛之笔，使天空缺乏灵性和生机，也缺少了必要的光亮和力度。坐在他旁边的女子，瞥了他一眼，仿佛洞悉了他的想法，冲他莞尔一笑。陆深心中一动。

"我叫黄晶，我是新宇宙有限公司的主管，"女子说，"这次奉命来接大家。我是搞星球诞生的，时髦的说法就是宇宙学家。我读过你的大作，受益匪浅。"陆深以为她读过他的诗，后来才知道不是。

"什么叫星球诞生？"他问。

"我们从事的是人造星球的尝试，就是利用陨石、星云及暗物质等物质，按照一定的比例及程序制造星球。通俗说就像烧制陶器那样，通过核弹的大爆炸使旧秩序解体而诞生出崭新的星球，当然我们尚未取得决定性的成功，但也并非一无进展。严格来说，也不能算是纯粹的人造，而主要是借助大自然神秘的伟力。通常的方法主要有种植、养殖及烧制等等。譬如，公司有一个团队曾在大雪山之巅捕获了古文献中传说的火鸟，喂其服用星云、陨石及暗物质诸物，待其诞下微型宇宙，迄今尚未成功。我所在的小组则通过种植某种转基因核桃，以长出果壳中的宇宙，现在取得了突破性的进展。我们种植出来的宇宙，已成功进行过多次测试，到时批量生产，投放市场，指日可待。这种可以携带的微型的天空，对那些会飞翔或长有各种翅膀的人来说，是一种福音。他们将争相购买，到时商机无限，乃属意料中事。"

"你信有人会飞？"

"难道你不信？"她一脸惊诧。

陆深不吭声了。他觉得黄晶气质高雅脱俗，但谈吐间颇显市侩。什么商机市场，让他有点倒胃口。这样说吧，他被黄晶的容貌吸引住了，但其言论中的资本家习性，让他略感抵牾。

"除了上述工作，我还是研究时间旅行及时空穿梭的学者，"黄晶谈兴高涨，说，"我做过一次险象环生而奇妙无穷的时间旅行，曾乘坐飞行器到了十六世纪的印度，被当作拜火教的圣女囚禁了二十年，几乎老死于斯。但如果还有机会，我还想再尝试一次。最好是到达未来某个世纪的果城。你有兴趣吗？"

陆深摇了摇头。他觉得黄晶在胡说八道。二十年前，她恐怕还是拖着鼻涕的小姑娘吧。他注意到，车仍在地下高速公路的隧道中飞快地行驶，似乎一直没上到果城的地面，但又肯定不会停留于洞城。车速高达五百公里，而车辆走了一个多小时。据他所知，洞城虽有三百多万常住人口，其半径也无非是三十公里，车辆显然驶离了洞城，但去向未明。陆深望向窗外，四周一片漆黑，不比在地面上行驶，能见到沿途风光。他渐觉倦意上涌，闭上眼睛。他于迷迷糊糊之中，仿若进入了梦境，忽觉车已到了终点站。此地既非地面，亦非地底，乃是一个空中城堡，但四周只见浮云层叠，风声飒响，云深不知处，雾岚缭绕，犹如仙境一般。陆深奇怪这么大的一座城堡，以何为支点得以保持于不坠？黄晶笑着指了指城堡的顶端，他看到一根粗大缆绳连接着，粗如巨木，往云层深处延伸，绵延不知几百里，直至如丝线般隐没，肉眼莫能分辨。

众人入得城来，但见山川风物，跟果城无异，四面有城墙包围，东南西北各有城门，城门之外，掘有护城河。城中有山，有湖，有田畴。山上有密林，有泉水，汇聚成溪河。大街小巷四通八达，宫殿林立，气势雄伟。民居密密匝匝，远远望去，青色的屋瓦如鲫鱼细密的脊背。城中人皆头戴各色幞巾，穿着圆领衣或长袍大袖，大有古风。主要交通工具是一些双轮木车，拉车的是一些巨大的甲壳虫，甲虫有时亦振翅飞起，将车辆带动，在半空中作短暂的飞行，更多的时候乃是在地上爬行，不疾不徐。偶尔亦见肋生双翅的飞马，多是王公贵族的座驾。至于机动车辆，除非城中人要出城去，否则甚少动用。论坛组委会开来的车在停车场上，外观亦跟那些表面生长着七星及天空图像的瓢虫有几分相似。

陆深见桑树遍布城中，不唯独街道上的绿化树皆是此树，屋前屋后，菜园之侧，亦多见此树。他起初不以为意，及至见田畴中皆是桑树，大大小小的桑园遍布原野，不见其他作物，不禁深感惊诧。

黄晶笑着说："此地乃桑树之城，丝绸之国，故名桑城或丝城，居民以桑叶为食，好饮桑茶及桑果之汁，信仰桑神，崇拜桑树，以种桑养蚕为生，所产丝绸坚韧柔滑，色有七彩，乃地下诸城中闻名遐迩的稀罕之物，常为儒城、道城、君子城、地下伊甸园等地下城所抢购，以编织成锦帛云霞，布置于人造天空之中。君子城据说掌握了人造天空的奥秘，其科技领先世界潮流，但该城蒙着一层神秘面纱，闭关锁国，跟邻国鸡犬之声相闻，而老死不相往来，从没外人得以目睹其庐山真面目。其商人出境采集七彩丝，亦经由秘密中介及第三方渠道中转，乃是一个神秘而幽暗之城。"

陆深点了点头，他也听过君子城的种种传说，从无缘得以参观。他对桑城有不少疑问，譬如它看上去像一个空中城市，但又看不见天空。

第三章　实验室

"桑城之根基及其巨大缆绳，纯粹由神蚕或蚕王吐丝编织而成。至于桑城建于何年，因年代久远，史料匮乏，已无从查考。但人人皆信服桑城之根基乃得神蚕之力。据说神蚕或其转世之人，幼年时跟常人无异，但长大成人，即化身为蚕，嚼食神桑木（此桑树乃在万桑之祖，城中所有其他桑树均是其子孙）之叶，其一生中的使命就是吐丝织茧，一俟大功告成，即破茧而出，羽化成仙，其遗留之巨大蚕茧，则正好提供丝线以加固桑城之根基。神蚕转世一次，以六十年为周期。这神蚕或其转世之人，空有一对神翼，却只能在城中的狭小空地上试飞，不敢轻易飞出城外，以免迷失于愁云惨雾的虚空之中。不少神蚕在胁生双翼后，郁郁而终，以未能振翅于九天供桑城民众一瞻风采，为其平生最大憾事。传说前一任神蚕冒险飞出城外，从此音信皆无，也不知是生是死。因我年纪尚幼，没见过神蚕真容及其壮举。话说至此，你当已明白，桑城无非是一个地下城，虽比洞城略大，仍算不上广大，比儒城及地下伊甸园均小得多，顶多算是中等。其巨缆所系，正是地面下的厚土。只不过桑城所在的庞大洞府，建城时在城堡四周均留有足够空间，看上去像是空中城堡，实则不然。说白了，桑城无非是一座洞穴中的建筑物，犹如一个倒悬的马蜂窝。"

"怪不得我有一种置身于洞城的感觉，只是灯火通明，一片光亮，而城堡四周空旷辽远，便没有穴居之感。"陆深恍然大悟。

"这正是桑城人的伟大创造，但根本大纲也系于神蚕之丝。"

"洞城难有植物生长，更无作物，故洞城所需食粮全由果城进口输送。偶见有富人以温室培育花草，亦仅作点缀，不成气候。有大贵族的私家花园育有树木苗圃，但都长不高，更无法开花结果。而桑城中桑园繁茂，随处可见，堪称奇迹。"

"此均拜桑神及蚕神之所赐，非关人力。不过也确是桑城人之福。我们将在桑城停留七天，到时正好慢慢参观游览，了解当地的风土人情。"

当晚,众人下榻于桑林宾馆,晚饭的主食是桑果,菜肴是上汤桑叶,饮料是桑果汁。陆深知道桑叶可入药,可泡茶,亦可当菜蔬。听说果城郊外有一个乡村餐馆就有炒桑叶吃,但他一直没尝过,这次觉得桑叶滋味鲜美,入口清香,爽口甜脆,那汤底更有肉味,类若山珍,遂问黄晶汤底乃何物所熬制?黄晶笑而不答。桑果大如李子,黑甜多汁,亦美味无穷。陆深食欲大振,放开肚皮饕餮一顿。

晚饭后,黄晶约陆深去宾馆后头的小花园散步。说是花园,亦全是桑树林,桑叶油绿茂密,在灯光下黑沉沉的。黄晶笑道:"你见过微型天空吗?"

陆深摇了摇头。她从挎包掏出一只鹌鹑蛋大的弹丸状物事,其流光溢彩,熠熠生辉,犹如夜明珠在夜幕中发光。他凑近一看,只见里头有旋转着的天空,云朵亦点缀其间,仿佛囚禁着一个无限缩小的、折叠起来的天空。

"这是我们第一代的产品,"黄晶说,"但只有天空,而没有大地、森林及江河湖海,更无飞禽走兽,所以顶多算是单维度的人造天空,还算不上是人造星球。它的空间不是很宽阔,方圆只有一百公里,若是昆虫或麻雀还可以马虎凑合,但让鹰隼或飞翔者使用未免不够。况且仍在调试中,还不够稳定,也不利于存放,就像鸡蛋般薄弱易碎。这种人造天空就是火鸟下的蛋。该人造天空亦有其优点,就是造价低廉,可作为私人天空,供底层的消费者携带之用。公司一旦试验成功,将大批量投入生产,到时必像养鸡场一样大量克隆并养殖火鸟,财源滚滚而来,乃是可预期之事。"

陆深捧在手中,那物像一个占卜用的水晶球,又触手绵软,如一个熟透的浆果,不像蛋类。他问:"这个天空如何打开及使用?"

"有一本厚厚的使用说明书,复杂着呢。操作也不算太难,但也不会比驾驶飞机容易。"

"我们可以试试看吗?"

"你用不着的,我也用不着。我们都是凡人。"

"你从事的工作堪称非凡呀。"

"搞人造天空跟搞核弹相比,在技术要求上不见得更高,但显然更有意义。"

"你如此热衷于研制人造天空,恐怕不能单纯用赚钱来说明吧。"

"都是为了父亲,"黄晶默然半晌,说,"他长着一对天使般的翅膀,却丧失了天堂。在没有天空的世界里,根本就没法飞翔。他满世界去寻找天空,看来一无所获。有人说他在果城上空做着清道夫,用畚箕及双轮车搬运着数以万吨计的太空垃圾,希望能清理出一角干净的天空来。有人说他在洞城更深处挖掘着地下天空,他挖过并丢弃的遗址成了洞城最大的地下湖,但传说者也拿不出有力的证据。总之,我再也没见过父亲,但深信父女俩有朝一日会重聚。如果我将研制成功的天空亲手交到他手上,他一定很开心。他是我六岁时离家出走的,我忘了他的模样。在我的记忆或想象中,他是一个英俊的年轻人。那个画面也一直定格在我的脑海里,时间不停地流逝,却永不磨损。我想念他。"

她有些伤感。她望着他,双眸闪亮,一股似水柔情像轻雾在桑园中缭绕。

"像我父亲这样的人,在人群中隐匿着不少。大多数人都放弃了飞翔,仿佛他们从来就不懂得飞行的滋味,或没拥有过翅膀。很少人像我父亲那样较真。我不知道该为他骄傲还是伤心。我看过你关于我父亲的文章,我代他谢谢你。"她忽然扭过头来,吻了他一下,转身走了。

他怔怔地待在黑暗中,黄晶的亲吻让他心神俱醉,但他想不起何

地下人

时写过关于她父亲的文章,又写了什么。

第二天上午,陆深早餐后来到会议室,"天空与信仰暨重建天空"高峰论坛正式开始了。黄晶是论坛的秘书,而会议由其公司董事长老唐主持,那是一个秃顶的小老头,他闪光的头部让陆深忍俊不禁,这跟一个微型星球的表面何异,或是一角敲下来的锃亮天空,用来做人造天空的材料肯定不错。

黄晶站在一众专家身后,准备做递送话筒之类的工作,冲陆深微微一笑。他觉得她看穿了他的心底。这真是一个冰雪聪明又神秘莫测的女子。她像水晶般透明,而又深不可测,像有什么隐瞒着他。

"多年以来,自然的、原始的天空彻底从我们的视野上消失了,"老唐说,"无论生活在地上还是地下的人,都无法再看到天空。三十年前,修补天空作为一门新兴产业迅猛发展,成立了大大小小的公司,如今已纷告破产。天空已千疮百孔,或裂成了漫天碎片,根本无法修补,连一片巴掌大的天空都找不到了。今天召开的是首届'天空与信仰暨重建天空高峰论坛',请来的都是关于天空演变史或制造天空而又重视道德信仰的顶尖专家和学者。我们且略去繁文缛节,直接切入主题,请大家踊跃发言,献计献策,以促进对天空的拯救及重建事业而做出我们应有的贡献,每人限时五分钟!"

第一个发言的是一个年轻人,他头戴黑色幞头、身穿圆领衣,俨然如唐人装束,他来自君子城。他朗声说:"我乃君子城的孔子二〇二二。敝城奉行孔孟之道,以仁立邦,以德治城,以忠孝为本,以三纲为茎,以五伦为叶,存理灭欲,格物致知,成己存物,小康大同,举城上下,各安其位,各得其所,重家庭而轻组织,重家族而轻社会,四海一家,天人合一,与万物和谐相处,故敝城天高海阔,民众和睦如兄妹,堪称人间乐土,远非以人为本、贪图物欲的果城等野蛮

第三章　实验室

人之城可比。敝城安于农事之乐，男耕女织，自给自足，禁止民众妄言科技。鄙人以为，天空消失的罪魁祸首在于科技，此必助长人心之贪欲及享乐。你们瞧地上诸城，现在交通工具有飞机、汽车、高铁乃至飞船，空间却愈加逼仄，反倒寸步难行。自从瓦特发明了蒸汽机之后，大自然隐秘的链条已崩断而不可修复。果不然，三四百年之后，天空已沉沦于万劫不复之境。要重现天空，一是铲除科技，消除工业，二是重塑道德，重拾人心，舍此别无他途。所谓人造天空或往外星球扩张以获得新天空的想法，在鄙人看来荒唐可笑，乃治标不治本之下策。即使找到了，也必重蹈覆辙，像如今地球这样，乌烟瘴气，难见天日，跟诸多二三流的地下城无异。不是鄙人自大，君子城虽是地下城，却仿如重返地球的黄金时代，素有儒教共和国之称，继往圣之绝学，开万世之太平，堪称领导时代新潮流，诸君不可不察！发言完毕。"

又一人发言，乃是一个带着金丝眼镜的科学家，他侃侃而谈："我是来自果城的牛刚强，江湖上人称'东方牛顿'，曾参与过登月工程及对火星的探测工作。窃以为孔子二〇二二之言大谬不然。首先，其城中天空并非天然，实乃人造，虽浩瀚数千里，但毕竟不是真正的天空，而是一个模型，这恰好说明了他们利用科技的雄心及技术。其城中实行愚民之术及精神控制，万民虽误以为真，是非不分，黑白颠倒，但难保有朝一日不会觉醒，到时祸事临头矣。即使其再蒙蔽子民两三千年，亦殊不光彩，乃旁门左道之术，跟当今浩浩荡荡的科学与民主潮流背道而驰，格格不入。地球上的天空虽然污染或毁坏了，但这不要紧，宇宙中还有无数美丽而足以收容人类及万物的星球。譬如金星和木卫二都有生命的迹象及可能，其天空之广阔壮丽，远非地球上空可比，更非君子城或地下伊甸园的那些拙劣模型可及。但这都需要科技，科技不仅是拯救或重建天空的途径，也是人类的希望和未来。"

两人观点一出，犹如刀剑相交，火星四溅。双方出席的数十位专家，纷纷加入了混战之中，或为道德辩护，抨击万恶的工业文明；或捍卫科学，标榜新技术的无往不利。

老唐挥了挥手，说："诸位发言颇有见地，亦精彩迭出，双方畅所欲言，观点鲜明，但迥异之间，恰好丰富了本论坛的主题，从不同角度不同侧面论述、挖掘或捍卫天空的重要性及诸多途径。窃以为，新旧天空并非不能共存，农耕及资本亦非势不相立，而伦理与科技大可多元共生。先哲曾尝言，人生幸福之道，在于参差多态。大自然之美，在于杂花生树，百兽奔走。儒家云，君子和而不同，自由主义者亦倡导宽容、多元论及自由选择，这正是诸君对话的基础。故诸位切莫将观点强加于人，须慎之又慎啊。上帝创世之初，万物竞逐，不唯独人类，其中有深意存焉。大家不妨求同存异，且将争端抛开一边。本论坛有一个重要议题就是探讨及交流人造天空的新成果及市场前景，由于世上具有飞行能力的人日渐增多，一种特别研制的、可随身携带的小型或压缩天空就应运而生了。平时不用就收缩起来放在挎包或口袋里，要用时就打开，他人不得染指，更无法扰及干涉。即使是不具备飞行能力的人，拥有一个这样的产品，亦是大好事。他可以仰望天空，静静地看着云彩飘过，或于晚上观星赏月，作为私人财产，乃是何等美事。现在，先由新宇宙有限公司的李代表介绍其新研发的两款新产品。"

李代表是个大胖子，说："目前敝公司的主要技术是种植、养殖及烧制，偶尔亦尝试冶炼，但未获得突破性的发展。较成熟的人造天空主要有两款。一是通过大雪山上捕获的火鸟为母本，通过基因技术的多次改良，培育成了公司的宇宙鸡，通过吃星云等特殊饲料而产下的蛋，均为微型星球。优点是造价较低，可以普及到千家万户；不足

第三章　实验室

之处是空间狭窄，性能不够稳定，抗压抗震能力较差。另一种是通过种植宇宙核桃树，其结出的果实在表面上跟核桃果大同小异，果壳里却隐藏着一个小宇宙。优点是性能稳定，使用安全，不会破碎，但空间仍不够宽广，且能源有限，可能会自动关闭，每次飞行或独处两三个小时后就必须出来，否则有被困在里头之虞。我们正在攻克因能源而引起的稳定问题，相信很快就会更上层楼，做到完美无缺。"

有个穿着蓝色牛仔工装服的人插话说："我来自无产阶级，如此昂贵的天空，那只能是给富人使用的了。我们底层百姓哪能买得起呢？像我们三代都住在地下城的摩地大楼数十层之下，即使有钱买得起，也没地方放置。"

"这位兄弟可能对使用方法有些误解，"李代表说，"威廉·布莱克诗云：一沙一世界，一花一天堂，掌心握无限，刹那成永恒。只要进入了天空，自然可以享受制造之前设定好的空间，以平方公里计，五万就是五万，十万就是十万，决不含糊。当然买卖公道，价钱也绝不含糊。你既是工人，须知我们的生产工人也是要吃饭的。"

"我叫王基，是一个信徒，来自地下伊甸园，"又有一人发言道，"从伦理道德入手重建天空，我对此举双手赞同。但道德必须超越血缘及宗族，一个有大爱的人，不仅要爱你的邻居，还要去爱陌生人，去爱你的仇敌。至于天空，只要扫荡了人心的渣滓及垃圾，飘浮在太空之上的尘埃、障碍物及机械垃圾自能扫荡一空而重见清明。如今礼崩乐坏，人心不古，物种灭绝，人类异化，譬如有人或变鸟人，或蝉人，或马人，恐怕都不是什么好预兆。王某虽不敢妄加揣测上帝的旨意，但我想人类戕害的生灵，就得由人类来负责和弥补。但那些异化人或特种人就别自以为高人一等了，他们不过是被上帝挑中来代人类赎罪罢了。人有原罪，这从亚当、夏姓被逐出伊甸园就注定了的。信上帝是唯一的救赎。二一一二年乃世界末日，到时唯一的救星是上帝，当云开日出，天空辽阔，将有一艘飞船——新世纪的诺亚方舟降临于地球上空，有信的人将上天堂，至于那些异教徒就对不起了。"

"我叫肖航，不代表任何人或团体说话，也不讳言我是一个怀疑论者，"又有人朗声说道，"我要捍卫的不是我自己或任何一个人的自由，而是自由本身。我必须指出上述观点的荒谬之处。儒家的忠孝不是爱，而是服从。有权威就会带来压抑和伤痕。君子城所信奉的道德，要么是愚昧，要么是伪善，人人均可通过受教育而成为圣人，此乃自欺欺人。理学家的存天理灭人欲、修身养性、格物致知均不具操作性，这暂且不说。儒教与权力合谋的目的在于垄断官职和俸禄，君子城彼此之间的不信任为所有观察者所证实。影响生活方式的最强大的力量是以鬼神（或祖灵）信仰为基础的家孝。以儒家中习以为常的不正直的官方独裁，以及死要面子的独特名义造成的尔虞我诈，造成了民众的普遍不信任。孔子二〇二二，我以为你不是无知，就是虚伪。譬如参加这个会议，你不要说你为了能否出席而跟同僚毫无争执，你除了道统上的优势，但恐怕也用了不少手段吧？据我所知，朱子二〇一九及王阳明二〇一二的才华便不在你之下。至于鼓吹信仰的人，我却以为生命是未知数，信仰即放弃（包括独自追寻的乐趣），有比将自己追求真理的道路交给别人（哪怕他是一个上帝）更危险的事情吗？真正的罪魁祸首是那些在宗教与政治上建立起了正统，区分开了信徒与异教徒的人。你们都有自己不同的路径，但只指向同一个地方。我也曾经从那儿返回，不管那是天国还是地狱，但愿我从不涉足。我只想走向陌生之地，既不需要引路人，也不需要追随者，更不需要现成的道路。我认为奴役的根源在于对偶像和权威的崇拜，所谓圣人也会在照妖镜下原形毕露。我宁愿舞刀挥向一切偶像、庙宇和城堡，将某些绝对性的庞然大物剁成肉沫。我揭示了罪恶世界应当解体而实则岿然不动；某些貌似清澈的源头纷纷坍塌，而建立于神秘主义及怀疑论的世界却越来越凝固。于是，我的忧伤、孤独和绝望不可消减。但我绝不低头！我鄙视研究及生产天空的从业人员，你们将神圣之物商品化了，这是对天空或自由的亵渎。我宁愿亲手建造属于我的不到十平方的天空，而羞于使用那以金钱换取的辽阔天空。"

又有一人发言说："我是来自洞城的独立学者张杰，尽管以为怀疑论者和有神论者是同一回事，但作为一个憎恨极权的人，我对肖航先生的观点颇有同感。我读过拉美作家胡安·卡洛斯·奥内蒂的《请听清风倾诉》，有句话说得好——'应该把清教徒、弗洛伊德和民粹主义者放进同一只口袋里去。我是指所有有信仰的人，而不管他们信仰什么，指所有重复学来的思想或者依据继承来的思想讲话、思考和行动的人。有信仰的人比饥饿的野兽更危险。'他在说什么？他指出盲从之危险及独自追寻之必要吗？信仰不是交易，真理不可传授，没有一劳永逸的信仰，也没有放之四海而皆准的真理，思想导师和道德教练一样荒唐，一个人必须独自面对生活的全部问题及遭遇……以及上帝而不需要中介。我始终认为爱、真理、神、上帝、大自然、最高存在——随便你怎么称呼——诸如此类是最大的神秘，不可能被人类所彻底认识，哪怕人类以神的名义写下了多少浩瀚的典籍，愈是说得头头是道的学说、自成体系的东西，愈见其人为之狂妄及技穷。就像蚂蚁要认识人类，终究是不可能之事。我以为谦卑而不盲从的人，是头脑清醒之士，诗人如里尔克、哲人如维特根斯坦、科学家如爱因斯坦，我信任他们。苏格拉底说，我唯一知道的乃是无知。随着年岁增长及阅历丰富，我以为我越来越懂得这句话。但这决不等于人不需要信仰！我认同自由选择及多元论，并欣赏歌德所言——不要指责我的信仰，我的信仰跟大多数人不同而我并不试图说出……"

"莫扯远了，请紧扣议题。"老唐提醒说。

"好的，当然我不认为人造天空是坏事，"张杰说，"至少为人们提供了一种新的选择,这是一大贡献。但终究不如原来的大自然及天空更本原,更辽阔,也更值得怀念。因此花费巨大人力物力来研发新天空,倒不如设法减轻污染、清除太空垃圾,重新将原始天空擦亮。可以预见,那些报废或朽坏的天空将对宇宙造成更大的污染,比起化工品、电子产品的污染有过之而无不及。在这个意义上,我支持王基先生的观点。"

会议继续进行,已有十余人发言。与会代表观点鲜明,针锋相对,奇思异想,层出不穷,或出语惊人,或论证缜密,或妙语连珠。

轮到陆深了,他发现自己是唯一来自文学界的人。他说:"我不是道学家,也不是科学家,作为一个写诗的人,我只能从艺术的角度谈论天空。天空没有了,即使我选择最闪光的词语描述它,也只能是写一首幽暗之诗。出于各自的立场、学识、修养乃至偏见,每一个人对天空都有自己的理解,但我想提醒一句,天空及日月星辰在人们视野中消逝,仅是近三十年间的事,这不仅有文献可资证明,在座的长者都是人证。这不是天空的问题,而是我们的问题。尽管我们目光如炬,理性缜密,还有高倍率的望远镜,天空却在眼皮底下消失了。这肯定是视线及天空之间存在着遮蔽和多余之物。天空在我看来,也是一个洞穴,只要将多余的泥土搬走,它就会露出来。但每个人都往里面倒垃圾,所以我们见到的只有垃圾。说到作为私人财产的天空,作为有钱人的玩乐或商家的生财之道,我没话可说。但若作为使用者,那跟自身携带着一只鸟笼或房间有何本质区别?使用者跟笼中鸟或囚徒无异。我来自洞城,我承认我怯懦,但不讳言我尚存廉耻之心。我习惯了深居简出的地下生活。那样的天空,我是不需要的了。否则我也跟笼中鸟无异,但我对真正辽阔的、自由自在的天空仍有向往。我的天空就藏在每一首诗、每一个词语之中,尽管它支离破碎,却保持着碎片的锋锐和闪光。我以前曾为那些会飞而找不到天空的人写过诗：我是那个捕捉鸟雀的人，也是那个安静的鸟/在铁笼中才感到安全。翅膀纯属多余/像废弃的工具已搁置多年。我通过爱笼子里的天空/爱所有的天空。但不说飞翔……算了，在这个时代，写诗是野蛮的，你们也不会听。我说完了。"

陆深一坐下来，就碰到了黄晶的目光。两人目光交接，仿佛有火花在迸溅，而她眸子中有蒙眬泪影。

共进午餐时，黄晶说："谢谢你的诗。你肯定是我父亲的知音。你在朗诵时，我感动得潸然泪下。"

"我乃保守之人，我以为儒家虽注重天下与家庭，忽视团体及个人，"陆深说，"但若按君子城这一套走下来，其天地虽狭小亦属人造，在日常生活中却拒斥现代科技，也就不会受到污染及毁灭，此学说跟城邦权力的结合，给王朝更迭及文化延续提供了极大的稳定性，足可再用千百年而不朽。我虽不如信仰者及怀疑论者那样激烈，对贵公司亦有所冒犯，还望海涵。"

"不要紧的，你说得很好。如果天空尚存，我也不必投身于科技了。若我亲手制造的天空能给父亲带来一次真实而酣畅的飞行，心愿足矣。我才不管什么自然或科技之争呢。"

会议共开了七天，与会代表一一都有发言机会。其间穿插着对桑城的观光游览，陆深参观了桑林美景及蚕桑屋、蚕宝宝、蚕茧、缫丝厂及丝绸制品等诸多展厅，不禁叹服桑城种桑历史之悠久、养蚕经验之丰富及纺织技艺之精湛。果城、禾城、凤城等地上城市，这一百多年来，尽得西洋文明之精髓，言必称现代性，早已实现了工业化，民众生活尽皆西化。而桑城、道城、儒城、君子城、地下伊甸园等地下城则继承了东方文明古国的精华，在地下艰难守护着东方文化的薪火。如洞城以抟土制瓷闻名于世，君子城保存了孔孟之道，桑城则将丝绸之技光大，纵使如此，现代科技之风仍如风暴般吹彻了地下诸城。譬如洞城的摩地大楼及地下街道，君子城的人造天空及地下森林，皆拜现代科技之所赐。而桑城早已进入了工业大城及科技名城之列，其兴隆的纺织业全赖电能及机械运作，其技术之先进自不待言，那个新宇宙有限公司，亦出自该城。陆深至此方知，黄晶乃是桑城之人，他望着黄晶，心想，她还有多少秘密瞒着他呢？

一天午后，诸人去参观桑城的镇城之宝神桑木。此桑木树龄高达五百年，虬枝卷曲如龙，枝叶亭亭如盖，生机勃发。据说此树移植于果城某山麓的原始森林，曾在地上世界生活了三百多年，在桑城也活了近二百年，可谓先有此树，后有桑城。桑城其他桑树皆是其子孙。陆深与诸专家参观时，刚好碰上恭迎神蚕转世的隆重仪式，这是桑城每逢六十年一遇的盛会。

陆深见那棵巨大桑木爬满了白花花的人影。无数个男女老少，一丝不挂，攀附其上，每人占据一根硕大桑枝，在疯狂地嚼食桑叶。树底下设一香案，一位身披黄袍头戴道冠的祭司在作法，旁有两个道童侍立。香案上炉香袅袅，场面肃穆，观者狂热，气氛诡异。神蚕每六十年转世一次，但上一任神蚕在指定继承人之前，不知所终，亦无留下任何遗训及线索。新一代神蚕出世之期将至，城主及祭司商议，只好依古法实施指认及确定神蚕之法。那就是任何人均可啃食桑叶，如有异象及征兆，即为神蚕之化身。规则是必须赤身露体，以方便祭司指认。这样的事也不是头一遭了。故每逢此日，人人争先恐后，有人已是二度尝试。

"如何得知某某是神蚕？"陆深不解。

"据说自有异象，但也得祭司认可为准，自己说了不算。详情我不是很清楚。"黄晶笑道。

黄晶和老唐也脱得光溜溜的，爬上了神桑树去吞咽桑叶。活动一直持续到了傍晚，祭司仍没有明确认可谁是转世之神蚕。有人仍抱着

第三章 实验室

一线希望,在桑树上疯狂啃食。一具具闪着白光的胴体,在灯火黯淡的黑暗中依稀可见。

陆深呆呆地望着黄晶白皙丰满的肉体,堪称完美,一对丰乳在枝叶间动如脱兔,神情却静如处子,毫无羞涩之色。她冲他扔下了一丛枝叶,说:"你也吃几片试试?"

他放到鼻间嗅了嗅,一阵清香扑鼻而来,沁人心脾,仿佛枝叶间也残留着黄晶的体香。他心神俱醉,不禁扯了两片桑叶放入嘴中,就如吃生薄荷叶似的。他贪婪地望着桑树上奔走如鹿的黄晶,不知不觉间将一大丛桑叶吃了个精光,待黄晶从树上下来,飞快地穿衣,笑吟吟地望着他,方如梦初醒,将光秃秃的桑枝扔在地上。

"好吃吗?"黄晶冲他嫣然一笑。

"还是煮熟的好吃些。"

一直到翌日清晨,桑城当局的发言人才召开记者招待会。宣称神蚕的化身已确定,但因桑城本无天空,空间窄小、逼仄,神蚕所需的活动空间不足,而新宇宙有限公司的新产品仍不成熟,亦不稳定,在经过多次测试确保无虞之前,亦不宜让神蚕使用。桑城虽为立宪之城,尚保留君主。神蚕无异于一城之君,无人不可不敬,故暂不公布,以免遭闲人骚扰。

"神蚕是巨人么?需要多大空间?"陆深好奇地问。

"就是会飞的人。"黄晶说。

"没见过。倒是常有耳闻。"

"我也没见过。"

论坛接近了尾声,不管赞同还是反对,新宇宙有限公司表示将坚定不移地进行人造天空的研制及试验。当然,与会学者的发言颇具思想性及理论色彩,将作为重要文献汇集出版,发布于桑城内外。尽管某些学者的观点对研发人造天空在核心技术上没有裨益,对稍后的市

地下人

场推广却提供了意见,堪比一场小型的市场调查及民意测试。专家们临走时各带了一床蚕丝被作为礼物,大家喜笑颜开,皆大欢喜。此乃后话,不赘。

论坛最后的一项重要议题,是从与会学者中招募志愿者,以作为进入人造天空乃至人造星球生活的试验人员。组委会的意愿是招到会飞翔的人,据说与会专家中就有这样的人物,当然不会不尊重隐私权而将其公诸于众。不管是会飞还是不会飞的人,都没有学者应征。他们不敢冒冒失失地跑到那个鹌鹑蛋或核桃里面去。

"说是人造天空,其实无异于一个人造星球或宇宙,"黄晶对陆深说,"里头不仅有天有地,还有山川湖海,草木林泽,一切都按照地球上的万事万物克隆了一套。当然是严格按照图纸来设计及施工的,主要是依据《圣经》的创世记录。一些奇异动物如龙、麒麟、貔貅、凤凰等等,因为缺乏必要的资料及技术而没有成功复制。在那个世界里,看上去跟真实的没有两样,却是人造的,你也可以说如在幻象或梦境之中,具有特效镜头般的效果,这只是针对局外人而言的。生活在那个空间里的人,却感到无比真实,不会怀疑那个新天地的真实性及工匠的痕迹。身在其中的人,还可能短暂地失去记忆,一旦适应之后,现实世界中的记忆又会陆续涌上脑海,当然不会有能力洞察人造星球及天然星体之间的区别。那个空间或世界的重点在于天空,他可以自由自在地飞翔或行走,睡眠或静坐,而不会受到现实世界的任何干扰。那个天空虽属于他所有,却不等于取消了其他物种的生存权利。天上有种种鸟群在飞,地上亦有兽类奔走,在鸟兽之间,是蝴蝶、蜻蜓之类昆虫的领地。这些生灵通常不会对人类造成真正的威胁,人类仍然保持了万物之灵的地位,因为出于人的聪明巧智,用其手上的弩箭、猎枪、激光枪等武器,足以对付一切来自自然界的敌人——尽管这种可能性不大。当他想出来,就可以摁一下开关。当然，开关亦有可能失灵或发生故障，譬如因能源不足或损坏等原因，毕竟仍处于试验阶段，但科研人员正在尽最大能力将这种可能性降至最小。算啦，说起来太复杂了，你又不进去，管它做甚！"

"我不懂不要紧，只要你懂就行。我知道你很想进去，我愿意陪你去。"

黄晶眸子一亮，说："但可能会发生种种意外啊，譬如说，可能会困在里头一辈子都出不来，或者其他种种意料不到的灾难，甚至因大爆炸而粉碎！"

"我愿意！"

"我很感动。你不必为我做任何事情。"

"我是为了自己。所谓飞翔的感觉或空间于我没多大意义，但蓝天白云及一处清静的草地是我乐于见到的。不是拥有，而是分享。我也乐于跟草地上的小兽及昆虫分享天地间的静谧、草叶的气息及草地上的微风。我想跟你一起寻找这样的青草地。"

"那只是理论上的，毕竟谁也没有进去过，也缺乏实地踏勘的资料。可能里头有洪水猛兽，咆哮如雷；或者天地间空空如也，寸草不生，荒漠千里，除了干净而细小的沙子，什么也没有。"

"我信你。"

"我也没把握。"

"即使啥也没有，也会有你啊。"

黄晶正色说："一切都说不准。人造星球里面的时间可能会变形和弯曲，记忆也可能遗忘得一干二净。总之，无法预测也无法料想，现在假设的一切，可能都不得要领。"

"不管发生什么，我都愿意！"

黄晶不管有人在场，扑过去抱住陆深，喜极而泣。

地下人

两人在动身时，各带了一个大行李箱，里头装满了衣物、水壶、药品乃至针线之类，凡是能想得到的、能塞进去的，都带上了。他们跟新宇宙有限公司签订了一份合同，陆深不禁发笑，要不是合同条款上的奇异内容、古怪措辞及惊悚假设，这跟出一趟远门或探险何其相似！末尾一款为：试验者出于自愿，对试验者因不可抗力而发生的一切遭遇概不负责，包括失忆、迷失乃至莫名其妙地消失或死亡，以及诸种无法预测而不幸的事。试验者得到的权利或回报是，在缴交一定的押金之后，每年均可免费使用该款人造宇宙一个星期……

黄晶的手穿过箱子的拉杆牵着陆深的手，像一对连体人。她的另一只手攥着一个特殊材料制造的核桃，拇指轻摁开关。陆深感到刹那间就到达了一个梦幻般的奇异之境，这个世界如仙境般神奇而美丽，麻雀虽小，五脏俱全，有蓝天，有大地，有山川草木，有高原、平地及湖海，设计者参照了史前文明的地球模式，但主要还是以二十世纪初地球上一切未遭到现代文明及产业革命蹂躏的地方如印度及南美等地为蓝本。因为年代久远，资料匮乏，要完整地将其情景及事物复活是难乎其难的，但在局中人看来，已无异于人间仙境，其逼真程度无可挑剔，还有不少创造性的神来之笔。

这个人造宇宙只有三百万平方公里，在陆深看来，天地洪荒，辽阔无比，既看不到尽头，也不知来处，这远远超出了他的想象。现在，他像一个原始人在原野上踽踽独行，看不到同类，对空间既无感知，对时间亦无意识。

陆深认为，他从泥土中脱胎而出，或从兽类中脱颖而出，这只是传教士或进化论者的假设。他的诞生始终是一个谜。他带着上帝的孤独，而不知道何谓上帝。他带着野兽的孤独，而还来不及为百兽命名。他独自在荒野行走，还未见过同类。他从狮子的利爪感受到力的迸发，从麋鹿濒死的泪光看到悲悯。他是文明和野蛮的混合物而主要

第三章　实验室

是野蛮。他独自在荒野行走，像云朵在风中移动，像青草蔓延到天涯，仿佛成熟的蒲公英，即使没有风也在自我吹送。他没有快乐，没有悲伤，没有感觉，也没有意识。他的心空旷如无边荒野，长满了青草、野花及似是如非的梦幻。风吹过他，犹如吹过洪荒的河谷或熟透的果壳。他是一个空心人，他的心像大海，容纳每一条争吵不休的河流而覆盖以盐的味道和天蓝的色彩。他像陶罐承装着雨水，而不知道雨水从哪而来。他抚摸着大海的波涛而不知道波涛为何涌动，在黑蓝夜晚瞅着月亮发光而不知道月亮的光来自何方。他也不知道自己是谁。他看到了一切而无法说出。他在荒野盲目地奔走，不知道要到达何方，不知道为何而奔走。他是第一个人，但也许还有另一个。他的头发像旗帜在荒原上飘扬，走过了每一寸土地，山川、河谷和平原，目睹着潮水涨落昼夜更替，目睹着灿烂朝霞宛若鲜花在天地间散发着芬芳，而晚霞像融化的黄金覆盖着天空而最终在黑夜中退隐。他惊奇于缓慢生长的肌肉和臂膀生长的力气，他注视着万物，脱口而出："火，气，水，土……"他命名看见的每一样草木虫鱼，呼唤着每一只飞禽走兽而禽兽毫不理会，草木没有应答。他在山坡上坐下，注视着哗哗流淌的河水，他将自己命名为"人"并具有了意识。一股强烈的喜悦像泉水迸溅而出，他因存在的狂喜而大声哭泣。他采集着草木的清香，矿石的质地，云霞的颜色，塑造着自己的面容和身躯。他向老虎学习奔跑，向猛禽学习飞翔而最终失败。他向榆树学习安静，向梨树学习孕育而没有成功。他采撷风的飘逸、山的凝重、海的宽广以塑造自己的内心和灵魂。他注视着太阳，阳光如此明亮，几乎将他的双眼刺瞎。他在夜晚学会沉思，月亮像清澈的湖泊，像湖泊的模型，像一滴水，注入他的梦境并在遥远的岁月发出幽深的回声。他站在阳光之下，像一具日晷。他的阴影使时间显现，像一根时针标出时间的刻度。他在河流涌动和花瓣凋落的声音中，听见时光的消逝。他

地下人

在额头皱纹扩展的声音中,感到衰老的恐惧。他观察着星辰浮沉和潮水涨落,利用掌心的纹路归纳出了不可知的命运也自有规律。他孤零零地伫立在苍穹下面,感受到北风吹彻他的身体,霜雪覆盖他的前额而主要是感受到作为人的孤独。于是,他注定要遭遇女人,饱尝爱情的甜蜜和苦痛。

陆深依稀记得,他曾从网络图书馆上获知,过去年代关于地球的日暮途穷及其回光返照,二十世纪是它生命中得以保持某些纯净、神秘及丰富之美的最后年代。这是一个分水岭,此后彻底坠入了失去天穹的万劫不复之境。他觉得这一切皆如梦幻般飘忽,又有确凿无疑的真实感,一切都似曾相识,却又肯定他之前从未涉足此地。那种陌生感如刀锋般锐利,但纵使如此,仍未能将他从厚重如茧般的遗忘之网中脱身而出。

黄晶费了半天工夫,终于将来龙去脉交代得一清二楚。尽管陆深恢复的某些记忆片断,也局部印证了黄晶所言非虚。他将信将疑。黄晶说:"很不幸的是,那一切都是真实的。我们近三十年来都生活在没有天空的地下世界中。我们脚下的大地,虽无比逼真及坚实,却是建筑在流沙之上的,这个计划虽然伟大,也耗费了无数科技天才的精力心血及桑城人民的巨大财富,能否最后成功并投放市场,仍是未知数。这也是我们作为小白鼠的勇气所在,遑论成功与否,我们的付出都是有价值的。"

"你说的这些我都赞同。你不应该骗我。"

"对你有所隐瞒,这也是计划的一部分。但我没对你说过一句假话。"

"做爱也是计划的一部分?要记录在案,且写入调查报告?"

"我们必须搜集、记录、整理我们得到的一切数据,"

第三章 实验室

"我是指进入地球—二〇六六号之前,你对我不信任。到今天你仍不肯承认吗?你原本就是桑城人。但我不知道你关于你父亲的编造有几分真实。"

"是的,我父亲是上一任的神蚕,但他的失踪是一个谜。我读过你的文章,我以为你对我父亲的同情以及对天空的理解跟我们的追求不谋而合。所以,我想方设法找到了你。"

"贵公司的所谓商业应用及其计划,我对此没有兴趣。资本家贪婪残忍的本质,不可能造福于人类。"

"那你当时为何愿意陪我进入这个实验室?"黄晶笑问。

"你还有多少东西瞒着我?"陆深怫然道。

"所有这一切都记载在电脑里,你可以慢慢查阅,也可以随时问我。"

他深深地望了一眼黄晶,觉得她真是个谜一样的女人,看上去偏透明如水晶。也许她没有意识到自己联结着诸多谜团,看来既没有负担,也没有压力;但转眼间又烦躁不安,像换了一个人。她时而进入静心之境,四大皆空,万物同一,无喜无忧,安静如群山;时而急躁如母兽,坐立不安,心事重重,愁眉不展。

陆深觉得她正在分裂成两个完全不同的人,并往两个方向拉扯。他拿起了那个非金非玉、如金似玉的奇异核桃,轻轻地摩挲着。

"它就是我们身在其中的世界,这是一个表面为三百万平方公里的人造小宇宙。它既是这个庞大的空间实体,也是一个连接着现实世界的小开关。在这个小果壳里,装着全部的事物,如天空、大地及地上的万物。这已经是我第七次进入了它的内部。每次都要待够三百六十五天,并努力将所有目睹及感知的情况记录下来,尤其是地壳的每一项变动以及雷暴、飓风、海啸等数据,这些都是衡量人造星球是否稳定的重要资料。最关键最困难的是,我必须保持记忆力,尤其是对开关的使用，否则我将困于其中，永远无法逃离。幸运的是，前六次都安然无恙。关于这款星球，这是最后一次测试了。只要这次顺利完成任务，全身而退，就算大功告成了。"

"你说过没有人进去过。"

"对不起。"

"每次都必须有一个'亚当'与你为伴？"

"这是必须的。"

"是同一个还是一共六个？"

"每次都不同。"

"我很关心他们的命运。"

"全疯了。"

"为什么？"

"他们没法接受自己既是实验员也是测试对象的事实，他们更愿意生活在这个人造星球里，而不愿回到现实中去。每一个人在这个世外桃源只有一年时间，期限一到，就必须返回桑城，我的前六任'亚当'，没有一个熬到期满就疯掉了。他们的疯狂从地球一二〇六六号一直维持到了现实世界中。这也是我不想告诉你真相的原因。还好，你虽然一肚子气，但看来还保持着头脑清醒，尚未失去理智。"

"我还挺得住。"

"我一直在想，"黄晶调皮地说，"如果通过了第七次测试，就意味着这儿安全了。既然安全可靠了，如果又能一直留下来，何必还要回到地下城？你想过吗？"

"我只想跟你在一起，在哪儿不重要。"

"我不想再出去了。我受够了在洞城、桑城之类居住于地下的日子，就让像老鼠那样挖洞安家的岁月见鬼去吧。我虽然无力飞翔，但也需要天空。我终于能理解父亲为何一走了之。我同情他。但是，我

第三章　实验室

担忧我们未必能待到完成任务的那一天,这个人造星球就突然爆炸了,灰飞烟灭了。我们也可能被公司强行驱逐。"

"我对你说的这一切,很兴奋,但有点不敢相信。当我一天醒来,发现在一个从未涉足的地方,失去记忆,没有名字,不知自己是谁。后来我在海边的悬崖上找到了一个岩洞,里头有一个女人,并委身于我。她自称是这个世界上唯一的女人,给了我一个故事,交代了我的过去,说这一切就是我们身在此地的原因,又给了我一个身份,说我是一位诗人,并将一沓厚厚的诗稿递给我,说这是我在新世界里写下的杰作,堪称新世界的创世史诗,而我对此一无所知。最离奇的是,这是一个测试中的、不稳定的人造星球,我们可能会舒舒服服地活到地老天荒,可能毁灭于一瞬间,也可能困于此地,永远不能返回原先的居所——亦即所谓的现实世界桑城去,总之什么都可能发生。而这个现成的解释甚至不来自你的头脑或记忆,而是你从纸片及电脑备忘录上得到的。这个信息的来源及真实性让我疑窦丛生。你再三强调,这一切都跟你手上的核桃有关,又不是你所能控制。"

黄晶仿佛看透了他的心思,说:"这是唯一而合理的解释。我们身居于人造星球亦即实验室之中,公司要检测的是这个星球而不是我们,所以我们是实验员而非被测试者。电脑上的备忘录记载得清清楚楚。我们必须严格按照实验程序去做好每一项纪录及检测工作,每天均须如此,不可马虎。如果你不需要这个解释,那么你就没有任何解释。"

陆深默然半晌,他有些想不通,如果黄晶说的是真的,那么又是谁告诉她的?她不是也失忆了吗?如果信息均来源于电脑的记载,那么就有可能会遭到置换、篡改乃至于预设。如果这是假的,她为何要说谎呢,那我又到底是谁?这个荒无人烟的世界看来像一个神秘岛,又到底在什么鬼地方?

地下人

他们正处于稳定期中，人造星球运行正常，黄晶认真细致地做着笔记，她本人也没什么异常。一天夜晚，月光皎洁，陆深忽然从草房子中一跃而起，跑到荒野中，月光在树林的枝叶上跳跃如白茶花，大如杯盏，白如雪片。月光下有一个野生李子林。李花跟月光混淆不清，难以区分，圆月如银盆，如纺车，月光如泉水，如纱线，流泻而下，千丝万缕，仿佛将天地间都淋湿了，笼罩了。

陆深看到月亮，就如受到惊吓的狗，但他满脸亢奋之色，像中了魔，大声歌唱起来。他的歌声比李花更白，更稠密，比月光更有质感，更流畅：

> 在上帝的笔记本中
> 他被抽出一条肋骨并制造了他的伴侣
> 历史就是遗忘的那一部分
> 无从挖掘。他忘记了上帝的面容
> 但他看到了光辉的少女，唯一的少女
> 他从少女朝霞般的面容看到了七十亿子孙
> 在这个蓝色星球上相遇或远离
> 欢聚或杀戮。他们在一棵巨大的橡树四周
> 成熟的橡子在地上滚落
> 繁衍或死亡。少女赤裸而圣洁
> 她像山谷一样神秘，像平原一样丰腴
> 像河流一样波动，在他所看过的任何事物之中
> 飞禽或走兽，果树或花卉
> 她是最奇异而美丽的。他的胸口
> 在隐隐作痛，他依稀觉得那纯美的少女
> 是身体的一部分，是灵与肉的一部分

第三章 实验室

> 她就是第一面镜子,古老而熠熠生辉
> 映照出他作为一个人的不完整
> 那是万物生长的春天,灿烂的野花
> 像火焰在原野上吹拂,花瓣发出的火光
> 照亮了天空,遥远的雪山闪着蓝光
> 犹如巨大的宝石,轻盈少女
> 在草叶上行走,踩碎露珠,脸露微笑
> 作为人类的母亲,夏娃或女娲
> 她走向他并委身于他,犹如河流委身于大地
> ……

他在将那首创世史诗吟唱出来,每一句就是一道白练,源源不断的白丝从他的嘴里涌出来。史诗叙述了他为一个原初人在大地上奔走或沉思,孤独或狂喜,与草木交谈,携百兽同游,并在中途遇到了陌生少女……那首长达万行的长诗未及唱完,他已被白灿灿丝线纺织成的巨大茧子包裹得密不透风。他四周一片朦胧白影,他觉得身体被掏空了,犹如一个洞穴,困乏不堪,一种掺杂着安全感的睡意在刹那间攫住了他,他于是在那个牢固而封闭的茧子中沉入了梦乡。他知道他将会在茧中沉睡十六天,并将破茧而出,肋生双翅。但远未到那一天,他已悚然惊醒,浑身湿透,而黄晶倚身于草房子的竹扉前,凝视着他,满脸怜悯。

"我在恍惚之中,似乎想起了一些关键的线索,"陆深说,"但我苏醒之后,仍然被一股强大的力量推入了梦幻或虚构世界之中,我们被封锁在现实之外,不可挣脱。换言之,我只有在梦境中才能摸到现实的衣角,而此刻似乎清醒而保持理智,而其实是深陷于虚幻世界的泥潭之中,无力自拔。我知道这样说你很难接受,我暂时也想不到脱

身之策，但我看到了希望的曙光。否则我不会梦见那些蚕丝及茧子。我坚信这就是现实的依据，也是命运的启示。"

"作为旁观者，我看到你在骤然而至的夜雨中大声歌唱，手舞足蹈，我一句也听不懂，我知道你陷入了魔障或梦魇之中。而你看到的所谓白色丝线可能是雨水给你带来的幻觉。可怕的陆深，你正在逐渐失去理智，恐怕又要步你那六个前任的后尘了。"

"请你不要将我跟他们相提并论。"

"我也不想这样，请你相信我。亲爱的。你说你吟唱的是你的诗，那么请你背一句来听听？"

陆深忽然感到头脑被一股遗忘的浪潮劈头打来，脑海中白茫茫一片，只有激荡的水声，以及无边无际的空白。他抓耳挠腮，张口结舌，但一个词也想不起来。

"我们身处其中的世界尽管是人造的，却是确凿无疑的，"黄晶进一步解释，"你不应该怀疑其真实性，就像建了一栋房子，搬进去了，就不应该怀疑房子的真实性及你的存在。我们的任务是检测这栋房子的安全系数及居住者的反应，而不应该浪费精力于无谓而荒唐的揣测之中。"

"但我的遭遇也是真实的，哪怕只是梦境或我的臆想，你也不能否认这是居住者的反应而值得记录吧？"

"我当然不否认，"黄晶不耐烦地说，"但请你不要强词夺理，梦就是梦，臆测就是臆测，就不要将它跟真实的事情混为一谈。醒醒吧，陆深先生。你说你被源源不断地吐出的白丝——也就是蚕丝结成的茧子包裹了起来。那么请你将这个茧子指给我看。哪怕有一根蚕丝，我都相信你！"

"我暂时做不到，"陆深尴尬地说，"因为我们仍深深地被困于一个不真实的世界当中，我想那也许是一场大梦——"

第三章　实验室

"没有根据的话,请你不要说了,拜托!"

随着时间的推移,黄晶腹部日渐隆起,她的脾气也变得越来越暴躁,动不动就发脾气。陆深还以为她是妊娠反应,但看来不全是,至少四周环境以及天体运行等神秘事物,都在影响着她的情绪。她似乎有些精神紊乱,正在向癫狂走去,已无力承担正常的观测及记录工作,陆深只好越俎代庖。但他对那些枯燥乏味的数据及单调而重复的现象兴趣不大,简略记之,而对黄晶的几次异常之举作了详尽记录:

五月十二日,陆深,我发现了一个惊人的秘密,黄晶说,我们栖身之所并非是地球的复制品,或克隆之物,换言之,这根本就不是一个人造星球或行星式的小宇宙,而是桑城人新开辟的一个地下城,比旧城规模更大,更完美。天穹及大地实乃人造,万物均出自于能工巧匠,集中了桑城人的全部物力及智慧。这个城只有最纯洁、最干净的人,才有资格入住,而你和我尽管不算肮脏,但或多或少都被邪恶的果城人污染了。我们带上了人类的劣根性,也就是人类固有的经验、思想及记忆,我们已无药可救。只有从时间的源头上切除这一切,才有可能造就一代新人。曾经以为我们有望成为这个新生世界的人类始祖,其实不然,而是我腹中的儿女,一对双胞胎。他们的出生之日,就是我们的死亡之时。这就是我们的宿命。所以,当局将我们的记忆完全取消了?但是,如何解释笔记本及电脑上的资料以及关于人类一切文明的记载呢?……黄晶被头脑里的巨大难题搞得头晕脑胀,几乎崩溃,无法将思考持续下去。

七月二十八日,陆深,我预见到我们的世界将于十二月十二日毁灭于一场核子能大爆炸,我们将消失于绝对的虚空之中,仿佛从来就未曾存在过。最乐观的预测是地球—二〇六六号将脱离原来设定的轨道，迷失于浩瀚的太空，即使公司守在天文台上的监测者也无法确定其运行轨迹及踪影。陆深提醒黄晶，那个特异材料制作的核桃，既蕴含着小宇宙的全部空间，也是进出其中的开关。她才突然惊醒过来，恍如梦中，不好意思地笑了。

至九月十日，黄晶的谵妄症日渐严重。她说，我们所栖身的，不仅不是人造宇宙，甚至不是一个真实存在的地下城，而是公司研制的一个虚拟世界，打算出售给飞翔者或热衷于天空及广阔空间的人使用。其型号容量均有不同规格，其能量、面积及容积及其运行速度，取决于硬盘及内存的大小，还有软件的升级和优化。使用者（包括试用者及测试者或实验者）通过某个电子设备（如核桃或弹丸）作为介质进入其中，就如看四维电影般逼真，让人有身临其境之感，局中人无法分清虚假世界及真实世界的界限。其实人只是拥有了真实的感觉，而不必亦无法栖居其中。尽管有超级的真实感，但都不是真的，只是假象。黄晶失望透顶。她伤心地哭了。如果说那是对地球的仿制或代用品，退一步来说，哪怕是一座地下城，倘若给人们提供了广阔辽远的天空，都还算靠谱。虽然是人造的，但毕竟一切实有其物，天空就是天空，大地就是大地，这都可以接受。但是一个仅存在于感官体验而实质虚幻的所谓虚拟世界，那根本就是一场欺骗，而未能让飞翔者获得真正的天空以及飞翔。这种自欺欺人的事，廉价的体验，只需做一次爱或吸食大麻就足够了，何必费那么大的劲呢。陆深找不到一句话去安慰她。黄晶嘤嘤地哭了，说这样的产品在二〇六六年，算不上有什么科学创新，即使找到了父亲，他也对此不屑一顾。老娘不干了。她拿起了那个核桃，就想去摁其中一个豆粒大的按钮。陆深赶紧抢夺过来，说，不要着急，先搞清楚情况再说。至少等你清醒了再作决定。黄晶偎在他的怀里，慢慢安静下来。

……

随着黄晶失常的次数越来越多，陆深失去了继续记录的兴趣。类似这种相互攻讦、相互支持又拆解的种种设想及猜测，从黄晶的嘴上滔滔不绝地冒出来，她渐陷于谵妄之境。陆深采了几次草药给她煎服，但并无多少效果。

陆深觉得他们被困于一座雾状的、流动的、无边的牢房之中。上次他在雨中歌唱，就如于恍惚中想起了咒语，依稀看到了出路，醒来后却重新跌回了铁桶般残酷的现实。

又一个雨夜到了，他似乎又看见了雨夜中的圆月（其实圆月一直挂在天上，不管它在发光还是不发光，都无法目睹）像一个挂钟的摆锤在往两极摆动。他又亢奋起来，跑入了雨幕中，张大了喉咙，但是那曾经滔滔不绝如长江大河般涌来的诗句，如今一个字也吐不出来，仿佛每一个字都像大鱼在冰河中冻结了漫游。李子树上的花朵不知何时凋谢，并被青黄的小果子所代替。那些细小的果子在暴雨的鞭击下如冰雹般纷纷坠落。他心中一沉，那首长诗已从他的脑海中消失了。连同这些消失的，还有他在此地获得的记忆，他有时连此处是何方（可能中的人造星球、地下城或虚拟幻境）都没有概念，甚至连黄晶也认不出来了。在他清醒时，他知道自己像黄晶一样，正在逐步往谵妄乃至疯狂的深渊中滑去。在他自以为清醒而又觉得黄晶清醒时，将那些对此地的相关怀疑、猜测及判断的记录，递给她看。这已无法动摇黄晶根深蒂固的想法了，她反而怜悯地说："陆深，你越来越糊涂了。我敢保证我没有说过那些话，那全是你的编造并煞有介事地以我的口吻写下来。我不怀疑你虚构的才华及想象，你不愧是饮誉洞城的科普作家。然而，我不得不提醒你，在这里，我们只是公司招募的研究人员，这一切早晚都会结束！"

这段日子，黄晶一清醒过来，就去采集蚕茧纺纱织布，她打算在孩子出生前缝制好足够的衣裳。她曾经说过，她腹中的龙凤胎就是新世界的人类始祖。他们的蚕桑获得了大丰收。随着季节缓慢地流逝，天气渐凉，眼看就要进入冬天了。而她进入了预产期，随时都会诞生婴儿。陆深不知所措地望着黄晶圆滚滚的腹部，满脸愁苦，看来她肚子真有一对双胞胎，甚至藏着一个星球。看来，不管他们栖身的地方是天然还是人造，是真实还是虚拟，都无法阻挡婴孩的降生了。

在一个凛冽的清晨，久违了的灿烂阳光驱散了大雾，天空高远辽阔，眼前的景物生动而真实，远处的群山及密林裹在雾岚之中，影影绰绰，依稀可见。两人精神都很好。黄晶抚着肚子说："我感到小夏娃用脚丫蹬我呢。而小亚当说，他一来到人世，就将会告诉我们一切真相。"

陆深充耳不闻，他无精打采地望着天空，只见漫天的阳光变得愈加稠密，像洒落的面粉，又细又匀，光线在缓慢地变得黯淡，仿佛时光在缓缓地倒流，从上午回到了黎明，阳光又隐退而浓雾涌现，又白又细，铺天盖地，密不透风，厚韧结实，就如一张浓雾织成的巨网。陆深伸出手去，用力推了推，仿佛陷于棉花或云絮之中，浑不着力，但决不会飘散。那漫天的大雾就如一个巨大的茧子将天与地、他们及身边的万物罩得严严实实，囊括其中，憋得他几乎喘不过气来。好在，他马上发现他根本无须喘气或呼吸，其实他正处于一场长达十六天的深度睡眠中，他知道自己马上就会苏醒过来。他在半梦半醒之中，望着黄晶，这个即将分娩的美妇人，不忍心说出：是我在一场梦境中创造了这一切，包括这个虚拟世界或人造星球，当然还有梦中的我和你——那个我跟现实中的我是两回事，连你也不是真实的，但我

第三章　实验室

可能见过你父亲。感谢这一场大雾或阳光,帮我从漫长的梦境中艰难地挣脱出来。而我尚未完全清醒,而一俟苏醒,你和这个世界将完全消失,或退隐到该回去的地方。

陆深的泪水顺着脸颊汩汩而流,他觉得他被浓雾织成的厚茧裹起来了,里头一团漆黑。在数月前,他曾在一次类似梦幻的情景看到了那个茧子的形状并用手触摸过,又最终被梦中巨兽拽了回去。但这次不同了,他完全醒过来了。黄晶跟那个人造宇宙已消失得无影无踪,他彻底回到了现实世界中——那就是他被困于一个密不透风、伸手不见五指的圆茧里。倘若说这是一个无限缩小的宇宙,那未免是一个太恶毒的玩笑。无数个数据、影像、声音、话语及事件纷至沓来,像蜂群返巢般疯狂地嗡鸣,往他的脑海钻入钻出。他感到不堪重负,几欲天旋地转。他告诫自己,必须保持冷静,冷静!他强自收摄心神,强迫自己冷静下来,让炽热得几乎要爆炸的脑瓜冷却下来。他首先确定了自己的名字和身份:陆深,科普作家,只要锁定了这两个线索或符号,在网络时代就可以搜索查找,顺藤摸瓜,抽丝剥茧,使真相最终水落石出。他不再那么紧张了。但他从那个坚如磐石、牢不可破的梦幻世界一下子反转到现实中,仍难以适应和接受。

随着他的理智逐渐恢复,他惊讶地发现,在跟现实对峙(或相对)的那一侧,不仅仅是梦境,也有记忆,梦幻跟记忆缠绕到了一起。或者说,他通过做梦(梦境或幻象)的方式找到了回归现实世界的曲折小径,找回了曾一度空洞无物、完全丧失了的过去。与其说他从一场大梦中醒来,毋宁说他在梦境中恢复并重拾了一度失去了的往事及记忆。他的过去正变得清晰起来,就如雾中的建筑物逐渐露出了屋顶、门窗及墙壁。那个离奇的梦境,乃是由他正在待着的这个特殊居所(也就是这个巨茧)及未能知晓的时间长度所孕育和支撑。使他惊惧的是,梦境中所发的一切都处于变幻及流动中,难以捕捉及捞取，也难以胶固定型。当他彻底苏醒时，已消逝了大半，还在不断地飘逸和散失。他牢牢记住了一个叫黄晶的女人，却无法将其脸容清晰地摄取。

当然，那个梦中所见的人及事物，并非全跟事实相吻合，那不可能，不少细节都有出入或无从解释，但那个神秘的女人黄晶并非子虚乌有或空穴来风，更不是他的凭空想象。他记起了去年初夏，离开洞城参加了一场由新宇宙有限公司主办的跟天空与信仰有关的论坛。坐在他邻座的是一位年轻的女学者。他甚至想起以前写过的一首长诗《我们的祖先》，但一句也记不起来。总之，那些在梦境中发生过的事情，遭遇过的人或事物，并非全为乌有或假象，但也不等同于完全是真实。大半是他经历过并在脑海打下烙印的，却加入了主观上的评价、臆测、歪曲乃至打散之后重塑。陆深知道，这些只是指向真相的路径及线索，而不能跟现实等同或对应。若视之为虚无，却是最省事最不负责任的做法，他的记忆和理智也不允许。不少事情都铁证如山，即使他想轻易地抹掉也不可能。他苦笑了，日后有够他忙的了。

重要的是，他想起了大约十年前的一桩往事——

那天傍晚，一个驼背老头找上门来，给陆深递上一张报纸，上面有《果城都市报》上的专栏"洞城秘辛"，有一篇文章《地下天空》，讲述一个长着翅膀的人在地底下疯狂地挖掘以创造地下天空的故事。他确凿无疑地想起了自己就是闻名于双城（果城及洞城）的科普作家陆深，专栏是他的专栏，但他忘了曾写过这样的一篇文章。他写的专栏不计其数，发表后从不回头去看，他知道尽管披着科普写作的外衣，大多是胡编乱造、逗人一笑而已，原本就没有存留的价值。他看了一遍，发觉倒是这篇文章创意不错，想象力宏阔，不像是他写的。小老头自称来自桑城——一个神秘的地下国度。所谓的地下城，绝不是如洞城般又浅又窄——顶多是果城在地下的延伸或探入地下的郊区

第三章 实验室

——远算不上真正的地下世界。而在这个星球的地底七八千米深处,有为数不少的地下城如桑城、儒城、道城、君子城、地下伊甸园等神秘世界,生活着庞大如蚁群的地下人。他们通常不跟地上人如果城、禾城等地浅薄无知、狂妄自大、自私贪婪的人来往。诸城之中,亦各有疆界,独立生存,虽鸡犬之声相闻,老死不相往来。但他来自桑城又不仅属于桑城,他觉得桑城最不好的是,没有天空。

"说到这儿,你明白我就是你写的那个人了吧?"小老头诚挚地说,"我就是那个艺术家,毕生都在地底下疯狂劳作而徒劳无功的挖掘者。你笔下的我语焉不详,纯属捕风捉影,甚多谬误及不实之处,但从行文中可见你深谙自由的滋味,这让我感动。我愿意来看你,当面表达我的谢忱!"

小老头坚持要请他喝一杯。他们到了一个叫金桑园的餐馆,喝了一瓶烧酒,菜肴是一盆生桑叶。小老头诡秘地说:"我保证你从没尝过这样的美味。"那桑叶的确鲜美无比,两人一扫而光。小老头临走时意味深长地说:"我们不会再见面了。但我的女儿跟你有缘。你们将相遇于某时某地。"

陆深确定,他未必跟小老头的女儿或黄晶在现实中遭遇,而只是相遇于梦中,人海茫茫,看来亦无从寻觅,但毕竟有了重要线索。他觉得这都是以后的事情,当务之急是摆脱这个恶作剧般的、圆桶状的束缚之物。他利用牙齿和指甲将那个雾状而坚固的茧子撕开了一个小缺口,再逐步往四周扩张,灿烂无比的阳光像银屑金光流泻而至,像海水将他灭顶。他先将头部探了出来,然后是他的肩膀、躯体和双脚都顺利地从茧子中脱身而出。他就像从一个大油桶中爬出来。他身上的翅膀自然而然地高举并张开。他飞了起来,似乎置身于一片油菜花金黄的田野中,又像在一个花香弥漫的葵花田上空,炫目的阳光和金黄的颜色融合在一起,仿佛黄金在融化并流淌,他一时无法适应这种

地下人

过于耀眼的光亮，不知道他身在何处——到底在一个有天空的地方还仍只是地下世界——那些阳光是真实的，还是来自人造太阳？至少，他肯定这绝不是他的居住地洞城，洞城不可能有铺天盖地的灿烂阳光及辽阔无边的金黄田野。

（本章刊发于《芙蓉》2012年第5期，"实验"栏目头条，《文艺报》2013年7月8日刊发曾念长评论《走出空气污染的地球》）

第四章　蝉人

在作家陆深最新发表的小说力作《蝉人》中，刘军一直过着正常的生活。他在洞城一家孤儿院度过了童年时光。他是被公共福利机构抚养大的，从来没见过父母的模样（也许见过，但想不起来了）。对双亲的情况以及为何被遗弃一无所知，这使他成年后养成了深居简出的生活习惯。他像正常人一样吃喝拉撒，饿了就吃，困了就睡，每天晚饭后到住宅外头的通道散步，偶尔去地下广场溜达，在广场附近的超市买点日用品。他既无特殊的需求，也无异常的想法。在地下，白昼与黑夜的概念（或界线）被遗忘或取消。城市的大厦（包括地面上矗立的高楼及深入地底的摩地大楼）灯火通明，洞城主要街区的路灯从不熄灭，诸大广场有大小不一的人造太阳在照耀。但在城郊或地下乡村，则往往漆黑一团。刘军住在洞城一路，一套二居室的小房子，属于一座深达六十三层的摩地大楼中微不足道的小部分。他平时的工作是通过网络维护和管理一个自然文化网站。他又是一个业余魔术师，常在朋友间的聚会上一试身手。从今天开始，他变成了另外一个人，甚至还是不是人，都成了问题。

一个秋天的夜晚，当他淋浴完毕，望着浴镜里头的自己，仿佛穿上了一套黄褐色的铠甲，铠甲严丝合缝，看上去轻巧贴身，用手一敲，硬邦有声。事实上，他一丝不挂。他的双手也变得像爪子一样坚硬而有力。换言之，他的皮肤原本呈淡黄色，肌肉饱满、柔软而有弹性，如今变成了硬壳。这使他成了龙虾似的甲壳动物。他彻头彻尾改变了外观，更不想出门了。当然，这种变化是逐渐成形的，他无法断定是从哪一天开始的。从去年底以来，他就有了明显的不适感。譬如肩部和颈椎的肌肉逐渐变得坚硬，开头他还以为是伏案工作过多尤其是操作电脑引起的肩颈劳损。他增加了每天的运动时间，从网络下载了一套"八段锦"的视频来练习。这是古老的健身方法，在这个时代颇受住于地上及地下的人们所青睐。然而，僵硬的感觉未得缓解，反而缓慢地往躯体及四肢蔓延，尤其是肘底及两股之间的洼凹处，伴生着轻微的酥痒及麻木。他认为得了怪病，去找康复科及皮肤科的医生看了几次，都没什么疗效。

冬天到了，他感到脖子僵直得难以转动，就像石膏像一样。脸上痒极了，用手去挠，指甲锋锐如刀，但脸上像隔着一层东西，无法搔到痒处。他一照镜子，几乎被吓呆了。他像戴了一个丑陋无比的面具，起皱，僵硬，五官被包裹得严严实实。他感到呼吸也变得困难，旋即又惊奇地发现，他似乎没有呼吸的必要了。当时正处于渐变之中，他不敢去见人了。好在他既无亲人，也无朋友。

进入今年初春，他的皮肤变成了铠甲式的硬壳，头发也掉光了。他彻底变成了一个巨大的甲壳类动物。他不再穿衣服了，反正不出门，穿上了也显得累赘。一开始，他颇感难受，呼吸维艰，进食十分困难，后来已无法进食，那个硬壳已将他全身裹得密不透风，完全封闭。他觉得食物变得污秽而无法入口，又无从进食。而他庆幸停止进食却没有饥饿感，健康也不受损害。这样，他似乎具备了某些特殊的能力。对于生活在地下的人类来说，摄取食物及排泄都算得上麻烦事。尽管到了二〇六六年，社会在发展，地下农庄利用温室及人造太阳可以生产出跟地上世界质量相当的大多数粮食，毕竟成本太大。地上世界粮食甚多，但洞城进口殊为不便，价格也就昂贵。不需要进食

第四章 蝉人

而保持生命及活力，怎么说也是非凡之事。

那些日子，刘军的行动很不灵便，仿佛连思想也凝固了，好在视力仍然不错。他的眼前覆盖着透明的膜壳，像戴着一副潜水镜。他有几天视物模糊，还担心失明了。但后来变得更好，能看到遥远细微处的东西，视域也逐渐变得宽广。他几乎能看到身后的东西，这让他心慌而自得。他在网上看过，有的地下人练气功，得以开天目或具有了透视眼。一个长达六十年足不出户的地下人，在经历过短暂的失明之后，忽然出现了奇迹，眼睛变得又圆又大，呈透明的蓝绿色，能在黑暗中视物，换言之，他拥有了一对跟猫媲美的眼睛，看来变形带来的不全是坏处。他知道还没有完，变形一直在持续。他对自己将变成什么还不了解，也不是特别担忧。他静观其变，乐见其成。

开头他惊恐万状，但一筹莫展，只好接受命运的安排。他素无严格的宗教信仰，而对大自然心生好感。地下人长期（或基本上）生活在地底，其自然观念跟地上人有所不同，但其本质仍有一致。当他顺其自然，彻底放松下来，就惊奇地发现，一切都不像原来想象的那么糟糕，倒像出现了某些转机乃至值得期待的可能。当然要知晓仍尚待时日。他发现手足都相当灵活、有力，能做出复杂而精巧的动作，像一个高智能机器人，除了视力上的改善，脑筋也变得灵敏而清晰。他在经历了一段混沌而恐慌的时间后，终于适应了自己的身体，不仅比原来更强壮有力，思维也更加敏捷，精神似乎变得更强大了，虽然孤独感仍挥之不去，但享受的成分大于忧愁。他隐约感到，似乎遗忘了某些事而那又何其重要，他又不能确定这一点。这让他头脑恍惚，如坠梦中。

他敏锐地看到，他的躯体日日新，那副铠甲似的硬壳仍在发展和完善，就像果实终有成熟之日，他不知道将把他带往何方。他有一种对某些未知事物的强烈渴望，类似于少年时对性爱的想象而又不是。

性爱他是感知过的,并非每次都妙不可言。他渴求的到底是什么,尚不清楚,只知道这是他从未尝试过的,却充满了诱惑力,过去的经验将被粉碎。正因为这样,他的渴望愈加强烈。每天睡觉前,他都在将睡未睡、半梦半醒之间,将过去所做的梦幻及想象放电影般过了一遍,试图去捕捉那个尚未显山露水的东西。他似曾相识又无从说起。事实上他从未接触,也无从了解。他感到头脑滋生了一些新鲜、锋锐的想法,都跟那个未知之物及其世界相关。尽管想法像藤蔓上的瓜果在日渐膨大、成长,但思想远未成熟,也就无法得出有说服力的结论。

他沉湎于这个游戏。这段时间,他除了上网、阅读及做"八段锦"外,基本躺在床上,每天于恍惚间坠入梦乡。他常常做一些神奇的梦幻,稀奇古怪,荒诞不经,当苏醒过来全已飘散,既不可言说,又无法记忆。梦幻可能变成现实,但也未必。他已经习惯了将梦幻视作现实的一部分或潜在的现实。他很享受这个。

随着时光的流逝,刘军欣慰地发现,他在一个夜晚捕捉到了梦幻的一鳞半爪,虽然难以复述,在翌日临睡前仍能清晰记起梦境的某些情景及大致过程:他看到天上有一个仙人。那个仙人穿着五彩华服,大袖飘飘,驾着五彩祥云从天上飞过。仙人的面目怎么也记不起了(也许他从未看清)。这个梦境让他心醉神迷。让他不安的是,仙人带着一个铁笼子在飞翔。笼子有时在他的身后拖着,有时将他囚禁,有时跟他合二为一。这样,他看到半空中的事物时而是仙人,时而是笼子。这令他大惑不解。他做过的梦其实都是同一个,已经越来越清晰了,只要他一闭上眼,就能看到仙人、笼子或两者之间种类不多的组合。这成了他过去的记忆或曾发生过的事,亦即变成了现实。他认为这何其荒唐。他对地上世界很陌生,对天空印象模糊。他每次到地上去都是行色匆匆,或干脆挑选在月黑风高的夜晚,尽可能避免跟地

第四章 蝉人

上人类接触或发生冲突,因为到头来吃亏的总是他们。这几乎是全体地下人的生活准则。对他来说,天空只是一面巨大而漆黑的镜子,像倒扣下来的铁锅,永远涌动着无限而黑暗的波涛般的云絮。那个世界跟地下何其相似,偶尔闪烁的星辰,也像地下乡村微弱的灯火。

他对所梦见的事物大失所望,而那番情景已在头脑里扎根,不可驱除。他认为那个梦境也许预示了某些事情,但跟他之前被深深激动而有所预感的东西是两码事。他对那个东西仍一无所知。那种迷醉和狂喜都远非这些梦境所能比拟。他乐观地想,梦境往往预兆着事物的反面。那么正预示了某些美好事情正在向他大步走来。

进入夏天后,地上经常下雨。下第一场雨时,刘军就感知到了。他当然看不到雨水从天幕上垂挂,也听不到雨声,但天上的雨水必将垂降于地上,并最终流入地下。洞城郊外的地下河逐渐涨满,水声湍急。地下水(包括地下人挖掘的水井、修建的地下水库及现成的地下河等)向来是地下人的饮用及生活用水之来源。有时未免跟地上人因争夺资源而发生冲突。他完全适应了身上的硬壳。那副硬壳就像衣服一样贴身,也变得柔软而舒服。或者说,这些变化挺大的表皮跟原先的皮肤在形状及硬度上均有不同,但给他的感觉已无二致。他忽然有了多日来罕见的外出活动的欲望。他这副尊容,不仅得避开地上人,也不能让地下人看到。他曾想过穿上大衣戴上帽子、口罩之类,又发现要穿衣服,倒像之前光屁股那样不习惯了。不仅多余,还很难堪。可见习惯的力量多么可怕。他决定走一条不属于任何人的道路。这个念头让他充满了无穷的力量和激情。

地下人筑路跟地上人相似,都是用锄头、铁锹之类将挡住脚步的土方石头等障碍物清除,当然后来挖掘机及炸药等都派上了用场。地下人筑路还得预防头顶上的土石及必须避开地面。由于洞城建筑在一

地下人

个接近于无限大的空间里,洞城的街道跟地上的没多大分别。洞城人口接近三百万,据说这样大的地下城市,全世界顶多只有七个。除了洞城中心区的大街小巷,地下世界的道路大多是地道或甬道。

刘军提了把铁锹在地下花园挖掘,泥土变得柔软,水的气息愈加清新。他知道地上的雨水仍在持续。他发现双手像爪子一样,使用工具不太趁手,用双手去挖泥倒更方便迅捷。他觉得泥土在双手下就像纸一样松脆。他挖掘并抛掉,就像撕纸那样不费劲和迅捷。他没想好这条路通往何方,也没想过要到哪儿去。他纯粹在享受挖掘的乐趣,而忘记了挖掘的初衷。他不停地挖掘和推进,就像在无数张纸中穿行,最终像捅破了窗户纸那样轻松地挖穿了地面。当他像推开沙井盖那样,将最后一摊泥土推掉,就看到了柏油路面,敢情到了地上人的街道。刺眼的阳光像电光几乎使他于瞬间瞎掉。他有多久没见过阳光了?雨过天晴。太阳像一个燃烧的银轮子在滚动。他赶紧缩回头去,像一只受惊的鼹鼠。事实上,他比善于挖洞的啮齿类动物毫不逊色,更甭提蟋蟀之类了。他头晕目眩,阳光像雷电的鞭子抽打过来,他感到了光线强烈的诱惑,并伴随着莫名的恐惧。他听到头顶上传来了车声、脚步声及人语声,唯恐被人发觉,一直退回到十来米的深处,仍惊魂未定。

刘军开始反省自己的鲁莽之举,并考虑他到底想要干什么,又要到哪儿去。他毫无头绪,但认为这个嘈杂的地上街道对他没有意义,而他选择的时机亦不算适合。他通过阳光打在道路(即地道)上的阴影,推测太阳刚过中天,离天黑尚需时间。

他决定先休息一下。他躺在"路上"转眼就入睡了。他醒来后精神百倍,发现泥土像天鹅绒那样托着他,又蓬松,又柔软,就像睡在云朵上,比睡在床上更舒适。他又想起了那个关于仙人的梦境。他待在荒野比屋子更舒服。他真正体味到了以厚土作被,以地底为床的

第四章 蝉人

自在。他对大自然的理解深了一层。

他跟自然界融合为一,没有隔膜。他作为大自然的一分子,呼吸着地下世界的气息,第一次觉得这种匍匐在地的爬行状态固然新奇,但未免不够,并有一种囚禁的感觉。他感到了饥渴,又找不到可供解渴之物。无论地上人还是地下人,都居住在囚室似的房间里,连防盗网都跟动物园的铁栅栏难以区分。就像一个人以为他一直是自由的,等一觉醒来,却发现了身上的脚镣手铐及牢房黑森森的四壁。他发现用四肢爬行比直立行走更加便捷,尤其是在一个几乎垂直的地道里。他对达尔文的进化论略有所闻。他略感滑稽,不知道自己在往更高一级进化还是返祖现象。从此刻开始,他对直立行走深感厌倦,也无法适应了,但对动物般爬行仍深感羞耻。

从他出走的那一刻开始,他已将位于地底深处的蜗居抛之脑后,就像扔掉一个笼子。他常在离地面不远的地方穿梭来回,地上的嘈杂声依稀可闻,尤其是重载卡车驶过马路时带来的震颤持久不息。他烦躁不安,像一只无头苍蝇寻找着某样东西,但他不知道哪是什么。只要看到了,就能知道。他像在大海捞针,在每一处翻找。刘军愈来愈觉得那样东西不会在地底,那么他必须跑到地面上去。这让他因冒险而亢奋,但也告诫自己必须谨慎行事,以免惹出祸端。

在某个黄昏,他游逛到了一处,发现愈是雨过天晴,那种爬上地面的欲望愈加强烈,而这最好在黄昏出发,以免被人发觉。地上人的夜晚亮如白昼,灯光璀璨,已没有昼夜的差别。地下人则反之,白日亦如深夜。

他在泥土的尽头,触及了一道螺旋形的楼梯,他走了上去,幽深、曲折,仿佛在一个巨大田螺的空壳里行进,而前头隐约传来了摇滚乐的激烈节奏。他走完了楼梯,灯光迷离,激光灯如五颜六色的电光在闪烁和飞舞,梦幻般的灯光下,挤满了摇头摆胯的舞者。众人在

地下人

《星光浩荡如波涛》（这是二〇六六年风靡一时的舞曲）的旋律下疯狂地跳着迪斯科，犹如梦游人在狂奔，或木头在海浪上漂浮。他赶紧藏身于暗影中，逃之夭夭。那种音乐和舞蹈，都是他不喜欢的。他想，也许是木头的气味将他吸引了过去。无论何种木头都让他想起森林，在二〇六六年，不管地上还是地下，森林都难得一见了。尽管木头的清香被油漆遮蔽了十之八九，但仍丝丝缕缕地飘入他的鼻孔，好闻而心静。

在地下，植物是极其奢侈的东西，而树木通常无法存活。普通人家只能养几盆阴生植物如蕨类、苔藓之类，富豪则利用温室培育树木，但大多长不高，发育不良。有人养的苔藓巨型厚实，犹如一张绿色地毯，单株苔藓大如海棠花，看上去绿油油的，十分养眼。在有钱人的别墅及公共广场的四周，亦常见人造树木，其实是用水泥经能工巧匠做的树木雕塑，栩栩如生，颜色鲜亮，树干、枝条及叶片都可乱真。某些使用特殊材料如塑料乃至木头本身做的树木模型，除了形态相似，连触感亦难以区分。那都是假树，没有生命力，只可以看看。据说地上也造了很多这样的水泥树及塑料树，某个盛产椰树的海岛，因大兴房地产将椰林砍伐殆尽，盖起了无数栋海滨别墅，遂补"种"上这样的假椰树，遥遥望去，枝叶婆娑，风声飒响，"椰子"挂满枝头，实则是人造景观。

在过去，地下也有不少货真价实的天然树木，其实是树根，呈伞状往地底辐射散开。树根是树冠的倒影，其大小亦取决于地上树木的大小，不断地向地底延伸、生长；即使在树木砍伐后，仍能存活一段时间，没有叶子，也不可能开花结果。树根平时隐藏于泥土中，根本看不见。

刘军在地底下穿行及掘进时，迂回游荡，能碰到树根的时候极少。他不禁悲哀地想，地上的树木亦如珍禽异兽，都濒临灭绝了。木

第四章 蝉人

头被肢解成了木板，木材市场的生意很红火，但树木越来越少了。层层叠叠的原始林莽，只能到神话中寻觅了。

刘军在地底下摸索着前进、逡巡，去寻找地上的树林，找不到林子，哪怕是一棵大树也好。他多日来左冲右突，仍一无所获。他感到身上的硬壳愈来愈柔软，愈来愈干燥，跟身体似有疏离之感，愈加像一副铠甲或一套衣服了。他的表皮就像成熟的果实，快要瓜熟蒂落了。他越来越迫切要去找一片树林，与其说这是他的猜测，毋宁说是他的天性或本能。当雨天的潮湿气息从地表渗透入地下，他愈加亢奋而焦虑，然而鲜活树根气味仍不知在何方。他像盲人摸象，像传教士寻找上帝的踪迹，像皓首穷经的学者去探寻真理，像一个小诗人绞尽脑汁去提炼一行闪光的诗，像UFO爱好者在浩渺太空中探测外星的生命迹象。他只不过是寻找一座地上树林，却有着几乎同样大的难度。在二〇六六年，这在每一个城市的中间或周边都不是容易的事。而在五十年前，这座城市的大半地方还是荒野。地下某些枯干、萎死的树根足以说明这些。

他想过放弃。在他的生命当中，曾放弃过无数看来重要无比的东西，譬如他去追寻双亲及身世之谜，如在茫茫人海中寻觅另一半，如升官发财、封妻荫子的梦想……这些都放弃了。因为不可能实现。也可以说他已不感兴趣。即使双亲出于皇族（土氏）乃至神族（地下盘古），亦无法改变他作为一个卑微者的事实，他很享受现在的生活了。而婚姻让他深感恐惧。他曾有过一次结婚的机会，一段持续了三年的恋情，发展到后头就变质了，双方相互折磨。他承认尚未了解爱的真谛，而对自由的重要性使他忍痛割爱。对方失望而离开，她自以为是爱刘军的，所以将爱人当作私有财产一样严加看管，唯恐被别的女人染指。这也许是他们恋情失败的根源。但刘军知道不是。他们那时不懂得爱不是依赖，不是占有，也不是要求，但他自问做不到，也

地下人

丧失了再去寻觅爱情的想法，对婚姻更畏之如虎。至于所谓出人头地、衣锦还乡，他早就看破了，他做给谁看？他是一个孤儿，连出生地或故乡在哪儿都不知道。还是生性淡泊、与世无争的想法主宰了他。他在地底下漫游和闲逛，本应冲淡平和，但多日未见树林的蛛丝马迹而渐显焦躁。

他也想过放弃找寻或听天由命，但不能也停不下来。现在他的双腿（其实是四肢）成了指挥者，他本人及身躯只需要被动地跟着就行。他感到躯壳的压力越来越大，就像要被一阵风吹离。他的身体内部也有显著变化，仿佛有一股内在的力量在拉扯，早晚要分崩离析。这让他感到惊惧和不适，似乎那片想象中的、追寻中的树林才是他的保护伞。他必须不惜一切代价去找到它。夏日连绵不断的雨水，这使地底下的漫游者变得轻松，也使他的身体奇痒难忍，使劲地抓挠而无济于事。他想起一个成语：隔靴搔痒，而内心的焦虑有增无减。

又一个黄昏来临（他当然无法目睹黄昏的夕阳及晚霞，其实生活在石屎森林及霓虹灯光影下的地上人，亦无从目睹，而只是借助钟表去感知），忽然闻到了<u>丝丝缕缕</u>若有若无的树木清香，很模糊飘忽，但也确凿无疑。那肯定来自于一株有生命的树木，也许不仅是一株，而迥异于舞厅木头楼梯的死亡气息。他精神一振，手脚并用，加紧了前行（挖掘和奔走）的速度。那股新鲜树根的味道愈来愈真切，像浓郁的花香使蜂蝶醉倒。他熏然欲醉，大步前进，预计明日午后即可到达彼处。他嗅到了桉树、苦楝树、松树、樟树的味道，还夹杂着芒果树、荔枝树和龙眼树的气息。尤其是樟树的气味使人心旷神怡。让他惊异的是，似乎还有苹果树及其果实的清香。那可是北方的果树啊，但此地乃是南方。现在地上人的果园里，正是芒果和荔枝成熟的时节，他依稀闻到了这两种佳果的香甜。他咽下了一口唾液。

在夜里，他在睡眠中又一次梦见了那个无数次的梦境，但仍无法

第四章 蝉人

看清仙人的模样。只是这一次,梦境有细微的更改,仙人宽大的长袍里鼓鼓囊囊的,似乎背驮着物什,或他干脆就是一个驼子。这是大不敬的想法。一念及此,他感到背部奇痒无比,仿佛背部也负着重物,颇有压迫之感。好在天亮后,这种感觉渐渐消失了。

他比原计划提前一个小时到达了那个林子,开头只见零星的树根,像被灌注或被活埋在泥土里的八爪鱼。树根细微的蠕动及探触几乎能目测,而其浓郁的气息在四周的泥土中弥漫,清香四溢。他伸手抓住一根粗如儿臂的橄榄树根,仿佛抓到了金条。越往前走,树根越来越密集,树根的模样千姿百态,有的呈棒槌状,中间粗大,两端细小,更细小的根须如巨人的胡须在拂动。有的呈伞状,向四面辐射开去。有的像章鱼的肢体,草书般狂挥乱舞。有的像鱼篓的篾条,紧密缠绕,抱成一团。即使是同一种树木,亦因大小及形状的不同而显出迥异之处。最生猛的是榕科树木的根,如蟒蛇一样粗壮有力,仿佛呼啸着席卷过地底,盘曲纠结,又像一面撒开的渔网。他看到地下的树根越来越稠密,相互交织,让他举步维艰,仿佛陷入了树根的迷宫。

他不再往前走了,索性顺着一根粗大的树根爬上地面。他举目四望,只见置身于一座幽深茂密的林莽之中,虬枝如龙,遮天蔽日,分明是一座原始森林,连绵无尽,看不到边际。有的大树看来十数人手牵手也无法环抱,阳光如碎银打在地上,光线白中透红。天空望上去有点刺眼,如玻璃般反光。让他奇怪的是,那些阳光乃至天空都像是假的,给人一种人造的荒诞感。他爬上林中的一株巨木,这棵树堪称参天,其树梢亦几乎触及了天空,四周是茫茫林海,怕有数百公里之遥。天空看来的确不是真的,可能是用特殊玻璃或金属制造的,"天穹"悬挂着数以百计的人造太阳,估计这一整座森林被一个半球状的、半透明的庞大罩子笼罩得严严实实。说穿了仍是一个温室,只是庞大得让人匪夷所思。这个巨大温室的边缘是漆黑一团的厚土,"天空"之上亦涌动着无尽的黑暗。他在洞城见过温室里的小树林，但规模很小，三五十株树木已堪称大手笔，像如此辽阔的森林，不要说是生长在地下，就是在地上也难觅踪影了。

他以为到了地上的林莽，如今仿佛一盆冷水兜头泼下，不禁四肢冰凉。他以为一直在往地上前进，没想到倒是跟洞城平行乃至往更深处行进。这个神秘丛林显然不属于洞城，而在于另一个他从未听闻的地下城里。他从未涉足此地。对这个陌生而奇异之所，他充满了一探究竟的诱惑力。但这不过是一个温室，亦即囚笼。虽然广阔，但他必须立马离开，并往地上的真正森林进发。他感到了时间的紧迫性。他忍痛割爱。也许他今生再也无缘遭遇这样的森林了，不管在地下还是地上。他的理智跟情感做着激烈的斗争，他收摄心神，努力保持头脑清醒，告诫这片密林不过是海市蜃楼，是魔鬼制造的幻象。他必须马上沿原路返回，以免越陷越深，乃至被困于此地。

一念及此，他觉得颈部又痒起来，而背部微微鼓凸，伸手一摸，吃了一惊。他背部的甲壳里仿佛隐藏着物什，他想起了那个梦。他看来正在往一个驼背的方向发展。

他不情愿地沿着洞口离开了森林（及其温室），他觉得膀胱剧涨，几乎要拉尿了。他在小学考试时，快够钟了仍没答完习题，就有这种感觉。他强忍着泪水，生怕只要再待一分钟，就无力抵挡森林的诱惑。他几乎是哭着离开了。

此后一连数日，他连一座像样的林子都没有见到。不要说像之前那么大的森林，就是十来棵树的林子都没有。他偶尔见到几丛树根，细小纤弱宛若盆栽。他别无选择，只好前行，颈部及背部的膨胀感越来越剧烈。他感到身体（至少是硬壳）囚禁着一头猛兽，迟早要跃出来，而背部仿佛有一棵树伸展着枝条乃至伞状的树冠，像一顶帐篷

第四章 蝉人

那样渴望着打开。这都是紧迫之事,而他仍未到达栖身之所,现在的情形越来越明朗了。他在地下生活了二十五年(其间亦偶尔涉足地上),但地下绝不是他的终老之所,他对阳光也有更大的渴望。

在六月中旬,他经过千辛万苦,长途跋涉,看到了一处小林子,他马上钻出地面。林子很小,坐落于一处斜坡上,只有数百株树木,以桉树为主。林中有三五株大树,其中一株高约七八十米,木头大如卡车轮。这可能是原始森林的残余一角,也可能是数十年前种植的树林或次生林。四周高达两三百米的摩天大楼将天空分割得支离破碎,四通八达的道路,车辆来回穿梭,这个小林子就像怒海中的一座小岛。彼时太阳高悬,阳光如白刃在城市上空切割,并透过林子的叶隙打下银子似的白光。林子很幽静,有几只松鼠在枝丫间跳动,几只大蛱蝶在野花上飞舞。他缩回了洞口,内心在交战。这当然算不上一个理想的树林。他反手摸了摸背部,觉得里头有什么生灵就要冲出来了。颈部上的硬壳有了裂缝,他顺着缝隙摸到了新肌肤,既不及原先的皮肤软绵,也不像硬壳那样棘手,倒是有些光洁、温润,像触摸到了翡翠,软滑中有些沁凉。

他没有时间再返回地下寻找更大更好的树林了。这个林子虽小,毕竟是地上的,连接着真正的广阔的天空,且有和煦的阳光在照耀。他决定待在地下休息,待到黄昏再溜出去。这样比较安全。

他睡着了。那个旧梦又不请自来。他猛然发现,以前无论做什么梦,自己是永不缺席的,且都是主角。他今年以来反复做的怪梦,自己却不知身在何方。这让他惴惴不安。他觉得生命就是未知数,而世界是一个大神秘,无从揣摩,也无从拆解,只能听从命运的召唤,到达命中注定的地方。他午休醒来后,就蹲在洞口张望,见太阳慢慢地滑向西边,最终落入了一栋高楼的背后,光线变得红艳艳的,异常耀眼,又瞬即由红转黄,由浓变淡,并最终消失于洞口。仿佛天地间有

地下人

一个巨大的线轴，将大地上的光线都绕起来卷走了。"大地"，这是一个多么温暖的字眼！他一直生活在地下，如今才认识到大地慈母般的博大和温柔。这个小树林只是大地残存的一小块，像一件价值连城的珍宝的一点碎片，并像一块肥肉，被巨兽般的地产商张口吞掉。此时此刻，没有哪里能像这一小块土地给他带来安慰，情人的怀抱不能，而母亲的怀抱素无印象。

他小心翼翼地从洞穴爬出，一眼就看中了那株最高的柠檬桉树，他往树巅上爬去。他爬树的姿势很笨拙，也有点费劲，但四肢如爪子牢牢地钳住树干。随着身体用力，他听到肩颈处传来轻微的"咔嚓"响，硬壳上的裂缝在扩大、崩裂，有点撕开的疼痛，一缕晚风从中吹入。他有多久没吹过晚风了。当他爬上大树高处一个较大的树杈，停了下来，再往上爬去，树梢就无法承受他的重量了。此刻，背部硬壳的裂缝已扩大得像一面窗帘的两部分在拉开。他用力抓住树枝，以身体的腹部为支点，像翻单杆般转了一个圈，以使头部朝下，他的头部趁机不算艰难地挣脱了束缚，从头盔般的硬壳中探出来。他担心变成了自己不知晓的怪物，幸好他发现除了眼睛变化很大（他的眼睛仿佛是数百个小眼睛的集合，这正是复眼的特征）、皮肤略为光滑及结实外，其他无甚变化，至少五官基本保持原状。他怎么说还是一个人。

他所栖身的这个小树林，幽深、灰暗，就像地底下的一个洞穴。而近处的楼房及远处的街区均灯火通明，明亮的灯光像闪耀的星辰，将天空染上了暗红色。再明亮的灯光也无法穿透高处而遥远的天穹。光线就像内陆河的水，在短暂的流淌之后消逝于沙漠般的天幕上。整个天空犹如一个巨大地下城的边缘或穹顶。他恍惚之间，如置身于洞城之中。但他知道这是假象。等明天太阳升起来，他将会明白，尽管大地已沦丧，空气也变得浑浊污糟，天空仍然有其高度和尊严，这不

第四章 蝉人

是任何一座地下城可以望其项背的。人类既然失去（或糟蹋）了大地，还能拥有天空那也不错。

他知道他在蜕变。在这个无星无月的夜晚，远处的灯火像噪声那样让人心烦意乱。开始他很顺利，先是头部出去了，但肩膀颇费周折。他觉得像在钻一个狭小的洞口，或一格栅栏，只要头部能出去，其他就好办了。但肩背部卡住了，他稍一用力，就撕心裂肺地疼痛。他感到有两团多余的、不属于他的（至少他还不习惯对其所有）东西被硬壳卡住了。那两团未明之物跟他血肉相连。他天真地想，只要他的手能帮上忙就好了。他的肩膀出不来，手就无法脱离躯壳，而硬壳触及新生的娇嫩肌肤，就像刀刚过一样痛。他竭尽全力往前蠕动，几乎想横下一条心，就将那两团软乎乎的东西扯断算了，又因为剧痛而放弃了蛮干。也多亏悬崖勒马，才没有干下致命的蠢事。他保持着头下脚上的姿势，一直搏斗到凌晨三四点，才将那两团丝絮状的、又软又滑的东西连同背部一起从躯壳中抽离出来。它们像两把崭新的丝绸雨伞，折叠得很齐整。他累得筋疲力尽，当时还没有意识到那是什么，也不知道有什么用。剩下来的事就好办了，他稍作休息，又将身体翻转过来，以攀住树枝的双手为支点，将臀部及双脚从躯壳中脱离出来，犹如从一套牛仔连衣裤中抽身而出。他完成了脱胎换骨的过程，又疲倦又松弛。

林子间的草木气息连同晚风吹入了他的肺腑，有说不出的惬意，他的嘴巴张开又闭合，试着去咬嚼，一切正常，饥饿感于瞬间袭遍了全身。这数月来，他没吃过一口东西，此刻要寻觅食物太难了。他又身乏力倦，浑身像婴儿绵软无力。他惊讶地发现，地上城灯火渐见稀疏，而弯月似钩，正向西边坠去，几颗橘黄色的星在闪耀。启明星亮如灯盏，熠熠生辉。他用柔弱的手抚摸了同样娇嫩的身体一遍，还跟原来差不多，零件一件不缺，相反倒多了脊背那两团湿漉漉的、雨伞似的物事，虽然不重，却略显累赘。他尝试将其打开，仍有些吃力，只好作罢。

　　他发现自己坐在树杈上，一丝不挂，在天亮之前，当务之急是找一块宽大的叶片像亚当那样将私处遮掩。一阵倦意袭上来，他在黎明前小睡了一会，醒来发现这次破天荒没有做梦。阳光像鞭子向他抽打过来，鸟儿啁啾，松鼠吱叫。他惊醒过来，身上的露水很快在阳光中蒸发掉了。他饥肠辘辘，但光着身体去觅食甚难，背部的东西也使他显得怪异。一念及此，它们就像自动伞那样缓缓地打开了，从背部一直伸展到两肋之侧，几乎跟他的双臂平行，两边各有三翼，呈透明状，有点像新的白塑料布。他拥有了一对翅膀。这些翅膀看上去还不错，一副结实耐用的样子。他一遍遍地打开又合上，暂时没有勇气去尝试飞翔。除了传说中的仙人或天使，他告诉自己，人不可能有翅膀，更不可能会飞。莫非那个怪梦预兆的事正在一步步变成现实，而他本非凡人？这种想法让他惊喜交集，喜忧参半。他几乎被身边的那个躯壳吓了一跳，它形状相似，但颜色及表面都跟自己判若两样。这还是他第一次得以目睹其全貌。它呈黄褐色，全身沾满了泥屑，像一个趴在树杈上的泥俑，手脚的趾缝间全是泥屑，有点像一个风格怪异的塑像。而他焕然一新，全身肌肤细嫩光洁，于明黄中略呈淡绿色，比起变化之前的那个人，他不知道该更喜欢哪个模样。

　　那个人蜕在树上太引人注目了。他趁着天色刚亮，将其掘坑掩埋。它看起来那么大，但折叠起来，像一个充气娃娃泄光了气，不怎么占地方。他悲哀地发觉，之前在地下行走，如履平地，挖土掘洞，仿若游戏，如今挖一个小坑亦大感费力，还得借助折断的树枝作为工具。

　　他在小树林看到几株芒果树，硕果累累，皮黄肉熟，果香弥漫，芒果是南方寻常树种，在果城亦多有种植以作绿化树。他吃了一顿芒

第四章 蝉人

果,觉得气力充沛,遂利用上午在林间的空地上练习飞翔。一开始,他像一个老母鸡那样扑腾,姿势笨拙,转动不灵,又费劲得很。但很快他就翻飞自如,时而快捷如飞刀,又稳又准,时而如鹞子翻身,一飞冲天。他完全掌握了飞翔的技巧。

正午将至,愈加炎热,他用桉树的细小枝叶做了一条树叶裙,庶几可以遮挡下半身。赤日炎炎,阳光猛恶,他匿身于一棵枝叶繁茂的大榕树中小憩。树冠如巨伞,稍感阴凉。忽然,如闻得号令,林子响起了千万只绿蝉的鸣叫声。蝉当然不是用喉咙喊叫的,其发声装置乃由腹部两侧簧片般的薄膜发出,声音响亮,激越,震耳欲聋,仿佛整座林子的寂静已被蝉鸣化为齑粉。他脱口而出:"自由,自由——"他这是数月来的第一次发音,那副声音仍然是他的,但略带磁性,愈加洪亮。蝉鸣之声分明是说"自由"啊,哪里是什么"知了"?他有引吭高歌的冲动,但压抑下来了,以免暴露了自己。

外头传来了脚步声,来了一对年轻男女。他们踩在黄叶上,发出窸窣声,一直走到他藏身的大树下,在厚厚一堆落叶上搂抱在一起。那女的吃吃地笑。两人飞快地脱光了。那女的白生生的身体被男人压倒在落叶上。他们离刘军不过数米之遥,那女的忽然脸色煞白,刘军肯定她窥见了他。但他不确定她是否看到了那接近于无限透明的羽翼。他怀着歉意冲她咧嘴一笑,那女的一把将男的推开,骇然大叫:"天呀——"那男的茫然不知所措。那女的抱着衣服冲出去,一边跟男的说话。那男的赶紧跟上去,他大着胆子往树丛上瞧,还虚张声势地往上掷石头。刘军早飞到了另一棵树的枝叶间。他们交头接耳,嘀咕了几声,忽然飞快地冲出了林子。

刘军的心情被搞砸了。他在这座陌生城市第一次遇到的人,没想到竟是一对野鸳鸯。晦气透了!他还没想好如何安排新生活呢。他有了更多的选择,起码不必再搬回洞城摩地大楼的住宅去了。居住在地

地下人

下,他的翅膀就成了没用的摆设。如何谋生仍是一个难题。他本来想先待在小树林里,渴饮朝露,饥餐野果,多过几天闲云野鹤的日子,看来也不现实了。

一个多小时后,逃遁的两人去而复返,还带来了两个警察。警员荷枪实弹,警犬的吠叫声已由远而近,它恐怕已嗅到了刘军的气味。他不想被抓住关入动物园被人观赏,或制成标本放在博物馆里,只好走为上。在他们进入林子之前,刘军扇动着翅膀,飞离了树林。他就像一架小飞机降落在近处一栋高楼的屋顶上。这是一次极为短暂而充满失败感的飞翔,他不敢在城市上空自由而随意地飞。

他对此地一无所知,唯恐被别人发现了行踪。他像一条丧家犬那样东躲西藏,阳光如细盐撒在他的肌肤上,火辣辣的生痛。他窥见楼顶天台晒着的一绳子衣服和床单,居然有一套西装及领带。他心中一动,一个人要将自己的行踪抹掉,最好的办法就是藏身于人群中,就像一滴水注入大海里。他穿上了那套西装,扣得严严实实,脖子还系上领带,看上去就像一位做保险的或销售代表。除了他的背部略为厚实,没有可疑之处。尽管有不光彩之处,但他穿上这套衣服,总比穿着树叶裙招摇过市要好。

他就不太方便施展轻身术了,从楼顶走到地面,一转身就没入了人流中。他在该地作了短暂的半日游,基本弄清了此处是距离果城东面两三百公里的禾城,这是一个美丽的海滨城市。三面环山,一面朝海,海边别墅群上悬挂着巨额横幅以作促销,上有标语:面朝大海,春暖花开,从明天起,做一个拥有别墅的幸福人!至于那个神秘的地下森林,说说不准其确切方位。比起险象环生的禾城来说,那儿可爱得多了。作为脱胎换骨而又饱受惊吓的地方,刘军对禾城爱恨交加。

当天夜晚,他借助厚重乌云的遮掩飞往果城(好在没下雨,他

第四章 蝉人

还没有雨天飞过呢,肯定不好办),悄悄降落在果城广场附近的一个地铁站上,转乘了三趟地铁,才返回他在洞城一路的居所。在果城及其地下卫星城洞城之间,每天均有地铁及地下高速公路相联系,以方便人们往返于两地。很少有地上人光顾洞城,洞城的人倒有不少在果城谋生乃至观光。他混进混出地铁时费了点周折,但还算顺利。他对身手比以前更敏捷而欣慰。他必须回家一趟。他离家时一丝不挂。无论今后在哪儿谋生,那些存折、现金及身份证之类的东西,仍有助于他作为一个普通地下公民的生活。

数月不归,他对位于蜂巢大厦里的二居室略感担忧,但愿没有小偷光顾。他一到家,却见灯光明亮,窗明几净,拾掇得井井有条。让他惊讶的是,印象中一直是二居室的,眼前却是三居室,装修得还算不错。里头迎出一个女人,让他目瞪口呆。更让他惊骇的是,那个女人激动地抱住他,眼泪滚落,说:"亲爱的,你终于回来了。"

那女人面目姣美,身材高挑,这样白送上门的妻子,谁都不会拒绝认领的。刘军却惊惶地挣脱了妇人的怀抱,在电光火石之间,他认出她正是妻子洪丽。他醒悟过来,原来有一个老婆。他从那种梦幻般的状态中回到了现实,而他之前陷入了一场梦境,脱身不得,仿佛误入了另一个世界,或者说是在一个无法解释的空间里拥有了令人难以置信的生活。

"你彻夜不归,也不打个电话回来。想找你也没法找,你连手机都没带。"洪丽说。

"你说我待在外头有多久?"

"你是昨天傍晚出去的,整整一夜呀。好在一大早就见了你,心里才踏实。你越来越健忘了。"

刘军发现今天是上午,而不是他自以为是的午夜。尽管在洞城中,昼夜混淆不清,地下世界漆黑一团,全赖二十四小时的电力照明。他望着眼前这个又熟悉又陌生的妇人，谈不上厌烦，也谈不上想念。在现实中他只消失了一个夜晚，在梦幻或某个空间里，却过了大半年，且发生了那么多不可思议的事情。这一切用梦境来解释是很容易的事，但他碰到了难题。他感到了背部的鞘翅在抖动，那么轻盈，又那么真切。他不禁用手往背后捏了一下，像触摸到了缎帛，绵实坚韧，光滑柔软，这都是梦幻所无法解释的。除非他仍陷身于一场更深的梦境中，但那样又无法解释现实中的居室和配偶。妻子身材颀长而丰满，是一个性感的女人，他竟没有激起半点情欲。他想不起任何一次跟她交欢或亲昵的情景。而洪丽确凿无疑是他的妻子。他们结婚快三年了。他眯着眼看妻子，仿佛她悬浮于猛烈阳光的蒸汽之中，有些刺目，有些模糊，也有些重影，看上去很熟悉，却像一团雾状物，或者说她对他隐藏着一团雾状的秘密。这个想法让他惴惴不安。

洪丽被他瞧得眼眸涌起了水雾，她依偎过来，想跟他拥抱。他轻轻将她推开了，扭头就往卧室走去，一到卧室，又转入厢房，关上门，四仰八叉躺在床上，顿觉头痛难忍。

"你没事吧。"妻子在门外喊道。

"我没事，只是有点头晕。"

晚上他在洗澡时，借助浴镜一览无遗地看到了他的羽翼，几乎覆盖了他的背部，翅端垂及臀部，白色中透点浅绿，呈半透明状。他过去没见过人身长着这样的玩意儿。他好奇地想，这么轻而薄的东西，能将他送上天去？一念及此，那对翅膀就轻微地振颤起来。他感到有人隐藏在镜子深处的无尽空间里，在偷偷地窥视他。而镜中只有他一人，那个迟疑不定、恐慌无措的男子，让他感到十分陌生。他甚至不如在那个匪夷所思的世界更镇定自若，也更享受翅膀带来的刺激和兴奋。他要再次尝试，除非回到地面上去，在洞城不可能有机会。

他待到妻子催吃晚饭才走出来，其间他经历了一段漫长的睡眠。

第四章　蝉人

他好像睡了几个世纪,而在现实中也确有近十个小时。他越睡越觉得头晕脑胀,四肢无力,睡意却似乎越来越浓,直至他被一个梦惊醒。他梦见自己趴在床上睡觉,有一个女人骑坐在他的身上,持着大剪刀(园丁用的那种剪花木的大铁剪)从齐根处剪他的羽翼。女人的发丝拂在他的颈项间。她一丝不挂,而她的乳尖随着身体的晃动轻微地碰撞着他的背部。剪刀的咔嚓声将羽翼掉落的声音掩盖了。他冷汗直冒,惊惧地扭头想看清那个女人是谁。就在此刻,妻子唤他吃饭的声音清晰地透过木门,传入了他的耳朵。他遂惊醒过来。

在餐桌上,他想不能躲避下去,决定好好跟妻子谈一谈。

"我近来有什么不妥吗?"他问。

"没有啊,就是你现在有些傻。"她笑着说。

"请你严肃点,我是认真的。我不是患了失忆症吧?"

"我觉得你近来有点健忘,也算不上失忆吧,起码你还认得回家的路,还认得出我是你老婆。"

"但想不起我们是怎么走到一起的了。"

"你不再爱我了。"她的泪水涌出来。

他默然无语,事实上他从来没有过爱及爱上她或任何人的感觉。至少,他在记忆中没有。比起所谓的现实生活,那几个月梦幻般的生涯似乎更真实,更值得记取。在那儿,他有过数个短暂交往的恋人,但从未结婚。

"你不爱我了。"她哭着说。

"我平时有夜游的习惯吗?我此刻就有梦游的感觉。我想是患了夜游症吧。"

"没有夜游症患者说自己梦游的。你跟我过来,我告诉你是不是在梦游。"她一扭身,像一尾鱼儿从他的身边溜走,跑入了卧室。他不禁跟着走过去。卧室亮起了粉红色的壁灯,妻子以惊人的速度换上了一套白纱般的睡衣。她像穿着一袭粉白粉红的浓雾,体态十分撩人,胴体在轻纱下若隐若现。睡衣似乎也染上了粉红色,不知是灯光映照还是她身体的色泽。他又感到头痛难忍。他用手抓住门框,仿佛置身于一场龙卷风之中,拼命地抓住身边的一切可抓之物,以免被吹走或卷入漩涡。他不得不承认妻子的肉体充满了诱惑力,但他不能让别人发现他的翅膀。

"我头痛死了,"他大声说,"过几天就会好的吧,一切都会恢复正常的。"

他回到厢房,关上门闩,心兀自怦怦乱跳。他身后传来了妻子的叫嚷:"这句话你说了好多次了。我以为你有一天会回心转意,以为你会离开那个狐狸精回到我身边,我错了。自从昨晚之后,我知道一切都完了。"

"哪个狐狸精?"

"除了她还有谁?难道你在外头不止一个女人?"

"我不知道你在说什么,我啥也想不起。"

"你真失忆了倒好,但你没有。"

"甭说了,我头痛得厉害。"

在这场争吵之后,分居变得顺理成章了,他也无须多作解释。他想问她,这种不正常的婚姻状态是从今天开始的,还是早已有之。他终究没有开口。一种冷战的气氛充满了居所,让他愈感压抑,而洪丽倒好像适应了。他想再一次尝试到地上去飞翔,面对阳光、天空及树林的渴望跟飞翔的欲望交织着,并像烈性炸药一样,在他的心中引爆了,几乎将他的理智炸毁,对追捕者的恐惧像冷水淋头那样将那个念头浇熄了。他待在家里两周半,终于决定出一趟门。洪丽忧郁地望着他。他心都碎了,不知道这次出门后,还会不会回来。当然,他也无处可去。他抱住妻子,轻吻她的嘴角,转身就走。妻子没有吭声。他

第四章 蝉人

知道她一直在他背后张望,直至他完全消失于黑暗中。

他在洞城上转了半天,决定冒险去果城的郊外飞翔一次。他对此急不可耐,但并非鲁莽之徒,作为一名天性敏感之人,又是心思缜密的魔术师,他设想了种种可能潜在的危险,并谋求应对之法。果城的郊外及其卫星城,密密麻麻遍布着住宅小区及街道。除了公路上见到几株孤零零的木棉树和芒果树,他转悠了半天,没有看到一个像样的树林,这就很不利于他一旦露出形迹而藏匿。尽管背后的翅膀蠢蠢欲动,他仍强自压抑,不敢轻举妄动。

后来,他在果城西郊的山麓间,发现了一处湖泊。湖不大,倒还清澈,又四下无人,湖边稀稀疏疏地长着几片速生林,此地正好一试身手。他遂将上衣脱掉,塞入手上提着的包袱,绕着小湖开始飞行。清风徐来,拂面清凉,倘若说上次刚学会飞翔,这次已渐入佳境。他时而双翅平举,时而侧身滑翔,时而上下翻飞,盘旋来回,轻盈自如,惬意之致。他不时观看水中的倒影,飞了八九圈之多,兀自不想离去,沉浸于自身飞翔的乐趣中。

突然,他(从水中倒影)发现四处的高山上均有持枪者冲着他瞄准,他陷入了包围圈,已无退路可走。不知道他们是如何跟来的,也不知道他们何时赶到并出现。有人持着大网兜,妄图像网捉蝴蝶那样将他逮住。一群猎狗在疯狂地吠叫,气氛紧张,让人惊悚。刘军临危不乱,他放慢了飞翔,在湖面上缓慢地转圈,看来他唯一的出路就是往更高处飞去,但那均在枪手的射程之内。二十一世纪中期以来,狙击步枪的威力大增,在五千米之内,他休想逃脱狙击手的子弹。有人持着大喇叭在高喊:"请飞行者慢慢降落到湖边,并举起双手,否则格杀勿论——"

刘军飞得更慢了,但没有停下来。他越飞越低,越飞越慢,似乎在思考着对策。对方的头目又喊了三五遍,他始终一声不吭。他距离

地下人

湖面不过只有数米之遥了，忽然像鹞鹰那样往湖底猛扎下去。此举大出追捕者所料，他们将飞行者当成类似于小飞机或大昆虫之类，但没想到他也是人，而具有人的思想及反应。他们的反应也挺快的，数枪齐发，百发百中，鲜血从刘军身上飙出，他就如石头般"噗"地坠入湖底。马上有一只小汽艇从斜刺处驶过来，艇上坐着三个人，其中两个持着长柄钩镰枪打捞，在落水处捞了一会，捞起一个被打得千疮百孔的橡皮人，其实不过是粘着几页塑料翅膀的充气娃娃。刘军早已不知所终。他借助魔术手法及一身好水性上演了一出金蝉脱壳的好戏。他在水中无法飞行，一俟上岸，却滴水不沾，只是他不敢冒险飞翔了。他穿好衣服，戴上预先准备好的墨镜及口罩，专往人迹罕至之处走去，惊魂未定。

他想，当时肯定有不少人用手机乃至摄像机拍下了其尊容及飞翔的雄姿，想必早已通过互联网传遍了诸种媒介（譬如手机、电脑及电视的荧屏），并将于明天充斥于各大纸媒的头版。他想回家，但怕别人已侦查其身份及面目，并守株待兔。他混迹于人群之中，坐上了一列果城开往洞城的地铁，苦苦思索着脱身之策。

地铁过了数站，在荔珠站上来一个女人。她美得不像人间所有，刘军马上被吸引住了，但要说清楚其迷人之处很难。不仅是容貌或身材的完美，也不仅是肌肤如玉石般晶莹细腻，她还像在隐隐发光，当然没有泄露出光亮或光线，而是具有某种难以言说的神秘气质或内在火焰之类的东西。他目不转睛地望着她，发现她裹在白色旗袍下的身体像隐藏着一团火，仿佛在缓慢地发热、变红，像白炽灯泡那样缓慢地发光，并最终要燃烧起来。当然，那姑娘不会真的燃烧。他心中涌起的不是爱情，也不是情欲，而纯粹是生物上的、难以解释的吸引力，但依然跟生理相关。那女子若无其事，或者根本就没发现他，毕

第四章 蝉人

竟他们之间隔着很多人。她的一头金色长发熠熠生辉,像金缎子流泻而下。她长着欧洲人的金发,眉眼仍带着东方人的特征。

下一站就是虎庐,再往前开就要抵达洞城的终点站桃园了。那女子下车,出站,刘军不自禁地跟着她。与其说他在欣赏女郎曼妙的身姿,毋宁说他盯着她裹在旗袍里的身体在发出的微光,若隐若现,似乎就要于瞬间发亮乃至燃烧起来。她胸前衣裳绣着的红牡丹,栩栩如生,含苞欲放,泛着幽暗的光辉,像炭火在红炉中被缓慢地吹亮。那仅是刘军古怪而真切的感受,他当然看不到女子在旗袍里包裹得严严实实而曲线流畅的身体。

地下街道的灯光时明时暗,无论那女郎走在人群中,还是在灰暗的旮旯处,刘军仍一眼就能看清她的身影乃至细部。他紧跟上去,那女子似浑然不觉。刘军跟着她走过一条大街,横穿过两条幽暗的小巷,曲里拐弯,再徒步走了三五分钟。女子进入了一座摩地大楼,乘坐电梯下降至负四十九层处停下,在一处公寓前掏出了钥匙。刘军发现此处何等熟悉,而那女人就是炎娃,他一度如漆似胶而几乎遗忘了的旧情人。但他记忆中的炎娃满头青丝,并烫着爆炸头,如今却是金色的披肩长发。他从未见过她穿旗袍。炎娃也在刹那间认出了他,扑入他的怀里,用拳头捶打着他的胸膛,说:"你死到哪去了?我以为你永远不会再来了。"

他们一进门,炎娃就将自己剥得一丝不挂。他望着她,又兴奋,又惊恐,理智告诉他,他必须保持冷静。要在炎娃这样完美的女人面前熄灭情欲是难乎其难的,更难的是他被一种比情欲更可怕的贪婪攫住了。那种奇特的、赤裸裸的、类似于生物需求的欲望,像洪水将他没顶。尽管他告诫自己,必须马上离开,掉头就走,永远不要回头。但他仍然一步步地向炎娃走去,并几乎是撕扯那样扯掉了自己的衣服,背后的羽翼迫不及待地像两把自动伞啪地打开,仿佛具有独立的生命，比他本人更亢奋而沦于失控之境。他惊异地看到，他之前透视或感觉到的奇异情景正在变成事实：炎娃的身体内部缓慢地发热、变红，从幽暗到明亮，从光泽到光芒，最后将她的身体完全照亮了。她的胴体晶莹剔透，宛若一个玉石雕琢的灯罩，整个人在发光。他看不到光源，光线越来越盛，室内的照明灯纯属多余。他一伸手就摁灭了电灯，炎娃像一颗巨大的夜明珠在发光，通室都是她散发着幽香的光彩。炎娃咯咯地笑，连她的笑声都像灯光在地上破碎，通体透明，像玻璃片。

他们搂抱在一起。他完全失控了。他不计后果。他进入了她的身体（就像失足的马陷入深渊般的泥淖之中，他觉得滑进去的是整个人），也像一团火进入了一盏灯的内部。他觉得进入的是辽阔无边的光明洞穴，就像进入了传说中的地下天空。在那儿，辽阔，高远，神秘莫测，白色或红色的云在聚拢又飘散。他拼命地飞。他觉得炎娃明亮的身体深不可测，没有障碍，没有边界，像没有尽头的天空。炎娃达到了白热化，她完全燃烧了，变成一团流动的火，一道汹涌的火山岩浆，一座爆发中的火山。他感到翅膀被火焰一燎，已化为乌有，传来了皮肉烤焦的味道。而他亦于瞬间化成了焦炭，甚至连灰烬也没有留存。他像一块铁于瞬间被熔炉融化掉。他像一只火鸟，在着了火的天空上飞，说不清是火鸟点燃了天，还是天将鸟羽烧着了。在他狂热而又清醒的头脑中，仍不时幻化出一幅图景：一只鸟带着一个烧红了的、火焰编织成的笼子在飞翔。这个情景跟他曾经做过的梦境大同小异，只是略有删改。他轮番在极度迷醉和惊恐中体验着这一切。显而易见，他作为笼中鸟的隐喻，主要是来自色情的譬喻，或受炎娃的肉体所诱发，但也可能有更深的寓意。他要待日后才能仔细参详。炎娃的身体忽然一阵抽搐，她叹息着说："我体会到了飞翔的滋味。"

她身体上的火焰在冷却，光芒在减弱并慢慢地消失。她仍在散发

第四章 蝉人

难以觉察的微光。在黑暗之中,她的身体像一团淡淡的白影,刘军闪光的眼眸、白色的羽翼也依稀可见。激情消退的炎娃,她的身体凝结成了美玉、乳酪或冰雪,刘军触摸之处,沁凉,滑润,腴腻。

"你终于了解了自己,"炎娃说,"也逐步完善并蜕变成了真正的你,不枉我等了那么久。你认出我是谁了吧。"

"我跟你交往一年多了,今日才晓得你就是萤火女。"

"那是因为你具有了透视的能力,并将我的萤火激发出来。我们都不是普通人,是该让我们回家的时候了。我们不可能再在果城或洞城待下去了。我们原本就不属于这个平凡的世界。我能发光,却不会飞翔。我做梦都想尝一尝飞的感觉,谢谢你。萤火女只是一个简单的标签或隐喻式的说法。正如你,不是人,也不是什么昆虫。"

"回家?"

"是的。这是我们的家,但不仅属于你或我。我们来自于一个大家庭。我的任务就是守护你,等你彻底、完全地变成了自己,我就带你回去。"

"你是说,你跟我相爱,只是为了某项该死的任务?"

"傻瓜,既有任务,也有我对你的爱。没有爱,我是发不了光的。这骗不了人。"

"我对你说的大家庭一无所知。"

"请你相信我,你会喜欢的。你的生命曾于那儿诞生,亦将于那里终老。那是你的家。我也会跟你永远在一起。你在人世间会厌倦任何一个女人,哪怕她是国色天香,貌若天仙,却永远不会厌倦我。我们是天生一对,再也没有比一个萤火女对一个蝉人更具吸引力的了。仅仅是我身体发出的光芒,你就欲罢不能,是吧?不要再犹豫了。而我很享受我对你的吸引力。我们今晚就坐特快列车走。你前几天在果城上空飞翔的消息已传遍了这个星球,全世界的警察、科学家、医务工作者和不知为谁服务的特工,都盯上你了。事不宜迟,早走为妙!"

刘军忽然想起了洪丽,不知道她是否看到他被别人追踪的消息(包括镜头或视频之类),他心中涌起了一股伤感。他连一个正式的告别都没跟她说。他预感到,今生怕无机会见到那个女人了。炎娃望着他,嘴角带着讥诮,似乎洞穿了他心底的想法,说:"一个凡人没有资格拥有非凡的、神性的你。"

炎娃带着刘军,登上了一列地下高速列车。那乘列车看上去似无甚特别,刘军坐上去才隐隐感到有些不妥。他觉得列车一直在地下高速行驶,没有离开过地底,四周都是漆黑一片,伸手不见五指,车窗外面什么也见不到。车头前面的车灯所照亮的是更大的黑暗,又不像在普通的隧道中前行,倒像在井底或洞穴中飞速下降,仿佛在一道永无穷尽的电梯中垂直下降。显而易见,列车在往地底深处高速行驶,离地面越来越远了。这节车厢坐满了乘客,他们看上去也没什么异样,更没有丝毫慌张。

炎娃低声说:"他们都是凡人,都中魔了,或正置身于梦魇之中。你看他们的表情,尤其是眼睛。"刘军仔细一看,才发现这些人表情呆滞,双眼无神,仿若梦游一般,似对该列车前进的方向或终点站既无觉察,又毫不关心。刘军注意到,该列车已行驶了五个多小时,仍没有将要到达终点站之意,也无中途站可供乘客上落。列车仍在呼啸着前进,看来这是一乘长途直达的列车。乘客们纷纷打起了瞌睡。刘军也渐觉困乏。炎娃柔声说:"睡吧,离到站远着呢。到时我叫醒你。"

刘军握着炎娃的手,沉入了梦乡,还做了一个梦。他梦见他在床上睡觉,被一个女人张开大嘴,用牙齿撕下他的翅膀并咬啮,就像吃紫菜或饼干一样,发出了卜脆声。他此惊非同小可,醒来后发现炎娃就偎在身旁,她屈着双腿,蜷曲着身体,亲吻着他的翅膀,双眼噙着

第四章 蝉人

泪水。

"你怎么啦？这是哪儿？"刘军问。

"我太高兴了。你看，我们到家了。"炎娃抹掉了泪水，笑笑说。

她跑到窗边拉开窗帘，一缕橘红色的阳光透过窗棂射入室内，远处是郁郁葱葱的森林和苍茫原野，一眼望不到尽头，仿佛无穷无尽，而一丛紫荆树的枝叶就横在窗前。他注意到她脸上掠过了一丝忧郁之色，他明白她所说的家不是指房间而是窗外的世界。他发现，他们栖身的房子虽然不小，却并非拔地而起，而是一座木板房，就悬挂于一道大得惊人的树杈上，看上去像空中楼阁，也像一个七八十平方米大的鸟笼。

刘军吃惊地看到，阳光不止来自一个光源，光线的明暗及颜色也略有不同。他抬头寻找天空，天空湛蓝无比，干净无垢，没有一丝云彩，崭新，明净，像天地刚刚生成，尚未遭受污染。他终于发现了呈半圆形排列的九个太阳，太阳比寻常所见的要小得多，光线刺目，却不炽烈。显而易见，那都是比较先进、臻于完美的人造太阳。相较而言，洞城的人造太阳就制作粗糙，技术拙劣，无非是一些功率较大的电灯。这些太阳就相当逼真，并基本承担起了太阳对此神秘国度的功能。他透过茂密枝叶间的空隙望去，不远处就有一栋挂在树上的木屋子。地面上的林间空地及向阳坡上，也有不少房子乃至村落。他心中焦躁，掠过了一丝不祥的阴影。

炎娃说："这就是传说中的极乐世界——地下伊甸园，外界也叫它自由城。生活在这里的居民无忧无虑，自由自在，没有权威，也没有服从，每个人都不用看别人的脸色，不会也无法操控别人。总之，人人都是自己的主宰。物质按需分配，精神极度放松，人人和谐，世界大同。时间在此亦不起作用，既没有过去，也没有将来，每个人都在享受幸福的当下。没有情感，也没有思想，那些东西跟记忆或时间一样，都是痛苦的根源。而这些统统都会得到清除。你在这里，可以一辈子生活到老，可以参加体力劳动，也可以从事艺术工作。劳动不再是单纯谋生的手段，而只是消遣、休闲或娱乐，甚至算不上体育锻炼，仙果也会保证你身轻体健，百病不侵，延年益寿。没有任何人强迫你做任何事情，而你也不能干涉任何人的自由选择。没有人还有任何想法或思想，也不需要。事实上，在乐园中，疾病是不存在的，那只是凡间的现象。当然人都有寿命，但生命漫长到你忘记了起点，也不会去想终点。你本来就是乐园的人，所以有权利也必须回到乐园享福，我的任务就是接你回来。到明天，长老及祭司为我们举行一个神圣的欢迎仪式，就算大功告成了。我得回去休息了。明天见！"

"你不住在这儿？"刘军惊问。

"每个人都是独立的，自由的，我们之间没有任何束缚，也无需任何契约。"

"但你是我的恋人，我爱你，你也爱我。"

"傻瓜，那只是凡间庸俗无比的低级趣味，只是必经的初级阶段，在这里就不合适了。正如你蜕变掉的躯壳，原本就不必执着。"

"我忘不了你。"

"别傻了。你很快就会有更多更好的伴侣。"

"那乘列车上的凡人呢？"刘军愣了一下说。

"他们当然无缘涉足此地，就像发了一场梦，醒过后什么也记不住，列车会将他们送回该去的地方。"

"我根本就记不得来时的路，我下次要返回洞城，那也得你带我去了。"

"你不会再返回洞城或任何凡间了。你这辈子将老死于园中。你哪儿也去不了啦，而你也不会再想去。除非你像我上次那样，怀有特殊的使命或执行秘密任务，那这一切都由不得你。"

第四章 蝉人

"是谁创造了这个世界?或者说,这儿谁说了算?"

"父亲。既是你的父亲,也是我的,是我们所有人的父亲大人。我从来没见过。"

"那我们是兄妹了?"

"不唯你我,这里的所有人都是兄弟姐妹。"

"那谁是我们的母亲?"

"也许我们没有母亲。反正没有人见过,我知道你有很多疑问,但你慢慢就会了解并适应的。在这里,你会过得很好,至少不必像之前那样担惊受怕,遭别人以异类的眼光打量及捕捉。"

"但也可能会无聊。"

"怎么会?你这种想法才无聊!别以过去的经验来看这个神奇的地方。凡间有的一切,这里都有,且更完美。凡间没有的,这里也有!"

"饿了呢?"

"苹果园中一年四季硕果累累,足可充饥,并消除烦恼,这就是有无忧果之称的仙果。"

"我可以自由飞翔吗?我驮着你绕这片森林飞一圈如何?"

"当然可以。但不是今天。"

"我想现在就出去走走。"

"这可不行。"

"我要出去!"

"别孩子气了!"

"这个世界在地下是吧?"

"那当然,洞城算不上真正的地下世界,不仅是它不够隐秘,规模太小,跟果城仍藕断丝连,重要的是它没有独立的边界和生命。它顶多算是地上世界的郊区或尾巴。而这里就不同了,你也可以说是

地下人

天上。"

"我必须马上出去!"

"别闹了!"炎娃关上了门,扬长而去。她的声音从外头传来:"傻孩子,到明天一切都会好起来的。"

刘军走近窗边,顿感头晕眼花,危楼高百尺,但这也难不了一个长着双翅的人。只要还有窗子,就困不住他。他扑扇了一下翅膀,才发觉翅膀根本无法打开,原来早被人用一种特制的、轻巧的手铐将翅膀锁住了。尽管他双手仍获自由,也不敢从高达一百多米的空中楼阁纵身跳下,那肯定会摔得粉身碎骨。毫无疑问,在这个乐园中,也会有伤痛和死亡,否则为什么会有镣铐?他看不到那副镣铐,但用手往背后就能摸得到,觉得滑腻温润,精致娇小,就如翡翠做的发簪,却能将他的翅膀束缚得动弹不得,又让人难以觉察其存在。不禁让人赞叹其巧夺天工。黄昏渐近,九个"太阳"所幻化出来的晚霞壮丽诡奇,比地面世界的火烧云更绚丽灿烂,更丰富壮美,但他无心观赏。他如坐针毡,心急如焚,对明天的所谓仪式隐然生忧,一时又无计可施。他只能随机应变了,至于是祸是福,一切皆有天命。刘军在忐忑不安中度过了一个无眠之夜。

翌日清晨,炎娃来带他出门,她牵着他的手,貌似一对恋人,但这必须忽略他背后的镣铐。他说:"你倒像押解犯人的公差了。在洞城的时候,你就是女捕快,可惜我有眼不识泰山!"

"你别说了。"她的泪珠滚落脸颊。

"不是不会有悲伤么?"

"很快就没有了。一切都会好起来的。"

炎娃神不知鬼不觉地往他的怀里塞了个东西。他用手一摸,圆滚滚的像是个果子。两人从一道绳梯中走下,落到"地面"。他们穿过一片田畴,田上种植着玫瑰花,芬芳四溢,蜂蝶嗡鸣,远处有一群梅

第四章 蝉人

花鹿在河畔饮水,河水清澈无比,无数尾五彩斑斓的鱼儿在光滑洁白如羊奶子的卵石间穿梭。他们走过一道石头砌成的小拱桥,又穿过一片苹果林。林中果树不同寻常,就在同一株树上,有的枝条花朵如雪,有的枝条果子丰隆成熟,有的幼果仅大如鸽卵,就像四季皆能挂果的番石榴树或杨桃树。尽管到了二〇六六年,科技突飞猛进,不少农作物因基因技术而突破了地域及四季的羁绊,北方仍鲜见种荔枝能挂果,南方也种不了苹果。他对种种怪异之事已司空见惯。

两人又绕过几栋房子,来到一处式样古拙的建筑物。该建筑外观秀丽,形体俊美,正殿高大雄伟,斗拱硕大,屋檐高挑,鸱吻粗犷,屋瓦呈青灰色,体量巨大,气魄壮丽,颇有几分盛唐时的建筑风格。门楼上有一横匾,上书三个大字:净脑殿。

刘军心中一凉,几乎软瘫在地,心想,今生休矣!他强打精神,透过大门往里瞧,人影走动,有数个小厮穿梭来回,殿内有一帮青衣人早在恭候,分坐于案台两侧,案台前有一小几,上面摆着两个苹果,金光灿灿,看来乃黄金铸成,像是模型之物。而案台后坐着一位紫袍老者,头戴黑纱罗幞头,腰系帛鱼,作唐人装束,紫面长须,状极威严,想来是个官儿。他曾在古装电视剧或各地祭孔典礼上看过类似画面,那些模仿古人的服饰、礼制及仪式均大有问题。此情此景,也不知此是模仿古制,还是本来就在古代。他分不清园中究竟是何朝何代,有无电脑、手机和iPad。在二〇六六年的果城或洞城,连高智商的仿生机器人都像消费品一样走入百姓家了。他想起果城也举行过数次祭孔仪式,不伦不类。既然神秘列车能到达此地,想来必不至于停滞于唐宋时代或时光倒流。

一会儿,那官儿拿起了麦克风,开始讲话,殿内的立体环绕音响效果很好,设备上佳。老者说:"刘军,欢迎你回到乐园,你在凡间受苦了。那些苦日子俱往矣。你净脑之后,再无记忆,也无烦恼,不再为人所伤，亦无力伤人。此后各展天赋，各安其位，各得其所，天下太平，永绝纷争。愿我们伟大的父亲尽享永生，万岁万岁万万岁！"他用手一招，一个白面无须如太监的中年青衣人走出来，宣讲净脑的规则和过程：当是自愿所为，并无他人强迫，这都得签约为凭。吃过金苹果后，四大皆空，六根清净，超凡入圣，了无挂碍，得大自由矣——他说了半天，刘军总算弄清了情况。原来，平时绿苹果可供果腹，名曰"食粮"，这金苹果乃净脑果，又名"去梦果"或"无忧果"，吃了后不会再做梦，也不会再有记忆。吃一个立马失忆，再吃一个又恢复记忆。园中只有一棵供净脑用的大苹果树，平时有人把守，不得私自采食。吃了此果之人已失忆，就不会主动去索食，想吃也未必吃得到。换言之，单次数服用即失忆，双次数吃时记忆恢复。没有失忆的人，早晚要在上头的主持下进入净脑殿再吃一次。失忆者将往昔的记忆清洗一空，物我相忘，进入无我之境，只是没有记忆，却不妨碍他从事诸项劳作、手艺乃至艺术活动，况且仍有管理者指导呢，犹如牧羊人照管羊群。除非是有特殊任务或需要，方可在别人的监督之下，允许服用。管理果树的人也七日一换，之后浑然不觉。不是没人反抗，而在这个精密完美、无懈可击的管理制度之下，根本就无力反抗。

　　刘军和炎娃签字画押完毕，官儿微微一笑，示意炎娃先吃。她拿起其中一只，手在颤抖，泪如雨下，但不敢吭声，脸蛋如梨花带雨。她樱唇微启，一小口一小口地咬吃苹果，并悉数吞下肚腹，一瞬间愁容尽消，笑逐颜开，竟将以往烦恼及诸般琐事一概遗忘。殿中诸人一齐鼓掌，口诵"父亲"及"永生"，"万岁"声响成一片。

　　刘军依样画葫芦，面不改色，吞食了金苹果。之前，炎娃在尘世中是恋人，此刻已陌如路人，但并非因爱生恨，而纯粹是失去了全部记忆。炎娃到林子间耍乐去了，刘军则走入了另一个方向。

第四章　蝉人

后来，曾有若干管理者发现好久没见过刘军了，也不以为意，并很快就将此事忘记了。他们也像走马灯一样轮换着吃金苹果。这些低级管理者不能长时间保持记忆，而高级管理者很难做到对每一个人都时刻留神。事实上，作为蝉人的刘军，从未在人群中露面。他失踪了。作为凡人的刘军，之前在洞城失踪过一次，却比不上这一次更彻底。在那个世界，他毕竟仍留有些许遗物如证件、衣服、相片等供人凭吊或怀念。在这个世界，他什么也没有了，既无物可留，也无法或不想留存。失踪者刘军当然没有失忆，但作为长期独自生存的穴居者，由于年岁渐增及缺乏跟任何人交流，其记忆力一日不如一日。

作为手法高明的业余魔术师，刘军借助炎娃之前给他的金苹果（那是一个伪造之物），巧妙地将真的金苹果藏于衣袖，而在众目睽睽之下，将假的吞入腹中，没有引起任何人的怀疑。这不过是一个简单极了的小魔术，他在不同的聚会上成功表演过无数次。他在当晚就潜入了乐园之下的厚实土层中。他为无法解救炎娃心如刀绞，一想到洞城中的结发妻子洪丽，更如万箭穿心。她一直深爱着他，而他连一次真正的告别也没有。他这辈子都休想逃离此地了。他没有放弃。他想起了那个奇特的梦境或经历——他曾作为一只蝉蛹误入某个地下森林的情景。他几乎摸遍了乐园的每一寸土地，却找不到任何孔道或出口可逃出生天。也许，那个孔洞从未存在，也许，此林非彼林！这个世界也广阔辽远而接近于无限。

刘军吃了秤砣铁了心，他决定往最深处挖掘，并故布疑阵，以躲避可能的追兵。洞口之隐蔽难觅且不说，在洞中亦多设横穿及杂乱而隐秘的假通道，即使有人前来追捕，也有使对方陷入迷宫的可能。但愿有朝一日，他能找到逃脱此处的出路。反正他有的是时间，也正好干这个活计以打发无穷尽的光阴。他干了三四十年之后，终于灰心丧气了。但他仍挖掘不辍，昼夜不停，将余生的精力全用于这个意义约等于零的巨大苦役之中。他已依赖于此，否则生命无以打发。他在潜入乐园地底的第一天起，就立下誓言，此生无论能否获得自由，都决不再动用那对翅膀。他是拥有翅膀的人，但他如此骄傲，决定一直居住在地底之下的地底，羞于或不屑于再谈论飞翔。他仅有的一两次飞翔，成了他一生中珍贵的记忆，但都比不上在炎娲变成火焰及冷凝成宝石的那一瞬间更神奇，更瑰丽，更值得记取。当时，他像火蝶螈游过了她肉体的火海，而这也因具有梦幻性而显得不真实。

当他日渐老迈时，决定模仿无名氏撰写《洞城秘辛》，去撰写一部《自由城血泪史》，作为对地下自由城的嘲弄和反讽，他们不是标榜每一个人都自由自在、无忧无虑吗？而他就拥有了记忆、痛苦和屈辱，并事无巨细地记录下了这一切。如果说他无力将这些公诸于众，譬如到果城或洞城乃至于整个星球的每一处角落，地上或地下，但至少也是对日常管理者、乐园高层乃至"父亲"的嘲弄。他充满痛苦和悲伤地生活了六七十年，还打算继续活下去。那本书是他小心地用自制的笔墨写在偷偷地采集的白桦树皮上的。这一切都得万分小心，每次潜出洞穴都做好了一死或不归家的准备。随着洞穴越挖越深，路途也越来越遥远了。尽管他狡兔三窟，有不同的出口及入口，但从距离来看，出发的道路和返回的道路，在本质上都是同一条路。

有朝一日，刘军也许会挖穿地底，将会发现他所置身的地下宇宙，那仿佛无穷无尽的地底深处，其实也是有尽头的，但垂直深度怕也有三五千公里，而其宽度则不可计量，他未必能一直穷挖到底。且不说他极有可能一直在深厚宽广的漆黑土层中打转，绕来绕去，而一辈子都可能找不到边界。那个地下世界就像一个庞大的盆景，整个小宇宙就建筑于一个庞大的类似于钢盆的底座下，用特殊的金属钢所铸造，这非人力所能洞穿。整个乐园被一个金属球所包裹，除了那个隐

第四章 蝉人

秘的、唯一的出口,根本没有别的出路。但那个出口恐怕就掌握在为数极少的统治者乃至"父亲"手中。这个球状宇宙就埋在地球的内部之中,就像球中之球,或蛋中之蛋。他距离挖至泥土的尽头而触及乐园的边界,恐怕还太遥远,太艰难。

若干年之后,《自由城血泪史》居然流传了下来,尽管散佚甚多,仍引起了地上及地下读书界的巨大轰动。没有人说得清这部书是如何流传下来及其流转的过程,也没有人知道刘军最终的命运及下落,至少书中并无明确的交代。

该书开头一段是:"亲爱的读者,我不知道你是谁。你将会知晓一个囚徒漫长而不幸的一生。他拥有了一对非凡的翅膀,却只能选择了不为人知的穴居。我将因为你而赢得这场艰苦的战争,尽管我无法了解确切的敌人,正如我对读者一无所知。当你读到这些文字时,我很可能已不在人世。我不管你是友是敌,也不管你是选择将此文公之于众还是付之一炬,只要你能读完,那就是我的胜利。除非你马上放弃阅读,而我知道你做不到。因为你这辈子都不可能读过比这更精彩也更悲惨的故事了。我熟谙果城和洞城的风土人情、奇闻逸事,而我更洞悉这个地下宇宙精密如机械、疯狂如疯人院、血腥如屠场的一切秘密。众所周知,《洞城秘辛》充斥着当地的诸种传闻、报道、猜想、故事、流言诸如此类,是诸种真实或虚假消息的大杂烩,我所说的虽骇人听闻,匪夷所思,却句句属实,字字带泪——我以一个蝉人的人格作担保——只恨我拙劣的文笔,无法将事实——还原或保留其惨烈之万一。我曾爱过两个女人,在另一个世界里,一个女人永远不能相见,而只剩下思念。一个女人近在咫尺,而她失去了记忆,纵然相遇也不相识。我们也不可能再重聚。写作使我得以对抗日渐深重的遗忘,而增加了我继续活下去的勇气——尽管这活着无异于行尸走肉。老死此地是我不容更改的宿命,但我在囚禁中仍做着最大限度的反抗。此情此景，反抗就是自由。如果我像炎娃那样，就不是获得了自由，而是丧失了一切。我在绝望中抱着希望写下了这些事、每一个字、我活着的每一秒……与其说我诉说着耻辱和悲怆，不如说这都见证着自由之艰难及可贵，而值得每一个人去追求……"

（本章刊发于《西部》2013年第6期，"小说天下"栏目）

第五章　看不见风景的房间

　　陆深最近发表的小说《看不见风景的房间》，讲述了一个关于房地产的故事，由于采用了第一人称叙事，情节虽然匪夷所思，读来却颇为可信。全文如下——

　　你好吗？我以前不知道你是谁，但现在知道了。你不会否认，对吗？尽管到了二〇五五年，我和你的故事也显得匪夷所思，我的重点不是复述故事本身，因为你对故事也大致了解，我更倾向于坦露心迹，我承认往昔一起度过的时光有爱也有污秽凄苦。我们各怀心事。由此，这个故事自然也隐匿起了另外的部分——用你的话来说，亦即事件的倒影——这你一直蒙在鼓里。我只需要一个读者——那就是你。你曾经是我的采访者，我的中介，我的情人，我的仇敌，如今只有一个身份：猎捕者、复仇者或审判者。我随身带着这份供词，这份申诉状，这份忏悔录，这份情书，我将把一切和盘托出，等待着你的裁决。我绝不是为了申辩，也不祈求宽恕，而是为了表达我的痛悔及对你的无限眷恋，也许，还有我在漫长时日中对命运的感悟。我剥离伪装，坦陈心迹。我想念你。我知道你一定会来——尽管是为了追捕而不是爱恋——我等你。这是一封流动的书简，除了回首往事，还将记录下我认识你之后的种种遭遇、思绪及省悟——可以说这是我的新工作，主要是为了你及你的事业，直到跟你重逢为止。书简的真正开头，无疑是跟你的初次相遇。

地下人

　　我无法预知书简的长度及我将写下什么，由不得我去控制。这充满了未知或不确定的因素。我们曾有机会走到一起，可惜造化弄人。由于事情错综复杂，你我之间矛盾重重，我甚至无法确定我写下的到底是什么。这是供词？证词？自白书？挑战书？请降书？……也许都有关涉，但要对其做出单一的界定何其困难。

　　我也无法解释为什么要写这封信，它随时会中断，又不知道何时会结束。你可能永远不会读到，到头来只是我在自言自语。你好吗？你快乐吗？你还活着吗？我参透了天地，放得下万物，对你仍看不透，放不下。这是一封无法投递、无处可送的信，但我必须写下来，我坚信你会莅临，你能看到。人总得相信点什么，哪怕是波涛上的稻草。

　　将所有线索连接起来，我心中的疑团迎刃而解。以前，你有很多话我无法理解，很多行为显得荒诞，今天一切都融会贯通，水落石出。你肯定是我在那几年处心积虑要侦缉的人，我当然没有证据。正如我无法拿出证明自己身份的证据，但你也无法洗清嫌疑。我好久才明白，那时狐狸已成猎人。

　　第一次相见，你给我的震撼至今未曾消失。我接过你的名片，上面写着——《倒影》周刊记者，舒舒。这份周刊在果城显得另类而小众，在精英阶层却拥有非凡的影响力。据说该刊坦承绝对的真相是无法被破译的，也不是凭一己之力可以揭示的。他们不提供最后的或唯一的结论，那些貌似真理在握的揭示者也显得自欺欺人。作为一个有怀疑倾向的自然论者，我欣赏这种谦逊的态度。他们愿意为接近真相的读者提供有价值的路径，不遗余力地将其倒影完整地呈现出来，以供读者据此去推测。我承认你的容颜很美，但与此无关。作为经过特殊训练的人，我对各式各样的美女都受过针对性的免疫训练。你的眼眸太清亮了，又透出一股幽深而接近神秘的力量，仿佛海底下的宝

第五章 看不见风景的房间

藏。当时,我不知道是什么,现在知道了,你是一个惯于发号施令的人。你的第一句话,就将我震住了:"与其说你是一个行为艺术家,毋宁说你是一个天才的建筑师。"

这些天来,我被蜂拥而至的各路记者纠缠不休,疲于应付,这还是我第一次听到靠谱的评价。你让我刮目相看。

你随手将一沓报刊放在我面前的咖啡桌上,侧身瞅着我。那个冬日午后,我们在红袖咖啡馆见面。

这沓报刊上有我的照片及大幅报道。事实上,照片上的我看不到我的任何部分,而是我的房子(当然,你也可以说那不过是房子的模型,甚至不过是一套世上无双的奇装异服),将我全身包裹得严严实实,我的眼睛前面是两扇微型窗口。我以木板、塑料和金属薄片为基本构件,精心建成了一栋世界上最小的房子,然后"住"进去,在大街上连人带房子一起活动,灵活自如,行走或停顿。这使我在一个小时之内出了名。当我的照片被传播到网络后,我迅速在网络上蹿红,并有了一个称呼:一个携带房子的人。这栋房子,我美其名曰移动的房子,或随身携带的房子。总体来说,这栋房子青砖红石,粉墙黛瓦,屋顶如冠盖,檐角微挑,漆黑的骑马墙优美地耸起。在两扇薄木门上,贴着叔宝、敬德画像的佛山木刻门神,门边贴着春联,这一切都带着古老东方建筑尤其是岭南民居的风格。我用颜料描绘的模拟砖石及"楼上"的柱子及走廊,掺杂了西式建筑的精粹,可谓中西合璧。玻璃窗及金属防盗网,又带着时代气息及现代性特征。由于我个人身高及方便携带的缘故,房子显得较高峻,颇有几分侨乡碉楼的影子,那些闻名遐迩的建筑物由归侨建于清末民初。在人居环境上,我是一个不折不扣的复古主义者,这在现实中当然不可能。你看看果城近三十年所建的高楼大厦,宽阔的玻璃外墙像镜子那样相互映照和折射,犹如交媾般繁殖着无限多的数目。据说,市区已零星出现了高

159

地下人

矮不一的胶囊公寓,这才是城市建筑的发展趋向。曾经,我携带着房子,犹如蜗牛携带着硬壳。当我在街上行走,像是一座微型碉楼在移动。我以为,这样,再也没有谁能剥夺我拥有房子及居住其中的权利了。但我错了。

"这全是垃圾,"你指着报道说,"我不明白你为什么要浪费时间!"

"你能写出一篇深得我心的报道?"我眼睛一亮。

"也许我不能,但我看到了房子的倒影。这也许跟理解你有关。作为《倒影》周刊的记者,我不认为我能进入你的内心,却可以无限地逼近并提供给读者。"

"那些报道的标题,无一不将我定义为本世纪五十年代最具天分的行为艺术家,当然也有少数人斥之为二百五——这样的房子能住吗?"

"你尽管是一位货真价实的艺术家,但我敢断言你根本不认为行为艺术算得上艺术——"你这句话说到了我的心坎上,下一句却暴露了无知或胡诌的危险:"你只不过是想展示你精湛的建筑理念和设计才能,以及作为一位砖匠的手艺并以最简捷最有效的方式去展示。我好奇的是,你作为一名油画家,对建筑学有如此强烈的兴趣及造诣——"

"错了,错了,难道你没看到这是一座真正的房子?"我打断你说,"它可能是世界上最小的房子,但仍然是房子,从而具有房子的一切功能。它的设计和工艺,无一不服从于实用之目的。换言之,那是我栖身的房子,是属于我的。"

"但充其量只算得上是一具房子的模型,"你不解地说,"如果据此放大十倍百倍,哪怕仅是三五倍,都是一座很好的房子。"

"你站着说话不腰疼,我将它放到空中去?"我说。

第五章　看不见风景的房间

你吐了吐舌头，你整洁的套装及稳重的神情仍掩饰不了你的天真。你显得自信而老练，却又透露出清纯。我很难说出你的年龄，应在二十岁到三十岁之间，或者更小一点。

"只有随身携带着，那才是属于我的。"我说。

"事实上，仍然要被管理者剥夺。"

是的，你说出了事实。我气愤得指头在哆嗦。那天，我带着我的房子在大街上徒步，不过大半个小时，就来了两个骑着摩托车的管理者，一男一女，勒令我停下来。我担心的事终于发生了，他们将房子从我的身上抽离出来，犹如软体动物被剥掉了外壳，砸了个稀巴烂。那女的笑着说："这也算拆除了一栋违章建筑？"

"建在我身上都不行吗？"我抗议说。

"当然可以，但你不能跑到大街上去，"那男的说，"我们也没当你这个玩意是房子，算是奇装异服吧，太怪异了，就不能上街！"

"咦，拆了一栋还有一栋——"那女的说。

如你所知，我将那栋微型建筑物按比例绘制在身上，甚至连门神也没有遗漏，叔宝和敬德随我胸部的颤动而起伏，银锏和钢鞭仿佛就要往管理者的身上招呼。

"怎么办？"那男的说，"违章建筑必遭拆除，走鬼房不能不取缔，起码也不得在马路上停留，但莫不成要将他的皮也剥下来？"

"那好办，交给我好了，"那女的说，"咦，好面熟，果然是老相识，嘻嘻！"

路边又出现了一栋走鬼房，房主用板车拉着。那个男的赶紧去驱赶。那个女的从腰间掏出手铐，将我一铐，呼叫了一辆警车，将我抓走了。在车上，她瞧着我私处的部位，绘着一只石狮子，作咆哮状。

"不害羞！"她红着脸说。

我身体画着房子及被女管理者抓走的照片，迅速登上了各大网站及报章。至于后来发生了什么，有不少情节，我没跟别人说过。当时你采访我，也没有提起，待会再说。

且让我们回到那天午后的采访现场。你问我："你没认为那个女管理者滥用职权？"

那个女管理者想抓我好多回了，但每次都被我溜走了。她一直恨得牙痒痒的。这次岂容我逃跑？后来发生的事情，我从未跟人说过。这次，我会一一坦白。你问我：

"你那栋房子整得真漂亮，可惜被砸烂了。花了不少时间吧。"

"我反复建了五六次，无他，唯手熟耳。"我说。我知道你指的是哪一栋。

"你果然是一位热衷于建筑的天才设计师，"你眼睛一亮，说，"我敢说你最好的作品是那栋房子模型，而不是你的油画。可以说那是雕塑作品吗？"

"我说过了，那是房子！"我恼怒地说，"我不喜欢建筑或瓦工活，我只是想拥有一栋自己的房子罢了，哪怕它小得仅可供我栖居而无法转身。"

"这有什么分别吗？"

"分别在于，别人的房子有人为他建造，而我只能自己动手。你有自己的房子吗？"

你明白我说的是合法的房产，而不是走鬼房。你摇摇头，说："租住也没什么。"

"我想拥有自己的房子。"我强调说。

这个话题有点沉重，气氛也变得凝重起来。在本世纪五十年代，跟我有相同想法的人并不少，但真要付诸行动，必将像鸡蛋掷向现实之墙，被撞得粉碎。你尝试将气氛引向轻松：

"那个女管理者逮住你了，喜上眉梢，好像立了多大功似的。"

第五章 看不见风景的房间

当时，我的狼狈状及她的得瑟之色都被别人拍到了，并四处传播。我说：

"她想抓我很久了，总算如愿以偿。"

"她没理由抓你啊，你没受苦吧？"

"她能拿我怎么样？她给我披了条大毛巾，在管理局盘问了几句，录了份口供，就放我走了。"

我之前有好几次栽在那个女管理者的手上。后来我才知道，她叫榛子。她堪称我的克星。我每次辛辛苦苦搭建起来的房子，都被她发现并无情地捣毁了。其实，走鬼房主人有时碰到警察，顶多被驱赶了事，不一定会销毁房子。我也遇到过好几次管理者，均能躲避及时而幸免于难，但碰到这女魔头就遭殃了。她每次都兴奋得哇哇大叫，毫不留情，极其享受我欲哭无泪的难受模样。她还逗我说："哭出来呀，哭出来就舒服了。"

你也知道，不知从什么时候起，果城的大街小巷忽然出现了越来越多的走鬼房。"走鬼"这个词，源自果城俚语，原本等同于小贩，走鬼房的"走鬼"一词却有了新的含义，他们不向顾客兜售或出租房子，不存在商业行为。当然，流动公寓或移动旅馆的市场潜力很大，如果不是因为违法，恐怕早已有地产商蜂拥而起。走鬼房仿佛是房车的山寨版，房车是富人的另类住宅，有的房车宽敞高大，装修豪华，造价动辄数千万，殊非我辈所能问津。真有这个钱，倒不如去买一栋别墅了。而走鬼房空间狭小，装修简陋，建材亦多为木头、塑料等，杂以金属支架，造价不高，也谈不上有多舒适，仅供栖身而已，却大受穷人的青睐。大多停放于三轮车或双轮板车上，车随人走。最简陋者无异于帐篷，随身游走于街市或郊外，至晚间则栖居入梦。所有走鬼房都是违反果城相关管理条例的，于是从管理者中单独分出一支队伍，用以驱赶乃至清除走鬼房。我不是果城走鬼房的始作俑者，但可能是其中最顽强最执着的一个，可谓屡败屡战，屡仆屡起。总之，为了捍卫自己拥有房子的梦想和权利，我呕心沥血，竭尽所能，跟管理者玩起了猫捉老鼠的游戏，沉湎其中，乐此不疲。

"你总共建了多少栋走鬼房？"你问我，"你将你那栋被诸多媒体视为杰出艺术品的力作叫作走鬼房？我真没想到。尽管我能揣测你对房子的感情。"

"我会一一道来。我第一栋走鬼房跟别人的相近，结构很简单，就将房子建在一架板车上，宽和长均逾两米，高不到三米，不超过六平方。在屋顶及檐角的设计上有复古之风，用上了真正的青瓦。古人云，屋顶如冠，不可马虎。窗子也花了点心思，用了雕花木窗。这样，在外观上，就跟众多走鬼房区别开去了。总之，一遇到管理者就像老鼠见了猫，赶紧撤！我跟房子两个多月来安然无恙。直至遇上了那个女魔头，我大难临头了。我跟她在果城的金橘公园门前狭路相逢，她驾驶着一辆黑色摩托从斜刺里杀出，堵住了我的去路，厉声喝道：'不许走！'我猝然发觉，已无退路。她手上持着一根狼牙棒，我还是第一次遇到有这种装备的管理者。她手起棒落，一声轰响，瓦砾四溅，屋顶被她砸出了一个大洞。她连环进击，屋顶被砸得稀烂，四壁也摇摇欲坠。我眼前一黑，那根大棒就像砸在我的天灵盖上。她将大棒搁在车头上，从腰间解下盘着的那堆链子，银光闪闪的链子末端系着一柄弯月似的镰刀。她手一挥，飞镰如电，钩住了窗棂柱，用力一扯，我花了无数心血的雕花窗框已被她扯到地上，哗啦一声摔断了棂柱。三下五除二，房子就被她拆掉了。我等她拆完了，问：'我自己的房子，又碍着谁了？'"

"房子是你的，"她杏眼圆睁，一撇嘴说，"但马路是果城的，除非你将房子建在你的地盘里。靓仔，你回乡下建房没人管你。要不，你到城里买栋屋子，再将这栋小房子建在屋子里。"

第五章 看不见风景的房间

她噗嗤笑了,觉得自己说了句妙语。

"只有傻瓜才会在屋子里建房子——"我反唇相讥。

"这次就算了,"她脸色一沉,说,"下次不要再让我碰见你的走鬼房。那就不仅是拆除违章建筑了。"她一踩油门,连人带车像一股黑旋风从我眼前消失了。

我望着被摧毁的"家园",一地狼藉,板车也几乎散了架。我哭丧着脸走了。

我连车也不要了。我用不着了。

你叹了口气,望着我,目光中充满了同情与温柔。那时的我对此不作深想,沉浸于再建一栋房子的设想及对管理者的怨恨之中。其实,榛子说得没错,我完全可以跑到城郊哪怕是乡间去建房子,不要说是一栋模型般的走鬼房,只要有钱,就是建个三进六院的大宅第,恐怕都不是问题。但我真的热爱果城,觉得我的生命之根系于此地。我说:"我的所有油画都以果城的街市、建筑、人群、风情为对象,我画遍了果城的每一个构件、细胞乃至细微的斑痕,试图捕捉它的灵魂。这是我的使命。算了,我的绘画不值一提,从来没有成功过。我一直以为果城是一个人可以实现梦想和光荣的地方,但我屡遭碰壁。也许是我仍远未了解果城的内部和真相。"

"没有真相,只有倒影。"你笑说。

"我的全部画作放在一起,犹如镜子般映照出了果城的外观——一头摇头摆尾喷火冒烟的怪兽——起码它吞噬了我拥有一栋房子的权利,哪怕它仅有三五平方米。"

我不甘心。建房子不算难题,我曾牛刀小试,但是我必须避开冷酷无情的房子杀手——榛子们。再建走鬼房已不实际,不管我藏身于高架桥洞还是马路边,只要仍在路上出现,都在劫难逃。那么我为何

地下人

不尝试脱离地面？"空中楼阁"这个词，以及一座高悬于空中的房子，像一道灵光掠过脑海，我决定建筑一栋隐蔽的、脱离地气的房子，不再移动，也就减少了别人发现的可能——就像鸟将巢建于树上。《西游记》就有一位高僧居住于树上。卡尔维诺小说《树上的男爵》则讲述了柯希莫从少年起一辈子定居于树林的奇事。但直接并具体给予我启发的，却是BBC纪录片《人类星球》中非洲巴布亚西部丛林里的克洛瓦人在大树上建木屋栖居的情景，我决定依样画葫芦。在马路边或公园中的大树上搭建木屋不实际，我选择了果城农业大学后山的一处树林，里头有一棵巨大的榕树，枝叶如盖，只要徒步十五分钟即可到达校外的公交车站并进入市区。建房子的过程就不说了，总之是费了九牛二虎之力，一切工作均在夜间进行，以免被人发现。小屋建好后，我还在房子四周安插了不少塑料仿真枝条及叶片，将树冠中的小屋隐藏起来，不要说别人，就是我不细瞧也看不到内有乾坤。至于上落，我自备了特制的绳梯，虽然辛苦点，但也锻炼了我的身手。那阵子，我像猿猴一样敏捷。但是，我还是被榛子发现了。

那天夜里，我在小屋里睡得正香甜，忽听得树底下响起了"突突"的摩托车声。我心一沉，糟了。但是我不发出一丝声响。

"张子房，你给我滚下来！"树底下有人断喝。

正是那凶悍差婆的声音。当然，到目前为止，我仍不知道她就叫榛子。我惊诧于她能叫出我的姓名。我冷汗直冒，仍一声不吭。

一束手电筒的白光像高压水柱冲射过来，我知道她什么也看不到，但也知道她不会善罢甘休。果然，她大叫道："你不赶紧滚下来，我就放火烧掉你的鸟巢！"我闭上眼睛，把心一横，就是烧死我也决不下去！须臾之间，只听得枝叶纷披，飒飒作响，手电筒光束乱照乱晃，眼前有一个黑影越迫越近。那个黑影随着电筒光伸出手来，啪地摁亮了小屋的电灯（平时我用蓄电池发电照明），我就像一只雏鸟暴露在残酷的掠夺者面前。她得意地说:"呵呵,屋子里有床有凳,还有书桌,厨房及卧室一应俱全啊,设计得倒蛮温馨浪漫嘛——"

"就缺一个女主人。"

"违章建筑一律得拆除。你得跟我走一遭!"

"好姑奶奶,请你高抬贵手,容我度过一宵,明儿一准拆除,不劳您老人家动手。"

"还等到天亮?得马上拆!"

她将被衾、厨具诸物等全扔到树下去,噼里啪啦,响声一片,惊起几只夜鸟扑翅飞起。我望着她,尽管看不清她的面目,也觉得她兴奋得身体颤抖。她居然从腰间掏出一把手斧,往木屋上劈去。没想到木屋结实异常,岿然不动。我当初是按照预防五十年一遇的台风及七级地震标准来设计的。她的斧头嵌在木板上,她用力拔了两下,拔不出来。我走上前去,帮她拔了出来,交到她手上。唉,人哪,有时就是那么贱。她将斧头塞入我手中,说:"你自己拆了,我再放你一马,否则跟我走一趟。"

我当时完全可以不理她,但不知道是出于什么原因,竟像中了降头术,一切都照她说的办。我知道木屋是怎么建起来,也就知道怎么拆。哪儿有檩头,有钉子,有榫口,我了如指掌,但也花了我三四个小时,搞得我精疲力竭,满头大汗。她坐在一段粗大的树杈上,晃荡着双腿,一副隔岸观火的样子。她也算是陪了几个小时,真是敬业!不知为什么,当时,我竟然有了一种心疼的感觉。可惜了。而她看来特别享受这个工作。当然,你采访时这些我都没跟你说。

你问了我不少问题,你具有让人放松的能力,我顿有相见恨晚之感。我恨不得将心也掏出来给你看。近三十年来,我没有跟人说过这么多话。我聊起了我的生活、家庭和艺术,而主要是个人的一孔之见,不可避免地说到了情感乃至对爱恋的看法。你热情、敏锐而头脑

地下人

清醒,你没有被我话语的洪流所挟裹,而是像堤坝约束洪水一样,一次次将我的话语之流引导回关于房子的理解及修建中。谈得最多的,就是被榛子砸毁的那几栋房子乃其后果。

那个夜晚,我总算将房子拆完了。榛子满意地溜下树去,驶摩托车没入了浓重的夜色中。她的声音在夜幕中清晰地传来:"张子房,你下次别再撞在我的手上!"

我躺在树杈上,地上是变成了碎片的木屋子。我眼睁睁地望着灰蒙蒙而带着红尘的夜空,一直到天亮。这只是我的感觉,中途我迷迷糊糊地睡了一小会,可能有十分钟,也可能更久。睡得也不深,鸟儿啁啾及老鼠咬啃的声音,在耳畔回旋,但倦意太深,使我张不开眼睛。

当我从阳光中睁眼,发现地上的木板及被铺诸物,已荡然无存,仿佛从来就没有存在过。我穿着睡袍,斜倚在树杈上,四周的一切,让我目瞪口呆。

这个情景,在你采访时,我亦略过不提。

过了好几个月,我都活在家园被摧毁的沮丧之中,像一只丧家犬。我想了很多法子,但都无法避免悲剧重演的可能。我想,如果能用绳子拴住一大团云就好了,那就可以建筑一栋在云端之上或之下的房子了,要么跟着云朵随风飘荡,要么像鸟笼一样吊于空中。但这些都只能是童话故事,不可能在现实中发生。

"有想过去地下建房子吗?"你忽然问。

我当时一愣,承认这给我带来了启迪,但我摇头说:"我不想像老鼠或土狗子那样居住在洞穴里。我喜欢的是可以触摸阳光和清风的房子——货真价实的房子。"

当时,你问得不着痕迹,现在却觉得大有深意。我岔开了话题,大谈特谈我后来灵光一闪获得的创意——那就是后来大家见到的所谓行为艺术，你没有试图将话题逆转。

"我终于想到了建一栋可以随身携带的房子，"我说，"它是如此狭小，说供我容身已太牵强，它甚至不需要地面，不需要板车或树杈之类的凭附物，正如你所见——直接建在我的身上，当我想到管理者们看到这番情景时，他们根本拿我没办法，我笑了。但事实是残酷的，正如你所见，依然无法逃脱那个女魔头的毒手。这次，她干脆将我抓走了。"

当时，我说她带我到管理局录了份口供就放我走了。事情当然不会这么简单。

"前后肯定还有故事，但你说没有。"你眨着眼问。

"是真的没有。"

"我认为那个女管理者对你还有奇怪而偏执的感情，不是恨之入骨，就是爱到极点。也许就是因爱生恨？"

"你不愧是捕风捉影的好手。"

"很简单，一个管理者没必要跟一个走鬼房的主人较真。她盯上你了。"

"一个猫捉老鼠的游戏罢了。"

"没这么简单。等着瞧吧。"

"如果你想挖掘房子背后所谓的潜在故事或深层意蕴的话，你大可谈点别的。那个女的只是外部的一个偶然因素罢了。"

你笑了。你笑得真好看。你忽然问我："你有恋人吗？"

"你看，我的房子仅可供我容身，这可不会有好姑娘看上我，我也没有找伴侣的打算。"这不是老实话，至少经过前几天的事之后，我似乎不能说是一个单身者。但我对你守口如瓶。

"没人看上你？那可不一定哦。"你的目光有些迷离，话语也说不清是暧昧，还是嘲讽。你又说："其实租房也是不错的选择。这年头,刚工作几年的年轻人,哪能说买房就买房。"

"我不想交了几十年租金,到老了才发现房子跟自己没有关系。"

"那就攒几年钱交个首期,按揭一套房子也是办法。"

"这跟租房有何区别?每月都要向银行交一笔钱,搞不好还没还清贷款,倒被强拆了。你瞧,果城几乎每天都在建新楼房,可有几处小区的楼龄超过三十年?说来惭愧,我大学毕业也快十年了,干过几份不咸不淡的工作,好歹也卖过几张画,至今仍未筹够哪怕是一居室的首期。"

"租又何妨?过了几十年,生命也会离你而去。你要的是房子的名分或结果,还是要享用住房的过程?从根本来说,连你的生命也不过是向上帝或神租用的,暂时的,世上哪有一劳永逸乃至恒久不变的东西。"

"你这个比方不恰切。即使生命走到终结,我并没有欠任何神灵的债务。就算欠了,也一笔勾销了。而我一旦欠了银行家的,即使死了,恐怕也还不清那泰山压顶般的债务。"

"人一生才是一笔永久的债务,即使到了生命尽头也未必还得清。你瞧,各大宗教都设计好了地狱。多少人受轮回之苦,永世不得解脱。"

"基于我对人世间的了解,天堂不会更好,地狱也不会更糟。"

"你太天真了。"

"好了,不要扯这些了。我只是想要一套独立的、为我所有的房子。"

"我知道你想要什么。当然不止于此。我知道了。"

"你知道什么?"

"到时你看周刊吧。"

周刊出来了,文章的标题是:"对一个房子渴望拥有者的误读",

第五章 看不见风景的房间

内容颇具拨乱反正的味道。你以专访的形式,将那天我们关于房子的交谈颇为准确而完整地表达了出来。你着重指出,张子房先生携带他的房子上街,绝对不是一次行为艺术,而是他的实际需求——读到这里,我会心地笑了。这可以说是关于我及该事件最为靠谱的报道了。我绝对想不到我会因此而出名,这完全是误会。即使我成了名人,依然没有富翁愿意送我一栋别墅或一套房子,也丝毫无助于我拥有自己的走鬼房——然而,在文章后头,你终于暴露出了周刊的八卦习性及你捕捉影子的嗜好。你觉得这是你的职责,以引导读者更好地了解事实及我的内心:

> 我们可以依据上述之种种做出适度的揣测及合理的推论,当然,笔者言论不一定切中要害,却可以为广大读者提供一种思路及途径,本人责无旁贷。笔者认为,张子房先生自以为带房子上街并无任何隐喻或艺术初衷,并对媒体及读者认为其搞行为艺术甚为反感,这二者之间的反差犹如鸿沟,我对张先生的本意给予充分的尊重,但对其事实造成的后果亦有充分的理解——恐怕这是张先生亦无法否认的。即使是误读,他本人亦应负有一定的责任——那栋房子顶多是一个模型或衣服,无论他如何强调这是世界上最小的房子——这就是实情。但我因此而试图走进张先生的心灵,他对房子拥有的渴望是正常的,也是真诚的。这几乎成了一种时代病。如果不是行为艺术,就有可能滑入疯子之列的危险。而他头脑清醒,思路敏捷,举止得体,谈吐间带着自嘲式的幽默,显然跟傻子沾不上边。经过专访之后,我大胆地得出了一个推论:他以有违常规的、超现实的方式表达了普通民众无法正常拥有房子或住宅的不满。也许还有愤怒、悲怆和忧愁。但是,他通过喜剧的方式去表现了这一切,他以巨大的意志和定力硬生

生地压抑了怒火和悲情,却以冷嘲或反讽的方式去泄露了这个时代最普遍而又最隐秘的声音。也许,他是一个连自己也没有意识到的反抗者——他不喜欢别人说他是行为艺术家——那么我要说他是诗人——一个忧郁的、羞怯的、无力的诗人,以他绝对的软弱之手对铁桶般的现实狠狠地刮了一记耳光。在这个意义上,大众认定的行为艺术家和一个微型房子的持有者,在那栋被管理者砸得稀巴烂的"房子"上奇妙地重叠和融合了——我想即使是张子房先生也可能会认同的。至少,他无法轻易否定。

你的这段文字,让我十分恼火。正因为当时跟你相谈甚欢,让我怀有期待,但如今你亲手扼杀了我的希望。可见,人与人之间真难以沟通。我不满你将我塑造成了一个对果城当局现行秩序的反讽者乃至反抗者的形象,我即使有心也无胆。也许,正是因为心底的秘密被戳穿了,更恼羞成怒吧。我惹的麻烦还不够吗?倘若仅仅是走鬼房主人或另类艺术家,顶多是面对榛子他们;倘若要成为什么反抗者,那绝对是我不愿承认的。至少,榛子已经不成问题。有些事你不知道,待会我再细说。

我约你出来,去红袖咖啡馆吃饭。我抱怨说:"专访还不错,就是后头那一段画蛇添足了。"

"如果因此而不快,我向你道歉。这顿我请——"你凝望着我,目光温柔而锋锐,像手术刀探入了我的灵魂,说:"你不必为此而羞愧,我和你有同样的怯懦。"

我低下头,无地自容。在你面前,我觉得无所遁形,让我可以彻底放松下来,犹如婴孩躲入母亲的怀抱,有一种安全感。我的自我被粉碎了,但转瞬之间,又恢复了理智,我不是婴孩。你看来也不像是记者,要么是仙女,要么是女巫,让人忍不住要去接近,走近了又感

第五章　看不见风景的房间

觉到危险。现在看来，我当时的直觉是有道理的，但我不能看到更多。你有一种于瞬间将人洗脑的能力。而我向来标榜自己智力超群，才思敏捷，每一个艺术家都这样自我标榜，也必须这样。

在那时，你说的每一句话我都觉得有道理又记不周全。我如饮醇酒，如沐春风，心神俱醉，却又抓不住重点。事实上是我失去了反驳或抗拒的能力。这是你所需要的。我摸不透你想干吗。

作为一个泡沫般的网络红人，转眼间又被更多更大的泡沫所淹没。不用三个星期，我和我的房子或该死的行为艺术将被人们彻底遗忘。对于一个记者来说，我没用了。我觉得你试图使我们超越采访者及采访对象的关系——当你转身离去，一股狂喜冲上我的胸膛，我冲着你的背影大声说："如果我明天就去租房子，你有兴趣来我家做客吗？"

"你不会的。"你回眸一笑。

你的笑容像闪光的锯齿，使我内心钝痛。你的笑容不容置疑，但略显轻佻，透着对我的不信任……以至无所谓。那一刻，我认为你不可能爱我。

这成了我跟别人相好及放纵的借口吗？没想到，我的敌人对我的弱点洞若观火。我被击中了软肋。事实上，从你采访我之前的几天起，我已经不需要去住走鬼房或出租房屋了。虽然有吃软饭之嫌，但我不能否认，我像一只金丝雀那样，心甘情愿地失去了自由。我欲罢不能。现在再找借口就显得虚伪了，一切都是自找的。到了今天，我终于有勇气向你坦白，那天榛子将我带走之后，又发生了什么。

榛子将我径直带到了她的家里。她的房子在芒果大街九十九号金葵小区C栋七〇五房，位于果城繁华地段，林木繁茂，清幽静谧。我没想到环境这么好。她将我拉到了浴室，解开了手铐，歪着头瞧着我。我站在浴缸上,惘然不知所措。

"你没有权利抓我!"我说。

榛子横了我一眼说:"谁要抓你啊,是请你来做客呢。"

她从头到脚地打量着我,瞧得我心里发毛,我身上的彩绘房子随着我的呼吸微微晃动。她的脸上飞起了红晕,说:"太夸张了。"

她持着花洒对准我,温热的水淋在我身上,说:"你身上的房子也是违章建筑,一律要拆掉!"

我板着脸,任由她冲洗,身上依然红红绿绿,图案纹丝不动。她"嗖"地冲出去,上网鼓捣了一阵,又冲下楼去,风风火火地提着一小桶酒精回来,又抛给我一件浴袍,喝道:"洗干净了给老娘滚出来,给你看一样东西!"

我将身上的彩绘房子洗掉了,披着浴袍走出来。榛子的声音在外头隐约传来:"在这里呢。"

浴室、盥洗间旁边是厨房,之后是一个四五十平方米的硕大空间,看来是将客厅和卧房的墙壁全拆掉了,才有那么大的一个空间。但又不能说这就是客厅,因为中央矗立着一栋小木屋,高有两米七八,约有六七平方米。我呆若木鸡,那栋木屋我再熟悉不过了,其式样及结构跟我以前在树上搭的木屋如出一辙,连材料也是原来的,只是屋子四周的塑料枝条及叶片被扫荡一空。我摸着门楣上拆除时的裂痕,此刻也用胶水和木屑修补得严丝合缝,光滑异常。没想到,这个凶悍的母大虫也是砌房子的好手,将那一地碎片重新拼凑起来了,仿佛将原先的房子克隆了过来。这需要多少工夫呀。即使是我,也未必做得更好。我纵是铁石心肠,也忍不住眼眶潮湿。

"这是你的,"榛子说,"我找了你好久,就是想请你看来着。"

"这套房子是你买的?"

"我租的。"

第五章　看不见风景的房间

"你就不怕房东发现？"

"这是公家的廉租房，只要按时交房租，我可以一直住下去，谁会管你？你想怎么整就怎么整。租房子也没什么不好，至少比走鬼房好。"

我知道她说得轻巧，但擅自改变房子的结构乃至于目前的怪诞模样，倘若走漏了风声，可要吃不了兜着走。她拉着我的手说："不进去看看？"

我们携手走入了小屋，里头漆黑一团。她摁亮了电灯。我发现里头的陈设及物品一如我之前的情形，甚至连那张四脚木板凳也有保留。她得意地笑了：

"你外出时，我不知溜进去拍摄了多少回。我都睡过多少回午觉了。你一点反侦察的头脑都没有。"

我望着她，没想到她平时咋咋呼呼，倒也心细如发。她羞红了脸说："哪有这样盯着人家看的。"

她蹑手蹑脚地走近，忽然像母狮那样扑过来，扯掉我的浴袍。我的理智告诉我，必须推开她，并夺门而逃。但是我的头脑被那栋失而复得的小木屋充满了，双腿发软，一步也迈不出去。我就像猛兽爪子下的小动物，丧失了抵抗的能力。她关掉了电灯。我顿时陷身于真正的黑暗中。她像导航者在引导着我，我像骑着一尾大鱼准确而流畅地进入了她或肉体的汪洋。我像摸黑进入了一栋新房子之中。我找到了栖居于房子的奇妙感。我摸着温润的墙壁，每一处转角及线条都极其精致、光滑而流畅。置身于六面乃至无数面墙壁构成的奇妙空间之中，我的感受前所未有，潮湿又温暖，充实而虚空。啊，房子就是我的天堂，是我的自由，是我的梦想。在高潮来临的刹那间，死亦无憾。我觉得世间万物，如梦幻泡影，如露亦如电，种种相皆是幻象。我抱紧榛子，脱口而出："宝贝，你就是我要找的房子。"她在情欲勃发之际回答："我是你的房子，我永远是。唉，只可惜——"她在高潮中欲仙欲死，一连串词语或称谓从她的嘴里呼啸而出："啊，爷爷奶奶爸爸妈妈哥哥姐姐弟弟妹妹，张子房啊——"我有点摸不着前脑。后来她解释说，她自幼就是孤儿，那一刻她觉得我既是她唯一的亲人，也承担了所有亲属的角色。她的身体奇妙地发光。她像一件玉石做成的灯具，一股淡红色的光亮由里往外散逸，越来越亮，最终发出强烈的红彤彤的光芒，由红转白，由白转蓝，将房间照得满室生辉，而又光韵流动，显得迷离而幽清。她点着我的鼻子说："你可不能离开我啊。"我大为惊骇，只是像鸡啄米一样点头，一句话也说不出来。

榛子的情欲逐渐如潮水般退却，她身上的光芒也慢慢黯淡，终于消弭于无形。她恢复了常态。屋子重归于黑暗。她捏住我的手，我手心满是冷汗。她柔声说："吓着你了？"

"你是人是鬼？还是机器人？"

"我当然是人。你没听说过萤火女的传闻？"她吃吃地笑了，"我已经是第二代的萤火女了。我是K博士主持的顶尖人造人技术项目的造物。我们都曾是试管婴儿，在孕育时掺入了萤火虫基因。我们不是克隆人，顶多算是转基因的人类。"

据说果城当局投入使用的萤火女不少于一千个，没想到现在我遇到了一个。有的萤火女嗜食人脑，让人闻之色变。奇怪的是，我不太惊诧于她发光的能力，而是使她发光的原因。我对此说略有耳闻，但要了解自己的本性，仍有待时日。

请你原谅我不厌其详地讲述跟榛子在一起时的情形及感受。我发过誓——一切对你均不再作保留，并力求准确及避免遗漏。这也可以说明为什么我一次次进入她的身体，如倦鸟归巢，如浪子归家，一次次在自责之下沉溺其中，又无力自拔。但我可以肯定地说，那不是爱

第五章　看不见风景的房间

情,甚至跟肉欲关系不大,而大部分是纯粹生理上的反应——是一种类似于昆虫喜光的习性——我似乎越说越复杂了——要说是昆虫,也不是我而是她。她对我的情感恐怕也不是爱,而是依赖,出于孤独或恐惧而滋生的依赖,对亲人的依赖,在寒风中瑟瑟发抖的孤女对温暖及热汤的依赖。我不否认对她的怜悯与痛惜。这孩子,看来受过太多苦了,居然天性未泯,这也是人性的奇迹。

她开了灯,满脸娇羞,但目光一刻也不从我的脸上及身体离开,仿佛那具会发光的奇异身体属于我。她说:"我被包围在一大群爱我的人中间。我太幸福了。我知道他们都是你,却给予了我每一个亲人的爱,那么细腻,那么真切,每个人对我的爱都热烈而各不相同。谢谢你。"

我给了她亲人,她给了我房子。这真是天作之合。如果这是交易,还有交易比这更能互惠互补的吗?如果不是遇上你,我会坚信这就是爱情,良缘皆有天定。数天之后,你约我去红袖咖啡馆采访我。于是,之前我跟榛子的一切,都变得不确定起来,至少我迟疑不决。我心乱了。

榛子穿着睡衣到厨房去忙活,须臾间端来两碗白花花的东西,我悚然一惊,下意识地摸了摸脑袋。她笑了,说:"这是豆腐脑啊,你想到哪儿去了?我喜欢吃这个。"

我瞧着那碗东西,怎么也不敢去碰。榛子说:"只要你好好对我,我永远是你的。"但是,她也是别人的——我这句话差点脱口而出。我当时脸色肯定很难看,她狐疑而惶恐地望着我,说:"看来你对我还谈不上了解,有话不妨直说——"

"你也是特工吗?"

她松了口气,哈哈大笑,说:"你吃我的醋?我不知道你对萤火女有多少了解,但我肯定不是你想象的那样。我也不知道怎么就具有

177

了发光的能力,我去网上搜索过,没有得到满意的答案。我肯定是人类,是一个真正的女人,而不是克隆人或什么怪物。你摸摸看。至少我不是什么特工,我唯一的工作就是驱赶乃至取缔走鬼房。但我没想到我会喜欢上一个傻佬走鬼,还将其走鬼房搬迁到了我的屋子里——"她将我的手按在她的胸膛上。我抱住她。她一副天真烂漫的样子,浑如璞玉般质朴。

"房子好是好,"我说,"但也不一定要严格按照我旧木屋的尺寸啊,这就把你室内的空间浪费了。"

"既然要复制过来,就一定要依照原样,丝毫马虎不得。要扩大还不容易?有空咱们一起动手吧。"

也许,你会笑我自欺欺人,既要做婊子,又要立牌坊,将那栋小木屋搬掉不就得啦。那可不行,该木屋是我跟榛子相维系的纽带,没有了它,我再无耻也失去了继续留下的理由。哪怕是将其扩大到极限都不要紧。在下来的数月间,我们几乎每天都在探讨修建一栋四十多平方米的大木屋的计划,可惜我们一直到分手,都没有迈出第一步。今天回头来看,那栋仅仅停留于设想之中永远没有动工的虚无之屋,仿佛预示着我们分手的征兆,而当时我丝毫不察。她常常躲在厨房里独自抹泪,也没有引起我的重视。只能说我的确是一个粗枝大叶的人。那时的我,将全副身心放在你身上而毫无头绪。我甚至将拥有房子的梦想抛之脑后,仿佛那栋现成的小木屋已能使我安枕。

我沉浸于既拥有房子又拥有女人的幻觉中,结束了居住走鬼房的流浪日子。我心情不错地拿起了画笔,为我的屋中之屋及女人画了一些作品。我跟世界的冲突暂告一个段落,仿佛已消弭于无形。我好像拥有了稳定的家庭和生活,但我只要想起你,心底就隐隐作痛。如果是跟你在一起,不管是浪迹天涯,还是栖身于走鬼房中,像过街老鼠那样人人喊打,我都会有成家立业的感觉。这只能是痴人说梦。之

第五章　看不见风景的房间

后，我的一系列努力，都证明了这一点。我一直没有死心。我奇怪地觉得，你是爱我的人，你也许有苦衷。这恐怕连你也没有发觉。这样说吧，我一直坚持去追求你，不仅是为了我，也为了你。我敢说我的心意你已知晓，只是你不说。

一个多月后，作为网络名人的张子房已销声匿迹，作为小画家的我依然默默无闻，画作亦无人问津。但我的身体好多了。过去居无定所的日子已经结束，每天都忙于作画，我的身心算是充实而有事干。我找到了一个绘画的主题，那就是房子和女人的关系，或包含（如女人在房子中），或对峙（如女人面对着一栋百年古屋），或断裂及抽离（一个时尚模特酥胸半露、挺着修长而腴白的大腿，矗立在一栋拆除中的楼房面前，身后是尘土飞扬的废墟及挖掘机有力地挥动的巨臂）……我知道这都是榛子的馈赠。她在我面前扮演着不同的角色，她有时像一个父亲怀里撒娇的小女孩（天啊，一个从未生育过子女的父亲），有时像慈母在宠爱着儿女。她屡屡让我想起了二十四五岁时的母亲，那时我才五六岁，她牵着我在野地上追逐着飘散的蒲公英。母亲银铃般的笑声在天空上回荡，她的笑容使阳光更明亮。但更多的时候，榛子扮演着所有情人应有的角色。她很疼我。这使我这个自十九岁起就在果城流浪的无名画家百感交集，潸然泪下。当我将这种奇特的感觉告诉她时，她漫不经心地说："是吗？也许是你这样对我，所以我就有了自然的、忘我的反应。"我们都感动极了，相拥而泣。我们除了有对方，都是孤儿。我们也确实没有什么亲人可言了。但是，我知道我是不纯粹的，不洁的。我抱着她时，多半会想起你来。原谅我的亵渎，有一次眼前还浮现出你一丝不挂的胴体。那个裸体与你无关，我从未目睹过你身体的模样。

我的画技突飞猛进，通过艺术多少了解了爱的奥秘，至少接近了其神秘的入口，或用你的话来说，我似乎捕捉到了爱的倒影，爱的真相多少可据此逆推而来。我画的女人，有了房子的空灵和静谧，房子则具有女人的性感和温柔。但画中的女人在榛子看来，有些陌生。尽管我向来只以她作为模特，但可能不自觉地描绘出了你的神态……乃至心灵。我有时在画中的一栋房子里看到了你的面容……还有你的胴体，如此真切和生动，我放下画笔，几乎要心碎。

我和你失去联系快半年了。我们只见过两次。你的手机号码换了。我找上《倒影》编辑部，据说你早已离职，行踪无人得知。有人说你出国去了，有人说你傍了大款，有人说你去了缅甸的丛林打游击战，不是要做战地记者，而是要为克钦人的自由而战……那时我还不知道，你只在《倒影》杂志干过数天，也只撰写过唯一的一篇报道。这有可能是你唯一一次的记者生涯。否则我会更快或更好地了解你。但直至今日，我都谈不上对你有任何经得起推敲的了解，只能全是"倒影"。

终于，你的声音通过手机传入我的耳朵，在电话的那头，你仿佛在阿根廷那样遥远。

"我在红袖咖啡馆，你有空吗？"

"我马上过去。"

你在等我。你不是记者。我也不是受访者。也许我们算得上是朋友。至少，我感到了一股强大的引力，将我拉向你。当时我觉得，坐在椅子上的你，不是一个人，而是一群人，你是这群人的代表或首领。这让我略感不安。我不可避免地想起了"倒影"这个词，如果说你不过是某个人群的倒影，你难以反驳。你笑了，笑容显得飘忽，像是有个人在你的身体里发笑，又跟你隔着一段距离。这使你也显得朦胧，不真实。至少有两个你，一个徒有其表，显得纯真、安静；内在里头还有一个你，在控制着你的一举一动，哪怕是最细微的表情和颤动，犹如操纵着制作精巧的提线木偶。也许恰好相反，里头的那个

第五章　看不见风景的房间

你想走向我；但躯体的你拼命反对，真实的你想走出身体一步，但身躯像铁栅栏将你牢牢束缚。你不算神秘，只是复杂。我忽发奇想，你也会像榛子一样发光吗？你盯着我看，仿佛洞悉了我心底的秘密，既不愠怒，也不认同。

"你近来住得还好吗？"你问。

"我暂时住在朋友家里。"我低下头说。

走鬼房者如蜗牛、海螺之类的甲壳类软体动物，行动笨拙，多有不便，但总算有自己独立的房子。我现在连一个寄居蟹都不如。

"如果你愿意，让我给你提供住处吧。"

"是跟你住吗？"

"不是，我习惯了一个人住。其实也不算。我不是我。"你一声叹息，显得无限疲惫。

"谢谢你，我住得还行。"我说。你是什么样的人呢？

"你近来画些什么呢？"

"我近来的状态很好，手艺活也不赖。我对绘画的理解，已经超越了线条、色彩、光影之类的技术层面，甚至不局限于形象、情感和灵魂。这样说吧，我看到了画布上的虚空，那未曾画出来的、无法去描绘的、更真实更隐秘的存在，并有能力较好地表现出来——那个东西就像一个空间，一个秘密，一个无形而芬芳的果实——我在画面上的全部努力，就是暗示观赏者去体验并感觉它——它妙极了，但不可言说。我画了那么多，只是为了让别人看到我没有画的。"

"看来你从油画走进来，倒从国画走出去。恭喜你，你领悟了国画的精髓。这还算不上最高境界。"

"用国画来解释我的艺术是不够的。我倒要问你，什么样的绘画是最高境界？"

"好的笔墨或色彩，必是法由心生、无所羁绊的，以无法为有法，以无限为有限。你的心要静下来,你的画才有自由及生命。这样的画面没有多余,也没有省略,既没有过头,也没有欠缺,没有什么需要强调,也没有什么需要暗示,完全打破了实有与虚无的界限,仿佛云朵融入天空,清风吹入野地,树木伸出枝丫,枝条抽出花蕾,青草铺向了天涯,颜料在画布上自然而然地生长、蔓延,犹如庄稼在吹过微风的田亩上开花结实,如此才算得上好画。既是有,也是无,看上去毫无涂抹痕迹及线条的刻意,俨如大自然本身。"

我频频点头。我没想到你对绘画有如此认识,自认达不到此等境界。我从大屏幕手机里调出近期主题为《房子·女人》的系列新作给你看。画面虽小,但数码技术不错,清晰度堪比原件。你认真地看了看,神色未变。你肯定从每一个模特乃至房子里都发现了你的影子。我一直试图在画布上捕捉这个精灵。你肯定看到了,但你假装不知。你平静如画中的静物。你掩饰着内心的波澜。你犹如一个瓶子抑制着瓶中静水的波动。那些画就像催化剂一样,让你慢慢地涌起了柔情。你望着我,眼波如水,握住了我的手。我们沉默着,仿佛听得见对方血液流动的声音和越来越急的心跳。我体验到了一种奇妙的平静,也许那就是爱。此时此刻,无声胜有声。倏忽之间,我好像过了一千年。我想凑过去,亲吻你的脸颊,但又鼓不起勇气。你将手抽了回去,脸上潮红未褪。

"你且说说看。"你说。

"好的绘画是无法描述、无法形容的,这超越了一切笔墨与感觉。"

"你很有天赋,"你恢复了机械般的冷静与理性,说,"你了解了绘画的精义,也对事物有深刻的理解与同情。你的问题在于,你对绘画对象仍缺乏足够的研究,具体到对这组画来说,你对建筑物的了解还不够。"

第五章　看不见风景的房间

"别忘了我也算是半个建筑师。"

"那建筑的精义在于？"

"中国古典建筑以阴阳五行为本，以风水地理为用，建材来自五行而重土木，水土调和而成泥砖，再辅之以火而得陶瓦或火砖，唯独不重石料，皆因石头在五行之外。故其最原初的建筑词汇为木头，最常用的建筑语言为斗拱，不仅支撑梁枋及屋顶，还传达出优美的节奏；元代之后斗拱仅作装饰之用，这样屋顶就成了最重要的建筑语言。这样的建筑物，轻盈，开放，重灵魂轻墙体，而每栋建筑物必有屋顶，犹如人之有冠，檐角多高挑，犹如鸟张开双翼，凌空飞翔，内部空间犹如鸟之腹腔，与其说其注重内部空间，毋宁说其更重视外部空间，并将二者贯通而至于无穷。宇宙原本就是一栋大房子，以天作穹，高远辽阔，以大地为底，宽广厚实。至大至美之屋，以看不见柱廊及墙壁为佳，完全在虚空中隐没。宫殿及园林可谓其精华，以天地为围墙，以亭台楼阁为骨肉，以花卉、奇石和溪塘为装饰。寺庙观祠算是宫殿之变式，园林或庭院则为建筑物及自然界之过渡。即使寻常百姓之民居，亦讲究天井、院落、回廊之布局，以接地气，采天光，乃将建筑物融于山水、清风、流云及天籁之中，从而得大自在。西式建筑肇始于古希腊，以石头为建筑之根，其建筑语言乃柱式，多为砖石结构，穹顶高大，努力向天空发展，可谓得其筋骨与肉体，厚重结实，尤为强调建筑材料的永久性及结构的主体性，重视内部空间的宽敞高大，但失之于封闭性及压抑感，将天空与大地均予以割裂。刻薄点说，似乎只有一个原型：地下室。无一处不强调墙壁的真实与坚固，将房屋跟大自然相分离，实则是将空间从虚空中生硬地割取出来，并将其像犯人一样囚禁。其审美注重于建筑学上的科学性，精确、严谨、理性，而跟自然之道背道而驰，处处体现出斧斤之痕迹及人力之牵强。今日果城之建筑，一味照搬现代西式建筑，无论剧院还是住宅,尽管高入云天,但因其封闭性及压抑感,视之无一不像垒叠起来的地下室,尤其是加上了有果城特色的金属防盗网,观之更如动物园的空中兽笼或层层重叠的畜栏。至此,已全然失去了人居之舒适和安宁。相较而言,我更愿去住走鬼房,尽管走鬼房在果城屡遭驱赶。概言之,建筑物乃空间的诗学,其精义在于处理建筑物内部空间及外在空间的微妙关系。而关键在于对待墙壁——包括地基、屋顶及门窗的态度,当以似非而是为佳。正如你谈画技所言,以无法为有法,以无限为有限。一栋好的建筑物,可以让你忽视墙垣之阻隔,于一瞬间被其有限而通向无限的空间所征服。你栖居于屋子中,又是栖身于宇宙之内。既得屋顶遮挡风雨之实用,又得清风徐来草木气息之润泽。但这样的房子,到哪儿去找?"

你等我说完了长篇大论,说:"我是否可以概括为:最高境界的房子,其墙壁是隐身的、无形的、看不见的,至少是让人难以察觉的?"

"可以这样说。"

"但在地上的建筑,乃是无中生有,用的是加法。内部空间尽管原本早就存在,犹如洞穴存在于地底,但没有了四壁围拢之实,哪得房间之'空'?"

"的确是一个难题。我本意乃是隐喻之说,不是要将墙体完全消除,而是要在视觉上弱化它。譬如说中国古代建筑之网格瓦窗或雕花木窗。极致的例子是凉亭,就将墙壁省略掉了。"

"那么现代性建筑以大面积的玻璃代墙,又怎么看?"

"这就坠入魔障了。建筑之美大于一切材料的总和。正如作诗,诗从词句、节奏、情感、思想诸元素中来,却隐藏于词语背后的空白、意象之间的缝隙或情感不可揣测的深处。总之,艺术的极致是大神秘,即不可说。"

第五章 看不见风景的房间

"张子房,你这样说有点玄,又似乎触及了宗教。最伟大的艺术也许是生命的奇迹。我喜欢一些古老的灵修方法,有时进入了冥想或静心之境,就有空无之感,觉得自我奇妙地消融了。既是我又不是我,既平静地呼吸着又不属于万物,既孤单又自足,既浩瀚而又单独,既不属于死神,又不属于永生,既狂喜而又清醒,既融入而又独立。"

"我想说的不是宗教,而是爱。"

"此刻,你就是爱。"

"我爱你——"

"我也爱你,更爱众生——"

我们情不自禁地拥抱到了一起。你在我的怀里战栗,泪珠滑落到腮边。但你一句话说完,已从我的怀抱里分离,犹如受惊的小鹿,从狂喜而粗心的猎手脚边逃离。你那句话,前半句包含了多少柔情蜜意,后半句却仿佛出自冷漠的、威严的古老神祇之口。你恢复了常态。

你走了。你丢下一句话:

"你了解了多少房屋?图片上的不算,有些房子你一定要去看!"

我呆呆地伫立着,目送着你走到街上,在路边的临时停车场上发动了银狐般线条流畅的白色轿车,驱车远去。我才是那个受惊的动物,一次次被未知的你吸引,又一次次因逆袭而惊惶。至少,我和你是属于两个阶级的人。

我对房子了解得不够吗?我是在粤西乡间长大的,小时候住过泥砖屋及二层楼的混凝土简易房,之后就是在果城自己动手建造的走鬼房或小木屋。但我没吃过猪肉,也见过猪走路。我走遍了果城的大街小巷,譬如果城的图书馆、商贸大厦、影剧院等建筑物,常有涉足。

地下人

过了几天,你驱车带我去看房子。你说:"你对果城的现代性建筑物还缺乏全面了解,如此一叶障目,对你画好那个房子系列不利,对了解果城的现实亦无好处。"

大半天工夫,你带我观看了城区中心的高尚洋房、写字楼、酒店之类。无一不高耸入云,装潢豪华,安装着防盗网,在阳光下闪着金属的光泽,大面积的玻璃外墙,闪光、炫目、张扬,谈不上有什么美感。在一栋正在修建及发售的临江高层豪宅前,你带我去参观样板房。我看得头晕眼花,笑说:"这无非是竖起来的城中村罢了。"

"就因为马赛克外墙及玻璃墙壁太耀眼了?"

"墙壁还是看不见或遭到忽视为佳,你看看,在果城,楼房的外部空间包括天空完全被肢解了。室内空间变成了空间的尸体或标本,遂成了无本之木,无源之水,失却了生机和灵气。当一座城市的上空插满了刀刃般的墙壁,势必让人喘不过气来。"

"好,我们去看别的。"

你驱车半个多小时,才走出了迷宫般的环城高速公路,逃离了迷魂阵般的果城大街及建筑群,来到了一处山坡,林木不少,也颇为高大,但枝叶稀疏。巨木之侧,植有橘树、芒果树等混杂果林,花木吐芳,绿意盎然,别墅就隐藏于繁茂果林之中,露出了淡蓝或银白的锥形屋顶。整座山庄被绿树及花草包围着,屋顶低矮,如礁石被层层绿浪所淹没,离天空何其遥远。

"古树名木都是从穷乡僻壤移栽到这里的,"你说,"还没扎根呢,要枝繁叶茂还得有段日子。"

该别墅小区名"叠云园",颇具欧陆风情,山坡洼地辟了一个小湖泊,波光粼粼,湖边系着两只小木船,岸边杨柳依依。让人心旷神怡的是,远山绿林密布。天虽蓝得还不够,阵风却吹送着蓬松的云朵,依然残留着几分大自然的痕迹。这对于以自然论者自诩的我来

第五章 看不见风景的房间

说,无疑一脚踏入了仙境。

你带我随便参观了一栋别墅。高二层半,占地面积约九百平方米,建筑面积逾五百平方米,四周种着玫瑰花、悬铃木、桂花树、广玉兰诸花木,芬芳四溢,室内装修典雅,材质考究,工艺精湛,陈设之物亦甚见品位。整栋房子无论内外,包括一草一木乃至铺路的小石子,均如精雕细琢的艺术品,每处细节均见匠心及巧思,人工痕迹虽无法抹掉,却给人浑然天成之感。

"如何?"你问我。

"鬼斧神工,让人叹为观止!"

"但你似乎不是很喜欢。"

我不吭声。如果说我不喜欢那就太虚伪了。当时我想了很多,譬如阶级对立、贫富悬殊、"朱门酒肉臭,路有冻死骨"、全世界的无产者联合起来诸如此类……能定居此地的不是商业奇才就是时代精英,不是贪官污吏就是二世祖,升斗小民焉敢奢想?但今天回头来想也很简单,我哪有什么胸怀苍生、拯救人类的鸿鹄之志,无非是想到我这辈子都买不起,谈什么喜欢不喜欢!

"不虚此行吧,"你得意地说,"有的房子你不能不看,继续走。"

我们离开叠云园,车往果城中央驶去,我顿有窒息之感。刚才徜徉于山水之间,呼吸到新鲜空气,倒让我更难以忍受果城的烦嚣及污糟了。

"你得坚强点,考验还在后头呢。"你说。

这一次,我们来到了一座圆堡状的摩天大楼面前,高达七十层,玻璃墙幕上嵌满了无数黑漆漆的窗门,像一个有无数孔眼的巨大铁桶或铁甲怪物。

"你猜猜看,里头有多少个房间?每层建筑有一万平方米,共七十层。"

"有十万间。"

"错了,共有十七万间,可以给十七万人提供住宿。每间胶囊房不到两平方米,但中间的通道倒还宽敞,这是果城最大型功能最齐全的超级胶囊公寓之一——时代公寓。"

"这个地产商疯了。"

我们坐电梯到了第三十九层,去参观一间装修好的胶囊房。通常,每个胶囊房宽七十厘米,长和高都是两米,特制的胶囊床可躺,可卧,可坐,当然主要是用来睡觉。床头可做凳子,一个小隔板可放电脑,可上网看电视,有电灯,有电视插口、宽带口、插头等等,总面积不到两平方米。没有任何形式的窗口。胶囊房的六面均连接着统一规格的胶囊房,密如蜂巢,开窗也没有用。但每个单元之间的过道就开有铝合金窗子,一天之中,视季节不同在某些特定的时刻可以看到阳光,蓝天或云彩就看不到了,铺天盖地都是灰霾或黑乎乎的一片。胶囊房门口装有防盗网,这是神来之笔。通常,每间胶囊房的月租金在二百元到三百元之间。尽管入住胶囊的多是衣冠楚楚、知书识礼的白领或知识阶层,但防盗网让大家倍增安全感。间隔墙、天花板及地板都用特殊材料建成,通气孔做得很巧妙,看上去好像不存在,整座大楼全被中央空调系统覆盖着,隔音、防火、隔热及私密性都很好,这也是全城胶囊公寓的基本特征之一。

时代公寓的配套设施很完善,每一个单元都设有公共卫生间、洗浴室、洗衣房等,但没有厨房,肚子饿了可以叫外卖或到本楼的餐馆享受美食。整栋大楼远远望去就像一座圆形的堡垒,采光靠照明,通风有空调,密如蛛网、纵横交错的大小通道将各个胶囊房、单元、区域以及上下层连成一体,并通向中央通道的电梯。其中的动脉应是电梯,也是跟外界联系的唯一出口。本大厦设有中西餐厅、酒吧、咖啡馆、超市、歌舞厅、健身房、发廊、浴足室、桑拿房等足以佐证金钱

第五章　看不见风景的房间

魔力的场所。

"博尔赫斯说天堂应当是图书馆的模样,"我说,"那么这座公寓就是地狱的缩影。当所有业主乔迁新居时,这就成了一个巨大的马蜂巢。拜托,请你不要跟我谈建筑物在科学上的精密及艺术性了。走吧。"

"你看过的房子太少了。"你带着怜悯说。

我恨自己太鲁钝了,直到写这封信时,才明白你这句话的含义。等我终于看到了那些房子,又忘了你这句话及当时的语境。当我梳理并分析各种蛛丝马迹时,往日不少疑团迎刃而解,豁然开朗。我不认为自己在捕风捉影,我和你之间的恩怨情仇,虽谈不上尘埃落定,但多已水落石出。我注意到一个细节,你带我去看房子时,所到之处,人们对你执礼甚恭,仿佛你是什么大人物。你看到了我的疑惑,说:"我现在的职业是售楼小姐,大家都叫我君慧。他们当然不会跟钱过不去。"

"你带我去看房,是想我也去购买?"

"你呀,你哪儿买得起。"

后来,你又失踪了一个多月。每次你的出现及离去,都显得行踪诡秘,如神龙见首不见尾,我习惯了。你像工业时代的科技精灵苹果手机,变化多端,一切尽在掌握之中;又像科幻电影中外星人的飞碟,穿梭往返,进退自如。你有着钢铁般的意志和纹丝不动的神经。如果不是因为看到你也曾经动情,也会有泪珠从粉颊滑落,我真以为你是一个机器人。那一次,在红袖咖啡馆里,我们以谈绘画始,到谈建筑终,还小心翼翼如工兵挖地雷般探讨了爱及其奥秘。我们情不自禁地拥抱了,你也感动落泪。那时的你,奋力挣脱了你身体里那数以百计的人的围追堵截,孤身一人来到我的面前。我没有看到还是无力承受?总之是错过了。之后,这样的机会不再有。你是爱我的,对吗？我理解了你说的：你不是你一个人。

其实我也不是，至少当时不是，所以我看不到你，也看不到自己。榛子部分地点燃了我的自明之火，我不能不考虑自己为何让她发光的问题。按照通常的说法，那我就是一个思想自由、精神独立的人。我是吗？我是谁？我要成为什么样的人？我要往哪儿去？我能到达哪里？尽管代价太过惨重，这几乎摧毁了我作为一个人的依据。我曾经是一个奸细，一个叛徒，一个败类，一个失败者。我没有理由为自己的过去辩护，尽管我有冠冕堂皇的借口，要寻求借口太容易了。好在，那一切都过去了。但我还得面对现实。现实就是你，我的爱。我知道我从来没有拥有过你，但已永远丧失（能否说你永远在我的心里，这就是爱永久的证明，那么，我一直据有你，而不会失去）。为了等待跟你重逢的那一天，不管到时你是笑脸相迎，还是怒目而视，我都毫不犹豫地走上前去，交上这一份自供状、这一部忏悔录、这一封不像情书的情书。要洗脱我的耻辱，选择死亡是容易的。但我必须艰难地活下去，为了你。我曾一度迷失，在尘世兜兜转转，只是为了寻找自己。你找到自己了吗？你知道你是谁吗？

那天从时代胶囊公寓回来，我心潮难平，忍不住跟榛子说起我为了绘画的需要，去看了果城的洋房、别墅和胶囊公寓。我当然没有提及你。

"城市的未来趋势肯定是洋房逐渐减少乃至消失，"榛子说，"豪华别墅及胶囊公寓越来越多，呈两极化发展。"

"到时你选择别墅还是胶囊公寓？"

"别墅只属于少数人。像我们呢，除了胶囊公寓别无选择。"

我望着屋中之屋的"外墙"和屋顶，为榛子的设想叹服不已，当时哪儿会想到她幕后恐有高人指点呢。这既是实在之屋，也是虚构之屋，既具象又抽象，仿佛是无与有的融合、虚与实的连通，看上去

第五章　看不见风景的房间

像是否定，但更像是肯定，显得既顺理成章，又何其荒诞，直取这个时代的核心，甚至连进出小木屋的门槛，都有一种类似于宗教仪轨般的仪式感。在过去的年代，走出屋外便是空地乃至旷野，而在此处，这样的空地当然不存在（仍在屋中），但我们对木屋之外的墙壁熟视无睹，或干脆予以否认，这尽管跟事实相悖，却表明了某种姿态或捍卫什么东西。这重要吗？至少当时我觉得很重要，所以榛子抓住了我的弱点。但她不这样认为，说："如果说你是金丝雀，那么我同样也是。你也看到了，我每次出勤，都陷入了精神分裂之中，既同情走鬼房者，又不得不执行我的任务。到处都是笼子。在笼子的外面还有笼子。那个笼子太大了，你以为飞出去了，其实连笼边也够不着。你有别的去处吗？你随时可以搬走。你要怎么样都行。因为我爱你。"

我无话可说。我能说什么呢？除了等待。尽管你说过会给我安排住处，但我从未当真。你的身体里除了弱小可怜的你，还有一大帮牛高马大的同伴，大多数可不是我的同路人。那个纯真的、天然的你根本就无法越过拥挤的人群而站在我的面前。我什么也做不了。我恨自己没用。悲剧一早就注定了，而我仍蒙在鼓里。我痛恨自己的是，当时心里充满了虚荣（甚至跟艺术无关），想过有所作为了吗？没有。

跟你去看房子给我带来的震撼经久不息，其中的一个后遗症，就是我原先的信条像泥石流经过的村寨崩塌于一瞬之间，而又四顾惘然。我每天都想着出路，又像被关入了黑铁屋子里，根本就没有出口，没有透气孔，都几乎陷于窒息了。幸好，每次无法忍受时，我就去想你，以幻想召唤你的到来，你像科幻片里的星际之门，可以带我逃离此时此地。这不是真实的，却让我暂时得到安宁。

在一个痛苦的雨夜，我将之前的画作全毁了。凭这些图像根本无法捕捉你的灵魂，哪怕仅是你的外形。你是如此复杂，而以榛子为模特去糅合你神态的画法，无论对谁都是一种亵渎，奇怪我之前一直没有想到。但要真正画出我想画的房子和女人，我无能为力。我无法从种种纷乱的时代图景中提炼出我心中的美神或女神，那些洋房、别墅、走鬼房和胶囊公寓……像大小不一的石头从四面八方呼啸着掷入我的脑海。我一旦冒出为你画肖像的想法，就发现无数张你的脸在眼前晃来荡去，而每张脸都模糊一片，一张也看不清。直至今日，我仍然想不起你清晰的模样。甚至，你从未在我面前露出真面目。这就是你给我的印象。你每次见我，都戴着人皮面具吗？你会是榛子吗？我禁止自己这样想下去。我不想发疯。

你又约我了。你给我打电话时，刚好是一个周末的上午。榛子就坐在我身旁打毛衣。她像一只警觉的鹅望着我。我跟她说了声要出去一下。我每次接到你的电话，总是难掩亢奋之色，灵魂出窍，根本就没注意到榛子神情有异。她一声不吭。

"这次，我们出海去。"我们驾车到了海边。在一个砌着方形麻石的私人码头，你解开了一只快艇的缆绳，示意我跳上去。阳光融入海水，艇子在波涛上晃荡，我略显慌张。你发动了引擎，穿着天蓝色的运动服，既英姿飒爽，又显得曲线毕露。快艇在突突声中划过了海面，如利剪撕裂了丝绸，一堆堆泡沫在浪花上飞溅。远处水天相接，云雾缭绕，几只海鸥在浪尖上翱翔。快艇行驶了十多分钟，你说："看到了吗？"

只见前面水天之间，赫然出现了一个灰青色的庞然大物，趴在海面上，有如巨龟。越来越近了，我看得愈加真切，那是一座小岛。岛中央矗立着一座巍峨的城堡式建筑群，那栋主体建筑远观之像紫禁城的太和殿，近看却又掺杂着古希腊的建筑风格。该城堡是一座梦幻般的建筑物，像神秘的天外来物。因其东方式宫殿的金色大屋顶，嵌着众多构件的庑殿顶，闪光的琉璃瓦，重檐下的滴水兽头，层层错落，舒缓沉稳，颇具"万尖飞动"的意境。而城堡的主体却由巨石建筑，

第五章 看不见风景的房间

高大的阶梯，完美的爱奥尼式柱廊和三角形山墙，像意大利维琴察郊外的圆厅公寓那样和谐、精确和优美，深得西方古典建筑的精粹。整座建筑物奇妙地融合了中西方建筑的精华，既恢宏雄浑，又优美灵动。从外观上看，仿佛是一栋古代建筑物，但外墙崭新，金碧辉煌，在灿烂的盛夏阳光下熠熠生辉，无疑是新时代的建筑。大门上有一块横匾，上书三个鎏金大字：海浪堡。

我们走到了建筑物的入口。你说：

"你看这栋房子怎么样？"

这哪儿是房子？分明是王宫。海浪堡的四周就是一个大花园，种植着奇花异卉，竞芳斗艳，一条镶嵌着光滑鹅卵石的小径将花园跟码头连接。岛的四周波涛翻滚，更远处是浩瀚的大海。对岸太远了，只见水天一色，根本就看不到任何事物。该岛就像远离尘嚣的仙境，那栋高大建筑物衬托于天空的蔚蓝之上，宛若蓝色背景上的油画，倒也相得益彰。小岛上绿草如茵，绿树成荫，无一不出自人工精心布置，却又显得自然而然。每一茎花木，每一株小草，都得到园艺师的精心养护，它们就像弹簧和链条那样使花园保持弹性和活力，犹如一架巨大机械上的细小零件。

"你不会是在向我推销这里的房子吧？"我惊讶地说。

"这栋房子也许不对你的胃口。但在这个特定的地方，这种由巨石作为墙体的建筑就算不是最好的，也是坏处最少的。像你推崇的东方式亭台楼阁，恐怕一场台风就将它刮到海底去了。"

"在岛上有这样的建筑物，挺好呀。"

到了门口，有穿着深蓝制服的门岗在守卫，对我们躬身施礼。我跟着你走入大厅，马上有一个雍容沉稳、精明干练的中年美妇人前来迎接。看来她是管家。大厅上三三两两伫立着年轻侍者，每条甬道的拐角处均有仆从，个个眉眼清秀，衣饰光鲜、整洁。这座建筑物有点像是五星级的大酒店，但更像是私家豪宅。侍从对我们执礼甚恭，而我有点自惭形秽，毕竟从未涉足过如此尊贵场所。你穿着运动服，却从容自若，举手投足之间，隐隐然透露出风姿及威仪，看来乃是此地之常客。关于这座城堡内部的奢侈豪华，又陈设何等奇珍异玩，我是不想浪费笔墨了。你自己比我更清楚。如果要表达我当时的震惊程度或向他人形容海浪堡的话，只有欧洲贵族或美洲新贵的府第才堪以相比，譬如佛罗伦萨的鲁切莱府邸或匹兹堡市东南郊的流水别墅。我也是在建筑文献中看过相关描述，像如此风采的建筑物，我还是第一次领略。

我不明白你为什么要带我来这里。你带我去参观，莲步轻盈，舌灿莲花："建筑物从来不像现在这样集中反映了时代的精神及人民的需要。政治家以房地产作为组建政党的筹码，无房者以房子作为阶级斗争的动力，经济学家以房子作为市场机器的引擎，艺术家以新一代的房子为表现之对象。房子既是后工业革命的肢体、躯干和皮毛，也是其气血和灵魂。既是手段也是目的。既是旧世界的集大成者，也是新世界的最新创造。这是最好的年代，也是最坏的年代。在当下，走鬼房与别墅群一色，胶囊公寓和顶级山庄共舞，有的人拥有房产数以百计，有的人无立锥之地。在过去，大自然历来是风景的主体，城镇及村落宛若宝石点缀其中，仿佛是蛋糕上的葡萄粒，又像是人类的玩具。如今山水破碎，房子将绿地及植物一再驱逐，混凝土将土地占据，楼房俨然成了大地的主角。从来没有像今天这样，房子成了风景画的全部，既是背景，也是主体，占据了画面的所有空白。风景死了。对于艺术家来说，研究房子是一个不容回避的问题，因为这就是研究风景、城市、时代和人类及其关系。这你不会反对吧？"

我点了点头。

"我觉得你对房子的了解仍有欠缺，譬如像海浪堡这样的建筑

第五章　看不见风景的房间

物,虽刻意跟世俗保持距离,淡出了大众的视野,但其实数不胜数。海浪堡堪称建筑艺术的精粹,岂容错过?别忘了你是天才。"

我不能反驳。你做事历来喜欢单刀直入,直取核心,而又极富速度和效率,旁人岂有置喙之机。但我仍有疑问:"你想我将海浪堡画下来?"

"当然不是这么简单。我本意是说,当你研究透彻了果城一切有代表性的各类建筑物,在贫民窟及走鬼房之外,还有高尚住宅及尊贵府邸,也许还有一些超出你想象的房子,甚至连我也没有见识过。我是想让你捕捉住房子的灵魂,通过一栋房子,呈现出所有的建筑物及其相关事物。自从上次见了你画房子的系列作品,我相信除了你,没有一个画家具备这个能力。这不仅是禀赋、激情、技巧之类的问题,而是天生的把握事物的洞察力及表现力。我希望你拿出这样的一幅画。"

我凭记忆复述了你的这段话。我不敢说字字属实,但尽可能做到符合事实。我能确认,你对房子系列中的女肖像及房子跟女人的互文关系闭口不提。看来这不是疏漏,而是你有意为之。你对我的心理了如指掌,却偏要这样说,让我颇费思量。

去画出一栋能反映所有建筑物的房子?我从没有这样的打算,既无这份雄心,也没有这个兴趣。我无论画什么,都试图解释人的处境而捕捉人的灵魂,至于房子的灵魂,无非是人类心灵的外在投射,很难说有什么独立的灵魂。当时我脱口而出:

"你为什么要帮我?跟你在一起,我总是神不守舍,好像喝多了酒,有点陶醉,也有点迷糊。也许是你灌的迷魂汤让我有点飘飘然。"

"我喜欢。往大里说,我希望有人能抓出这个时代的灵魂,除了从房子处找寻,我看不出还有别的途径。"

我们在海浪堡参观了一个晌午,看了会议室、餐厅、影剧院、酒

地下人

店乃至于套间里的客厅、寝室、盥洗间等诸个地方，看得我眼花缭乱，叹为观止。我还是觉得小城堡后头毗邻大海的后花园更美。我望着一丛花树，枝叶被海风所撼动，而大如杯盏的白色蓓蕾欲绽未绽。我喜欢那几株虞美人及广玉兰树，喜欢那片油绿的青草地及海岛之外起伏而浩瀚的海面。我独自在花园里停留了片刻，海风拂面吹来，眩晕的头脑清醒了些。我似乎走进了别人的一场梦境。

你到更衣室里去了。我愈是清醒，心中的虚幻感就愈加真切。我做梦都没想到会涉足这样的一个奇异之所。一会儿，那中年美妇邀我去餐厅用膳。你坐在主位上。你穿着洁白的晚礼服，上身两乳之间裁剪成了一个V字形。你的肤色比服饰更白，香肩裸露，玉臂上戴着一对手镯，发髻高挽，优雅高贵，宛若古希腊女神。我跟你隔着长长的餐桌，餐桌上摆着铜制的枝形烛台，烛光如嫣红的玫瑰。只有我一个宾客。除了女管家，餐厅里还有三个年轻的侍女在上菜倒酒。你微笑着，向我举起了高脚玻璃杯。杯中的美酒晃荡如你娇嫩的红唇。我几乎感到天旋地转，而你轻启朱唇，用一句话就将我推向了崩溃的边缘：

"在这里，请让我以主人海黛的身份招待你。"

我如受雷击，大脑一片空白。那天你还说了很多，我一句也记不起来。我吃了什么，又喝了什么，全忘了。也许本来就没有记住。我像一个梦游人那样，用餐刀恶狠狠地对付瓷碟中的牛排，动作机械而凶狠，仿佛在屠宰敌人。我咬牙切齿地大口吞咽，一杯接着一杯地喝酒，直至将自己灌得酩酊大醉。除了醉倒，我别无选择。

我不知道是怎样回到金葵小区的。我问过榛子，她说："有人打电话来，说你在红袖咖啡馆喝醉了。我过来一看，你果然烂醉如泥，我从来没见过你喝这么多酒。你好像受了什么刺激。我不知道还有谁、还有啥事能让你这样。你一向不是都很淡定的吗？你吹嘘说自己

第五章 看不见风景的房间

对任何人不依赖,也不要求,看透了名利,看透了人际关系的本质,看透了一切。但看来显然不是。"

我摸着隐隐作痛的脑袋,没有接腔。

"你见了谁?是个女的?"她仍在刨根问底。

我将榛子拦腰抱起,扔在屋中之屋的床上,粗暴而狂野地占有了她,全然不管她的反应。我根本没有留意这次有没有以前那种回家或进入房子的感觉。现在回头来看,除了第一次,后来一直没有过。榛子闭着眼睛,泪水从睫毛上浸漫。我终于看清了一个事实,我跟榛子既没有爱情,也没有情欲了。但我没有勇气跟她说,只能拖一天算一天了。

一连多日,我看上去都失魂落魄。我将自己扔在身体之内或之外一个遥远的、荒瘠的陌生之所,也说不清是什么鬼地方,但看来不是那个美丽的小岛。或者说,我仍在天空或大地上游荡,犹如一朵云,一条溪,一只兽,一只鸟,一只蚁,一株草。我奇异地看到了身体作为一个小宇宙的神秘和宽广,而跟大自然或无限幽深的宇宙有诸多联系及相似性。我从一碗水里看到了我容貌的倒影,这让我见识了自己的影像,其实仍是多重幻象的其中一个。人要了解自己,真的不容易。镜子有时帮不上忙。这将榛子吓坏了。她去药房给我抓了几剂安神镇惊的中药,喝了几天,好像有点效果。用榛子的话说,我回来了。直至今天,我都觉得那个下午、那个海岛、那座城堡、那次旅行是一场古怪梦境的组成部分,我不承认这是真实发生的事。当我试图回忆时,也像梦幻一样虚幻、飘忽而不确定,难以捕捉并逐渐飘散而接近真正的遗忘。这是我刻意为之的结果。我不想承认,你在羞辱我。

多少年过去了,我现在想问你:当时你在羞辱我吗?一个爱慕你的男子,一个穷困潦倒的艺术家,他连自己六平方米的走鬼房也保不住，而他想染指的女人竟是拥有一座恢宏城堡的主人。灰姑娘和王子的故事向来让我嗤之以鼻。作为男人，我也不喜欢居于灰姑娘这个位置。我发誓，如果下次见到你，我必须要搞清楚这一点：你带我看海浪堡的真实用意何在？然而，我永远丧失了这个机会。你在我的世界消失了。而我在约四个月后，命运也出现了重大的改变。如果我愿意，也同样可以像隐身人一样，在果城销声匿迹。

榛子觉察到了我对她的冷淡和漠然。我们同居快一年了，当初的激情已消退殆尽。我们像婚姻中的夫妇，在经历了极度绚烂之后归于平淡。我们爱得只剩下亲情，有点像相依为命的亲人。但我难以描述榛子的感受，她说不上有多高兴，也没有多忧愁，似乎完全屈服于命运的安排而无所谓了。这不是她的错。我同样不知道自己到底想要什么。我想过搬离，但我对再建造一栋走鬼房已无热情。她对我那么好。人心都是肉长的，真要分手，我也开不了口。我在写这一段文字时发现，我既没有交过一分钱房租，也没有交过伙食费，甚至没有帮她做过一次家务。我是一个彻头彻尾的穷光蛋，一个吃软饭的寄生虫，一个忘恩负义的逃避者。在那一阵，我的画一幅也卖不出去。更可怕的是，我突然丧失了作画的能力。当我看到海浪堡之后，我还能以此表现出什么人房合一的画面？还奢谈什么画出房子或女人的灵魂？那栋城堡以及那次旅行，是我误吞入胃里无法消化的钢铁、塑料、玻璃碴及废电池。

可怜的榛子同情地望着我，帮不上忙而干着急。我想过跟她和盘托出，但我忍住了。我内心可不止一桩秘密，而这个守不住，别的也照样守不了。我们交欢的次数越来越少了，我有点厌烦这些无聊之举。有一次，我惊奇地发现，她没有发光。可能她近来都是这样吧，只是我一再忽视了。毕竟，就是一盏台灯也是需要激情或能量的。那是一个冬夜，屋中之屋像一个漆黑而阴冷的洞穴，她蜷缩在床头的一

第五章 看不见风景的房间

角,像冻僵了的幼兽。萤火虫在冬天也是这样的吗?我伸出手去,触摸到她玉石般冰滑的脸颊,骤觉一暖,掌心满是泪水。我好像没听过她号啕大哭或在暗夜中啜泣。她平静地说:"你就要离开我了。"

"我能到哪儿去。"我心软说。

我们拥抱,感觉到了彼此的温柔和珍惜,似乎过了今夜,就要生离死别。而最初的狂野与激动,已是杳如黄鹤了。

我对果城爱恨交加。我在此地生活逾十年了,还难以融入,却又无法离开。我像一个为名妓所惑的纨绔子弟,明知道不妥,却一次次在自责及懊悔中从青楼中回来,又无法拒绝下一次诱惑。果城无疑是富人的天堂,但贫穷如我者也并非毫无机会。我最富创造力、成果最多的时期,就是在果城生活的这十来年。果城是一个生机勃勃的城市,充满了奇迹般的可能性。它尽管无法容忍走鬼房及违章建筑,但已经向雄心勃勃去开发地下城的房产商开禁,在坊间流传多年的地下城之建设与销售,看来不是流言,而是事实。本城几个重量级的地产商已在各类传媒刊登大幅广告,欢迎人们去地下城的新楼盘看楼购房。其营销手段五花八门,其中最有力的一句是:用买地上城十分之一的价格拥有一套地下房!

一天夜里,榛子疲惫不堪地从外头赶回金葵小区,他们一帮管理者,在凌晨三点左右针对所辖街区进行了一次计划周密的凶猛夜袭,目的是驱赶并拔除地下走鬼房及地下违章建筑。

"常规走鬼房以板车拉房、树上搭屋为主,"榛子说,"但如今竟发展到了在地下挖掘出'洞屋'或干脆在下水道中居住,隐蔽性更强,对社会治安的危害更大,我们不得不加强了打击力度。在地底下,潜伏着不少流氓阿飞乃至吸毒者、传销者、偷盗者,说不定还有犯罪团伙及各类反社会组织。今晚我们收获颇丰。我们采取了用水攻、烟熏、投催泪弹等多种手段，将数十个另类走鬼房居住者从地底逼迫出来，悉数拘捕回局里，待审讯后视情节轻重，再决定罚款还是处以拘留。光是在芒果大街的一个沙井盖下面，我们就用催泪弹逼出了十几个人，他们红着眼睛，抹着眼泪，像地洞中钻出来的一群老鼠。我们钻入下水道一看，见布置得虽简陋，生活用品倒是一样不缺，除了被铺碗盆诸物，还有枪械、匕首、雷管等凶器一批。这是一个臭名昭著的偷盗抢劫团伙，屡剿之而不得，没想到这次一网打尽。"

"传闻有房产商在果城地底下大面积开发地下城，据说就要开盘了。为何就容不得私人在地下筑洞而居呢？"

"地产商是合法开发的，到当局备案，依法纳税，服从管理，而个人私自挖掘，一律属违法建筑，这个道理跟地上的违章建筑是一样的。"

有一份地下楼盘的广告说，买不起地上楼的，就去买地下房吧。在地下生活有诸多不便，但由于节省了天价地金，遂大大减少了建筑成本。据说，目前的开发形式主要有两种：一种是建筑摩地大厦，往地下深处延伸，最高者有五十多层，其中供水、电力、通风等设施一应俱全，除了见不到一丝阳光及天空，跟在地上城生活似无不同。另一种呢，地产商气魄更大，乃是在地下先挖掘出一个接近于无穷大的空间，再在洞底的"地上"建筑楼盘，在楼盘之间栽植草木，俨如人间王国或神仙洞府，穹顶高远，四面辽阔，而难以看到边界，住在其中者，让人误以为仍在地上。上述地下城统称"洞城"。在地下城区之间，有轨道小火车及地下公路的巴士在穿梭来回，而跟果城连接处，则有专门的地铁。这些消息在坊间流传了很多年，但我从未目睹。如今有地下小区打出广告，看来并非虚言。毫无疑问，这些新式楼房都是我不容回避的关于房子的重要研究对象，我想，如果你下次再约我看房，肯定会到洞城里去了。但你再也没有出现。也许在你的

第五章　看不见风景的房间

眼中，这些犹如洞穴或坛子般深藏于地下的房子，见不得天日，根本就不是房子，而只适合于鼠辈居住？而你金枝玉叶，富可敌国。即使你再来叫我去看，我也不会跟你去了。穷人也有自尊。无论在地上还是地下，我都没有能力购买一个一居室的小套间，哪怕仅需房价的十分之一。

我决定独自去地下城一探究竟。在果城西郊七十公里外的一处山坡，就是果城和地下城的交界处。山坡前有一座由玻璃钢建成的地铁车站，这座闪光而呈椭圆状的建筑物宛若一个史前巨蛋，此处有通向地下城的入口。但我在入口处被拦截下来。我既没有业主证（通行证），也没有收到业委会或管理者的专门邀请（譬如去看房购房者得先去其设在地上城的办事处或销售部申请登记，经同意统一安排入城。而受邀嘉宾将会收到请柬），因而不可逾越雷池一步。我太天真了，还以为地下城可供随便出入，乃是自由人的天堂。没想到却是一个高度封闭式管理的城区，同样有望而生畏的管理者。

我灰溜溜地回来了，跟榛子说起了憋屈之事，大声骂娘，咆哮如雷："即使跑到地底下面去，也没有自由！"

"所谓违章建筑管理条例，不仅适用于果城，也同样适用于地下诸城，"榛子呵呵大笑，"否则随便一个阿猫阿狗混了入去，带一把锄头在城区的偏僻角落干起来，一不小心就开辟出一片新天地了。那怎么行？没有规矩不成方圆，管理者在哪儿都是必要的，否则就天下大乱了。据我所知，地下城的秘密建设早在十几二十年前就开始了，房产商开头搞的全是违章建筑，但一直在暗中干得热火朝天，等果城当局发觉了，都小成规模了。地下城的房产商花了十几年，才使其合法化，这也是时代潮流之使然，当然也有赖本届政府之开明及宽容。像飞霞洞小区已开发到了第二期，其目标是为民众提供廉价房子，其口号是'居者有其屋'，将利用五十年实现这个目标，顶多是蜗居，算不了什么。你瞧，地下城的一切都得依赖果城，如粮食、水电、管理等就根本离不开果城。"

"看来你对地下城了解不少啊。"我惊讶地说。

"你随便上网看看，或翻开报纸，都有类似的报道，铺天盖地都是广告。至于地下城源流或小道消息充斥坊间，真假难辨，看看无妨，多不可信。"

"有机会真想到地下城看看。那种带人造天空的洞城更对我的胃口。"

"你没去过？"

"当然没有。"

"那种深深扎根于地底的摩地大厦也有其特色，"榛子说，"犹如树根深入于大地，代表了现代建筑的未来主义风格，又不张扬，还很安静。"

"我喜欢后一种洞城开阔的空间，给我一种仍在地上生活的错觉。"

"你终究是老派人士。但那毕竟不是真正的天穹与大地，乃是对地面空间的拙劣模仿，缺乏原创性，其舒适度也大打折扣。只要想起，一抬头望到的'星空'永远像锅底那样漆黑而毫无星辰律动的迹象，我就受不了。"

"人造一个有太阳、月亮、星辰及云彩的天空就好了。以现在的科技发展速度来看，也许不是异想天开。"

"做梦吧你。现在连地下城的谷物都尚未培育成功，没有太阳，万物就无法生长，所有粮食都得由果城提供。"

"因此，我对地下城妄图独立于果城之外，建立一个自给自足、高度自治的地下国之类的谣言，压根儿就不相信。先不说饮食、电力、交通、教育等诸方面的难题，你先得拿出粮食来养活地下人

第五章　看不见风景的房间

吧——"

榛子大惊失色，赶紧狠劲掩住我的嘴巴，又去关紧了门窗。我们在屋中之屋，本来就足够隐蔽的，她太敏感了。她低声斥道："你疯啦，这些话题能谈论的么？"

"你怕什么？不就是一个谣言吗？"

"谁知道呢。这个年头，都分不清谣言和真相了。据说洞城地下还有洞城，就像我们的屋子里头还有屋子。这些秘密之城有个名堂叫'根城'，都隶属于一个叫'鹰巢'的秘密组织，其目的就是建立一个完全脱离果城的地下国。谋反者宣扬人人有屋住、人人有饭吃、人人有衣穿的地下理想国，人人安居乐业，个个平等，皆以兄弟姐妹相称。胡说什么没有法官、警察和监狱，只有类似于业主委员会之类松散而高效的管理处，构成管理全城的最高机关，每三年选举一次，人人皆有机会当选，只是为了更好地服务于城邦，既没有凌驾于城邦之上的权力，也没有国库可供盗取。一劳永逸地解决人类数千年以来无法克服的阶级对立、贫富悬殊、战乱频仍、朝代更迭等等难题。"

"噫！自由，多少人假汝之名行不义之事！我从来就不相信毕其功于一役的方案，人类一劳永逸地得到解放，只是痴人说梦。只要还有管理者，只要个人不能自由地提着铁锹去地底挖掘，在地上或地下自由地游荡，自由城或理想国，终成画饼。"

"我不同意。人的自由不是为所欲为，不是无法无天。人只有不妨碍他人的自由。自由主义者要保障的不是某一个人的自由，而是每一个人的自由，亦即自由本身！"

"难道你中魔了？这番话从你的嘴里吐出来，让人震惊。别忘了，你是一个管理者。"

"你不是一向喜欢谈论自由吗？怎么了，叶公好龙？"

我恼羞成怒，抱住她，像野兽那样粗暴地撕掉她的睡袍，强行地掰开她的双腿，说："我现在就有行使丈夫权利的自由！"

"你妨碍我了，"她没有反抗，也没有躲避，语气冷却到了冰点，"张子房，你不是我丈夫。即使你是我丈夫，也请你不要以奸污来玷污自由之名。"

我的四肢骤然僵硬，我从她的身上滚落。她忽然全身发出了灿烂的紫光和红光，然后是白光和蓝光，七彩光芒大盛，如彩虹或孔雀翎般艳丽和辉煌。我惊异地望着她，似乎她的体内天然携带着一堆彩灯，而她悄悄地摁动了开关。我在她的光华下目光呆滞，心情沮丧，形容猥琐。我该跟她说对不起，但我没有。我无法解释我情绪失控，显然不是因为谈论地下城或自由之类刺激了我。直说吧，在那一刻，我看见了你。我看见你从榛子的脸上浮现出五官，从榛子的身体晃荡着你的胴体，你的脸不够清晰，且掺和着榛子的粗俗和讥诮，也许还有她或你的野性和淫荡。在比一秒钟或更短暂的时刻里，你占据了榛子的身体或跟她合二为一而又迅速地离去。我以为你或榛子，洞悉了我内心深处的秘密。

我终于接到了洞城地产商无底洞有限公司的邀请，出席其主办的一个关于宣传与推广其旗下地下楼盘的研讨会，受邀的理由是，我是这个时代对房子有独特研究的艺术家之一。我欣然赴会。与会者主要是建筑家、旅行家、城市学者、营销专家和资深传媒人士，也有少量的艺术家如摄影家和诗人。我是唯一与会的画家。自从去年底做了一回公众人物，此后我从未出现在公众及传媒面前。

我到了地下城入口处那座巨蛋状的建筑物。上次，我就是在这里被保安拦了下来。人流颇为拥挤，这出乎我的意料，没想到这个新兴而另类的城区受到如此多人的追捧。车站内有公司的人举着小黄旗在迎接，我只需跟着对方就行，买票乘车诸类事宜，均由对方安排。地铁在漆黑的隧道中行驶，时速高达三百公里，而车辆走了大半个小

第五章 看不见风景的房间

时，跟平时坐地铁的感觉相似。我觉得地铁时而跟地面平行，时而往地底深处进发，总之是距离果城及一切地面建筑越来越远了，但远到什么程度，我又说不准。

无底洞小区到了，也许是我的期待太高，或是受好莱坞科幻大片影响太深，不禁对洞城大失所望，连当初看到海浪堡时的震撼都没有。其实，该洞城的规模不算小，占地怕有三千亩，矗立着三栋高达三十多层的主体建筑大楼，旁边还有四栋十层高的辅楼，还有喷泉、园圃及伞状亭子等，绿化用地多是塑料假树，也有一些小型盆栽喜阴植物。现在的科学技术尚未能为营造地下森林提供可行性的技术，据说温室培育小型灌木及某些特殊品种的小乔木已取得了重大突破，有望在两三年内推广应用。考虑到这一切，全都在地底下建设，也不容易。但我仍然不满意，尤其是该洞城之洞仍不够恢宏，且不说楼顶之上就是洞顶，毫无传说中的地下天空之感，前后左右四周上下的洞壁，也跟大楼贴得太近，几乎触手可及，给人带来沉重的压抑感。其所谓"天穹"无非是略为高一些的洞顶而已，刻薄点说无非是一个地铁站或地下室的升级版。尽管洞城远不止"无底洞"一家开发商的楼盘，其他地产商如"飞霞洞""花果山"等的楼房，星罗棋布，分布于漆黑而神秘的地底之下。每栋大楼都灯火通明，但毕竟规模较小，远谈不上是城市，顶多是一个山庄，连地下村落都算不上。要跟果城分庭抗礼，谈何容易。但据说"鹰巢"就在某个隐秘的小洞城之侧或之下，一个难以发觉的地方，可谓别有洞天。但这都并非外人所能知晓。

用过午餐后，我被安排到酒店住下，开了个下午的论坛高峰会议。在晚间，无底洞小区主办方在酒店十楼的舞厅安排了一场化装舞会。至于会议及舞会的详情都无甚意思，也不是讲述的重点，在此略过不提。

地下人

化妆师在帮我化妆时，不让我照镜子。他先在我脸部上扑粉，描画，并贴了块黏糊糊的东西，再为我戴上预先准备好的面具。当化妆师为我化好妆后，我对着镜子一看，不禁乐了。我戴着猪八戒的面具，猪嘴拱起，逼真异常。我走入舞场，激光灯灯光之下，音乐节奏强劲，虹霓闪烁，场中什么样的造型都有，古典仕女，漫画人物，动物世界，群魔乱舞，光是戴着猪嘴面具的人就有七八个，也不知是男是女。我一闪身，就走出了舞厅，随手将面具摘下，扔在垃圾桶里，门外早有一个侍者在接应。我快步闪入电梯，再转入一条廊道，拐了几个弯，到了一处小型的会议室，此乃无底洞商务酒店第九层的会议室，有个机密会议在等着我。我走入会场，侍者悄然离去。他当然是我们的人。我看到会场已有十个人围着圆桌团团而坐，就差我一个了。

我突然惊奇地发现，每个人都长着同一张脸，看上去就是同一个人的不同躯体——周星驰在影片《喜剧之王》中的扮相——看上去既滑稽好笑，又带着酸楚和忧愁。那十个人都穿着男式黑色西装，如果不是某几位胸部耸起，过于突出，几乎难以区分性别。我看不到自己的脸，但相信也是这般模样。只见诸人神色平静，只有露出的双眼熠熠闪光。十一个"周星驰"凑到了一起。说到这里，你当然知道我就是"鹰巢"的十一位核心成员之一。我的真名实姓当然不是张子房。不会有人比你更清楚这点了。我们碰头开会，平时很少需要十一位成员都出席，除非是有重大决策要进行投票表决。民间有传言说，"鹰巢"要密谋成立地下城邦"根城"以跟果城当局对抗的消息，这都是真实的，早被我们写上了最高的战斗纲领；而我们的最低纲领是将地下城中分散成小片的秘密根据地连成一体，并逐渐统一地下城。我们还有很远的路要走。我们传统的势力范围多在于黑暗泥土中的摩地大楼，至于有低矮地下天空的洞城，基本上还是别人的领

第五章　看不见风景的房间

地，当务之急是要遏制"飞霞洞""花果山"诸地产的发展势头。这些地产商，恐怕都有官方背景，实乃"鹰巢"的心腹之患。这对于我们来说，任重而道远。果城当局对我们的情况掌握得丰富、全面而深入，看来远远超出了我们的意料。他们一直有派人渗透进地下城之中，可能已进入了"鹰巢"内部。一个代号叫"挖根"的行动正在周密部署中，妄图将我们一网打尽。我们必须予以有力的回击，彻底粉碎其阴谋。我们已掌握了对方的全部计划以及行动方案，决定将计就计，成败在此一举。

今天的议程有两项。一项是投票表决修改一项章程，要加入"鹰巢"者，必须是自由思想者才有资格，但到底谁才是坚定的自由思想者，这却难以判别。原先的章程有一套严格而周密的审核方法，在正式成为会员之前，还得有被组织监督的两年预备期。此次，有人提出来，时间太长，效率过低，不利于发展壮大队伍，我们何不反其道而行之！这就降低了烦琐的审核手续，节省了时间，可谓高效而安全。至于萤火女，可以策反现成的，亦可由我们培育生产。结果是七票赞成，三票反对，一票弃权。反对者的理由是，担心因审核把关不严，而让敌人的渗透分子有机可乘。萤火女一旦跟自由思想者肌肤相触，必会发光，此乃天性，这决作不得假的。第二项议程是，大家讨论派遣一支小分队绑架果城市长的可行性及计划，这项提案由两位成员不约而同提出，但遭到了否决。不可使用暴力既是"鹰巢"的原则，也是为了以免落入对方口实，因为果城当局一向将我们定义为恐怖组织，这种臭名昭著的名称是"鹰巢"避之而唯恐不及的。

交提案的成员愤愤不平地说："我们如果还是像以前那样承诺不使用暴力，就永远无法实现城邦自治，现在形势越来越严峻，要在地下城立足都不容易。我们有菩萨心肠，但穷凶极恶的敌人可不会手软。我们设立在果城上的一个办事机构，注册的一个房地产公司，一直按照果城的法律去经营房地产,从来没有非法勾当,但还不是被连窝端掉了?"

反对者厉声说:"如果我们用了暴力,那跟反对的对象有何区别?建立地下伊甸园的崇高理想也是一句空话!"

我没有开腔。我尽量少说话,除非迫不得已。像上述两个问题,我都难以取舍,两次投了弃权票。但老不说话也不行,我觉得时机发表了看法:"罗马城不是一天就建起来的。如果为了达到目的而不择手段的话,建成的也必将是我们早晚会唾弃的城邦,不唯独子孙后代会嘲笑我们,恐怕亦非长治久安之计。我赞成永远不使用暴力。越是凶险危急之时,越不能乱了阵脚。"此刻,老大鹰眼开腔了。他的声音略显中性,不带有任何感情,语速平缓,无论是从他的声音还是外貌,我都无法判断出其性别和年龄。我甚至怀疑不是他在说话,而是在播放录音,当然,他也可能只是老大的替身。作为一个机敏谨慎的卧底,我七年前就潜伏于地下城,三年前成功打入了"鹰巢"总部,并做到了核心小组的十一个成员之一,但从来没见过老大的真面目。估计别的成员也是如此。

鹰眼说:"'枪杆子上出政权',实乃至理名言。枪杆没有正邪之别,关键是扣动扳机的那只手。在斗争的初级阶段,流血是不可避免的,但不能光由我们流血。革命不是请客吃饭,没有那么多温良恭俭让,当然,暴力也要慎用。这是一把双刃剑。沾过血的手是洗不干净的。我跟在座的诸位先生同样厌恶血腥和杀戮。要少用、暗用,巧妙地用,有效果地用。明着用肯定不行,但可以暗地来。三天后飞霞洞地产的老总老何将面对公众有一个演讲,他向来是我们有力的竞争对手,他开发的几个地下城楼盘在无底洞小区之侧的三个方向上,互为犄角,呈弧状以合围之势,将无底洞团团包围,跟无底洞之间仅隔着五六千米的泥土,以邻为壑,虎视眈眈,大有吞并无底洞的架势。卧

第五章 看不见风景的房间

榻之侧，岂容他人酣眠？是给他们一点教训的时候了。我们不妨考虑以果城当局的名义去拘捕老何，罪名就是他乃'鹰眼'，涉嫌纠集徒众，图谋不轨，早有自立为王之心。这不是果城向来的拿手好戏吗？我们不妨来个一石二鸟之计，既将老何打掉，又激起了地下诸城和果城的矛盾，正好让我们浑水摸鱼，渔人得利。若地下诸城乱作一团，我们大事可成矣。诸位意下如何？"

我们虽口口声声说信奉民主制，但鹰眼一发话，大伙儿都不便反对。有一个原本对使用暴力的激烈反对者，竟附和说："老大英明，我们照办就是。"

"会议就开到这里，"鹰眼说，"大家赶紧回到舞场中去，以免泄露行藏。明天下午还有一场化装舞会，到时接着开，地点仍在这里。到时请大家拿出对付老何的妥善方案，并安排好负责这次行动的指挥者。看是绑架好，还是用炸弹袭击他的座驾？或是其他？老何保卫森严，等闲不易得手。以不伤他性命为上策，我很怕闻到血腥味。散会吧。"

当下，众人鱼贯散去，迅速回到舞厅。我撕掉脸上的人皮面具，又从怀里掏出一个猴子面具戴上去。舞厅中，一支迪斯科乐曲已到中途，众人按着强劲的节拍扭动着身体，我混入了人群之中，瞥了一眼手表，从离开舞厅到返回，刚好是二十分钟，会议持续不到十五分钟。其实，本次会议不过是吹风会，下次要商定对付老何的方案并安排工作，那才是重点。"鹰巢"每次开会都十分隐蔽，时间亦甚为短促，也就是一个去洗手间的工夫。近几次，老大鹰眼都将密会套在化装舞会之中召开，更具保密性，只要不泄露行踪，即使被别人发现离开了现场，亦难以知晓其真实意图。

在舞会结束之前，我趁上洗手间时，掏出手机，拨打了一个电话。

翌日上午，组委会安排研讨，下午去参观洞城楼盘及地下花园，晚上依然有一场化装舞会。这次舞会的主题是"亚马逊风情"，我们近于赤身露体，戴着各式纸板或塑料面具，头插羽毛，扮作印第安土著的模样。大家身上顶多裹着几块布片，有的女士连胸罩也没戴，激情燃烧，狂野性感，舞厅之上，乳波臀浪，此起彼伏。我大喜，心说，这次至少可以窥见老大是男是女了吧。待第二支舞曲响起，我赶紧溜出门去，外头有一个侍者在接应，我觉得他很眼生，至少不是上次的那位。我将面具摘下来，提在手中，除了脸上戴着人皮面具作遮掩，身体全暴露于灯光之下。当我一踏入会议室，倒吸了一口冷气，身体几乎在刹那间冻僵。会议室摆着那张椭圆形桌子、十一张木椅，桌上放着一盆郁金香，静寂无声，一个人也没有，天花板上的枝形吊灯明显晃地照耀。我暗呼一声：不好！我心如电转，抡起一张木椅，往灯盏砸去，室内马上变得漆黑一团。我躲到墙角，在等待最好的时机。此刻，外面响起了纷沓的脚步声，两三道手电筒的强光已照入室内，从脚步声来判断，来者至少有七人。说时迟，那时快，我抡起那盆花往窗子掷去，玻璃窗哗啦啦碎落。只听得枪声大作，我一个鱼跃，从另一侧的窗口破窗而出。耳畔脚步声密集而凌乱，从外头涌入了小会议室。在这样的情形下，不管来者是果城当局还是"鹰巢"的人，我都必须逃跑。我暴露了。我不能再混进舞厅了，身份既已败露，就必须逃离"无底洞"，然后设法离开洞城。

我迅速闪入了洗手间，预先准备好的衣服和武器都放在那儿，这就是我的B计划。无论棋下哪一着，都必须留有后着，所以我还能活到现在。永远要给自己留下退路，这就是多年冒险生涯给我带来的智慧。我戴上人皮面具，套上飘逸而顺滑的假发，穿了一套裙裾过膝的连衣裙。靠多年训练的易容术，我花两分钟扮成了一个娘儿们，既不怎么张扬，也不怎么丑陋，就像邻家女孩，看上去很熟悉，又没有容

第五章 看不见风景的房间

易让人辨认的特征。好的易容术不仅要扮得像,还不能引人注意,最好是别人觉得你不存在。我可以在弹指间变成另一个人,也能在刹那间割断敌人的喉咙。易容术、格斗术和操作枪械,都是我受训时的基本课程。这些东西不容易掌握,但比起伪装成一位艺术家就容易多了。事实上,我经过多年来的钻研及实践,庶几算得上一个合格的艺术家了。

我镇定自若地走出了无底洞小区,登上一趟开往果城的地铁。一路上,我强迫自己冷静下来,仔细梳理头绪,反复检讨这次行动失败的原因,以及自己暴露的根源。但一时不得要领。因为"挖根行动"属于绝密计划,只有我的直接上司一人知道。我是他多年前就安排插入"鹰巢"的卧底,平时由他跟我单线联系,每一次可能的行动,均由他亲自负责。按理说,这一次突袭,也不会例外。我昨天已将袭击的时间和地点详细告诉了他。只有一个解释:那就是"鹰巢"老大鹰眼已知道我的底细,故此才布下针对我的圈套。他怀疑我不奇怪,但要咬实我也不容易,正如我从未目睹过他的庐山真面目,他又何尝见过我的真容。除非是上头出卖了我。另外,老何后天将遇袭的可能,使我心焦如焚。我想了想,还是冒险拨通了老何的手机。对方居然是一个妇人的声音,她带着哭腔说:"我是他的老婆,老何在二十分钟前在'飞霞洞'影剧院突然去世了,死于心肌梗死——"我一愣,从她的声音中听不到真正的悲痛。该手机旁边可能一直有着这个妇人,在等候我的电话,并告知我这句话。我当时没法核实消息的真实性,但看来"鹰巢"已抢先下手,不是后天,而是今晚。按照老何太太的说法,当时,老何带着太太在影剧院观赏正在热映中的科幻影片《人猿星球二〇六六》。在我的设想中,他原本应该率领一群训练有素的特工出现在"无底洞"酒店九楼的小型会议室前,犹如神兵天将突然降临,将"鹰巢"及其同伙一网成擒。这一役,以我的一败涂地而告终。

那次，我真是九死一生。但在一个经历丰富的特工看来，也算不上什么。

翌日，我再次听到了老何的死讯。他原定于飞霞洞城的演讲当然无法举行了。说到这里，你当然知道了，老何就是我的顶头上司。他公开的身份是飞霞洞地产的老板。我直至今日，依然怀疑他只是失踪了，而生死未明。我没见到他的尸体。但我也知道，要使一个人人间蒸发，这于"鹰巢"来说，并不算什么难事。到底是他出卖了我，还是"鹰巢"早就洞悉了我的身份——我不过是果城当局的一名特工？作为"挖根行动"的卧底，我一直跟老何单线联系，如今已无人可以证明我的身份。我唯一的出路就是离开果城，亡命天涯。

我在逃亡之前，还是冒险潜回到了芒果大街九十九号金葵小区的屋中之屋，跟榛子见了一面。说不清当时的复杂心情，我是向她告别？还是找她询问？假如敌方早已识破我的身份，完全可以在十一位成员聚首时将我抓获。彼时我措手不及，哪有机会逃脱？除非是对方故意放我一马，或者只是为了对我羞辱。这种想法是毫无道理的。

"你回来了？"榛子说。

我点点头，在盘算怎么说，又怎么做。

"有件事我想说好几天了，"她说，"就是将小木屋拆掉重建的事不能再拖下去了。将空间扩大些，即使不扩至极限，但整一栋四十方的木屋没问题，这样岂不是更舒服些？等小孩出生了，活动空间也会大点——"她轻轻摸着肚子，脸上洋溢着幸福，说，"我有了。"

我悚然一惊。我瞪着榛子，仿佛她像一位魔术师，在我的眼皮底下，用一块白毛巾，变出了一只咕咕叫的白鸽。她的肚子倒是毫无隆起的迹象。我半信半疑地摸了一下。

"离孩子出生还早着呢，"她说，"但早晚会到来。一个六七平方

第五章 看不见风景的房间

米的房子就显得局促了。我们又不是没空间,当然,要扩建房子,我也得先征求你的意见,还要你帮忙呐。"

在这之前,我将套间之内小木屋之外的空间,当成了画室,摆满了我的画作及半成品。我将小木屋的外墙当成了支架,直接挂上画布画画。榛子说:

"当然,这可能也会影响到你作画,尽管我对你的画一窍不通,但我希望你走下去。一个人有点自己想做的事不容易。"

我望着她,怒火在慢慢积聚。当时我肯定脸色狰狞,她好像已忘了我早晚要搬走的说辞,对我的秘密也毫不知情。我认为这都是她在装蒜。我对她打算扩建木屋及怀孕的说法,压根儿就不相信。这些事情偏偏在此刻发生,哪有这么巧?我突然拔出手枪,顶着她的脑壳,厉声说:"别再演戏了!"

她抬起头望着我,眼睛里闪过讶异之色,似乎也算不上害怕。她说:"你从哪里搞来这样的玩意?我有了孩子,你还要这样对我?为什么?"

"你不是管理者,你是'鹰巢'的恐怖分子!"

"天啊,你疯了!"

"除了你,还有谁能如此精确地掌握我的行踪?"

"我不知道你说什么。如果你是说去地下城的事,那可是你告诉过我的。"

我垂下手,颓然跌坐在椅子上。也许是我疑心生暗鬼,也许榛子的确是"鹰巢"的人,但要证明她有罪,并不比证明她清白更容易。她真有了我的骨肉?我离开了榛子,丢下了那个曾经支架在大榕树上的小木屋、数以十计的画作,还有那个曾经属于我的女人。我的身后传来她压抑而悲切的哭声。我还是第一次听到榛子失声痛哭。

这一次行动,让我的特工生涯沦为笑柄。你说呢?

地下人

我离开了果城。我必须走,既没有立足之地,也没有理由留下来。我在果城四周的凤城、禾城和谷城之间游荡,隐姓埋名。我的活动半径有一百多公里,藏身于两三千万人口之中。随着时日的推移,我愈来愈倾向于认定,榛子就是"鹰巢"的成员,至少她不是果城的管理者那么简单。别看她一副天真烂漫、没心没肺的样子,但这都是表象,实则深藏不露,我一直被她玩弄于股掌之中。我看走眼了。我曾以为她看上我,是因为她被爱情冲昏了头脑,而我实则被色欲所攫。我低估了萤火女的能耐。也许,我认识的每一个人,都有双重乃至多重身份。我想起你说的一句话:你不是你。我也不是我。那么,她也不是她。但我真不是我吗?如果我一成不变,那么我什么也不是;无论我怎么变,都还是自己。

在当时,我对榛子显得很无情,也许更多的是厌倦。榛子说:"我们丧失了你。永远。"我知道她话中的"我们"之意。

多年之后,我终于为当时的铁石心肠而痛悔。当时我被愤怒的烈焰烧成了灰烬,尽管这样,我还是下不了手。作为一个久经风浪的特工,我不是没杀过人。我为此感到羞耻。但要发现我的工作变得何其可笑,大错特错,甚至犹如罪恶本身,还是以后的事。有一天,我终于发现,我曾为魔鬼当差。原本冠冕堂皇乃至不言而喻的事,如今成了不可饶恕的罪行。我的精神导师及思想教练曾教导我说,为了国家、民族、组织、职责或种种理由及目的而奋斗,乃是神圣之举,譬如为了自由与正义而战,譬如为了异教徒的灵魂得救,譬如拯救黎民百姓于倒悬之中,譬如实现人类解放世界大同……每个有志之士都应当投身于解放全人类的壮丽事业之中,不惜上刀山,下火海,抛头颅,洒热血,即使去取消别人或自己的生命也在所不惜——这些反复向我灌输的真理,如今却何其荒谬。

第五章　看不见风景的房间

神圣与亵渎，高尚与卑贱，优雅与庸俗，美丽与丑陋，至善与极恶，优异与劣等，在我看来难以区分，也许包含着相对之物。两件矛盾的事物，包含着相反的东西，之前明确的界线也显得模糊，对我来说，要下结论或判断已何其艰难。最后的审判权归于上帝，每一个凡人本就无权僭越。我陷入了相对主义与虚无主义的泥淖，失去了立场。我陷入了一场精神危机之中。我知道，这都是"挖根行动"给我带来的后遗症。我的当务之急是解决一个问题：人为什么要活下去？怎样才值得去活着，也就是怎样才值得去献身？生命何为？何为存在？这是一个人活着的依据与理由。仅用贪生怕死、趋利避害作为人之本性来辩护，那是无法含混过关的。我找来了诸种宗教、哲学及历史的典籍苦读不辍，希望有助于找到答案。我在浩瀚如沙漠的书山上跋涉，犹如饥渴交困的人，在荒漠上寻觅细小的泉眼。要么是我挖得一掬甘泉，要么是我渴死在路上。

在逃亡的日子里，我为自己准备了一份新的履历，这包括新的姓名、身份、性格、喜好乃至生活方式等等。我必须重新做人，这不仅是掩人耳目的需要，也是我洗心革面的需要。

那时，我已开始怀疑我作为一个果城特工的意义。我不知道这颗怀疑主义的种子，肇始于哪个人哪件事哪一段经历？也许跟榛子或她腹中真假难辨的孩子有关？也许是久失音信的你？如果榛子所言属实，那我们的孩子到今天也有六七岁了吧。我心里滋长了一股爱意。我猛地发现，我对那个从没见过的孩子涌起了柔情，这第一次压倒了对你的想念。

在逃亡之初，我是凤城街头上最平凡不过的屠夫姜榆。当初我选择了这个职业，是因为心里仍腾起阵阵杀机和仇恨。我不否认我恨你。而你又何尝不在追捕我？我不止一次想过，如果你我狭路相逢，我们两人之中，势必血溅五步，只有一人能活下去。我是否下得了手？我不知道。在那些日子里，我必须将这股杀气从内心转移出去。我找到了替罪羊。我使用某种神奇的药水，改变了肤色和嗓音。我甚至为自己做了一些细微而效果不错的手术，譬如将单眼皮割成了双眼皮，高耸的鼻子变得扁平，一个耳朵也穿了个孔洞，吊着一个很大的空心铜环。我原本白净无须，如今脸色焦黄，虬须微卷，甚至堆起了横肉。为了逃避种种可能骤然而至的危险，我不得不乔装易容。我将一个还算俊朗的年轻人变成了一个庸俗而暴戾的中年人，一个艺术家变成了一个屠夫。我相信，要将昔日的网络红人兼艺术家张子房跟现在的我联系起来，不是容易的事。我通过杀羊来缓慢地释放内心的毒液，现在回头来看，既显得方法对头，又显得多么可笑。

我逃到凤城时，因为"挖根行动"失败带来的奇耻大辱，使我一直蒙羞而愤恨。人活一张脸，树活一层皮，这口气我咽不下。我一直以为自己算得上心思缜密、反应敏捷的聪明之士。但我仍搞不清楚，到底在哪个环节上出了问题？我到底是栽在哪一个跟头上？我骄傲地认为，除非是老何出卖了我，那我就认了，否则不会有人能拆穿我隐藏在多重身份下的真面目：果城保安局的高级探员。我首先想到的就是确认老何之死是否属实，如果我见到他，即使是死人，我也有办法叫他开口。但我一点线索也没有，只好承认世间已无老何此人。但在见他尸体之前，我还是拒绝承认他已离开人世。如果他是在看戏时猝死于心肌梗死，不可能没有正常乃至体面的殡葬。不管他是飞霞洞房产集团的总裁，还是果城保安局的一级警督，这都是非同小可的身份。但此后再无老何的消息。这就是我的推论。

有好些日子，我被沮丧感和仇恨填塞于胸中，只要我还活着，只要根城还存在，只要"鹰巢"还在活动，"挖根行动"就不会终止，我必须要完成我的任务，并最终将"鹰巢"连根捣毁。我当时的设想是，等过一段时间，心情平复，再抖擞精神，卷土重来。

第五章 看不见风景的房间

我不能再公开做一个画家了,而我真正爱上了绘画艺术,画技大增。我以前从理论书上囫囵吞枣地读到的东西曾跟你卖弄过,你还记得吗?我当时只是鹦鹉学舌,一知半解。当我在画布上将其一一通过画笔和颜料去表达时,发现那全是真知灼见。我领悟了大半。传说果城真正的地下城,当然不是洞城那些稀稀拉拉、各自为政的几十个楼盘,而是深藏于地底下更深处的根城,其中枢及管理机关名曰"鹰巢"。根城已初具规模,所选择的居民全是"鹰巢"的会员,据说只有所谓思想自由、精神独立的人才有资格入会。也许,你和榛子都盯上了我,是因为我就是这样的人?

但也有另外的说法,根城的居民均是被洗脑的恐怖分子,杀人不眨眼的暴徒,为了某个狂热信念而不惜做人肉炸弹的敢死之士。每一个"鹰巢"的人,都是危险人物,他们不仅要谋求高度自治的合法地位,还要将果城、凤城等所有地上城的人奴役乃至灭绝。他们是撒旦之子,是蝙蝠、老鼠和蟑螂的同伙,仇恨光明,迷恋黑暗,其始创者是一个狂人,曾在会众面前立下宏愿:只要还有一个人没有房子住,他绝不踏上地面一步。据说他以地下盘古自居,不断拓展根城的疆域及楼群的规模,其人造天空亦甚为宽广。这就是果城当局宣传的根城及其居民,我愿意加入"挖根行动"。我刚结束警队的受训,就接了这个任务,并为此差点丢了性命。

无论是哪一种根城,我都无缘得见。也许压根就不存在,而只活在狂想者的蓝图、官府的密函及人们的想象或推测之中。

一天,我心血来潮,丢下半边未售的羊肉,跑回出租屋中,一气呵成地画出了猜想中的根城的全景图:远看是一处倒悬过来的城堡,宛若蜂巢,近看却像是女人白皙而丰腴的肉体。无数具裸女首尾相接,天衣无缝地构成了整个城堡的画面,构思堪称巧妙。我的技法已臻化境,足以将我的意图完美地表达出来。我后来才知道,这幅画既

地下人

有对过去及特工生涯的纪念,也有对和榛子一起生活的追忆,更有观看海浪堡被深深震撼的记忆碎片。我对自己卧底失败的行为充满鄙视,后来又反省了此一工作的合法性(那对自我也许是一种戕害),但更有对你(彼时的你,跟我的仇敌完全重叠,乃是我倾泼仇恨的对象)的深仇大恨,交织着荒诞派、印象派、写实主义、表现主义、神秘主义及弗洛伊德主义等诸种风格,以及自怜、自嘲、自责、愤懑、懊恼、伤感、痛悔和忧愁等百般复杂情绪。自我的多重分裂及复杂性在画布上不断地堆积和蔓延,使这幅画宛若地狱之花那样艳丽,又像魔鬼的毒眼那样邪恶,以至于我不敢再去看第二眼。之后,我毫不犹豫地将它销毁了。

一个屠夫爱好画画,家里也存有画作,这多少显得古怪。我每次画画都小心翼翼,关紧门窗。每次画完后,我就将笔及颜料诸物锁入专门的柜子里,而一旦完成,就立刻毁掉了。我发现在借此跟过去一刀两断。这样的生活在持续了大半年之后,我脱胎换骨,变成了一个新人。终于,屠夫作为职业,于我已没有必要,亦深感厌倦。我放下屠刀,恨意全无,恢复了平静。我的历史变成一片空无。从某个意义上说,尽管往事历历在目,我已将过去悉数遗忘。这样说吧,那该死的一切正在随风而逝——地下城,特工生涯,美丽而多情的管理者——我扔掉了那一个个包袱,它们已不再成为障碍。但你依然顽强地驻留,驱之不去。遗忘的浪花冲刷着记忆的礁石,多少往事如飞沫在破碎,并升腾于空气中,但你宛若海上女神,一次次出现在我的脑海中,长身玉立,嘴角含笑,如此清晰。

这一次,我到了禾城,成了一个骑单车送外卖的小伙子。我比上一次的角色看上去年轻了好几岁,每天骑车驮着送货箱奔走在禾城的大街小巷上。阳光真好,像碎银洒在地上。我欢快地吹着口哨,偶尔会有一个摩登女郎冲我抛媚眼乃至向我款款而来,娇声嗲气地跟我搭

第五章　看不见风景的房间

讪。而我微微一笑,已在口哨声中疾风般骑车远离。你瞧,这够酷吧。

每天夜晚,我都要画上一两个小时。我现在的画作尚未成熟,但也算得上艺术品了。如果遇到慧眼识珠的策展人、收藏家或画廊老板,说不定我很快就名声大噪,他们也会借此狠狠地赚上一笔。但我最好还是不要去出名。我的画作一旦完成,就立马毁掉。我将其当作一种修行,只为自己而画,甚至不是在绘画,而是祈祷。既然如此,我怎能将其当成一种商品或交易?

我最想做的事,就是将你准确地画下来,完成一幅完美的肖像。我想画出一幅有独立生命的画作。譬如道连·格雷的画像;譬如王佛笔下的山水、海浪和舟楫;譬如朱孝廉在寺庙突然遭遇的画壁,画中有一位拈花微笑的垂鬟女郎,以及一个迥异于现实而又真实的仙境(是谁画下了那幅画?是谁像摄像一样复制或移动了那个奇异的世界)。我不仅要描摹你的容貌,还要捕捉你的灵魂。好使你在画布上现身,仿佛要脱离画布向我走来,然后跟我拥抱。

你还记得那唯一一次的拥抱吗?在红袖咖啡馆里,我们深情相拥,旁若无人。我见过你那么多次,那是你唯一的一次坦露心迹。可惜我总是记不起你的容貌。你的脸上有几百张脸在晃来晃去,你将自己很好地隐藏在五官、面具或那些人脸之下。你从来没有将真面目示人?我看不清哪张脸才是你的。是的,你不仅是你。你见过你的脸吗?你了解自己吗?

在九月的一个午夜,室外风雨大作,电闪雷鸣,而我挥笔作画,心如止水。我展开画布,调好颜料。在某个天启的时刻,我像梵·高画下自画像那样成功地画出了你的肖像。我体会到了莫奈画下《睡莲》、雷诺阿画下《鹰与少女》的感受,类似于诗人里尔克完成《杜依诺哀歌》时的自述:不是我在写作,而是神通过我的手记录下了那些诗句。我完全能体会他的经验。这幅画也不是我创作的,我只是一个通道,是神经过我而创作了它。我只有以这样的方式,才有资格去画你,才可能将你完美地呈现出来。每个艺术家的成功之作,都是创造者的恩赐,人只是造物,怎能妄称创造者?是的,是神创造了你,通过你的父亲,然后是你的母亲将你分娩。我也是这样诞生的。一个人是,一只兽类是,一棵树是,一只昆虫也是。所有的生命都来自神秘而暗黑的源泉。

我望着你(主要是你的肖像),你像一针筒解毒剂,注入了我的身体,在血管中迅速融化并净化着我。或者说,你既是解药也是毒药?我忽然领悟到了生命源自神、佛陀、上帝、造物主、老天爷、大自然、最高存在……随便你怎么称呼,但我们指的都是同一个。即使你说世界来源于盘古,而你的使命在于根城,这都无所谓。但我对于尔虞我诈、钩心斗角及明争暗斗之类的把戏腻透了,无聊之极。所谓得失成败,胜负输赢,也不过是一连串炫目的肥皂泡。我曾以为当一名间谍或玩猫捉老鼠的游戏,也是智力的巅峰体验,或一门另类的艺术,足以完美地阐释智慧。这一切,我看透了。下来,我必将能看清自己。我对这幅肖像画深感满意,保留了一个月。我反复去欣赏,犹如欣赏大师的杰作,沉醉其中。我从这幅画中,看到了内在的我;就像我照镜子,却从镜面看到了你的容颜。这种奇妙的体验使我战栗。也许,我们原本就无分别?你不是爱众生吗?你无疑是胸怀慈悲的女人,但恐怕也掌握着数万人生死予夺的权力。

一天深夜,我看着画作,觉得你仿佛就要从画布上走下来,要跟我拥抱。我想起了传说中那些有生命力的绘画,那是不朽的杰作,是另一个匪夷所思的空间,那些画面像一个入口或镜框,完全混淆了想象与真实、虚构与现实,这让我悚然。我终于下了决心,用浓郁的颜料将你(画面)涂掉了。平时我毁掉画作多用剪刀,干脆利落。但

第五章 看不见风景的房间

如今我忌讳铁器,担心你的肖像会流出鲜血。我用白色颜料一层层地涂抹、堆垒,直到你慢慢地从画面上变淡,最终完全消失,就像你走向了远方,先是剩下一缕背影,最终完全消失于风景之中。颜料淹没了你,就像一场泥石流将村镇及田亩完全覆盖、抹掉了。现在,画布重新变得一片白茫茫真干净。我注视着画布,像万里无云的蓝色天空,像空无一物的新房子,像一块缭绕着轻雾的处女地。我眼前一亮,我看到了你,你活生生地在画布上存在着,巧笑倩兮,樱唇欲动,眼波将流,你灵动而娴静,优雅而活跃。你在画布之上,却又在虚空之中,像三维投影,但更有血肉,更真实、更饱满,比起我之前的画像来,更可感可触。我沉醉地凝望你,不知不觉已到天亮,第一缕晨曦透过窗子打在画布上,阳光愈来愈盛,一束光柱捣入室内,满室亮堂,如花朵四处盛开。禾城及谷城都是四季充满阳光的边地小城,当然雨水也不期而至。我喜欢它们,不仅在夏季可嗅稻花的清香,在秋天可闻谷实的味道,更重要的是几乎天天都能触摸到灿烂的阳光。阳光于我何其重要,如果无法沐浴到阳光,即使是天堂仍有欠缺。所以,地下城不是我理想的隐居之所。我揉了揉眼睛,你终于像一朵变淡的云,成丝状般慢慢地变薄、散开,如轻烟般飘出了窗外。

我跑到门外,目光追随着那缕轻烟,丝丝缕缕的烟雾又凝聚成了你的躯体。我豁然开悟,我不敢说我成道了,但至少领悟到了艺术的真谛。我学会了以意念作画,这完全超越了笔墨纸张。从此,我无须再运用纸笔作画,而是以意念作画——以天幕为画布,以云彩为颜料,以风雷为刀笔,以雨雾为水墨,领悟了天地有大美。天地之美,恰在于空,在于无言,在于不可说。我的意念之画不着痕迹,既是艺术品,也是存在。不是对大自然的模仿,而是真实,画面在变幻,突破了画框的限制。不能说光由我创作了这些画,但我也参与其中。我闭上双眼,沉入了冥想或静心,画面在虚空中清晰地浮现。我想起你

地下人

说过的,房子的大境界在于,其墙壁是无形的,看不见的,但仍真实存在。否则房子就无法成其为房子。房子的外观在于墙壁,其灵魂在于虚空。对于万物或人类来说,爱就是生命。这是最大的神秘,但并非不可理解。我无法说清爱是什么,但知道什么不是爱,譬如仇恨、贪婪、执着、控制等等都不是。我身如虚舟,内心澄明,总算放下了心灵的巨石。至少,我不必再玩那个自欺欺人的把戏了——每天都近似于偏执地作画又将其毁掉。

这是另外一种跟敌人苦苦争持的战斗,尽管敌人是无形的,不可捉摸的。我画得很好吗?很糟吗?这还重要吗?甚至你的名字——舒舒、君慧、海黛或别的什么称呼——你是谁?你爱不爱我?你要怎么样对我?这重要吗?

我在凤城、禾城及谷城浪迹了七年之后,突然领悟了绘画的艺术,又循着艺术之路径,对宇宙人生及天地万物大彻大悟(这只是自以为是吗),至少我没有恐惧。我恢复了过去的真实面目,丧失了过去,恐怕也没有将来。而我能拥有的,只有当下。我要在果城待上漫长的时日,也可能仅有短暂的一瞬。这取决于天地间那只看不见的命运之手。那只手跟你有关吗?

我重返果城了。我不再是艺术家,也不是走鬼房者,只是一个三十六岁的普通男子,在一家写字楼里上班,从事着平面广告方案的撰写工作,接手过不少楼盘的广告策划,甚至包括了洞城的楼盘。我在一家叫"海龙洞"的地下楼盘的广告词上改写了上个世纪诗人海子的名句:

从明天起,做一个幸福地拥有房子的人
面朝大海,春暖花开

第五章　看不见风景的房间

我笑了。也许在那个地下楼之侧,真有神秘莫测的海域呢。天知道!听说在某个地底的深处,有一个地下城就建立在浩瀚无边的地下海之滨,那个大海跟地上的海域保持平行而小了好几倍,两个大海因引力而保持着微妙的对称与平衡。这几年来,地下城的建设如火如荼,其繁荣程度直追地上城的房地产建设。无论在地上还是地下,本世纪四五十年代都是房地产的年代。"房子是这个时代的灵魂",你说得真好。

有消息称,有的地方已出现了高度自治而完全独立于邻邦的地下国,如君子国、儒城、道城、桑城、黄金国、地下伊甸园等等。它们不是新兴的国家,而是古老的族群,像非洲或南美丛林里硕果仅存的原始部落,因无人打扰而得以生存,不受现代文明的扰乱而保持着独立性,艰难地维系着古老的传统。也正因为其足够隐蔽,鲜见有人能说清楚其规模及概况。也许这仅是传闻,而非真实存在。如果消息属实,那么地下国的人,至少在地下生活了成百上千年乃至更久。那么,这些地下人跟洞城或根城的居民,看上去没有两样,实乃不同种族?或者说,最早倡导建立根城的人,恰好来自那些奇异而隐秘的地下国?

你说呢?我认为你是知情者乃至局中人。你能反驳吗?

随着时日的推移,这封信的长度也在增加。书简的每个部分,都对应着不同的写作时段(那也是我东躲西藏或定居下来的日子)。我只管往下写,正如你所见,我尽量保留了对事实或事件的如实描述(我知道这何其困难,不要说有意地遗忘及歪曲,即使记忆有时也靠不住),也许个人的看法总有谬误或变更,但我并不试图更正或删改,也不打算做出补充、说明或修正,而只是忠实于对记忆的捕捞以及书写时的情境、思绪及心理。我尽可能记录下每一个时段的感觉、认识及思想,犹如摄影师用镜头捕捉内心的图像及细微变化。这才是诚实的行为及态度，也是我写这封书简的意义之所在。

我克服了对你的思念或恐惧、懊恨或愤慨、贪婪或情欲、献身或乞求……当我拨开迷雾，我完全放松了，变成了整个虚空或其中的一部分。我进入了无我之境。我看到了真相，看到了要点：我就是你。你就是她。我就是世界，也是倒影。我准备好了……我克服了关于你的一切。这样说吧，我看来克服了七情六欲，不会再像以前那样因蠢笨无知而自责，也不会因现在的安详平静而夸耀。我依然延续了这封长信的书写，也许永无尽头，直到你悄然现身、追捕者光临或世界末日到来……这封长信记录了我的艰难成长，对你也许不无裨益。我不是为了向你倾诉或说教，也不是要跟你交流或寻求理解，而纯粹是书写本身的乐趣，犹如天地运行、星月升降、海潮涨退、四季轮回，草木枯荣……就像风吹过草地那样自然而喜悦……我爱宇宙。我爱房子。我爱你。

如果书简到此暂告一段落，引用克里希那穆提先生的这段话是合适的（胡因梦译）：

> 爱是无法培养的。爱不能被划分成神圣和世俗，爱是完整的，它没有多寡之分。"你爱不爱众生"是个很荒谬的问题，一朵芬芳的小花根本不会考虑谁来闻它、谁不闻它的问题，爱也是如此。爱不是一种记忆。爱跟心智或智力无关。如果我们了解透和解决了存在的问题——恐惧、贪婪、羡慕、绝望和希望，爱和慈悲自然会降临。一个野心勃勃的人是不可能有爱的，执着于家庭的人也没有爱。……

我又猛然想起，克里希那穆提不会赞成引用、重复和模仿。他不认为自己是导师。显而易见的是，这封信离收笔仍遥遥无期。我不会去找你，也不去找榛子（也许还有我和她的孩子），我享受着孤独并在其广阔的内部空间里漫步，犹如在台风眼里享受着罕见的平静。也许，你很快就找上门来，微笑着向我伸出双手，或用手枪指着我的头。七年了，你杳如黄鹤，音信全无。我不再对任何事情抱有希望或绝望。我接受我的命运。

(本章刊发于《芙蓉》2014年第2期，"实验"栏目)

第六章　倒影

话说陆深发表了大量幻想小说，在读书界仍默默无闻。他有不少短篇故事口耳相传，屡获转载及好评，但作者一再被忽视。这真是怪现象。谁叫他不写长篇呢。陆深习惯了这种状态。他躲在幕后炮制那些千奇百怪的故事，远离公众的视线之外。他像一个潜伏于茫茫人海的杀手，暗中作案，获取酬金，不求扬名。他不记得写作始于何时，说不清写过多少篇小说，又写了什么。他发表的第一篇作品，早已抛之脑后。也许写了十年八年，也许只有三五年。写作可能是上天的安排，也可能是一念间。他忘掉了那个关键的时刻或节点。有的人在大街上走着走着，忽然就疯了，当众脱得一丝不挂，宣称自己是始皇帝或奥巴马。有的人发疯后宣称具有了特异功能，见过佛祖和玉皇大帝。有的人本来失忆了，被雷电一击霍然而愈，想起自己是果城的大款，曾在苹果树底下埋藏了一箱金条。而陆深先生在某一天，突然变成一架疯狂的写作机器。事情就这样简单。当他拿起笔来，就如拧开的水龙头，一行行文字流水般汩汩流出，源源不断，一气呵成。他的初稿用纸笔完成，在电脑上写第二稿，再润色、修改，直至定稿。在二〇〇六年，很少见作家再碰纸与笔了。陆深坚持用手写，这有点手工制作的意味。他的小说虽有幻想及悬疑的底色，但文字考究，语句质朴，努力保留着古典小说的气质，有金属的质地和木器的细腻，色泽暗旧，幽光闪动，散发着缅怀的味道。他以手工艺人自诩。

第六章　倒影

在他数量庞大的短篇小说中,那些古怪离奇的故事,荒诞不经的人物,奇幻变换的场景,都被他赋予了一种不容置疑的真实感。他像高明的魔术师,以文字为道具,变出纸上幻境。他穿梭在错综复杂的事件、山重水复的时空及面目迥异的角色之中,常有晕头转向之感,难以区分真实与虚幻的界限。他被那一堆虚构故事淹没了(故事的数量几乎每个礼拜都在增长,犹如大河的浪花在涌现又消逝),整天埋头于创作,他也俨然成了笔下人物之一员,分不清今夕是何夕,现实与幻影。

一个不可回避的事实是,他终于意识到丧失了过去……而主要是往事与记忆。尽管这种丧失难以觉察,也极其缓慢,却连绵不断,不可逆转,总有一天,他的过去将大面积沦陷,最终被铺天盖地的遗忘所覆盖,犹如遭遇了一场大雾或大雪,一片白茫茫,大地真干净。他的记忆像沙漠中的盐湖,逐渐缩小水域,最终一滴不剩,被流沙所掩埋。有时,他突然想起某人的面影,但想不起其姓名。有时,他想起某事的碎片,却无法得到一个整体。有时,他惊喜地抽出了连接着往昔的线头,但一拉就断了。有时,他头脑奇迹般清醒,想起现在的模样,跟某个时刻某个地点的某次遭遇有关,但又想不起是何时何地,又发生了什么事。当然,那些往事也许没有消失,就像礁石潜伏于海底,当记忆之船撞得粉碎才有意识。他常陷于遗忘所带来的死寂和孤独之中,头脑里的记忆靠不住,它像彗星的尾巴在飘散。

这就是他为什么要写作吗?都说写作是对抗遗忘的利器,但他发现写得越多,遗忘得越彻底。他一转身又开始了新一轮打捞记忆的劳作。他的写作跟记忆有何关系?也许,他离岁月与往事越来越远了。

陆深有一个孤零零的家,或一套二居室的房子,它位于洞城一栋名叫"蜂巢"的摩地大楼第三十八层。他一直住在洞城,他喜欢洞城的幽暗与静谧。除了老鼠或蟑螂,很少人喜欢住在不见天日的地下城里。有钱人住在地上，穷人只能选择地下，这就是二〇六六年的现实。当然，也不否认有的大款，出于某种古怪的想法，而选择地下居住。他们不会跟穷人做邻居，而是建筑一处地下园林及别墅，既得地上城之精粹，又得地下城之清静。他多年前参观过地产商王家成在洞城的地下园林，俨然是苏州拙政园的翻版，长廊曲折，水流不息，亭台楼阁之中，竹林青翠，花卉吐芳，让人误以为置身于地上世界。花木都是利用温室培育的，有的树木长到了七八米高，树冠如伞，这在洞城的私家园林中殊为难得。王商人的公司在果城，在诸地上城均有豪宅，但他更喜欢待在洞城的别墅。后来，陆深以此为素材，发挥想象力，写了一个故事，具体内容忘了。如果有一天发达了，拥有这样一个地下庄园乃他之所愿。

陆深很低调，深居简出，反正需要什么，网购就是。他没几个知交好友，也很少参加社会活动。他收过几次笔会或论坛之类的邀请函，热情不高。他印象中参加过一次某家人造宇宙公司发起的文化论坛，讨论精神信仰与人造天空的关系，细节自然是忘了。

出乎意料的是，他出门时常被读者认出。在他看来，都是稀奇古怪的人，很适合作为一个侦探、惊悚或科幻故事的人物。事实上，不少人也自称是他创造的人物（而不仅仅出现于书页中），似乎也符合相关特征。有个人冲他嚷道，我是《地下铁案中案》中的刘金刚，曾在破获高速地下列车连环谋杀案中大显身手。有个人压低声音说，我才是《没有影子的杀手》中的那个秘密杀手，来无影去无踪，从不失手，警方对我的底细一无所知。有个人说，我是《时光旅行者见闻录》中那个穿梭于时空的女人，刚从十六世纪的西班牙归来，下一站打算去银河系边缘的特洛伊星球，如果你有兴趣，可以顺便捎上你，不收钱。有个人说他就是《霸王星的来客》中的外星人，他到地球来有一个秘密任务，但跟书中所写大有出入，他不是地狱的访

第六章 倒影

客,也不是天国的来使,他既不属于死神,也不属于永生。有一个人说她是廖玉瑶的阿姨,她才算是神通广大的捉魔人,而她的不凡身手尚未在《驱魔俏佳人》中出现——而廖玉瑶只是驱魔师张附神的助手,在小说中也只是一笔带过……他懒得去计较或核对。在这些人当中,男女老幼都有,谈吐不俗,都有点神经兮兮。有的女读者还有几分姿色。陆深想他能理解这些人,尤其是他们的孤独或焦虑。他欣慰能给他们带来些许安慰。从某种意义上说,他们都是同类,否则无法被理解。

最荒唐的一次是,陆深在洞城广场的喷泉池畔遇见了李元。李元身材高大,满面红光,仪表不俗,他看上去像某单位或某公司的头头。他大声说,是我写下了那些卷帙浩瀚的故事,而你只是一个卑鄙无耻的抄袭者,一个文学创作的冒牌货,一个窃取文字的江洋大盗,我才是陆深本人。陆深微笑,你是陆深,那我是谁?李元激愤地说,你叫陈虎,只不过是果城的一个搬运工,本来靠踩单车送矿泉水为生。你也热爱写作,但不得其门而入,我出于怜悯去指点你。你假仁假义,虚情假意,骗取了我的信任,我当你是朋友,不料你暗中对我下手。你制造了一起谋杀案,当我们去白狮山郊游时,将我从悬崖上推下,从此冒充我的身份去生活和写作,盗取了我的心血结晶和文坛上的声誉。你自以为得逞了,不料老天爷没有闭眼,我大难不死,当时我跌落于崖下的深潭之中,被一个垂钓者救起……

一个欺世盗名者,一个冒名顶替者,一个盗贼和谋杀犯,这是他写作多年来遭受的最严重指控,陆深饶有兴趣地听对方胡诌。

李元说得兴起,唾沫横飞,关于那件谋杀案的日期、地点及细节都说得十分具体,俨然铁证如山。陆深神情恍惚,浑身起了鸡皮疙瘩。他问,那么你现在想干什么?李元说,我也不为难你,但必须拿回我应得的。陆深讪笑说,可能你找错人了,我不叫陆深,我叫鲁智深。李元双眼一瞪，说，你不信我？请你回家去翻一翻保险柜最底层那堆纸张泛黄的手稿，作者署名全用瘦金体，正文则用张旭体狂草，密密麻麻写满了纸页，大十六开的笔记本，有三十多本，怕有一两千页吧。你这几年发表或将要发表的小说，全出自那堆手稿。别忘了，你住的房子，也是我的。我们现在就对质去！

　　李元扑上来，抓住了陆深的手臂。他力大无穷，陆深吓出一身冷汗。幸好，从街角冲出两个穿着白大褂的彪形大汉，其中一人举起一根黑色电棍，往李元身上一戳，李元立马委顿于地，被来人架上了一辆面包车。有个白大褂咧嘴笑道："一不留神就溜出来了。还好，没伤到人。"陆深苦笑，他几乎被一个精神病患者唬住了。

　　陆深回到家里，李元的话语犹在耳畔回荡。墙角的确有一个保险柜，他打开了柜门，里头真有一堆手稿。他翻开一看，纸上的字迹密如细蝇，全用狂草，作者署名是陆深，那当然是他的字迹。他一直有手写的习惯。这些手稿不知写于何时，纸张都泛黄了。估计有一百几十个短篇故事，也不知道有没有发表过。至少，他对此谈不上有印象。他翻动着手稿，精神恍惚。那些故事充满悬念，曲折离奇，人物特立独行，形迹可疑，他对此似曾相识，又说不出什么印象。

　　他对这些手稿叹服不已，仿佛在阅读大师的杰作，几乎忘了作者就是自己。而刊出陆深小说的期刊，在靠墙的书柜上排列整齐，宛若精兵组成的方阵，但他没有翻动的欲望。他当然是一位货真价实的小说家，他在心里说。他心底涌起一个冲动，决定马上写出一个故事，并亲手拿给李元看，转念又想，有必要向一个疯子证明吗？

　　陆深觉得，跟李元的遭遇及他说的事很有意思，遂将这个事件写成了一篇作品。在小说中，的确有一个小说大盗周，他绑架了一位如日中天的侦探小说家王，将其囚禁在洞城一处隐秘的摩地大楼里，可

第六章　倒影

怜的作家不得自由,被困于洞穴般的斗室之中,披镣戴铐,每天都要绞尽脑汁填满周放在他案头上的二十页四百格稿纸,才能换取得以果腹的食物。王还不能胡编乱造,必须保证一定的质量,才能过关。周不是作家,但似乎具有评论家的天分,至少也是一位称职的编辑或读者。他随便浏览一下,就能确定王写的新作有无价值,决定收下还是让他重写,并视文稿的质量如何,对王提供档次不同的伙食,或给予相应的奖励或惩罚。他建立了一套简单有效的奖惩制度。王不是每天都有东西可写,有时写不出东西,只好饿肚子,有时敷衍了事,也被周识破而挨熊。写得好,周笑脸相迎,端上大鱼大肉,有时甚至拿着菜谱任由王点菜。写得不好,周就黑着脸,奉上残羹剩饭。倘若王胆敢罢工或反抗,周势必露出狰狞面目,发誓叫王吃不了兜着走。

于是,那个叫王的著名作家销声匿迹了。这是常有的事。有的作家一鸣惊人,或出了几本书,就此江郎才尽,昙花一现,犹如流星雨划过夜空,虽然华丽,却不留痕迹。而一位周作家横空出世,大受贪新厌旧的读者追捧,其声名竟得以保持三十年而不坠。时间证明,周作家不是新星,更不是流星,而是光芒万丈的恒星了。

在此其间,周出版了三百多部小说,收入版税难以计数。其中超过四十部译成二十多种文字在世界各国刊行,获得国内外各类文学大奖二十多项。而周是一位神秘如塞林格的作家,他从不抛头露面,每次都拒绝在领奖台上出现,但不拒绝荣誉和奖金。

王当然不甘心任由命运的摆布,每时每刻都在苦思脱身之策。他绞尽脑汁,终于想到了一个好办法,那就是通过某种特别的方式,将求救信号嵌入那一个个环环相扣、惊心动魄的侦探或推理故事之中。求救信息在署名周的第一部著作《致命的线索》中已发出,王巧妙将其镶嵌于书中男主人公鲁侦探跟美女助手龙小姐的对话中,只要将鲁侦探跟助手说的每一句话最后一个字连缀起来,王目前的险恶处境及获救愿望就水落石出,赫然在目。这是一种复杂的字谜或简单的密码,对难度的控制是困难的,不能太复杂,又要避免让周识破。一开始,他担心被周看穿,那个求救信号犹如军事情报的密码般隐蔽难测,像潜伏在国民党军队里的中共地下党难以辨别。王果然瞒过了周算得上锐利的目光,但不幸的是,他也将数不清的读者瞒过去了。读者们为那个叫周的新作家疯狂,一个囚徒以智慧和血泪编织的蛛丝马迹,在刀光剑影及桃色事件之中如灰蛇草线,若隐若现,但没有人看到。时间在一天天过去,尽管写作适合于打发漫长时日,王仍觉得身处人间地狱,度日如年。到了第一个十年,他依然没有放弃获救的愿望,只是他将隐语或线索做得略为浅白了些。譬如,他曾在《庄园怪客》一书中,将求救信息编织于每一段的首字。甚至,他将线索简明扼要地嵌入了目录的章节名称之中,但依然无人识破。到了第二个十年,他对今生获救已不抱希望。他悲哀地想起了那个被囚禁于胆瓶的魔鬼,一个拥有非凡法力又身陷囹圄的家伙。他像那个可怜虫在书中嵌入了对救援者粉身碎骨无以为报的许诺,报答随着时日流逝在一次次加码。但因为一次次失望,并于无望中滋生的悲愤和厌恨,他几乎要效仿那个恼羞成怒的魔鬼,要立下对迟到的救援者报复的毒誓。多年后,他庆幸无数次压抑了这个念头。

  让王略感安慰的是,他习惯了每日的伏案工作,虽然辛苦,倒也有创造之乐。他是一个失去自由的创造者,一个在轭下被迫创世的上帝。对于那些数不清的人物(主要是凶犯、被害人、侦探以及围观者)来说,他的确是创造中的上帝。他对他们执掌着生死予夺之大权。没有他,就没有他们以及一切。有的角色不仅活在汉语或书页里,也在银幕或外语中栩栩如生,活灵活现,且惠及了不少评论家、导演、影星乃至翻译家。但这一切声誉皆属于周。在公众看来,那个神秘莫测、精力充沛而像永动机般不停地转动的天才作家"周",围

第六章　倒影

绕着他构成了一个不容小觑的产业。

周除了绝对不给王提供人身自由之外,对他还算客气,在照顾上称得上无微不至。开头周还得披镣戴铐,后来就不用了,在工作室他获得了完全的自由,这跟猴子在动物园假山上的自由差不多。为了使王的创造力永不枯竭,不跟历史、现实和社会脱节,周允许他读书看报、看电视、听广播,但不准上网。王阅读及写作时所需的书刊、音像及其他资料,周一概供应。为了保证王的体魄,他们换了一套大房子(现在,周不缺钱),为王购置了跑步机、按摩椅、动感单车、腹肌板和综合训练机等一整套室内健身器材。在洞城,数十年来没见过阳光者大有人在,不要说在地下城,在二十一世纪三四十年代,灰霾铺天盖地,果城或别的地上城仿佛包裹在雾状的巨茧里,又有谁见到阳光呢。但周出高价买了一个小型号的人造太阳,让王舒舒服服地待在特别设计的"院子"里晒"阳光"。

王成了一个不停地在方格稿纸上书写的奴隶,一个搬弄文字、意象和节奏的包身工,一个推着语言巨石在高山攀登的西绪福斯。这也许是世界上最舒服的监狱,也是最可怕的写作室。

出于对王生病的担心,周以绝大的毅力精研养生、医学及护理之术。在此之前,他仅花一年就成了不拿证的厨师。王在生活上的一切,都全由周负责。出于绝对保密的需要,周也不能让他人代劳。这样的结果是,造就了一位在多个领域都堪称专家的全能选手,譬如说管理那笔庞大的版税,周就得心应手,毫不逊色于果城金融街上的银行家。这让王惊叹不已,也给他提供了不少灵感。事实上,他就以周的不同技能跟侦探故事巧妙地交织起来,撰写了不少成功之作。这二十年来,他朝夕相处的人只有周,除了镜中影像及周,他没有见过第三者,电视机上的人物影像除外。他能写谁呢?有时,王觉得反复去写的那无数个人,有时是自己,有时是周,有时是两人的结合体或衍生之人。他们当然是仇敌(周不这样认为),但有时,王觉得他们就像朋友,像相依为命的兄弟。周不仅是一个天才的罪犯,在多个领域也表现出了非凡才华。

有一天,王忍不住说,只要你愿意,你完全可以成为货真价实的作家,肯定比我更成功。

不会的,因为我没有你。周笑着说。

这句话让王心胆俱寒,仿佛他写出这么多东西,全拜周之所赐,然而,他不能对此全盘否认。王休想出去。在这点上,周对王是残酷无情的,不容讨价还价,他不惜泄露出法西斯的本质。除此之外,他几乎像王最知心的朋友,也尽可能满足王不至于过分的愿望。

王几乎认命了。但他没有放弃在新作中嵌入求救信息的做法,就像嗜酒者上了瘾,乐此不疲。他觉得他就像一个高智商的罪犯,在不断地犯案,不断地去挑战周(还有那些数量庞大而无形的读者,他们构成了一个面目模糊而巨大的隐身人)的侦探头脑。他一次又一次地得逞了,一直逍遥法外。他的智力终究比周们略胜一筹。他是一个设谜者。也许周(还有无数个不求甚解的读者)从来没想过去做一个猜谜者。每出版一部新作,他都忍不住将泪水洒在书页上。周望着他。他不知道王在想什么。他想去安慰,但一句话也说不出来。

王有一次心血来潮,甚至想将他的悲惨经历写成一本书,看周及读者们是否仍如此粗枝大叶,不求甚解。但这太明目张胆了。他不敢冒这个险。

天网恢恢,疏而不漏,所有犯罪小说里的坏蛋都得到了应有的下场。该小说也不例外,警方破获了这桩让人发指的非法禁锢,将昔日的青年作家王拯救出来,这是王消失于公众视野三十年后的事了。

说起破案的过程颇具传奇性,发现线索的居然不是警方。三十年来,王设计的谜语一直被读者忽视了,直至有一个天才读者出现,他

第六章　倒影

还是一个高中生。他发现周的小说《越狱者》内有乾坤，实乃一部书中之书，继而发现周著是一个个巨大的谜面，不惜以成百上千万字去建构一个又一个不同的谜面，而翻来覆去只有一个谜底。于是，他撰文《〈越狱者〉跟一桩三十年代名作家的失踪案》在《洞城晚报》发表，指出只要将周作家出版的前五十部小说标题第一个字连缀起来，就能得出王被周囚禁而被迫成为一个书写奴隶的真相。而以同样的方法，从他的前三百部小说标题中可得出更详尽的叙述，精彩如一篇浓缩而惊悚的微型小说。这是诸多谜语之中最简单的一个。他一鼓作气，顺藤摸瓜，又相继破译了不少周著的密码，甚至将难度最大的《致命的线索》中的求救信息完美地还原。这是一个惊天秘密，却被保守了三十年之久。在文看来，密码虽然隐蔽，说穿了一文不值，只是简单的文字游戏罢了，但数十年来被无数个读者、编辑和评论家错过了。

警方据此破案，当警员荷枪实弹冲入洞城某个地下庄园时，那个白发皓首的幕后作家王正在奋笔疾书，周则持着放大镜在审读文稿，像饥饿的秃鹫，像冷血的监工。写作间是一个玻璃房，玻璃四周又安装着黑色的铁栅栏，王犹如金鱼缸里的一尾金鱼，他的一举一动，周一目了然。在这个故事里，当然也有侦探，除非说文字侦探不算，这既是一个关于文学的犯罪故事，如此设置自有其新意。

王重获自由后，迅速"恢复"了名誉。他还不到六十岁，他在读书界的声誉之隆，堪比近百年前的金庸。比起爱伦·坡来，他还算是幸运的。他毕竟在有生之年得到了平反和补偿。但是，往事并不如烟，他对记者说，比起那三十年来的囚徒生涯，他宁愿从来没有写过一个字。

周的下场自不待言，有趣的是周作案的动机。据说他自称不是为了谋利或名誉，而全是为了王或文学本身。以常规来分析这样一个高智商、发神经的罪犯来说,恐怕是不相宜的。他当然是一个非法狱卒,但同时也是一个称职的保姆或护理者。某种意义上说,他也是一个囚徒,正如在监狱里干到退休的看守,比大多数罪犯待的时间还要长。这桩非法禁锢案,似乎是一个巨大的玩笑,一个带有几分善意的恶作剧。他交出了几份纸本文件。其中一份是账本,里面列出了王三十年来写作生涯的版税收入及支出明细,在他的精心打理之下,不但没有减少,反而增长了数倍之多。他拿不少钱去做善事,当然不会以王的名义,但也不用周的名义。事实上,那个巨额而经常的捐赠者,是一个心肠慈悲、行事低调的神秘人士。在生活上,周不是吝啬鬼,但也不算奢侈。他十分谨慎,素来不在公共场所出现。周与其说是周的真名实姓,倒不如说是王的笔名。因为,有谁知道周是何方神圣呢。当然,不管此案是否大白于天下,周为自己的辩解都太搞笑了。

但周还有撒手锏,他有一份文件居然是遗嘱般的说明书,他要确保无论出了任何意外,都能使真相为人所知,总之,王的所有心血到头来都不会白费。王的成果来之不易,他经历了世上最无情监工的恐怖手段。周诡称他实际上是王得力的助手,另类的经纪人,权力稍大而称职的管家。他毛遂自荐,并非没有必要。如果没有他的策划和努力,王不可能取得这么大的成就,洞城地区乃至我国的文学事业也将因此而减色。王的军功章,也有他的一半。君不见,出于种种原因,不少作家在初尝成功滋味之后,或故步自封,江郎才尽,或受外力干扰,不进反退,或命途多舛,被迫中断写作,昙花一现,乃至身遭横祸或死于非命。当然,上述作家也有不少人写出了震古烁今的杰作,但以他们的天赋,本来可以写出更多更伟大的作品,却留下了无法弥补的遗憾,未能像歌德、叶芝和博尔赫斯那样,活到老写到老,越写越好。这样的作家,古今中外不胜枚举,譬如曹植、洛宾王、李贺、奈瓦尔、兰波、普希金、莱蒙托夫、卡夫卡、曼德尔施塔姆、芥川龙

第六章　倒影

之介、巴别尔、舒尔茨、菲茨杰拉德、伊莱娜·内米洛夫斯基、梁遇春、徐志摩、吴兴华、郁达夫、施蛰存、沈从文、海子、王小波……他还想将这串夹杂着洋人的名单像打开一匹布那样罗列下去，但被警官打断了——

周言归正传说，王是他所见过的最具潜质的作家，是他做梦都想成为的作家，他不讳言自己做过作家梦，但读完王的一本书之后放弃了，该书叫《悲伤的囚徒》。既生瑜，何生亮，他决定牺牲自己的一切，来成全王。他发愿要以非常手段来捍卫王成为文学大师的一切可能性，譬如保证他的写作时间、精力、专注等等，以此逼迫出王的创作潜能。他不仅在保护本世纪最具天才的作家，也在保卫本世纪最伟大的中国文学。经过三十年的实践，事实证明他是对的。当然，他远未满足于此，正如艺术的追求永无止境，他和王的追求也没有尽头。春蚕到死丝方尽，蜡炬成灰泪始干，但愿他和伟大战友还能奋斗三十年，直至在莫言之后再拿诺贝尔文学奖。他好像不知道该奖没有颁给王这种类型小说家的先例，哪怕他比柯南道尔还厉害。当然，终有一天他会将王的东西完璧归赵。而他如愿以偿，也在有生之年满足了虚荣，如果说他有私心的话，也仅止于此——

这是警官出道以来听到的最诡谲、最费解的口供或自辩，要将其全盘推翻却不容易。无论如何，这都是一堆疯狂的想法，周也是一个疯狂的罪犯。

这些说辞当然无助于开脱周的罪名。王居然原谅了他。周成功地融入了他的生活，乃至他的灵魂。有时，他认为周比自己更真实，更有血有肉，他倒成了周的影子。重获自由后，他一个字也写不出了。周成了他的笔与墨，他的灵魂，他的写作引擎，他的写作本质。他望着署名周的数百部小说，不禁老泪纵横，没有人知道他的心情。数十年来，这些书本本都获得了成功，并将因他获救而在下一轮再版狂潮

地下人

中恢复王的署名。

　　这篇题为《文奴》的犯罪小说,在《地下莲花》期刊发表后受到了好评。这在陆深数量庞大的写作中算不了什么。倒是此书中的"囚徒"这个词语,让他心中一动,一阵狂喜,他依稀看到了一部巨著朦胧的轮廓,犹如垂钓者盯着河面的浮标,他看到大鱼咬钩了。这才是一部值得他认真对待的作品。对于这部呼之欲出的巨著来说,《文奴》算不上大鱼,充其量只是鱼钩上充当诱饵的小鱼。《文奴》像是一根线头,他顺着这根线头拉出来的,将是一个错综复杂的迷宫;它只是一个无底洞的小入口,他通过它将到达桃花源般的新天地。囚禁固然可怕,那种因失去自由及可能性的恐惧,更让人战栗。然而,自我禁锢才是二十一世纪中期的时代病。他眼前浮现出了一个因极端不安而武装到牙齿的美女,一个供职于洞城某周刊的年轻编辑,貌若天仙,却惊恐于风吹草动。她平时出门戴着头盔,脸戴口罩,身披黑大衣,她的住宅和身体都在关键处安装了形形式式的防盗网。这是一个笼中人。这个草木皆兵的人物呼之欲出,他觉得像老朋友般熟悉。简言之,他受到了《文奴》的诱导、启发或催生,完成了他平生的第一部长篇小说《迷宫中的女人》。

　　新著跟《文奴》相似的是都有一个囚徒,除此之外,两者毫无关联。正是《文奴》那个因恐惧、绝望而不得不发疯地书写的囚徒(他也在写作中找到救赎之路)触发陆深塑造了舒舒这个新人物。开头略有阻滞,但越写越顺利,渐入佳境,如行云流水,继而飞瀑直下,一气呵成;犹如春阳照耀下的冰河,在阳光之刃的切割下坼裂、松动和消融,冰块在越来越湍急的流水中相互碰撞并缩小,最终消失于河水中,河床越来越开阔,波涛汹涌,气象万千。陆深被湍急的话语之流所带动,像舟楫扯足风帆,顺流而下,两岸猿声啼不住,轻舟

第六章 倒影

已过万重山。

"出于对各式各样歹徒的重视,舒舒武装到了牙齿。"这是小说的第一句,之后源源不断的句子犹如雨后春笋,争先恐后。它像一颗种子,很快长成了一棵参天大树。好比词语的冰川在沉睡,因为一记呼喊或鞭子的抽响,引爆了书写的雪崩——一座华美壮观的梦之宫殿在睡眠者醒来时轰然坍塌,消弭于无形。只要有了第一个句子,无数个句子就纷至沓来,在稿纸上找到合适的位置,犹如每一滴水都在河流找到了位置。人物、场景及事件乃至风景、天气和云彩,一个有所省略却大致完整的世界,犹如天空之城在纸上拔地而起。小说的第一句,就像一个泉源或浪花,却很快就汇流成了大河,拥有开阔的河床、可观的流量、变幻的流速和无穷无尽地涌现的波涛及波涛中奇异的鱼类。

陆深下笔如有神,仿佛女主人公舒舒不是出自他的虚构,而是他多年熟悉的人。他对她的一举一动了如指掌,她内心的波动及潜流逃不脱他的眼睛。小说完稿后,近二十万字,当他写下最后一个句子:"张子房知道,他永远失去了舒舒"时,心情好极了。这必将是他创作生涯上的一个里程碑,一次重大的突破。陆深对此深感满意。他觉得自己跟《聊斋志异》那个种梨的道士,都称得上精通魔法的人。

《迷宫中的女人》是一部悬疑小说,也是一部严肃之作。这将使陆深突破类型或通俗小说家的束缚,而跻身于一流作家之列,跟所谓的纯文学作家相比毫不逊色。这一次,他要向那些鄙视或漠视他的纯文学界一点颜色瞧瞧。他的小说像一记记惊雷,但评论家犹如蠢笨的鸭子没有动静,这一次,将被迫面对他的存在。其情节不算复杂,精彩的是书中精确生动的叙述,随处可见的妙语,紧张渲染的气氛,人物心理纤毫毕现的刻画,女主人公的古怪心理及荒诞举动让人失笑、惊悚、感染乃至感动得流泪。尽管如此,对其情节的概括仍是有必要而艰难的。对于这样的作品来说,要复述其情节是危险的,就像将翻飞的蝴蝶制成标本。恰如博尔赫斯所说:"没有人能够为科塔萨尔的作品做出内容简介,当我们试图概括的时候,那些精彩的要素就会悄悄溜走。"要概述该书也只能是这样的结果。至少,这是陆深预料或希望的。但数月之后,陆深不得不在别人的嘴上回顾了该书的故事梗概,该书在出版后引起的轩然大波,皆由此而起。该书出版改变了他的命运,如果说这有点过头,那么至少改变了他的过去,或者说让他拥有了一段有头有尾却真假难辨的历史。换言之,他寻觅到了曾经丢失的时光、经历或生活,诸如此类,随便你怎么说。

《迷宫中的女人》初版一个月内,五万册图书即告售罄,出版方赶紧加印,还登上了洞城购书中心的排行榜。陆深收到了数以百计的读者来信,这全是出版商转过来的。他从不公布住址或邮箱,也没用过 QQ、微博、微信之类的网络手段。读者似乎是第一次知道这位天才作家,对其深感好奇而所知甚少。在来信中,观点五花八门,不乏新颖之处。有人为失去妻子的张子房洒了一掬同情之泪,认为他没有错,但他付出的爱或心血如竹篮打水。有人说,舒舒爱的不是张子房,她需要的也不是一个丈夫,而只是一个保护者。有人说,这部小说揭露了洞城治安的严峻局势,不回避现实,颇具警世意义。有人说,她对舒舒的遭遇感同身受,甚至披露自己就是一个被轮奸的女人,同样是在白狮山的仿真树林里,罪犯同样有六个,如果陆深有兴趣听她的故事,不妨打她的电话……该书大获成功,陆深对此并不意外,他诧异的是读者面之广及他们的水准之高。来信者三教九流,有学生、教授、售货员、老板、城管、走鬼、歌手、影星、洗脚妹、发型师、运动员、心灵导师、瑜伽教练和咏春拳师……陆深以前不知道屠夫及理发师也会阅读这种披着通俗小说外套的"纯文学"。来信者当中,又以女性居多。

第六章　倒影

皮粗肉厚的读书界，终于感到了这一枚钢针的锐利。多位评论家在报刊发表了书评，连以刻薄挑剔著称的评论家小野香子，也撰文《无处不在的囚笼》盛赞之，称该书打破了类型文学和严肃文学的界限，就情节的惊险曲折而言，不折不扣是一部悬疑小说，从其触及的人类处境及时代精神来看，却不失为一部心理现实主义小说的杰作；而叙述者的多视角娴熟运用，时间和空间的巧妙转换，神出鬼没的叙事及真实与幻境的交织，则使其成为结构现实主义的典范之作。总之，这是一部以新形式将可读性跟思想性成功糅合的创新之作，有鲜明的实验色彩，俨然是一部深谙古典精神的后现代主义文本。该书线索复杂，充满隐喻与象征，寓意深远，具有多维度及多重阐释的可能，使之成为一部难以评价的杰作。也许，这是作者有意为之，这隐含着他对评论家的不信任及挑战，还有嘲讽。他需要的是读者不忍释卷，无力自拔。文章末尾称，这是一部另类的女性主义杰作，虽以悲剧收场，却对女性充满爱、了解与同情。

陆深不为所动，他是一个骄傲的人。不管赞美还是批评，仿佛都跟他无关。在堆积如山的来函之中，却有一封信引起了他的注意。来信很简短，但措辞严厉，像一把飞刀闪着寒光。他震慑心神，又仔细看了一遍，全文是："陆深先生，《迷宫中女人》是一部彻头彻尾的抄袭之作！作为一位前途光明的作家，如此行径让人齿冷。"落款是："《迷宫中的男人》作者黄晶。"来信者还留下了电话。

陆深皱了皱眉头，他没听说一位叫黄晶的作家或别的什么人。他觉得这是无聊读者开的玩笑，或者是龌龊的同行因嫉妒而造谣，但那封信像一棵毒草种入了他的心田。他忍了两天，终于拨通了黄晶的手机。对方的声音甜润悦耳，看来是年轻女人。

"我将会给你一个满意的答复，"对方说，"事实上，我会给你一本出版于二〇六三年的《迷宫中的男人》，它就是标准答案。它比你的书早出了三年,请你明天上午九时到果城的红袖咖啡厅见面。当然,你也可以不来,但你将会在果城及洞城的各大报刊乃至铺天盖地的网页上看到它的封面和内容。"她的声音暗含威胁,但不失优雅。

陆深笑了。这无非是一个狂热的读者想见他而想出来的狡计,类似的方法他不是没遇到。他不是一个纵容粉丝的人,也不将自己当作偶像。他不知道为什么要写作。只是,他很享受书写(或创造),钢笔从纸页上划过,留下深蓝或纯黑的笔迹(而那些笔迹中隐藏着一个比现实更复杂的世界,至少比起他苍白平淡的生活要精彩),这是他活着的痕迹,存在的证据,犹如黑蓝闪电从天空掠过,给他带来了类似于飞翔的乐趣,夹杂着吸食大麻般的眩晕感。他很少涉足果城,对所有喧嚣嘈杂的地上城充满厌憎,甚至连带迁怒于那些缩微版或山寨版的伪地上城——挖一个方圆一两公里的巨洞,再在洞中建几栋楼房的地下小区。作为地下城的居民,他喜欢摩地大厦。上一次到地上城去,他记不清年月了。而他位于洞城深处的住宅就很静谧,整座摩地大厦楔入大地深处,犹如一个隐秘而巨大的巢穴,使人安慰。但这一次,他决定去会一会那个黄晶。也许是她悦耳的嗓音对他产生了魔力。

翌日,陆深如期而至。黄晶在咖啡厅久候多时。他很难猜测她的年龄,应在二十五岁到三十五岁之间,或者更小一点。她面容姣美,身材高挑,风姿优雅。她的脸很明亮,仿佛由冰雪或月光雕琢而成,而眼神清澈如水晶。无论是冰雪、月光或类似之物,对于洞城的隐居者来说,陆深都是久违了。也许她有三十多岁了,但言谈举止间仍透着少女般的天真与妩媚。她不像是一个恶作剧者,倒像是一个他的死忠粉丝。这更让陆深迷惑。黄晶嫣然一笑。她像一朵莲花,不特指她灿烂的笑容,而是她整个人给陆深的感觉也是如此。陆深如受电击,身体一颤,他脑海里闪过了一道白光,犹如漆黑海面上掠过了一记闪

第六章　倒影

电,瞬即照亮了汹涌的波涛,使他抓住了记忆的稻草。尽管他多年来像禁欲者过着孤独的单身生涯,但还是感到了她难以抗拒的吸引力。他被激起的不是爱慕,也不是情欲,而一种难以言喻的亲切感,就像一个人第一次照镜子时那种陌生又熟悉的亲切。眼前的这个女人似曾相识,至少,他在哪儿见过她?哪怕是在一场电影里,或一个无由头的梦境中。对了,就在一场梦里。

陆深对梦幻并不陌生,他略有研究,也是一个积极的实践者。他有意识地去做梦并得到享受。他擅长此道,这就是本事了。有的梦抄袭现实,很有条理,也很容易被复述,但平淡无奇,也缺少梦幻性,那只是一些挂羊头卖狗肉的伪梦。作为一个梦境的资深实践者,他对此嗤之以鼻。有更多的梦超越现实,充满跳跃、断裂及神秘性,难以理喻,也不容易被捕捉。陆深认为,这才算得上是梦。这也是他为什么训练自己去创造理想之梦的原因。他是一个梦境的生产者,也是一个捕梦的大师,更是一个梦境的消费者或享用者。有时,很多神奇的梦在白天也能被他抓住、被记录,并再一次在夜晚重现而出现变奏,梦境的恒久与变化、收束与分岔、繁殖与节育、堆积与飘散等等,就是这样产生的。从根本上说,梦无法被捕捉、复述、管理、保存或解释,这就是捕梦、记录或解梦诸如此类的乐趣。梦是一个神秘,它当然属于宇宙这个大神秘的一部分。梦中所发生的一切是虚幻的,做梦的行为及梦境本身却是真实的。有谁不做梦呢?再平凡卑贱的人,在梦中也可能是国王。这就是梦对生活的建设性,因为梦的介入,再平凡的人生都出现了闪光之处。陆深有不少小说就是精美的容器,不过是用来存放梦境罢了,那些小说也就具有了梦幻性。只是他不太自觉,也懒得去区分小说与梦境的不同,正如他不去区分梦中人和现实人的差异。他老做白日梦,也老在梦中思考现实、幻象及做梦之事。这有助于他在小说中建立存在感,也使现实中的他加深了恍惚感。

地下人

他发现,无论是什么样的梦境,都不可能完全跟现实无关,甚至能跟现实相对应或找到原型,但不可能停留于此,它不反映现实,它有更广阔的天地,或者说它只是超越性的反映,它涉及现实,然后到达更高的、超现实的地方,创造出一种新现实。这多么像他的理想文学,但他从未实现,倒是中国的庄周、李公佐、蒲松龄、吴承恩、曹雪芹和外国的卡夫卡、博尔赫斯和卡尔维诺实现了(也许还有纳博科夫、卡萨雷斯、科塔萨尔和帕维奇),这些伟大的梦想家。陆深还发现,无论是什么的梦境,他都是梦中的人物,是主角,做梦者和梦中人在一个不存在的空间里狭路相逢并相互融合,就像他的小说爱用第一人称,叙述人、主人公和作者混淆不清,难分难解(造梦者、梦中人和捕梦者三位一体)。

就这样,捕梦爱好者陆深用他独特的方法,想起了梦中那个莫名其妙摊上了麻烦的男主角(能说是他本人吗),想起了那个为救他身陷囹圄的女人,搞得他不得不去救她。无论在梦里梦外,她都是一个梦幻般飘忽而难以捕捉的女人。那个梦境非常古怪,也难以解释,无法跟现实一一对应,当然要完整想起来是不可能的,他抓住了一鳞半爪。

那天夜里,男子在一间房子里(原型是陆深在洞城的居所),睡在一张床上,旁边的床空着,也是他的,却仿佛空着一个心焦的等待。(一个人为什么要在卧室摆两张床?难道他有两个身体?)忽然,有两个大汉破门而入,喝问道:"你是某某吗?"问了几声,对方想是搞错了,转身出门,忽然又返回,其中一人飞起一脚踢他的脸,又一脚踢中他的肋骨。他痛彻心扉,赶紧抱起六岁的儿子夺门而逃。(怎么多了个儿子?)只见四周黑压压的,黑暗中闪烁着狼眼的幽光,那全是暴徒或敌人。父子持软鞭对抗顽敌(陆深想起了李连杰版的港产武打片《新少林五祖》,想来必为原型),子亦持鞭击敌。四周

第六章 倒影

敌人均手持刀枪。他扬手掷石,击灭路边灯火,携子冲到了荒郊野林(洞城中哪有真正的树林,想必以果城郊外的某树林或白狮山的仿真树林为原型),狂奔不止,身后传来追兵纷沓的脚步声。至此,梦境出现断裂,好像还有一个小变奏,譬如出现了假山亭台,小桥流水,转瞬之间,场景又转换到了草原及飞机场……于伸手不见五指的黑暗之中,他摸黑到了一处貌似停车场的地方,纵身一跃,似乎到了火车站的平台,却又抓住了一个汽车的方向盘(梦境虽有其内在秩序,但已出现紊乱及非理性),遂带孩子坐上去。忽听得摩托车引擎声大作,追兵杀到,他则驾驶着一棵橡树如驾驶摩托车(这让在梦中观照这个情景的陆深十分兴奋)。耳畔有个女人悄声说,跟着他们(女人是何时出现的?她在黑暗中亮如明月,有一张莲花般的脸。她像一株莲花,怒放于淤泥般的暗夜,这个画面贯穿了整个梦境)!那女人也骑着摩托车。他们跟着那一队摩托车手风驰电掣地行驶,这样,盲目行进的追踪者就变成了被追踪者而浑然不觉……其中又发生了很多事情,时空多次变换,忽如电影胶片有数处损坏,相关记忆不可捕捞……他们穿越了几条小巷、村寨乃至外星球,而男子总能跟上,女人不禁低声赞扬。他们跟到了一个胡同,被跟踪者先拐进去,女人停下来,示意父子俩亦停下。他们掉头进入另一个胡同,到了一栋房子,推门入屋,发现房子里还有一栋小房子,小房子内有一张床,女人示意男子睡在床上,但床里头已有一男在酣睡,床上还有三个枕头,那男人脸朝墙壁,看不清面目。女人问道,人齐了没有?有人回答,没有。床上的男人大汗淋漓,女人抚摸他,但十分用力,仿佛在拧一条湿毛巾。她说,做饭的病了,我们出去吃好了。当下,女人和父子俩去餐馆吃饭。一入餐馆,女人遇到了另一个女的,老相识了,忽又见到一个男的,愁眉苦脸,一副落魄状。女人问女友,认识否?女友回答,她想起一部讲饮食的香港无厘头电影,男主角是个患了失忆症的大厨师,烹调术很厉害,眼前之人就像是他。至此,梦境出现了分岔,电影里的片断跟"现实"中的内容相混合,那个男子正是前厨师,在别人的帮助下,不停地想起做菜的绝活,每想起一个就狠赚一笔。他做的菜太好吃了,一个店员在上菜时趁机三两下吃光了,一个食客风卷残云般一扫而光却说怎么没上菜?黑社会来寻仇,一个丑陋而仗义的女厨娘,慷慨高歌:情与义,值千金——她舞起双刀火并黑帮……回到"现实"中,众人点好菜,那个前厨师在餐馆表演魔术。他忽然发现二女身体重叠,就像一滴水跟另一滴水融合,然后迅速地消失了。原来是魔术师将她们变入了一个碗橱里,碗橱有数十个抽屉。他大惊失色,拉开其中一个,看到了女人身体的一部分(分不清是谁的),但他不敢硬来,以免弄伤了她。他发现抽屉中有一把剪刀,乃是开启橱柜的钥匙,每一颗螺丝钉都是一把小锁,遂以之打开了橱柜数以十计的小锁,将其完全分解;又看到里头有一沓图画,画中有山有水,有屋有田,有树有花,花花绿绿的,但每张都有一个女人的裸体像。他不知道哪一张有她,遂全部拿走(此后孩子不见交待)。他拿起其中一张图片,忽听得"砰"一声响,那张图起火了,转瞬间消失于大火中,而画中景全变成了现实,那些荒滩、野草及旋转的树林,全变成了真实之地,那个女人就囚禁于一间小白屋里。他必须进入其中,方能将她救出。他毫不犹豫地走入了跟现实世界不同的另一个空间……(当时陆深在睡眠中觉得此梦大有意思,挣扎着要起来记录,开始他半梦半醒,直至渐渐醒过来,梦境亦于一场白雾般真切完整的苏醒中飘散。)梦境的后半截,他说什么也想不起了。

　　他无法忘却的是,那个女人被囚禁于一个凶险世界的白房子里,他为了救人,不异以身犯险。那个女子跟黄晶有相同的相貌,但能说她就是眼前的黄晶吗?黄晶见他有点发愣,笑着说:"我读过你几篇小说,还不错,直到读到了《迷宫中的女人》,才知道是你,久违了,张子房!这一次,你居然以自己的真名为男主人公命名。没想到你化身为小说家陆深这么久了,你其他小说也是抄袭的吗?"

这句话如当头棒喝,将陆深从追忆梦境(也许有极少成分掺杂了现实或往昔)的沉湎中敲醒,说:"黄小姐,我们见过吗?现实中的张子房是谁?既然你说他不是一部小说中的人物。"

"张子房是谁?"黄晶语含讥诮,说,"你是跑不掉的。看来你是真忘了。如果你真想搞清楚这一切,请你耐心听我讲一个故事,有点长,但很精彩。请你不要中途打断我,也不要离开,这是必须的功课,也是唯一的途径。你做得到吗?"

陆深点了点头。于是,黄晶喝了点水,花了大半个小时,将一个故事不紧不慢地复述了一遍,完整而详尽,而陆深对此再也熟悉不过——

出于对各式各样歹徒的重视,舒舒武装到了牙齿。这个在洞城生活和工作的女人,头戴钢盔,身披大衣,一年四季,寒暑不分。她在摩托车头盔和建筑工人的安全帽之间颇费斟酌,后来在军工产品店找到了让人满意的钢盔。大衣并非最佳选择,舒舒十分怀念古代武将的披挂,譬如常山赵子龙的锁子连环甲,肩吞兽头,腰系绦带,胸口别着明晃晃的护心镜,肩膀上的甲叶细密如鱼鳞。她到影视道具店一看,发现所谓的铠甲全是塑料或泡沫做的,中看不中用。她不得已求其次。在大衣里面,舒舒又设置了重重防御器械,譬如双臂套着铝合金特制的臂套,这是为了防备砍手党的袭击。她从不低估自己作为女人的吸引力,在一些难以启齿的部位,安装了一些隐秘而有效的"防盗网"。她不想自己的脸,成为色狼失控的诱因,因而戴上口罩。她从不穿短裙或短裤,不希望自己的大腿引起任何异性的垂涎,而只要稍微暴露,这就不可避免。她从不穿高跟鞋,也不穿那种形状像蝴蝶或花朵的时髦凉鞋。她只穿球鞋，为的是在逃命时发挥最大的速度。

这样全副武装的一个人，还是女人，走在街上引人注目。刚开始时，舒舒脸红耳赤，好在不会有人看到她难为情。至于同事，时间一久，也就见惯不怪。奇怪的是，一个像太监的男同事，用一种尖细的腔调挖苦戴着钢盔的她像电影《高山下的花环》里的梁三喜，三个小时后男同事在吃午餐的途中被砸头党打得头破血流。一个女同事发出母鸡"咯咯"般的笑声，挖苦她转动不灵的手臂，宛若某牌子卫生巾广告的木头人，结果女同事在下班途中被砍掉了右臂。舒舒不敢吭声，仿佛她就是幕后黑手。这样一来，她如此这般，似乎便不是纯粹发疯的举措，从而有了某些依据。

舒舒是洞城《真相》周刊的编辑，工作并不繁重，但她总是第一个来到，最后一个离开。她是真正以办公室为家的人，这一点常在周会上受到领导的表扬，并号召大伙儿向她学习。她像镜子，无意中映照出迟到者和早退者的尴尬。其实，她贪恋办公室是觉得这里是世界上最安全的地方。大门口有门神似的保安，昼夜守护，闲杂人等休想越雷池一步。至少，她从来没有听闻歹徒在编辑部公然行凶或抢劫。舒舒在办公室是孤立的，由于孤立带来的危机感和倍加专注，使她业绩斐然。这样，她像雪地上的乌鸦，以刺眼的方式反衬别人的苍白。

在家里也不安全。但她下班之后，还能到哪儿去呢？当然，最不安全的地方，非公共场所莫属，譬如闹市或马路。舒舒认为"最危险的地方最安全"这句话，肯定肇始于白痴之口。所以，她不嫌麻烦。每天清晨，她洗漱完毕，不是描眉敷粉，而是披坚执锐，像一个中世纪的女战士。当她回到家，将重重披挂卸之一空，深深吐出一口气。她承认那些金属及丝织物颇有分量，也不能对其束缚或缠绕视而不

第六章　倒影

见。她在浴室的镜子前，注视赤条条的自己。镜面上水汽氤氲，那个女子的形象由美妙的线条、诱人的色泽乃至发烫的体温构成，那些凸面和凹处，包括那些起承转合的臂肘、膝盖乃至脚趾、发丝之类的细梢末节，每一部分都妙不可言。镜中人在笑，但她没有任何笑意。这就是她的本来面目吗？她雪白的肌肤，犹如珍珠母的肉体脱离贝壳，又显得无所适从。她那么美，又那么脆弱，像长出角茸的梅花鹿，也就带来潜在的危险。

应该说，家能给人温馨的感觉。但舒舒恐惧于夜阑人静，她在黑夜中睁大眼睛，注视着墙壁，在幻想中穿透墙壁看到外面辽阔的厚土，甚至穿越泥土看到果城被灰霾遮掩的天穹。一个没有男人的女人，一个没有同伴的女人，她跟房子的相加能否叫"家"？随着夜色的加深，她的思维愈加活跃。关于恐怖经历的记忆，她表现出惊人的天赋。譬如老电影《夜半歌声》中毁容人捧着油灯出没废墟的场景、送葬队伍在雨夜山冈诡异的身影……她打了一个寒噤，那些可怖的人与事由于耳闻目睹，挥之不去。一些盗贼入室盗物乃至劫财劫色的幻觉接踵而至。她将脑袋钻入被筒里，宛若将脑袋钻入沙堆的鸵鸟。她双手掩面，泪水一片。

舒舒的住宅是无底洞小区。众所周知，洞城目前的开发形式主要有两种：一种是建筑摩地大厦，往地下深处延伸，最高者有五十多层，其中供水、电力、通风等设施一应俱全，除了见不到一丝阳光及天空，跟在地上城生活似无不同。另一种呢，地产商气魄更大，乃是在地下先挖掘一个接近于无穷大的空间，再在洞底的"地上"建筑楼盘，在楼盘之间栽植草木，俨如人间王国或神仙洞府，穹顶高远，四面辽阔，而难以看到边界，住在其中者，让人误以为仍在地上。无底洞小区就属于后者。上述地下房产均属于洞城区域。在地下城区之间，有轨道小火车及地下公路的巴士在穿梭来回，而跟果城连接处，则有专门的地铁。

无底洞小区规模不小,占地怕有三千亩,矗立着三栋高达三十多层的主体建筑大楼,旁边有四栋十层高的辅楼,还有喷泉、园圃及伞状亭子等,绿化用地多是塑料假树,也有一些小型盆栽喜阴植物。现在的科学技术尚未能为营造地下森林提供可行性的技术,据说温室培育小型灌木及某些特殊品种的小乔木取得了重大突破,有望在两三年内推广应用。考虑到这一切,全都在地底下建设,也不容易。但在张子房看来,该洞城之洞仍不够恢宏,且不说楼顶之上就是洞顶,毫无传说中的地下天空之感,四周上下的洞壁,也跟大楼贴得太近,几乎触手可及,给人带来沉重的压抑感。其所谓"天穹"无非是略为高一些的洞顶而已,刻薄点说无非是一个地铁站或地下室的升级版。当然,洞城远不止"无底洞"一家开发商的楼盘,其他地产商如"飞霞洞""花果山"等的楼房,星罗棋布,分布于漆黑而神秘的地底之下。每栋大楼都灯火通明,但毕竟规模较小,远谈不上是城市,顶多是一个山庄,连地下村落都算不上。洞城要跟果城分庭抗礼,谈何容易。

张子房第一次见到舒舒,是在一个周六的午后。舒舒双手抓着一根粗大的绳子,从十九楼的窗台缓缓下降,已到了第三层。她头戴钢盔,身披大衣,远远望去,男女莫辨,颇像徐克电影里的黑侠,只是身手笨拙。张子房倒抽一口冷气,两个保安也发现了,飞快地赶过来,冲着对讲机大叫:"飞贼,墙上有飞贼!"刹那间,舒舒双脚降落地面。她搓了搓手,尽管戴着线绒手套,绳子仍勒得她疼痛难忍。

两个牛高马大的保安,迅速包抄,将舒舒双手反拧过来,其中一个喝道:"蹲下——"此刻,以张子房为首的围观者,已从四处迅速汇聚过来,就等着看好戏了。

舒舒痛得身体颤抖,大叫道:"快放手,我是业主,我住十九

第六章 倒影

楼。"保安听到是女人的声音,愣了一下。门岗过来,咧嘴一笑:"我认得她的模样。的确是业主。"两个保安对望一眼,半信半疑,松开了手。其中一个伸手要去掀舒舒的钢盔,舒舒头一扭,却掏出业主卡递过去。保安瞄了一眼,没有接。张子房嚷道:"业主就不能做贼?总得搞清这是怎么回事!"他就住该栋十九楼,看样子这个装束古怪的女人,就是从该处降落的,没准儿已端了他的老巢。

一个保安说:"你说吧,这干吗呢?"舒舒沉默半晌,小声说:"我在做逃跑的演习呢。比方说,起了火灾,或者贼人入室,总之困在房间又不得不逃走,利用绳子或被单之类的条状物逃生,就不失为一个办法。但我住得那么高,毕竟相当惊险,还是预先演练一遍为妙,免得到时手忙脚乱。虽然耗费体能,倒也不算什么——"一个保安道:"好端端的,又哪来什么贼人火灾?"另一个保安说:"即使有问题,也可以叫我们,或者报警嘛。"舒舒这次不吭声,似乎对此不屑作答。她将绳子卷成一团,挺起胸膛往小区走去。

张子房看着她的背影,浑身上下,罩得严严实实,看上去像一个密封的房间。他摇了摇头,嘀咕道:"莫名其妙,不可理喻!"

舒舒很怕睡觉。每当夜深人静,便是她一连串噩梦的开始。在工作时,那种不安感也没有减少。在她的臆想中,歹徒丧心病狂,心狠手辣,不可不防。她居住的小区,上月便有入室盗窃的传闻,好在没搞出人命。作为洞城一家周刊的社会新闻版编辑,入室打劫、强奸乃至杀人之类的报道,让她目不暇接。她每处理一条类似的新闻,就在脑海检测一遍她的防范措施,查漏补缺,以使之完善。出于防盗的需要,她安装了重逾千斤的精钢大门,并装了三把不同品牌的暗锁,外加一把碗口大的铜挂锁,除非是动用炸弹,等闲鼠辈怕也无法撼动。大门最重要,大门没有问题,她心就定了大半。尽管如此,她还是在枕头下放一把菜刀,万一歹徒入宅,正好拼个你死我活。而窗子安装的防盗网粗如儿臂,其坚固程度堪比监狱的铁窗。她心细如发,在防盗网上开一个出口,以备不测之需。她上次就是通过那个出口从十九楼攀缘绳子降落地面的。火灾隐患亦不可小觑,她在卧室和厨房各配备了一个干冰灭火器。她还准备好了猪嘴状的防毒面具,以免煤气泄漏或贼人吹入"鸡鸣五鼓返魂香"之类的毒烟。

舒舒的防备措施无懈可击。但她无法消除不安。这固然有某些不利的客观因素,譬如她居住的城市依然没有将歹徒悉数铲除,永绝后患。很大程度上也是她的个人问题,她对自卫的能力缺乏自信。而症结在于,她的护花使者暂未出现,且前景不容乐观。

与其说舒舒要找的是共建美好未来的生活伴侣,不如说要找的是一个有足够能力保护她的人,并乐意保护她一辈子。说白了,就是一个保镖。她渴望一个私人保安或贴身警卫甚于丈夫。这谈何容易!舒舒曾在工会跟某单位组织的"红玫瑰单身贵族"派对上出尽风头。她的深蓝钢盔和雪白口罩成为化装舞会上最富创意的面具,在一大堆禽兽乃至鬼怪中脱颖而出。除了她奇特的造型,那套着铝合金而行动不灵的双臂,仿佛在模仿机械人的行为,笨拙而滑稽,为她赢来了满堂彩。化装舞会一俟结束,她没有将那些东西除掉,就难以像别人那样迅速结对,徜徉于烛光杯影之中,耳鬓厮磨,喁喁私语,渐入佳境。她也曾几次相亲,吸取以往教训,正待冒险摘除钢盔及口罩,谁知还没完成相关动作,对方已逃之夭夭。

近几个月以来,舒舒已经放弃了类似的交友或相亲活动。这就意味着配偶或保镖依然遥遥无期,确切地说,只有她为自己的安全负责。上次保安说有事可以找他们,舒舒心中一动。她的确长期忽视了这一人数众多的保安力量,原因却也是其效率跟人数恰成反比。在她看来,保安除了盘查业主出入,似乎无甚作为,亦无法杜绝歹徒混入或潜入。她决定做一次试验,以验证本小区保安的反应以及行动。

第六章 倒影

第一天晚上,她将自己简单而潦草地捆绑,模拟一个失去人身自由的人质。显而易见,这个设计大致适合于被歹徒强奸、殴打或禁锢诸如此类。由于手脚不能动弹(假设),所以她不可能拨打手机或电话,而只能放开喉咙大喊救命,这本是最原始的求救方式,也相当有效。然而,她喊破喉咙,声嘶力竭,大半个小时,仍没有任何动静。她在试验保安的同时,也试验了第十九楼一梯五房各邻居之间的冷漠和隔膜。

第二天晚上,她重整旗鼓,卷土重来。这一次,她在一个铁桶里点燃一件旧床单,一时室内烟雾弥漫。她模仿的是厨房失火或煤气泄露的情景,从理论上说,这种情况洞城人每天都会发生一至数次。她张开喉咙求救,这次她未能坚持得更久,一是喉咙肿痛,二是大量的烟雾直钻鼻孔,让她呼吸维艰,咳嗽连声。她赶紧动用灭火器将火头扑灭,倚在墙上直喘粗气。她被熏得涕泪交流。

她的心一沉,就像铁桶里的黑灰,在慢慢变冷。

她决心将试验进行到底。第三天晚上,她决定不管结果如何,这都是最后一次了。她这次的试验更加严苛。她躲在卧室的一个角落,一面想象被歹徒侵犯的情景,一面断续发出恸哭和呼救。她严格按照可能的情形去做,以求逼真。当然,她并非真哭,她心底的难受,却无须伪装。她选择卧室,是因为歹徒摸入单身女子的家,抢劫或灭口是一回事,估计很少有人会放过她的身体。她跟平时在家中一样,除了某些措施,只穿着柔软的睡衣。而她被歹徒进逼,除了一步步倒退入卧室,似乎没有其他可能。但卧室距离大门口最远,她求救的声音打了折扣,她的嗓子已呈半哑状态,喊声更加微弱。她接连喊了大半个小时,墙壁回荡着她无望而沙哑的叫声。她是绝望了,拼命拉扯沙哑的喉咙,希望将体内的每一丝力气都化为声音从嗓子眼挤压出来。她像疯狂的母狼。她在嚎叫。

有人拍门了。舒舒断定这是一双男人的手。这双充满力量的手拍打在铁门上,在舒舒听来无异于仙乐。她一蹦三跳地冲出来,要享受这美妙的拍门声,她嘴里的声音没有停止,但她将"救命——"换成"来人哪,快来人哪——"

舒舒深知除了动用非常工具,她的防盗门不可摧毁,她有点不情愿地将门打开。

门外,是一张陌生而似曾相识的脸,果然是个男子。他的脸色夹杂着关切和疑虑,那一丝关切,足以让舒舒心动。她认出该人就是那天攀缘绳子事件的围观者,当时他面目可憎。他是第一次看到这个邻居(其实是第二次,但上一次他看到的只是一个包裹在大衣、钢盔、口罩里的人,连性别也难以分清),这个邻居的脸是如此漂亮。他说不出这种美,但他可以肯定,这样的美还是第一次遭遇。他的卧室就贴着一些美人肖像,范冰冰或林志玲。假如他得到一张她的脸,就会毫不犹豫地将那些贴在墙上的美人通通撕掉。他的目光舍不得从她脸上移开,但她美丽的颈项、脖子下微凹的锁骨乃至耸起的胸脯,不由分说地将他的目光扯了过来。他发现一个人只长一对眼睛是不够的,当他面对这样的女人。他那个样子,像一个白痴。他的目光是贪婪的,但并无猥亵之色。他像一个画家面对着毕加索或梵·高的真迹,除了叹服于完美艺术品的力量,无话可说。张子房注视着她,反而忽略了舒舒房间的古怪。

舒舒问:"你没事吧?"张子房如梦初醒,说:"你刚才没什么事吧?"舒舒神色忸怩:"刚才小腹痛得很,可能是胃病又犯了。现在似没事了。"张子房说:"你刚才可吓人了,我还以为发生了什么事呢。你叫得很可怕。还是去看医生吧,我陪你。"舒舒说:"也是老毛病了,不用啦,我看没事了。"张子房表现出男人的果敢来,说:"别说了,左邻右舍的,你有事我不帮你谁帮?"舒舒坚持说不必看

第六章　倒影

医生,但不介意去吃点消夜。她只披一件外套就出门了,这倒是头一遭。好个左邻右舍,她入住十九楼一年多,总算认识了一个邻居。

折腾了半天,回来时夜已深,舒舒的心情从来没有这么好。她斜睨张子房,这是一个英俊壮实的男子。从他拍门的声音看来,无疑孔武有力。他被迷住了。舒舒知道张子房就住在对门。张子房直到陪舒舒进入她的房子,才知道她就是当天那个沿着绳子从十九楼攀临地面的人。墙上的大衣、钢盔诸物使舒舒原形毕露。

但这远比不上舒舒的房子让人更震惊。他所看到的绝对不是所谓的"房子",曲里拐弯的细长甬道,犹如悬崖般奇崛突兀的墙壁,墙上幽暗的五彩小灯只能照亮更大的漆黑。他跟着舒舒左兜右转,在一条仅能容纳一人侧身而过的通道走了三四分钟,终于到了一处。舒舒开灯,亮如白昼,张子房只见一个椭圆状的小房子,犹如半只巨大的蛋壳,里面的炊具倒是一应俱全。舒舒说:"这是厨房。"两人又转了大约两三分钟,见到一室,宛若悬崖上的洞穴,一根小绳子挂着几件花花绿绿的毛巾,而一张古朴雅致的小几摆着各式精致的瓶瓶罐罐。舒舒又说:"这是盥洗室。"这一次,又转了好久,忽觉眼前豁然开朗,别有洞天,面前便是一个相当大的洞穴,洞壁平整如削,顶如穹庐,四周的壁画描绘着神话故事,而地面摆着一张紫檀木大床,罗帐如盖,四周摆着衣橱、书桌和梳妆台,不消说这便是卧室了。张子房不禁惊叹出声,这哪儿是一个百来平方米的起居室?简直就是一座幽深的城堡。其幽暗神秘之处,他觉得灯光迷离下的果城的人造迷宫或香港海洋馆的水母馆亦不过如此。当他看到衣钩上挂着的大衣和钢盔,他面前浮现出了曾经遭遇的那个女子,密封得像个漆黑房间。穿着睡衣的她,却像打开天窗的房间,种种迷人之处暴露无遗。

舒舒没有掩饰她的得意:"这纯粹是我的个人设计。如果不是我带你进来,你就是在里面转上半个小时,也未必能找到我的卧室。至于客厅,我早已改作他用,反正我也没什么客人。你来我很开心。"

张子房仿如梦游,这套幽深迷宫或地底洞穴似的房间,给他带来了震撼,尤其是那种洪荒时代的感觉挥之不去。他印象中,只有第一次目睹西藏神秘而绝美的山河才能相比。而身边的女子,无疑契合藏族仙境中传说的仙女。然而,这地穴般的房间幽晦而神秘,甚至有一股阴森之感。这让张子房不快,并心存疑窦。

他俩坐在床沿。茶的清香在室内弥漫,舒舒注视着张子房,她缓慢而婉转的讲述让张子房眼神中的疑虑渐渐消失。她为沙哑的嗓子而歉疚,并允诺下次一定唱一支歌给他听。张子房安静地听着,他心里滋长了一股怜惜和心疼。当舒舒从枕头抽出那把锃亮的菜刀,张子房再也忍不住了,他说:"让我来保护你,好吗?"他暗下决心,他不仅要保护她,照顾她,还要将她从这个囚牢似的房间解救出来,宛若英勇的骑士解救被毒龙囚禁的公主。

舒舒声音在颤抖:"你能保护我吗?你能永远保护我吗?你能证明吗?"此刻的舒舒,依然没有失却理智。张子房没有去证明,而是做了一件更明智的事。他用嘴堵住舒舒的嘴。舒舒激动了。她只做了一个动作,就将外套连睡衣一起脱掉。张子房呆住了。在舒舒的胸膛,两座耸立的雪山倒扣着两件小号铁锅似的物事,漆黑,坚硬,浑圆,却又显得多余,让人不能忍受。舒舒微笑,她伸出右手,摸索到一把几乎看不到的密码锁,轻轻转动,才几下就将左乳上的铁盖子打开,取下。一团粉嫩、雪白的圆锥体物什,像小兽一样跃出。很快,舒舒的右乳也解除武装,呈现在张子房的眼前。

舒舒身上的两座雪山,让他升起攀登的欲望。他毫不迟疑地伸出手,抓住了舒舒的乳峰。但地上那两个半球似的金属盖子,让他心烦意乱。舒舒抱紧他,非常用力,仿佛猛兽逮住猎物,又像溺水者抓住了稻草。舒舒腾出一只手,将内裤扯下来。张子房看到她的私处,覆

第六章　倒影

盖着一块金丝罩网，就像是另一件内裤，或一只口罩。这让张子房觉得十分古怪。舒舒微笑，她伸出手去，在罩网上摸索。她脸色酡红，像醉酒一般。那个罩网安装着密码锁，但舒舒一连换了十几组数字，仍无法顺利打开。她急得满头大汗，终于放弃努力，仰起头，沮丧地说："我一紧张就忘了，我想不起来，我没有办法了。"张子房将脑袋埋在她的双乳之间，没有吱声。他们搂抱着，先后入睡了。

　　第二天一早，他们去登记结婚。张子房看着那个红本子，想起昨夜的一个噩梦，他被塞入一个密封的大木箱，不敢大口呼吸，以免氧气一下子耗尽。他揉揉眼睛，灯光像月光一样虚幻。他们回到舒舒的房间，这一次，张子房摸清了舒舒房间的结构，整套房子从外墙看来平平无奇，但室内经过巧妙设计，整体上就像一个岩洞，一条地道。但这个洞穴或地道，却悬在半空之中，并非出自地下。房间的窗口被改装成了碗口大的小孔，犹如古堡的射击口，从漆黑的房间往外面望去，一览无余，从外界却无法窥探房间。舒舒的床头放着一个望远镜，整个世界对于她一览无余，她却在世界中隐没。在洞城，无论白昼还是黑夜，都得开灯。

　　他们没有举行任何婚姻的仪式。张子房只有一个要求，那就是洞房的地点，能否改在他的房间，但遭到了舒舒的拒绝。舒舒说："我不习惯住别人的房间，我会睡不着的。"好在，这一次舒舒顺利地解除身上的障碍。她的身体向张子房敞开了，但没有向自己敞开。身体被第一次洞穿的疼痛，使她脸孔扭曲。这使张子房更加亢奋。张子房喘息未定。这真是一个迷宫似的女人，但进入迷宫的路径，已向他打开，他顺利进入了。舒舒说："做爱好吗？你肯定是说好的。但我没有感觉。"张子房哑然，他怀疑刚才进入的是另一个女人的身体。他抱住舒舒，有点恍惚。舒舒说："我喜欢被别人抱着。只要你这样抱着我，你让我干什么都行。"

结婚三天之后,他们发生了第一次争吵。张子房强烈要求舒舒搬到他的房间里住,他的理由是,舒舒不是要他保护吗?要证明给她看吗?张子房讥诮说:"你躲在你的房间里,根本就不需要任何人保护,不会有第三者能打开你的防盗门,并顺利通过迷宫般的甬道进入你的卧室。只要你还像蝙蝠住在那个该死的洞穴,我就被证明是多余的,无足轻重的。"舒舒说:"你不要这样说,我需要你。你是我老公。"张子房说:"你不需要任何一个老公,你要找的是一个保护人。"舒舒说:"你走吧,你走吧。"张子房盯着她的脸,这张脸非常美丽,但没有表情。他将门一摔,走了。

傍晚时分,舒舒双眼红肿,敲开了张子房的门。她向张子房屈服了。但是她要张子房向她保证:"住别人的房子必须是安全的,是可以安枕的——"张子房打断她说:"这不是别人的房间,也是你的房子。"舒舒说:"你没有良心。"张子房说:"你可以放心住下来,跟我生活下去。房间也是装着防盗门和防盗网的,你瞧,多么牢固!如果有小贼胆敢摸进来,我就将他从十九楼扔下去!"舒舒笑了。

一开始,舒舒还是惴惴不安,每次入睡前都要将门闩拴紧,将门窗关闭,并放下窗帘。张子房只是由她,反正家里装着安调,闭门塞户也不算什么问题。舒舒仍不能从性爱中得到乐趣,但总能满足张子房的要求。每次大汗淋漓之后,她都枕着丈夫的臂弯呼呼入睡。看来,新环境的改变,并非她想象的难以忍受。

两人共同生活了三个星期。张子房又有了新的要求。他越来越不能忍受在温存之际,舒舒那些千篇一律而古古怪怪的"前戏"和"后戏",那就是一面口中念念有词,一面缓缓转动乳房及私处上金属罩杯的密码锁,将其除下来。在完事之后,又一丝不苟地将它们一一安装上去,方才睡觉。这在平时还没什么。有一次,张子房半夜醒来,性欲勃发,这才发现该问题是多么严重。舒舒马上醒了,她说:

第六章　倒影

"不要急，等我来。"她仿佛从未入睡，一直在等待丈夫。她清醒而冷静地将下体的罩网除掉，她的身体像软体动物，折叠成张子房喜欢的姿势。张子房又恼怒，又歉疚。

在下一个深夜，张子房小心翼翼提出了要求："你能否将这些东西扔掉？起码是在家里，尤其是在睡觉时？"

"不行。你觉得它们很碍眼，却是我不可缺少的精神镇静剂。"

"但它们的确很碍眼，而且坚硬、丑陋而荒唐！"

"你不是嫌弃它们，而是嫌弃我。你开始腻烦我了是不？"

"我的确很讨厌这些鬼东西，太荒谬了。这样下去我非出问题不可！"

"你还愿意像以前一样保护我吗？"

"我爱你。"

"我问的是你是否还会保护我。"

"丈夫保护妻子，这天经地义。你老是说这个你烦不烦呀你。"

"你到底还肯不肯保护？譬如说当我身遭不测？"

"我说过了，我肯。"

"那好吧，我答应你。但只限在家里，在睡觉的时候。我外出的时候，主要是上班或买菜，你不在我身边，不能好好地保护我，我还得戴上它们。因此，我是不能将它们扔掉的。你能理解吗？"

"好的。我也保证在你不愿意的时候，绝不招惹你。我不会强奸自己的妻子。"

张子房被自己逗乐了，舒舒却脸色煞白，整个人好像虚脱了。他问："宝贝，你没事吧。"舒舒说："我没事。我只是有点不习惯。头上没有钢盔，我就像一只剥掉硬壳的蜗牛，很不习惯。"

她说着，将乳房上的金属罩杯拎出来。她又去解除私处的武装。她说："我的乳房好像不见了，不存在了。"张子房伸手去触摸，说：

"胡说！它们总算翻身解放了。你看，多有弹性，多有生机！这一对冬眠的小动物，终于复苏了。但你还没有解放，至少你的身体还没有解放。"舒舒说："我还是不习惯。我觉得它们不是属于我的，我控制不了它们啦。"张子房抱着她，胸膛感到妻子乳尖的抵触，说："慢慢就会习惯的。你以前也不习惯走出那套该死的房间，宛若人间地狱的房间——啊，原谅我。但你现在不是很习惯了吗？你瞧，你现在多迷人！"

舒舒一声叹息，她看着眉飞色舞的丈夫，她的紧张感在缓慢地消除。

五月的一天，张子房收到了一张结婚请柬，老朋友张英武将于本周末结束钻石王老五的生涯。张子房忽发奇想，他要携眷出席。他说："宝贝，我从没见过你参加朋友的聚会，或跟别人打交道。而适量的社交有益于身心，你跟我去好吗？"

"好的，但是你对我的装束不要说三道四。"

"天啊，宝贝儿，你不是要扮成女杀手的模样，参加我老朋友的婚礼吧。"

"我不可能在外面改变我的装束，你不知道外面有多乱！"

"我就是看不惯那一套！你为什么不能像正常人那样？为什么要将自己搞得神经兮兮？老实讲，你那套服饰，谁知你是男是女？谁知你喝喜酒还是捣乱？你看看你吧，那套深灰色的大衣，加上深蓝的钢盔，白色的口罩，简直像是本·拉登派来的！这决不允许！你到了该变一变的时候了。"

"我就知道你看不惯！从第一天结婚起，我就知道你看不惯这一切。你要改变什么？你有本事叫所有的抢劫犯、强奸犯、砍手党都改邪归正吗？如果没有，就甭想来改变我。你在不能保证我安全的前提下，请不要跟我说改变！"

第六章 倒影

"好，好，我不改变你。你就穿普通服装去一趟，就一趟，这都不行吗？"

"我就这样。我从来都是这个样子。我本来就没说要跟你去。"

"这个，这个——好吧，就这样子去吧，只要你愿意出席，我很高兴了，我还担心你说不呢。"

张子房很快就知道他错了。装束奇异的舒舒在婚礼上成了焦点，她那身服饰，甚至不能用奇装异服来形容，尤其是她的深色大衣跟新娘的雪白婚纱恰成对照。她在宾客之中，显得相当突出，跟婚礼的氛围也不协调。来宾对她甚至比对新娘更感兴趣。张子房一到，就感觉到了不对劲。当他向朋友介绍妻子时，不少人捧腹大笑。"这个人真奇怪""她有什么见不得光的""咦，小声点，看来人家是身怀绝技的剑客呢"，诸如此类，就像苍蝇嗡嗡地钻入张子房的耳朵。他瞅着妻子戴口罩的脸，舒舒双眼澄澈如水。

张子房夫妇提前告辞了。反正舒舒也不可能在众目睽睽之下，将口罩除掉，并享用筵席。回到家里，张子房脸色发绿，仿佛长出了青苔。两人吃过晚饭，张子房说："我们要好好谈一谈。"

舒舒知道他要说什么，等着他说下去。

"我的妻子那么漂亮，带着她出街是很长面子的，事实上恰恰相反。所以，这肯定出了问题。其实，刚才你只要将口罩除掉，将头盔摘下，哪怕还穿着那件莫名其妙的大衣，你还是全场最美丽的女人。你老公也不至于无地自容。我忍无可忍了。"

"你只顾你的面子，"舒舒说，"我要为我的安全负责。"

"好，就算我有无面子取决于你好了。但你的安全，是由我来负责的。我们不是说好了吗？我是你的终身保镖或贴身侍卫吗？这一点，你完全不必担心。"

"不是我怀疑你的承诺，也不是怀疑你的能力。但是——歹徒太猖狂了。但是——你根本就拿不出证明！"

"没错。我可以向你保证，你看我的力气！"张子房随手将沙发上的拉力器拿起来，怒吼一声，居然将拉力器的五根弹簧全部拉直，失却了弹性。"我有能力保护你。你要相信我，你老是这样子，让我觉得失败。这不仅仅是作为老公的失败，也是作为一个男人的耻辱，这是绝对不允许的。"张子房哭丧着脸，将那件损坏的拉力器抛到墙角，蹲下来，抱着头，像个孤独无助的孩子。

"做别人的老公是容易的，做一个男人却要付出代价。我宁愿你永远没有机会来证明。如果一直是这样，那么一些美好的东西，就依然像肥皂泡一样，还没有破碎。"

"舒舒，你伤了我。我的心被你伤透了。"

"亲爱的，对不起。我只是陈述一个事实。"

"有没有办法让你脱掉那些巫衣般的大衣，那个像加里森敢死队员头戴的钢盔，那只在瘟疫期间人人都戴的口罩，还有你身上那些莫名其妙的金属奶罩、金属臂套和性器保护罩？你知不知道，它们是看不见的丝线，拧绞成了一根绳索，而绳子就勒紧我的咽喉，我要透不过气了。"

"对不起，亲爱的。"

"你就是怀疑我。我不知道你凭什么怀疑。我恨不得马上遭遇一个盗贼或什么狗杂种，好让你看看，我是不是信口开河。你怀疑我什么呢？"

"我不怀疑你。如果怀疑你，我就不嫁给你啦。"

"好，舒舒，你说吧。你要怎么样才扔掉那堆玩意儿，像隔壁的小妇人那样，像这栋楼扫地的阿姨那样，像小区里随便一个带孩子的老太婆那样，像大街上随便看到的一个女人那样——看上去正常一点。"

第六章 倒影

"你是说我不正常。你以前从来不说的。每个人都有自己的生活方式,你愿意娶我,我以为你已能接受。看来不是这回事。你现在倒来指责我——"

"你就是不正常。你瞧瞧看,你能从地球上找出半个像你这样的人来,我算你厉害!"

"你这样说让我失望。"

"这样吧,好吗?我每天都陪你上班,接你回家。这样好吗?由我陪着你,你不用怕。试试看嘛,如果真的不行,我以后再也不提了。大不了,我在包里放一把刀,一支枪,若有风吹草动,我肯定为了你不惜拼命。就这样定了,好吗?宝贝。"

舒舒同意了。第二天一早,张子房陪着她上班,打的将她送到编辑部,甚至送上她的办公室。舒舒没有戴钢盔,没有穿大衣,更没有套上铝合金的臂套,当然,乳房和私处的防护器具也一并摘除。张子房兴高采烈,仿佛抛掉了沉重的包袱。舒舒无精打采,惊惶之中,又带着羞怯。她坚持戴了一顶棉绒织的帽子,这仿佛是一个仪式,或旧日装束的象征。

那天,舒舒成了办公室的头条新闻,一是同事惊诧于她敢于"露脸",跟以往迥然不同;二是她的脸太美了。大伙儿习惯了她平时的装束,反而有点奇怪。舒舒在众目睽睽之下低下头去,面红耳赤,仿佛在大庭广众下赤身露体似的,很别扭。的确,她脱掉了那些器具,就像脱光了衣服,很不自然。

张子房每天陪着舒舒上班下班,虽然辛苦些,但是很高兴。他陪着如此漂亮的女人,走在路上,也极大地满足了虚荣。很少人能忽视舒舒的美丽,即使是女人,尤其是无底洞小区的门岗,每天看着舒舒出入,目光发直,宛若泥胎木偶。张子房得意地笑了。她是属于我的,这个人间尤物,你们只有瞧一瞧的份。

地下人

　　三个月过去了，尽管报刊及网站仍有一些关于抢劫、强奸或杀人的报道，经舒舒之手编辑的就有好几篇，但她毕竟安然无事，也没有目睹相关的违法犯罪行为。说也奇怪，她以前还经常在地铁上亲眼看到小偷出没，这三个月居然风平浪静。她慢慢安心了。有一天，她提出不用张子房送了，她自己打的就行。她还说："打的应该是比较安全的。"但张子房坚持要送。他瞅着舒舒，他觉得妻子跟小区任何一个年轻女人，没什么两样了。

　　秋天到了。尽管在洞城不见天日，没有天空、星辰和风云，也没有四季之分，但洞城的日历也有夏至秋分的说法。如果在毗邻的果城，秋天是很舒服的，尤其适合于郊游。由于秋天带来的好心情，当张子房提出去洞城最大的"森林公园"白狮山游玩时，尽管她有些顾虑，但还是答应了。张子房说："这还是相识以来的第一次郊游呢，肯定终生难忘。"舒舒含笑说："七年来，这是我第一次出游。"张子房拥住舒舒，吻她的眼睛。他付出了极大的耐心和努力，这没有白费。

　　白狮山的景致很不错，它既是洞城最大的人造山，也是洞城名声在外的名胜。该山高逾三百米，方圆两公里，全由人工在地下世界挖掘出来，就像掘一个大宝藏。其实该"山"原本就隐藏于地底之下，只要将山四周的泥土搬走，它就会赫然显露，这有点像挖洞，也有点像刻章，但挖洞是阴文，造山却是阳文。该山就像一具庞大的雕塑，其外观预先设计好了图纸，工程师参照的榜样是珠穆朗玛峰。其实，这跟洞城建地下小区的原理差不多。由于白狮山所在的洞穴规模宏大，常让人们遗忘了洞顶，误以为置身于地上城。洞顶状若天穹，这也易让人跟传说中的地下城始祖地下盘古穷毕生之力挖掘的"地下天空"发生联想，那是所有地下城的圣地，历代皆有人寻觅，但一无所获。这座洞中之山，山顶几乎触及洞壁，这说明其地下空间仍有不

第六章 倒影

足。在山脚的四周，风景管理区花重金营造了一个园林，林木茂密，花树璀璨，颜色及触感都异常逼真，甚至还能散发出相应的清香，却全是用塑料、橡胶、金属诸物制造的假植物。有一条人工溪流绕着山脚呈环状流过，又注入远处一个黑洞般的深穴。溪流淙淙，颇为灵动，看来似是活水，水中常见锦鲤游动的身影。山上山下，瞧不尽的亭台楼阁，茂林修竹，小桥流水，风光如画，该公园的点睛之笔是仿真的花草树木，这满足了洞城居民对大自然的渴求。

登山大道及台阶上游人众多，人声嘈杂。喧闹的人声，倒让舒舒倍感安全。她脚步轻快，容光焕发，心情舒畅。谈笑间到了半山腰，二人在凉亭上小憩。

从半山腰往下拐，如果顺着石阶走的话，花十多分钟就能到达白狮寺，这是洞城为数不多的寺庙，香火炽盛。张子房眨着眼说："我认识一条幽静小径，几分钟就到了，可以节省不少路程。"舒舒犹豫了，说："不好，太偏僻了。"张子房说："你放心好了，只需三分钟。不会有事的。"他摸了摸背上挂着的网球拍套，里面装着的不是球拍，而是一把锋锐的砍刀。他笑了，他偷偷买回这把刀，还是三个月前的事。他对这次郊游，可谓蓄谋已久。他甚至巴不得路边黑黢黢的树丛跑出一两个小贼，他自信凭身上的这把利刀，对付两三个歹徒不在话下。他想，经历了这次之后，舒舒心底的阴影就烟消云散了。

舒舒脸色微悚，双腿颤抖。张子房拉住她的手，发觉她的掌心湿了。张子房在叹息，但更坚定地拉着舒舒，踏进了那个幽深而茂密的小树林。林中小径发白，像遗弃在地上的一段旧绳索。

不幸突如其来。没有任何预兆，也没有任何提防或逃跑的可能，这完全符合舒舒千百次来噩梦或臆想的情景。她眼睁睁地看着，一根钢管猛击在张子房的后脑勺，张子房一声不吭，就委顿于地。然后舒舒感到一只大手掩住她的嘴，她根本发不出声音，另一只手绕过她的腋下环抱着她。而她的双脚,已经被另外两双鹰爪似的手牢牢抓住,她感到自己在悬空中移动,且速度惊人。

当张子房醒过来,天色微暗,小树林幽静而诡异。好在舒舒也回来了,她一屁股坐在泥地上,上衣还算完整,但裤子被撕裂到了大腿根,裸露出来的大腿,雪白而青肿。她已停止啜泣,脸上没有任何表情。刚才发生的事情有多么可怕,看一看裤子就知道了。张子房的心在碎裂,他凑过去,拂掉她的泪痕,以及脸上沾着的泥土和草屑。舒舒呆滞着眼睛,一动也不动。她盯着张子房带来的网球拍套,旁边的空地上,就插着那把刀,路灯打在刀刃上,很刺眼。

"这是一个绝妙的讽刺——"舒舒笑了,她的笑是从牙齿缝挤出来的,"刀是你带来的吧。"

张子房的确有备而来,但他没有机会动用这把刀。他一时不知该如何作答。妻子的表情和声音,都让他感到恐惧。

"你没有保护我。"

"我没想到会这样。"

"你没有能力保护我。"

"当时我晕过去了。"

"你老婆被轮奸时,你没有办法。你晕得真是时候,当灾难从天而降,你恰到好处地晕过去了。"

"我错了。我们不该来这个该死的地方。更不该走这条该死的小路,我错了,不该不听你的话。"

"是我错了。我以为你真能保护我。现在证明了,你做不到。"

"你总算平安无事,这还算不幸中的万幸。"

"是的,我还活着,我应该为此而庆幸。如果我戴着那些东西,他们只能将我杀死,而无法使我屈服。我自从搬去你家里开始,自从扔掉我身上的器具开始——不,自从认识你开始,我就错了。老实

第六章 倒影

讲，我不怕你的妻子被人污辱，被什么样的人污辱，这都无所谓，只要我还活着。但问题是，那些有能力污辱我的人，也随时可以将我杀死。这次还能活下来，纯属侥幸。"

"舒舒，我真的错了。以后不会有这样的事发生了。"

"不要说以后。"

舒舒走出了"树林"。一路上，她嘴唇紧闭。她的双唇像两扇门在关闭，像一只蚌的硬壳在合拢，像两块布片被针线缝上了。无论张子房再说什么，她都不会开口。张子房无计可施。他眼睁睁地看着舒舒走到她自己的房间，掏出身上的一大串钥匙，首先打开那把碗口大的铜挂锁，然后一丝不苟地打开了那三把不同品牌的暗锁，动作熟练而优雅。张子房惊诧于她离开大半年了，居然还随身带着那一串沉甸甸的钥匙，令人不可思议的是，她的钥匙居然没有丢失。舒舒闪身入内，她只说了两个字："再见！"

铁门发出一声巨响，张子房眼睁睁地看着舒舒消失了。

从此，舒舒消失了。无论在什么时候，什么地方，张子房再也没有见过舒舒。舒舒还像蝙蝠或巫女一样，住在这套迷宫似的房间里吗？还在无底洞小区吗？张子房苦笑，她还在不在洞城都是一个问题。但可以肯定的是，她如果在路上行走，她以前的那套东西肯定又排上了用场。张子房想到她又将包在铠甲般的衣服里生活，就忍不住痛悔和伤心。舒舒是一座封闭的城堡，他曾经以为进入了，其实他从来没有进入过。或者，他是进入了，却在里头迷失了。这个谜一样的女人。他在流逝的岁月中沉溺于悲伤，他在悲伤中倍感孤独。

他学会了酗酒，经常和别人喝得酩酊大醉。那是另外的一些朋友，以往那些认识他妻子的朋友，主要是张英武婚礼上出现的人，他已断绝来往。在北风呼啸的一个冬夜，喝醉了的张子房跟朋友说起了舒舒，以及相关的故事。但没有一个人相信。他急了，灌下一杯烧

地下人

酒，大声说："我骗你干什么？我的妻子是什么样子，张英武夫妇就知道，所有参加过张英武婚礼的人都知道！"有一次，他酒后归来，倚着门边，注视着对门的舒舒房间，他忍不住用拳头猛擂，用脚去踢，用头去撞，然而里面一片死寂。他哭了。第二天，他冷静地站在舒舒房门前琢磨，他甚至抑制不住用炸弹将大门炸开的冲动，看舒舒到底在不在里面。张子房知道，他永远失去了舒舒。

黄晶终于结束了冗长的讲述。陆深只听了几句，就知道黄晶在复述他写的故事，亦即他的新著《迷宫中的女人》。如果不是有承诺在先，他早已粗暴地将她打断。再也没有什么比一个陌生人将他的长篇小说一口气地复述更无趣的了。尽管她讲得声情并茂，但唯一有吸引力的是她甜美的嗓音。现在，他才发现，他的小说并不像自以为是的百读不厌。在这个故事里，男女主人公初次相见是作者最着力之处，也是全书最出彩的部分。作者对意识流、时空变换、多视角叙述等现代派技艺运用娴熟，且多有创新，譬如这一部分，就以第一人称的有限视角，反复写了十个两人初次相识的场面，每一个都独辟蹊径，曲折离奇，绝不重复，又无一不从侧面说明了舒舒内心的不安感，这是不可删减的。"我"宣称故事虽然荒诞不经，但记录的都是真实发生的事。每一种都有可能，"我"却无法确定哪一次是事实，只好全都罗列出来。"我"这样讲述的原因，当然是为了突出会面的重要性，穷尽了女主人公的复杂心理，但也暗示了男主人公记忆紊乱的表征——"我"无法清楚地记起两人初次见面的时间、地点与情景。这十次见面是重头戏，占了全书近三分之一的篇幅。黄晶说，为了讲述的方便，她刚才将第一人称换成了第三人称，也就是全知全能的视角。另外，为了节省时间，她只介绍了见面的其中一种，这也是她看来最接近事实的描述。

第六章 倒影

"我说完了。"黄晶马不停蹄地说了这么久,嗓子仍保持甜润。

"你这样有意思吗?"

"我对你的著作这么熟悉,难道你不奇怪?"

"你的记忆力让我大开眼界,也感谢你对拙作投入了这么大的热情。"

"不,我熟悉是因为故事是属于我的。你的文笔不错,但比起原著来仍有逊色。你做了一些偷梁换柱的改动,但只是欲盖弥彰,丝毫无助于掩饰全文抄袭的事实,你只是倒过来抄了一遍。陆深先生,这种掩耳盗铃的做法,让我该怎么说好呢,你不是掩目捕雀就是胆大包天啊。"

陆深微笑。黄晶从挎包里掏出一本书,赫然是《迷宫里的男人》,署名黄晶,封面有点折痕,纸页泛黄,看来是旧书。陆深还没有意识到问题的严重性,他接过来翻了翻,笑道:"这是本姐妹书吗?"

他翻开了第一页,第一句已像弩箭射中了他的眼睛:"舒舒知道,她永远失去了张子房。"这原本是《迷宫中的女人》的末句——不——他那书的末句是这样的:"张子房知道,他永远失去了舒舒。"

陆深迫不及待地翻阅起来,黄晶静静地看着他,喝着咖啡,没有打扰他。他认真读完了第一章,又迅速翻动书页,匆匆浏览了其余各章,不禁汗如浆出,脸如土色。陆深作了一个深呼吸,他不得不承认,他的确是一个抄袭者。《迷宫中的女人》就像是《迷宫中的男人》的克隆之作,一个虚像,一个倒影,一个复制品。尽管他之前从未见过此书,但二者太接近了,就像孪生兄弟,不,就像是一本书的不同版本,即使有所改动,也变化不大。篇幅也几乎一样,核心故事完全一致,连语言风格也无法区分,甚至有不少句子乃至段落完全一致。至少,两书是大同小异的。细微而显眼的差异在于,在《迷宫中的男人》中,充满不安的自我囚禁者是张子房而非舒舒,一切都与陆深的书相反,譬如此书的结局是彼书的开端,人物之间的关系保持对称,但更多的情节及事情的起因却颠倒过来,彼书的活动背景是洞城,此书却在果城。此书开门见山,点出舒舒失去张子房的残酷事实,接着是舒舒为了彻底消除丈夫面对世界的极端不安,游说他去果城郊外的青龙山玩(正如树根是树冠的倒影,洞城是果城的倒影,白狮山是青龙山的倒影,张子房是舒舒的倒影,或者说相反),却遭受了歹徒的袭击,张子房被击晕,舒舒被轮奸。饱受摧残的舒舒,眼睁睁地看着充满屈辱和恐惧的张子房从草地上站起来,一瘸一拐地走出了树林,对痛苦不堪的舒舒视若无睹。之后,再写舒舒如何为了消除草木皆兵而全身披挂的张子房之恐惧感,如何让他一一解除其头部身体的钢盔、防弹衣、金属内裤等等重金属装置。在此书中,舒舒身份或职业不详,张子房被描述成果城《倒影》周刊的记者,一个身披铠甲的人,一个胆小如鼠的人,一个对性侵犯(主要来自同性)恐惧到得了妄想症的心理障碍者。他玉树临风,眉清目秀,皮细肉嫩,犹如深闺中的美娇娘,曾多次被同性恋者垂涎三尺,也的确在公交车上被骚扰过好几次。作为书中的重头戏,两人那十次可能的初相识,使用的都是第一人称叙述,只是叙述者"我"变成了舒舒。两者在小说修辞上旗鼓相当,但由于该书使用了时光倒流般的逆叙事,写作的难度更大,也增添了阅读魅力。此书的末句是:"出于对各式各样歹徒的重视,张子房武装到了牙齿。"

总之,此书情节跟彼书如出一辙,除了人物关系颠倒、时间溯流之外,所有发生的事件犹如看影碟倒带回放的情形,开头是男主人公被袭击,结尾才是关于他武装到牙齿的详尽描述,以及他孤独一人、惶恐不安的情景。至于书中的重要意象"迷宫"——男主人公位于果城花果山小区的房间,里头经过改造的迷宫、门窗及床头上各式各样的防盗网，倒是跟彼书如出一辙。舒舒被轮奸，张子房被击晕。这是两本"迷宫"唯一相同的地方。

至此，陆深只有一丝希望，那就是这一切只是一个玩笑。黄晶不是一位作家，她从来没写过什么著作，《迷宫中的男人》是一本伪书，是一个模仿高手的恶作剧，是对他那本杰作的恶毒戏仿和颠覆，犹如世纪初一则关于馒头和血案的网络短片对一部银幕神话所做的恶搞。他对该作者（也许真是黄晶，也许不是）不禁大为佩服，在如此短的时间内居然将手艺做得如此精细，在某些片断上甚至更加流畅，更加精湛，几乎看不出是一部仿作，在结构上更胜一筹，写作的难度也更大，犹如一支先穿透目标再倒射回弓与弦的时间之箭。他不是没考虑过这个结构，但鉴于有前人的成果在先（譬如卡彭铁尔的《回归种子》、菲茨杰拉德的《本杰明·巴顿奇特的一生》，马丁·艾米斯有一部小说干脆就叫《时间之箭》），他打了退堂鼓。没有创新的形式就不是好形式。巴尔扎克的形式可以无数次免费使用，但这样的形式是有专利的。

这真是一个玩笑吗？为了骗他，造假者将假书做得像一件高仿古董，这值得吗？

然而，还没等陆深质疑这是一部假书，黄晶无情地粉碎了他的希望。她打开掌上电脑，找出了几个网页，上面有关于《迷宫中的男人》的书影、书讯、评论、电子版之类。之后，她使出撒手锏，拿出了一份发黄的《果城日报》，在文化版有一块豆腐干大的篇幅介绍了该书。黄晶说："你可以去各大图书馆查找到这份旧报纸的原件。但有必要吗？"这部出版于三年前的小说，当年似乎并非全无反响，但他闻所未闻。纵使这全是真的，他也发誓从来没看过这样的一本书。他的长篇小说受短篇《文奴》启发而得，《文奴》的灵感来自一个疯子的胡言乱语。这是有迹可循的。

地下人

　　三四年前，他陆深在哪里？在干什么？他压根儿就想不起有用的线索。但他清晰地记得，自己的第一个幻想故事像是发表在《洞城文艺》，却忘了撰写及发表的时间。之前，他好像写过一点朦胧诗及小品文，但不足道。至于出版单行本乃至声名大噪，于他还是第一遭。他尴尬地挠着头，脸色煞白，像陷入了泥淖的小马驹，不知所措。

　　"你还怀疑这本书及相关信息的真实性吗？"黄晶说。

　　陆深摇了摇头。他从来没有过如此失魂落魄的时刻，他说："你到底想怎么样？"

　　"你没有想起来？你还没有认出我？"

　　陆深惘然地望着她，他的目光仿佛穿越了她，停留在虚空中无形而存在的事物上。她就像是一个透明人，像是他梦中遭遇的一株莲花，由月光、白银或水晶构成。他又用力摇了摇头。他忽然想起，他跟黄晶相遇于梦境是不确切的。那个所谓的梦中情景，出自他一篇名为《飞刀手大战魔法师》的小说中，当然写的是男主人公飞刀手的一场梦（他刚才压根儿就没想起梦中男子带着飞刀），那个情景他也许在睡梦中重温并以飞刀手自居，却属于一篇小说的情节。他由此又想到了《迷宫中的女人》的真实来源。

　　他实话实说："我很高兴认识你，我们是第一次见面吧。我会给你一个交代的。《迷宫中的女人》肇始于我的梦境，不是一个，而是一连串，我连续做了一个月，每到入睡时，梦境中的人物及事件就接二连三地涌现，一段接着一段，有头有尾，有条有理，就像播放电视连续剧一样。我压根儿没想到我的梦抄袭了你的小说。请你相信我，我真的没读过大作，即使读过也真是忘了。没有人这么傻。我毕竟是略有建树的作家。"

　　黄晶凝视着他，目光中充满了同情与温柔。她一声叹息。陆深表

第六章 倒影

示有兴趣阅读黄晶的其他作品。黄晶说:"我只写过一本书,这充其量是一个独辟蹊径的寻人启事罢了。你暂时想不起来,不要紧,早晚会全盘想起的。也许,说你是抄袭者有点过分了,这只是我为了将你引出来的激将法——"陆深知道她试图安慰他,他心如死灰。作为作家,他马上就要身败名裂了。即使没有第三者知道,他的得意之作竟是一部抄袭之作,这也让他受不了。至少,他没勇气执笔了。

"作为当事人,你当然也有权利撰写这段经历,有的事不是想忘就能忘的,"黄晶继续说,"当然,倘若定义为非虚构写作,可能会更为稳妥。我的书当年还是自费出版的,没在图书市场上流通,估计看到的人也没几个。"

陆深惊愕地望着她。他觉得头脑的晕眩感在加剧,乱成了一锅粥。

"你就是张子房,我是舒舒。实情大致如拙作所言,这理所当然。而大作则完全走了样,跑了调,可能也不是你有意为之,而是潜意识对记忆的歪曲或改造。换言之,我们所写的这两本书,纯属非虚构,所有事情都真实发生过。直说吧,我们本是夫妻,但因为那次该死的郊游失去了联系。我找得好苦啊。我走遍了果城、禾城、凤城等地上城,没想到你竟隐居于洞城,更没想到你成了出手不凡的作家,你不是最痛恨洞城的地下住宅而将其斥之为老鼠洞的吗?你不是喜欢设计房子及作画的吗?天可怜见,我们终有重逢的一日,而你除了啥也想不起来,一切都安然无恙。"

陆深目瞪口呆。她的话像炸弹在陆深的脑海爆炸,思维被炸成了碎片,他的头脑出现了短暂的空白。他以为自己听错了。如果他面前的女人不是疯了,就是他疯了。他居然没有逃离,还在听下去,甚至觉得黄晶说的并非空穴来风。当然,要相信她说的这些话,不比否定她说的更容易。

地下人

"你老了。"黄晶轻抚陆深鬓角的白发。陆深见她情真意切，不禁心神一荡。他怎么也想不起跟这位自称他妻子的女人有何瓜葛。换了十年八年前，她岂不是一个拖着鼻涕的小姑娘？她不是驻颜有术，就是满嘴谎言。三年前，《迷宫中的男人》就问世了，她岂不是神童？

"总算脱下防弹衣了，"黄晶捏了捏陆深的胸膛，笑说，"看来写作真能治愈一个人的心理问题。可怜的人啊，连自己的老婆也忘得一干二净了。都说写作能抗衡遗忘，而你呢。"

陆深越听越糊涂，越听越震惊，无端端跑出一个貌美的老婆和一段揪心的往事来，这比起他被指控为抄袭者更让他惊诧。他喝了一杯水，强迫自己冷静下来，好好梳理头绪。一开始，他面临着抄袭者的严厉指控而身败名裂之虞，之后手捏王牌的指控者说是他的妻子，那么前一个危机已基本消除，更大的惶惑却像渔网般撒过来。为了保险计，他在全部事实搞清楚之前，最好不要轻下结论，看来三十六计走为上。但为时已晚，黄晶挽着他的手说："我们走吧。"

"到哪儿去？"

"当然是回家。"

黄晶的家位于果城龙眼大街的一个小区，是寻常的三居室，虽然安装着防盗网，却非两人小说中的迷宫。看来黄晶不是他笔下的人物，那就是他真的以小说的方式闯入了她的生活（仅仅是她的生活吗），由于《迷宫中的男人》撰写在前，前一个说法已被否定。

在黄晶卧室（据说也属于他）的席梦思上，两人如鱼得水，畅美难言。黄晶滑腻的肉体犹如玉石幻化的波涛，将他没顶而不席卷，覆盖着他而不抹掉。当激情的浪头退潮，两人像海边拾贝的孩童一样天真，像饱食的海豚那样安静。

"明天咱们到你洞城的金屋瞧瞧。"黄晶笑着说。

第六章　倒影

陆深猛地想起，他跟黄晶的确是老相识（如果他对夫妻关系仍有存疑的话），他脑海中浮现出第一次跟她肌肤相亲的情景——不是在一个叫地球—二〇六六的人造宇宙中（那是他一篇自传体幻想小说《实验室》的故事发生地）；不是在海边跟一个疑似美人鱼或玉石雕成的女人交欢（出现于他的小说《寻我记》）；不是在洞城的一间房子里，他跟一位自称是他妻子的女人同床共枕，她后背有一对天使或仙鹤般的翅膀，后来才知道那是假的，她随身携带着，只有睡觉才会摘下来。那女人说，是为了纪念因寻觅地下天空而出走的父亲，他具有飞行能力。这同样出于他的小说，是哪篇一时想不起来了——而是在果城一间结构复杂如迷宫的房子里，他在黄晶逐渐裸露的高大白皙的胴体之下，逐渐解除了身上的全部武装，诸如钢盔、防弹衣、金属内裤等等，他像个流浪汉被黄晶和她的身体同时收容。那一瞬间，他没有恐惧，他忘了自己，忘了天与地，忘了一切。那么，《迷宫中的女人》的母本正如黄晶所述，那些事情都是真实发生的，跟他那批杜撰的短篇小说有霄壤之别。他的短篇故事也许从生活中来，带着某些现实的影子，但只有《迷宫中的女人》从反方向上接近了真相，犹如事实的倒影。

倒影！正是倒影！当"倒影"这个词语从他的脑海中蹦出来，该词就像是一根导火线，引爆了记忆的雷管，往事与岁月因受到剧烈震荡而爆发了一场海啸，无数场景、人物和事件，像一座灾难中的城镇，伴随着时光的水沫，排山倒海般涌来、摇撼、崩溃！首先在海啸中倒塌的是灯塔般的事物——《倒影》周刊，然后是一连串相关的老建筑，在多米诺骨牌的效应下纷纷倒塌，犹如电影镜头回放般清晰地浮现在他的眼前：因设计另类走鬼房而走红网络的张子房及其相关报道（他因将小房子像蜗牛壳般套在身上，而被媒体称为"携带房子的人"），报道的撰写者《倒影》周刊记者舒舒（和眼前的黄晶叠合为一），果城的管理者榛子对他的围追堵截及野火蔓延般的爱情，他跟地下城秘密组织鹰巢老大"鹰眼"的恩怨情仇，他为了躲避果城警察及鹰巢杀手的追捕而亡命天涯……他所想到的种种往事，跟他的一篇旧作《看不见风景的房间》相符若节。看来，那篇作品也是一个非虚构了。

黄晶欣慰地望着他，有些激动。她也仿佛看到了陆深头脑里的那些情景或图像。她的男人正从记忆的洪荒时代过渡到了中世纪，很快就会抵达现代文明。这个久困于梦魇的人在逐渐复苏，犹如春风吹过大地，冰雪融化，种子发芽，欣欣向荣的景象大可期待。

张子房的情人榛子作为一个特写镜头，执拗地在陆深（他仍不肯承认张子房也曾是他）的面前晃动。啊，榛子，我想念你。这个在性高潮全身发光的萤火女，这个性烈如母豹又温驯如绵羊的人间尤物，她好像还怀了他的孩子，而他自逃亡之日起，已音信皆无。现在看来，榛子的真实感值得怀疑，至少，她不是他原来以为的那种胸大无脑的女人。她想方设想接近他并赢得他的信任似乎也怀有秘密任务，譬如说，就是为了监视他（他们都是双面特工）？

陆深发现，那个神出鬼没的《倒影》周刊女记者面目模糊，其实她跟他屈指可数的会面，恐怕也用了易容术或戴着假面。印象中，他跟她从未肌肤相亲（至少根据《看不见风景的房间》里的记载是这样，但他不能保证记起该小说的所有内容），跟她在红袖咖啡馆里讨论中西建筑艺术时深情拥抱过一次。之后各为其主，拼个你死我活。她是一个神秘人物。

"《迷宫中的男人》关于我的叙述都是事实？"陆深不甘心地问。

"是的。我们结为夫妇，在果城短暂地生活过，"黄晶说，"短到你都忘了。而在我们结婚之前，你的记忆就有了出问题的迹象，神情恍惚，丢三落四，对更早的生活忘得差不多了，只剩下你对被追捕的

第六章　倒影

恐惧,你甚至不知为了什么而逃亡。也许是那间屋中之屋给你带来了浓郁的阴影,或者说,榛子始终在你的潜意识挥之不去。有好几年,我们失去了联络。当我在果城与你重逢时,你已经成为一个惶恐不安的失忆者。之前,你表面上是一位流浪画家,其实是果城的特工,卧底打入叛逆组织,又因上司猝死而无法证实你的真正身份,于是,你时刻提防着来自果城及鹰巢的追捕,你将房间布置成迷宫的模样,是出于自我保护的需要,至少是一种心理安慰。因为草木皆兵,你打扮成了一个另类角色,身穿防弹衣,武装到了牙齿,自以为增加了安全系数,却没想到更容易让我找到你。只是你压根儿就想不起我。也许,我在你心中可有可无,至少,每一次见面或重逢,都是我去找你。第一次是这样,现在也是这样。可怜的人啊,我从来没有想过要伤害你。前几天,我无意中从果城的旧居发现了你写给我的、那封从未投寄的书简,洋洋数万言,我很感动。我庆幸看到它,知道你心里有我。可惜你忘了你写过这封信,忘了你反复去描画又销毁的关于我的肖像,也忘了活生生地站在你面前的我。"

黄晶这番话合情合理,可以跟陆深忆起的那篇小说(他只想起了大概)相互印证,他不禁多信了几分。

"我记起了那封书简,但那只是一篇小说。"他说。

"既是小说,也是实录。"

黄晶拿出了一沓打印稿,纸页有些泛黄,这是中篇小说《看不见风景的房间》的文稿,内容他很熟悉,但无法确定是否发表过。

小说的主体是一封从未投递的情书,叙述者兼主人公张子房以第一人称的口吻,给他寻遍天涯而不得的恋人舒舒(同时也是售楼小姐君慧、富二代海黛,还是他一口咬定的洞城某个秘密恐怖组织的老大鹰眼)写了一封冗长而感人的长信。这是张子房的供词、申诉状、忏悔录,是一封撰写中的、未完成(因某种原因中断而随时会接续)

的恋人书简，一个荡气回肠的爱情故事，一部错综复杂的谋杀实录，一场惊心动魄的卧底经过，一个复杂案中案的全记录，也是一个叙述另类、无法被定义的实验性文本……男主人公将这一切和盘托出，但他倾诉的对象是一个隐身人，一个有着无数个化身和身份而无从确定的神秘人士。她曾经是他的采访者，他的中介，他的情人，他的仇敌，如今只有一个身份：猎捕者、复仇者或审判者。

小说的开头是这样的："你好吗？我以前不知道你是谁，但现在知道了。你不会否认，对吗？尽管到了二十一世纪中叶，我和你的故事也显得匪夷所思，我的重点不是复述故事本身，因为你对故事也大致了解，我更倾向于坦露心迹，我承认往昔一起度过的时光，有爱也有污秽凄苦。我们各怀心事。由此，这个故事自然也隐匿起了另外的部分——用你的话来说，亦即事件的倒影——这你一直蒙在鼓里。我只需要一个读者——那就是你。"

在小说的结尾，他写道："我克服了对你的思念或恐惧、懊恨或愤慨、贪婪或情欲、献身或乞求……当我拨开迷雾，我顿悟了，变成了整个虚空或其中的一部分。我进入了无我之境。我看到了真相，看到了要点：我就是你。你就是她。我就是世界，也是倒影。我准备好了……我克服了关于你的一切。这样说吧，我看来克服了七情六欲，不会再像以前那样因蠢笨无知而自责，也不会因现在的安详平静而夸耀。我依然延续了这封长信的书写，也许永无尽头，直到你悄然现身、追捕者光临或世界末日到来……这封长信记录了我的艰难成长，对你也许不无裨益。我不是为了向你倾诉或说教，也不是要跟你交流或寻求理解，而纯粹是书写本身的乐趣，犹如天地运行、星月升降、海潮涨退，四季轮回，草木枯荣……就像风吹过草地那样自然而喜悦……我爱宇宙。我爱房子。我爱你。这封信离收笔仍遥遥无期。我不会去找你，也不去找榛子（也许还有我和她的孩子），我享受孤独，

第六章 倒影

在广阔的孤独之城漫步,犹如在台风眼享受着罕见的平静。也许,你很快就找上门来,微笑着向我伸出双手,或用手枪指着我的头。七年了,你杳如黄鹤,音信全无。我不再对任何事情抱有希望或绝望。我接受我的命运。"

因制造走鬼房而不断给果城管理局制造麻烦的屌丝青年张子房,跟爱慕他的女管理者榛子同居。榛子用木板在一套廉租房里搭建了一栋小木屋,正是这一着打动了他。这是小说的神来之笔。时值果城地下大兴土木,地下城的修建方兴未艾,据说洞城之下还有洞城,就像榛子的屋中还有屋子。这些秘密之城有个名堂叫"根城",都隶属于一个叫"鹰巢"的秘密组织,打着无底洞房地产有限公司的公开身份活动,其目的就是建立一个完全脱离果城的地下国。谋反者宣扬人人有屋住、人人有饭吃、人人有衣穿的地下理想国,人人安居乐业,自由平等,皆以兄弟姐妹相称。张子房的公开身份是一个没有名气而自命不凡的流浪画家,事实上,他是果城当局的一个特工,在上司老何策划的"挖根行动"中打入了根城的总舵鹰巢,做到了骨干。依据他刺探到的重要情报,"挖根行动"正待发起雷霆一击,却因事泄而功败垂成,唯一能证明他本来身份的老何被谋杀,他也差点死于非命,亡命天涯,先后化身为屠夫、送货员、广告文案等等。他在凤城、禾城及谷城浪迹了多年之后,终于领悟了绘画艺术,又循着艺术之路径,对宇宙人生及天地万物大彻大悟(这只是他自以为是吗),至少他没有恐惧。他恢复了过去的真实面目,他丧失了过去,恐怕也没有未来。但他抓住了现在。

这就是那篇小说的梗概。只有中篇的长度,却有不亚于长篇的容量。现在陆深回溯这个故事,觉得这是他前半生的真实经历,至少是他作为多面人的一段生活,这些事情,可能都发生在《迷宫中的男人》之前。要精确到哪一年哪一月,他暂时做不到。他记得该文分明是一篇虚构之作。天啊,在他的小说中,有哪些纯属虚构,有哪些来自于梦境,又有哪些掺入了现实乃至是现实的翻版,尽管戴着现代派的外壳,其真实性却不亚于一部回忆录或纪实文学?打死他也搞不清了。

陆深被头脑中龙卷风般的往事与记忆所席卷,因狂风雷暴的袭击差点立足不稳。这真够复杂的。原来他不仅是作家、画家和屠夫,还是特工。那些事情看来是真的。他仍有一个疑问:"黄晶,你不是在拿我也说不清的小说来蒙我吧。"

"你已经想起了大半,"黄晶摇了摇头,说,"譬如说你在小说中也写到我,譬如说我不仅是记者舒舒,还是售楼小姐君慧或富二代海黛,对吧,只是你不愿意承认罢了。"

"你也是地下城秘密组织鹰巢的老大鹰眼?"

"你说呢?"

"如果你真是那个神通广大的大人物,你有什么做不出来?你有什么不能去改变?区区一本《迷宫中的男人》或几则假消息算什么?如果你真是鹰眼,那么你一直在说谎!"

"我叫什么重要吗?难道我不是你朝思暮想的那个女人吗?尽管你做特工时想的女人,跟住迷宫时想的女人不是同一个,你先后爱上了好几个不同的人,那其实都是我。由此,我是你双重乃至多重的恋人。"

陆深几乎被绕晕了,又不得不承认她说得有点道理,并对其思路清晰佩服不已。他要推翻黄晶的说辞是困难的,除非他不是迷宫中的那个男人,也不是出没于地上城的多面人,他还得没有丢失过任何记忆。光是最后一条,就让他头痛不已。他终于想起了跟黄晶初次相见的情形,那时她叫舒舒,像莲花般清纯。他一见钟情,无力自拔。后来,他一次次在小说中反复去描述她莲花般的形象及淤泥般的生活,

第六章 倒影

她化身为不同的女人,但均是他的情人或妻子,这比他做过的梦幻更荒诞。但他始终对两本"迷宫"之书中的情景抱有怀疑,这两本互为倒影的小说(或纪实),也许合起来才是一个整体,但他希望那只是一场梦呓,一个虚构,一本戏作。因为,那个悲剧性的事件,让他无法接受,丈夫眼睁睁地看着妻子被轮奸而无能为力,这无论发生在哪个男人身上,都是无法忍受的耻辱和伤害。

"我被击晕,你被轮奸;你是神通广大的海黛或鹰眼,"陆深说,"这二者只能存一。很简单,你不可能被几个小混混用棍子打晕,就算你没有练过格斗术,但你的保镖不是吃素的。即使发生这样让人发指的事,你也不会如实写出来吧。因此,两本'迷宫'即使全非杜撰,亦不能等同于事实或真相。至少,我那本就是这样。"

"好锐利的眼睛!不愧是资深特工。歹徒出现并行凶的一幕,在你的记忆中是真实的,却是不存在的,在我的书中,只有这一处跟事实有出入。是的,那本来是我刻意安排的一场戏,我原来的打算是,要治疗你的失忆症及恐惧感,就必须找到你的病根。我为此认真研读了弗洛伊德和荣格,一无所获,雷蒙娜·卡斯特却让我受益匪浅。我猜想,你的失忆只是选择性的遗忘,在潜意识中将不愿回首的痛苦清除,却没有失去其他的记忆及思考能力,否则,你也不可能进行文学创作。你遗忘是因为你害怕,你害怕的正是你要强迫自己忘掉的事,这就是你的病根。只要治好你害怕追捕的强迫症,失忆症亦会霍然而愈。你从哪儿跌倒,还得从哪儿站起来。因此,我原计划是要安排一出美人救夫的好戏,我希望在你的心中牢牢地确立我作为保护者的形象,犹如无数次拯救安公子于危难中的侠女十三妹。但是,我临时改变了主意,决定将这一场戏去掉,因为一个弱女子赤手空拳赶跑一众持械歹徒,这总显得牵强,也容易暴露我的底细。因此,那一幕是不存在的。"

"但你为什么要写?"

"我那样写,虽然有些赌气,但我想也许能将你从藏身处引出来。"

"不,那一幕是真实发生的。你不要掩饰了,"陆深痛苦地说,"我就是在当时离开你的。那时你还叫舒舒。"

"是的。"

"但没想到真的出现了歹徒?"陆深讥诮地说。

"当然没有!"黄晶愠怒地说。

"请不要再瞒我了。我想起了。你的书有问题,还是我的书有问题?"

黄晶被击中了软肋,她痛苦地闭上双眼,泪水濡湿了眼帘。那个恐怖的画面曾无数次出现于她的噩梦中,如今重现眼前。那真是一场致命的打击,也几乎毁了她。

"那一场由你策划的侠女救夫的好戏,当然没有取消——"陆深盯着她,语速越来越急地说,"那些歹徒原本就是你安排的人。但没想到,事态的发展超出了你的预料。你低估了你丈夫作为一个美男子对于同性恋者的魅力,尤其是穿着运动衣而露出肌肉之时。终于,事情失控了!你安排的六个歹徒,假戏真做,他们背叛了你,一记黑棍就将作为跆拳道黑带五段及'五虎断门刀'传人的女侠放翻,再将你五花大绑。可怜的女侠,你的钢刀根本就没有机会出手,而你眼睁睁地看着那六个大汉将你手无缚鸡之力的丈夫按在草地上鸡奸。你哭得呼天抢地,你原本是流血不流泪的。之后,那六人当然受到了你的严惩,但那一场好戏将你丈夫毁了。你宁愿被轮奸的是你,对不对?"

"请你不要说了——"黄晶以手掩面,呜呜地哭了起来。

陆深望着她在哭泣,竟一时不知如何是好。在他的印象中,这个几乎无所不能、一切尽在掌握中的女强人从来没有流过泪。尽管他说

第六章　倒影

过,她在青龙山惨剧发生时痛哭失声,但他不能确定。

陆深由她去哭,他奇怪地觉得,哭泣的那个人是他。终于,黄晶停止了啜泣。两人沉默了半晌。

"对不起!"黄晶说。

"我忘了,我真的忘了。如果真忘了多好。"

"明天我带你去看一个地方,这有助于完全恢复你丧失的记忆。就差那么一点了。"

翌日,两人到了果城芒果大街九十九号金葵小区的一套小房子。暗锁都生锈了,黄晶用钥匙鼓捣了一会,一推开门,里头一阵霉味扑鼻而来,房间落满了灰尘,墙角也结着几个肮脏的小蛛网,看来好久没人住了。陆深一眼就看到了那栋屋中之屋。在厨房、盥洗间和浴室之外,是一个四五十平方米的硕大空间,看来是将客厅和卧房的墙壁全拆掉了,才腾出这个空间来。但又不能说这就是客厅,因为中央矗立着一栋小木屋,高有两米七八,约有六七平方米。陆深呆若木鸡,那栋木屋他再熟悉不过了,这就是榛子当年将他搭建在果城某大学后山大榕树上的小木屋克隆过来的,用的还是原来的旧材料。他在小说中也有提及。他摸着门楣上拆除时的裂痕,用胶水和木屑修补得严丝合缝,事隔多年,居然仍很牢固。又一阵记忆的浪潮奔袭过来,他想起了跟榛子同居的时日,好像很长久,又像只有一刹那,好像很甜蜜,但又争吵不断。此刻,她的种种好处如浪花般涌现,不禁鼻子一酸。

"你爱过榛子?"

陆深点了点头。

"还爱吗?"

陆深迟疑不答。他离开榛子时恩断义绝,连她怀孕也在所不顾。

地下人

"尽管我有点吃榛子的醋,但我仍不得不跟你说,榛子也是我,正如舒舒、君慧或海黛都是我的化身,一种戴着人皮面具的易容术罢了。很简单,你懂的。我当时必须是榛子,我有这个义务或身不由己。你想想,我既是海黛或别的大人物,岂容你长期跟另一个女人同床共枕?"

"但是榛子会发光。"

"我当然可以。现在就要验证吗?"黄晶吃吃地笑。

两人走入了屋中之屋,在旧床榻上宽衣解带,鸳梦重温。两人扑倒在尘埃里,或者被厚厚的灰尘覆盖,就像是被旧床单般单薄而绵软的往事覆盖。

陆深百感交集,眼眶湿润了。他回到了老地方,也仿佛回到了旧时光,回到了那些幸福而虚无的同居岁月。他跟榛子(或黄晶)当时都动了心,却又都在演戏,彼时彼刻,不虚情假意是不可能的。这也许是分手的原因。黄晶的身体在缓慢地发热、变红,从幽暗到明亮,从光泽到光芒,最后将她的身体全照亮了。她的胴体晶莹剔透,宛若一个玉石雕琢的灯罩,整个人在发光。他看不到光源,光线越来越盛,室内的照明灯纯属多余。他一伸手就摁灭了电灯,她像一颗巨大的夜明珠在发光,通室都是她散发着幽香的光彩。她咯咯地笑,连笑声都像灯光在地上破碎,通体透明,像玻璃片碎了一地。他们搂抱在一起。他完全失控了。他不计后果,进入了她的身体(就像失足的马陷入深渊般的泥淖,他觉得滑进去的是整个人,也像一团火进入了一盏灯的内部)。他觉得进入的是辽阔无边的光明洞穴,就像进入了传说中的地下天空。在那儿,辽阔,高远,神秘莫测,白色或红色的云在聚拢又飘散。他拼命地飞,觉得她明亮的身体深不可测,没有障碍,没有边界,像没有尽头的天空。她达到了白热化,她燃烧了,变成一团流动的火,一道汹涌的熔岩,一座爆发的火山。他仿佛闻到了

第六章　倒影

皮肉烤焦的味道。他也于瞬间化成了焦炭，甚至连灰烬也没有留存，像一块铁被熔炉融掉。他像一只火鸟，在着了火的天上飞，说不清是火鸟点燃了天，还是天将鸟羽烧着了。在他狂热而又清醒的头脑中，仍不时幻化出一幅图景：一只鸟带着一个烧红了的、火焰编织成的笼子在飞翔。这个情景跟他的一个梦大同小异，只是略有删改。他轮番在极度迷醉和惊恐中体验着这一切。显而易见，他作为笼中鸟的隐喻，主要是来自色情的譬喻，或受她的肉体所诱发，但也可能有寓意。她叹息说："时隔多年，我又体会到了飞翔的滋味。"

她身体上的火焰在冷却，光芒在减弱并慢慢地消失。她仍在散发难以觉察的微光。在伸手不见五指的屋中之屋，她的身体像一团淡淡的白影，激情消退，身体凝结成了美玉、乳酪或冰雪，不，是雪白的莲花。

陆深在沉思，仿佛回到了往昔。榛子跟舒舒在他记忆中的形象判若两样，如今却在这个叫黄晶的女人身上合而为一。他摸索黄晶的身体，希望能找到什么巧妙的发光装置，却一无所获。

"你信了吗？"黄晶说。

陆深在小屋的"外墙"看到了他的画架，以及角落里的那堆完成或未完成的画作，由此想起了他曾以流浪画家作为身份掩饰的事。那些画作相当拙劣。他早已将画画的本事抛到爪哇国去了。

他们离开了金葵小区，走在芒果大街上。那些在二十年前像高大哨兵一样排列整齐的芒果绿化树，如今已荡然无存。陆深抬头望了望本该是天空的地方，他只看到灰蒙蒙的一片，像烟云，也像雾霾，但更像是铁锅底。他多么希望能看到灿烂的阳光啊，哪怕仅有一丝，但他失望了。

"我是什么时候开始写作的？"陆深问。

"这倒考倒我了。希望你自己能慢慢想起来。因为你已从我的身边逃离，这对我来说，也是一段不短的空白期。也许，你部分记忆的丧失跟你以意念作画有关。这不就像练气功吗？你在那个故事中写道：'我学会了以意念作画，这完全超越了笔墨纸砚。从此，我无须再运用纸笔作画，而是以意念作画——以天幕为画布，以云彩为颜料，以风雷为刀笔，以雨雾为水墨，领悟了天地有大美。天地之美，恰在于空，在于无言，在于不可说。我的意念之画不着痕迹，既是艺术品，也是存在。不是对大自然的模仿，而是真实，画面在变幻，突破了画框的限制。不能说光由我创作了这些画，但我也参与其中。我闭上双眼，沉入了禅境或静心，画面在虚空中清晰地浮现。我想起你说过的，房子的大境界在于，其墙壁是无形的，看不见的，但仍真实存在。否则房子就无法成其为房子。房子的外观在于墙壁，其灵魂在于虚空。对于万物或人类来说，爱就是生命。这是最大的神秘，但并非不可理解。我无法说清爱是什么，但知道什么不是爱，譬如仇恨、贪婪、执着、控制等等都不是。我身如虚舟，内心澄明。我总算放下了心灵的巨石'——当时你就有点神神道道了，也许是走火入魔了。哪里有人能以天地为纸墨，以意念为笔意，去画出无形无意却又出神入化的画来？当然，我不是要否定你的感觉，但事实上，这样的画是不存在的。说也奇怪，我在你失忆之前，你虽如狡兔三窟，易容换颜，多次改变身份和职业，东躲西藏，我对你的行踪仍能了如指掌，别忘了我是一个可怕的女人，嘻嘻。于是，我们过了一段平静而幸福的日子，没想到你再次从我身边逃离之后，我反而遍寻不获。我几乎将半个地球也掀了个底，做梦也想不到你会搬到你向来深恶痛绝的地下城里去。"

"我离开你有多久了？"

"快五年了。"

"我们第一次见面是哪一年？我是指那时你作为《倒影》周刊的

第六章　倒影

记者采访我。"

"是二〇五五年。"

"那么相识十多年了。我们聚少离多。看来，我那篇小说将时间搞乱了。我也陷入了岁月与往事的迷宫。"

"我们都不年轻了。"

陆深感慨地端详黄晶，她的脸庞依然清秀而光洁，但也有几丝鱼尾纹在眼角游弋。他不禁轻抚黄晶的秀发。

随着记忆中的失地被逐渐收复，无数片断或情景如浪潮涌上陆深的脑海，他对黄晶所说的愈加信赖，对她甚为爱怜。只是，他的头脑因极度思索及运转而不堪重负，螺旋状的眩晕感一阵阵袭来，超海量的信息，万花筒般的影像，万籁齐鸣般的声音，走马灯般出现又离开的人，还有终将逝去的青春，血与火的激情，你死我活的斗争，其间伴随着真真假假的艺术活动及跟诸多女人的逢场作戏，这都不是一时三刻就能消化并整理妥帖的。但有时，他又不禁怀疑这一切都不是真实的。你瞧，他失去了好几个女人，如今一个黄晶就足以补偿了。因为那些女人全都是她。世界上哪有这么便宜的事？但看来这就是事实。陆深觉得之前的生活就是一个虚像，一个梦境，一个倒影，一场镜花水月的事，而现在才逐渐过渡到了事实或现实之岸。

有什么比了解自己更重要的吗？看来，他近年来受创作激情驱动下有意、无意或潜意识写出来的幻想故事，那些晦涩难懂而又繁复多变的华丽句子，那些涉及现实或不合常规的离奇事件，那些因妄想症所苦而面目怪诞的人物，并非全是胡编乱造，而是通过某种难以理解却有创新的手法，巧妙地保存了记忆与事实。至少，它们因强大的基础而站得住脚，譬如现实性、个人感受及陌生而有力的语言。只是，他还会再写作吗？

"搞了半天，原来我是一个逃亡者。"陆深苦笑了。

地下人

"除了我对你有兴趣,不会有别人了,"黄晶也笑了,说,"都过去了。"

陆深决定不再关心这些烦恼透顶的事。他握着黄晶的手,双眼变得清澈。黄晶望着他,目光中充满了温柔。此刻,她觉得陆深再也正常不过,不是张子房,不是姜榆,不是什么画家、特工、外卖仔或广告文案。而她也不是舒舒、君慧、榛子或鹰眼,只是他失而复得的妻子黄晶。

(本章刊发于《广州文艺》2015年第1期,头条,"都市小说双年展"栏目。获得第三届《广州文艺》都市小说双年奖。)

第七章　小说盗

最大的秘密是宇宙的存在及它的被理解。

——爱因斯坦

从前，洞城有一位无所事事的陆深先生。一天午后，他忽然有了写点什么的冲动，匆忙中找来一个笔记本，在纸页上写下了"实验室"三个字，之后，一行行文字像蚁群在涌现，源源不断。他完成了一部蚁巢般结实的小说。小说外壳犹如一座未来世界的圆形废墟，里头却是繁华喧嚣的城市，大街纵横，商铺林立，行人络绎不绝。天空像一面镜子，被高楼大厦捅得支离破碎。一栋超级胶囊公寓像人类的巨掌骄傲地挥向天空，它挥霍了资本家的金钱和艺术家的梦想，是两者在这个时代的完美结晶。陆深手不停笔，书写了一昼夜。他像一支自来水笔，像一台打字机，被陌生而奇异的激情所挟裹，由一双看不见的手操纵，写下了这个反映洞城现实的故事。故事的人物、情景或细节，都来自现实生活，是司空见惯的，但当这一切通过语言用某种法则组织起来，却呈现了奇特的风貌，更真实更典型。这是一部中规中矩的现实主义小说，但也时见奇思异想。倘若说它是一架严格执行既定航线飞行的飞机，那么仍有不符合常规的飞翔，穿行于话语的涡流或叙述的密云中。一些生僻的词语或古怪的句子，他从来没有听说过，却像泉水从笔端汩汩流出，准确、生动而奇异，使大面积单调干燥如沙漠的小说地图出现了生命欢腾的小绿洲。他不知道故事是如何来到他头脑并在他手上完整地呈现的。也许根本就没有经过大脑？姑且说，是他梦见了这个故事，那么理所当然归他所有。

故事梗概是这样的，洞城有一个惯于游荡的男子，受到一间人造宇宙公司的邀请，到地下城桑之国参加一个关于信仰和天空的文化论坛。他受女科学家黄晶的邀请，进入了一个人工宇宙，接受为期一年的实验，以测试人造星球的诸项性能及用途，并将两人在特定环境的日常生活、心理体验及精神状况详尽记录。该人造星球只有核桃般大小，打开来半径却有三四百公里。

该小说交代故事背景说，二十一世纪中叶的果城、禾城或凤城等地上城，天空被灰黑巨茧般的愁云惨雾覆盖，大地上的植被像珍稀动物那样难以见到。在本世纪初还常见的街道树如芒果树、木棉树和紫荆树等，已像恐龙、凤凰和麒麟那样成为传说。有钱人住在地上，没钱人只好迁居于地下城，地下城的房价便宜多了。无论地上还是地下，人们见到的树木都是仿真的，用金属、塑料及橡胶诸物由能工巧匠做成。几乎每一座地上城都有一座地下城，犹如树冠和树根，互为倒影。洞城就是果城的地下城。

洞城不仅是陆深生活的地方，也是该小说的发生地或背景，还跟他后来所"写"的多篇小说相关。自从地下盘古迁居果城地下修建第一个住宅起，地下人在地下世界繁衍了三四代之多。地下盘古是民间传说的洞城始祖，据说他长着一对翅膀，而又苦恼于没有足够的空间飞翔。相传，他曾在地下修建出拥有庞大空间的地下天空。近百年来，热衷于寻找该天空的人从未间断但一无所获，此说一直未获主流学术界的认可。有据可查的是，地下盘古留下的遗迹顶多是一个方圆两三百里的大窟窿，如今被改建成了人工湖，属于洞城白狮山森林公园的一部分。地下盘古其人其事多荒诞离奇，正史大多不载，在野史

第七章 小说盗

中也语焉不详。如今,除了贫民窟中密集如蜂巢或蚁穴的小房子外,洞城各大小区的主要建筑物有两种,一种是洞中楼,地产商先挖出一个巨大的洞穴,再在洞中建楼房,譬如无底洞、飞霞洞诸小区都是早期的经典之作。一种是摩地大楼,像向下修建的塔那样楔入地底。小区之间有密如蛛网的地下铁路及地下高速公路,还有造价昂贵的地下机场,但因为航线的制约,所谓的地下航班名不副实,主要是飞往地上城。而在果城及洞城之间,有数条地铁相连通,这在三十年前已成事实。整个天地犹如黑暗而巨大的混沌之物,除了等待新一代盘古复苏别无他法。在这样的背景之下,发明或制造一种有天有地、有山有水的人造宇宙,就很有必要,且商机无限,堪称朝阳产业。人造宇宙的研发及生产方兴未艾,但其安全性及稳定性都未尽如人意。这就是当下的现实。如果一个民用的、三维或四维空间的人造星球成功研制,并走入千家万户,那么无论你住在哪儿都会拥有广阔天地。

在那个叫地球—二〇六六的实验室里,女主人公承受不住剧变和压力,几乎崩溃。该实验室也是一个人造星球。男主人公因误服桑之国的桑叶而化身为新一代蚕王,长出蚕蛾般的翅膀,拥有了飞翔能力。如果在二三十年前,这个情节多少有点超现实,在二〇六六年的洞城,却屡见不鲜。有的地下人深居简出,甚至一辈子都没有踏出洞城一步,逐渐向啮齿类哺乳动物逆进化,譬如鼠类、蝠类及猫科动物,在黑暗中能视物或感觉灵敏。变异者中的极少数,有某种鸟类或昆虫的特征。他们或肋生双翅,像古文献记录中的古怪天使;或如蝉蛾之蛹,脱壳重生,破茧化蝶,从背部长出羽翼,能在地下广场短暂地飞翔。该小说所写的人与事,就是对洞城现实生活的准确描摹及忠实反映。

陆深写完最后一个字,感到精疲力竭。他依稀记起之前的某一天,曾在某个偏僻的地下废墟闲逛。那座废墟仿佛是一处火箭发射台,但看来是三四百年前的产物,按理说,当时尚没有地下人居住。另外,那些古代人在地下城发射火箭干什么吗?要往哪儿发射呢?闲逛和游荡,是陆深生活中的重要主题。通常,他像一个考古学者在洞城的大街小巷走来走去,瞪大双眼,寻觅着历史的痕迹或未来的端倪。他从不做记录,也不放在心上,毕竟,他没有撰写任何调查报告的爱好及义务。"在读书中有一种不寻求达到目的的等待。读书就是漫步,阅读就是游荡",这是陆深后来在《游荡的影子》上读到一句话,很喜欢。这是一部法国随笔。而陆深在写这篇小说之前对读书兴趣不大。在他看来,漫步就是读书,游荡就是阅读。

他记得那个恍惚的午后,当时分明是从午睡的床上醒来。他是从废墟中捡到了这份手稿,还是从梦中所得?他无法解释这个奇特的体验,只能说一切皆是天意。为了谨慎起见,他使用了一个铠甲或盾牌般的笔名"刘军"。小说在《地下莲花》杂志发表,一位叫曾念长的评论家注意到了,写了一篇评论《走出空气污染的地球》刊于《洞城评论》,将其誉为现实主义小说的力作。

不久,类似经历再次出现,陆深又轻而易举地完成了中篇小说《蝉人》。该小说讲述洞城一个不务正业的男子兼业余魔术师刘军——又是一个游手好闲的人——他一天清晨醒来,发现自己变成了一个蝉蛹,犹如全身披挂着盔甲的古代武士。他为了寻觅一处隐秘的树林蜕壳而吃足了苦头。因为时代的局限,人类的技术还不足以在洞城栽培真正的地下森林,顶多是一些蕨类、苔藓之类的阴生植物。有的苔藓大如圆桌,野蕨的叶子又肥又大,长到了两三米高,但毕竟不是树木。这就是二〇六六年的现实。刘军是个固执之人,他幼时跟母亲去过地上城的树木博物馆玩,哪怕是普通松树或樟树的清香,都让他如痴如醉。他希望能重新闻到树木的气息。他冒险到了果城,在城郊的一个偏僻之所,觅得次生林的残存一角,在树杈上完成了金蝉脱

第七章 小说盗

壳,长出了韧实的多重翅翼,透明如玻璃,像雨伞折叠于身后。那个蜕下的硬壳犹如人形,又像一个巨大的塑料蝉。总之,那是一个非蝉非人的空壳。他迷上了飞翔。但只有地上城才有广阔的空间,他能理解那个在洞城疯狂挖掘地下天空的前辈了。

刘军在果城郊外飞翔时差点被地上人捕猎,对于他们来说,这就像珍禽异兽一样难得。后来,他在地铁上为一个陌生女郎炎娃所吸引,跟她坐地下高铁穿越地下深处数百公里,到了一个理想国。在那儿,人们不愁吃穿,人人平等,安居乐业,自由自在。那儿有湛蓝而辽阔的天空,天上有九个小太阳在照耀,有千里沃野,大河奔流,有无边无际的森林,绿色树冠起伏如大海的波涛。此地出产一种金苹果,人称无忧果,乃是保证居民幸福之灵药,抹掉或恢复居民的记忆,靠的都是它。每个人都会有一场成人礼,就是在"净脑殿"以无忧果将记忆抹掉。他被告知,这里才是他的故乡。刘军在炎娃的暗助下,以娴熟的魔术手法偷梁换柱,服用了寻常苹果,而将无忧果作为一件证物小心保存。他为了逃脱当局追捕并离开这个地狱般的乐园,在地底下疯狂挖掘,妄图逃出生天。他历尽千辛万苦,花了数十年光阴,加上还不错的运气,终于成功地挖到该地下国的边界。但他绝望地发现,整个地下国建筑于一个巨大的金属圆盘之中,犹如花盆的底座,纯由精钢铸成,光凭人力不可能摧毁。他终于放弃了逃离的想法,但立志撰写非虚构文本《自由城血泪史》,对将真相公之于众不抱希望,只是用来打发漫漫长日罢了。比起小说中的地下城来,洞城无异于人间天堂。

写这篇小说时,陆深觉得脑海里仿佛有一部现成的文稿。幸亏他没读过卡夫卡那篇著名的小说,否则就写不下去了。他只不过是依样画葫芦,用文字将头脑里的画面、场景及事件迅速地记录,那些句子也自动在笔尖下涌现。虽然很耗费体能,但不怎么伤脑筋。总之,要比写第一篇更容易、更顺利了。

不久,第三篇小说《胶囊公寓》又成了陆深的囊中之物。男主人公是洞城大学刚毕业的陆深,以其日记为载体,讲述他为了寻觅一段似是而非的爱情,到海葵胶囊公寓做管理员的遭遇。他终于找到了梦中情人海葵,但屌丝逆袭白富美没有成功,男版灰姑娘的故事以闹剧收场。其间,陆深认识了身为编剧的房客呼延莲花,两个小人物一无所有,却发生了一段真挚感人的草根之恋。

该小说还套着一个电影剧本,出自呼延莲花之手。讲述禾城有个女画家维拉,其杰作《白房子》被神秘人士高价买走,维拉过上了锦衣玉食的生活,却丧失了作画的能力。这麻烦就大了。她整天失魂落魄,为了寻找该画而四处奔走。有一天,她发现所画到的事物全变成了事实。剧本有这样的描述:"维拉在一个无法描述的奇妙时刻、在一个可能存在又难以固定的空间里,她居然跟这幅画重逢了——严格来说——她是跟画中的事物重遇于某个神奇的时空之间,她所画的东西全变成了现实,却又不属于她所处的世界。画中的树林、湖泊、小屋等都是真实的,活力十足,但她只能目睹而无法进入,就像隔着一个玻璃鱼缸去窥视金鱼的世界,而金鱼也始终无法突破那个透明鱼缸的局限。"后来,她终于进入了那个仙境般的世界,并跟画中男子阿尔缔结连理。但好景不长,丧心病狂的房地产开发商毁掉了桃花源,在这片土地上建起了一栋高达一百层的超级胶囊公寓,他们视之如性命的白房子被夷为平地,阿尔在反抗强拆中死于非命。

这只是画中世界的故事,还有一个画框之外的故事像分岔的小径,指向了另一个花园。白房子作为重要意象,贯串了画里画外的故事。在画外,女画家在现实世界中跟阿尔遭遇,跟他讲述了那个神奇的故事,并与其结婚。但她所嫁非人,画外的阿尔仿佛是画中阿尔的反面,花天酒地,沉溺女色,年迈的他在一间旧旅馆死于小情人的怀

第七章　小说盗

抱。在维拉的晚年，那幅画作失而复得，她决定将自己画入其中，也许这是改变历史的唯一方法——但出于对未知或风险的恐惧，使她迟疑不决……窗外，一栋超级胶囊公寓正在施工，楔入天空的楼房密如蜂巢……该剧本的标题是《寻找白房子》。

这是呼延莲花的得意之作，拟由大名鼎鼎的蒋导演执导，本来谈得好好的，蒋导演却忽然说，剧本的基础非常好，但仍有不少问题，必须大动手术，主要有三点：

第一，原来剧本中，一幅画的内容变成了现实，这个构思很好，但那个画面必须要改！画中的树林要改成林立的电塔，湖泊改成街心花园，白房子改成一座高耸入云的胶囊公寓。油画标题《白房子》也要相应改成《胶囊公寓》，这更具有现实感。当然，彼时只有几株硕果仅存的树木。街道树多是塑料树，只有在富翁及政府机关的庭院里，才有用瓷盆或铁盒子种植的无根树，泥土的价值直追黄金。公园"栽种"的多是塑料花木，少数重要区域也有真花无土栽培，因全城已罕见泥土，无土培植的成本又太高。

第二，维拉不仅没有丧失绘画能力，相反具有了点铁成金的魔力，准确地说，就是她所画的东西全变成了事实。她决定重整乾坤。当下的社会发展潮流是大力发展胶囊公寓，于是维拉像一位有史以来最伟大的建筑师，每天在画布上也就是在现实中"创建"这种新兴建筑物。

第三，维拉追求爱情的致命障碍，是因为她对人性、爱欲、革命等观念的认识与常人迥异，这导致了她跟阿尔或别人的冲突。以创造者自居的维拉，她不仅可以随时进出她创造的世界，而且追随者日众。她踌躇满志，犹如新世纪的女王。但阿尔是一个异数，他的爱情观超越了简单的二元论，一方面有造物对创造者不由自主的膜拜，一方面又对其利用特殊才能大力兴建胶囊公寓不以为然。他为了阻止或改变这一切,不遗余力,想了很多古怪的方法,妄图引诱维拉将当今世界描绘成黑暗的海底世界——一个史前伊甸园。但维拉头脑清醒,目光如炬,行动果断,以雷霆手段挫败了他的阴谋。

在维拉的设想中,世界像一个绳结,一个蜂巢,一个坛子。在意大利小说家卡尔维诺描述城市的名著《看不见的城市》中,无论建造在风中、云朵、海底、湖水、陆地、火焰、露珠、肥皂泡、诗句、符咒、梦境乃至幻影等各种地方之上、之下或之外及内部里的城市,其核心都是建筑物,也就是砖石筑就的房子。也许,此书更多的是对城市的设计与想象?维拉受此启发,灵光一闪,决定建造一座有史以来最伟大的超级胶囊公寓。就像她当年受到神明眷顾而创作了不朽名画《胶囊公寓》。她不讳言也受到了《圣经》故事中人类建造巴别塔的影响,但她似乎忽视了此举跟上帝的启示背道而驰。这座无以伦比的建筑物将以地球为基座,完全覆盖了地球的水陆表面,犹如一只果实包裹着果核。她的画笔及颜料可以建筑新大厦,也可以抹掉旧建筑。她埋头苦干,势如破竹,作为史上最有力最霸道的强拆者,无人可挫其锋芒。人们像被摧毁巢穴的昆虫四散逃窜,避之而唯恐不及。钉子户曾经是本世纪一二十年代的新名词,如今成了陈迹。

最后的时刻到了,她将《胶囊公寓》上的画面全涂掉,画上了洪荒如新生婴孩般的地球,然后在地球表面画上一座庞大的胶囊公寓。该超级胶囊公寓以整个地球为地基,连大江大海也被它覆盖,它直通天际,里头的通道密如蛛网,胶囊房间以天文数字计,她尽可能模仿了天堂的造型!当然,这只能是她所理解及考证的天堂。转瞬之间,那幅画变成了现实,那栋庞大得无法形容的胶囊公寓将地球上的陆地和海洋完全覆盖了。至于休闲区、运动区、娱乐区等公共活动场所,在超级胶囊公寓中早有安排,甚至还有空中花园,用塑胶盆栽种着奇花异卉乃至种种无根树,这虽有违现实,却不失为想象雄奇的浪

第七章 小说盗

漫之举。

自然论者阿尔悲愤难抑,每天夜晚,他都偷偷扛着一把锄头,跑去挖掘超级胶囊公寓的墙角,但被挖掉的墙体在天亮之前又像伤口在愈合。他想起了月亮上砍伐桂树的吴刚及推巨石上山的西绪福斯。他们仿佛是同一个人,有三种不同的躯体,生活在不同的年代及世界。这种苦役犯般的工作,徒劳无功,周而复始,就是他余生中不可更改的命运……

连呼延莲花也不得不认为,上述修改方案有狂想曲的非凡气势及神话般的想象力,但她拒绝修改。否则她的故事就被置换掉了。这冒犯了她的傲骨。结果是灾难性的,她失去了跟大导演蒋学智的合作。陆深跟她同为天涯沦落人,离开了海葵公寓。在小说末尾,他们打算去荒凉幽寂的洞城之下,觅一处净土修建自己的白房子。

这样,该小说中的剧本故事就像一个双头怪物,向着两个不同的方向生长。事实上,这是一篇大故事套着小故事的文本,换言之,这是好几篇小说的综合体,就像几个人共同使用着同一副躯体和声音。它跟前两部有些不同,至少更复杂,更荒诞。这连陆深也隐约感觉到了。但奇怪的是,他写得更趁手,更快捷,仿佛面前摊开着一本书,他只是逐字照抄,连起码的遣词造句也不需要。最顺利时,他甚至像一部复印机,将现成的文稿复制到纸上。他兴奋莫名,又惶恐不安。

就这样,陆深一口气发表了三篇小说,崭露头角,得到了评论界的肯定。有评论家称之为"现实主义文学的胜利",甚至用了"横空出世""气象万千"之类的词语,认为他承接了自巴尔扎克以来的伟大传统,甘于做一个伟大时代的书记员。最早关注他的曾学者,又撰文将其概括为"洞城现实主义三部曲":《实验室》算是中规中矩的现实主义小说;《蝉人》结尾则有点超现实的变奏,尽管只是一小截尾巴;至于《胶囊公寓》套着的子故事,堪称浪漫主义的狂想曲,

地下人

但依然被包裹于一部严格遵循现实主义铁律的小说中。值得注意的是，仍出现了不少超现实的"非法书写"，作者似乎要一步跨到地球的外面去。他告诫说，这位叫"刘军"的小说新人，走得有点远了。

笼罩在光环之下的陆深，感到写作也是不错的职业，不过是话语或思想在纸上的游荡，符合他对游荡的想象。一扇奇异之门，对他应声而开。他甚至不是梦见了这些小说，而是小说像一只只飞鸟自投罗网。要形容这种情形是艰难的，故事有头有尾，像一只绿蝉伏在高处的树枝上，而他持着缠满蛛丝的网兜去捕捉——不，比这还要容易，就像在苹果园采摘果子，只需轻轻踮起脚尖。总之，陆深对这些小说的拥有，算得上不劳而获。

他对传统现实主义的游戏规则有所不满。他凭直觉认为，要深刻地揭示洞城错综复杂的现实，仅有反映是不够的，写下来的只是伪现实。他必须发明一种新的小说形式或文体。但这由不得他，仿佛他只是一个记录员，一支墨水笔，一台打字机。小说的到来与完成，他既无法预测又无法控制，仿佛小说有更强大的意志。而他谈不上是作者，只是一个傀儡，一个通道。他对此深感沮丧，又一筹莫展。小说像一阵风突如其来，他也说不清为什么会找上他。这一切的发生都没有预兆，没有由头，也没有解答。

对于一个东游西逛、无所事事的人来说，他终于找到了一个名利双收的职业。他的阅历及杂学都很丰富广博，思想活跃，常有自己的见解，这于实现作家梦都是好事，他奇怪以前为什么没想到这点。然而，当他净手焚香，铺开稿纸，摆开架势打算大干一场时，却一个字也写不出来，就像白鹤守干塘，不会有任何收获。当又一部完成的小说如疾奔的兔子撞晕在树桩上，已经是三个月之后的事了。这次，他收获的是一篇讲述洞城治安问题及幽闭症患者的小说。一位草木皆兵

第七章 小说盗

的女子，为了保护自己，武装到了牙齿，像一个身穿铠甲的人。而住宅则被她改建成了外人不易入侵的迷宫，过着自我囚禁的生活，直至有一天，她遇到了心仪的保护者，尝试去过正常生活时，厄运像黑暗中的怪兽喷着鼻息，慢慢张开了血盆大口……

这样的事情反复多次，陆深终于发现，当小说像艳遇女郎投怀送抱时，他唾手可得，好像友人从远方寄来的珍贵礼物，照单全收就是。在平时，他像垂涎三尺的癞蛤蟆，望着天空的幻影也吃不到一口天鹅肉。由此看来，他不是一个合格的创造者。这段时间，他补了不少课，看了不少世界名著及小说修辞学，收获颇丰。通常，作家在他的小说王国里，是无中生有的魔法师，甚至是说一不二的暴君，对人物、精灵还是鸡狗都执掌着生死予夺的大权，至少是一位二手的、虚拟的造物主。创造的荣耀归于上帝，阿门。当然，他也有和蔼可亲之时，放下身段，听一听人物的心里话，像领导深入基层，跟小民握一握手，拉一拉家常。人物也有生命和灵魂，有时比作者活得更长久。因此，高明的作家就像贤明君主关心百姓疾苦那样关心他的人物，但仍将他们的命运牢牢掌握在手上。然而，陆深沮丧地看到，他谁也控制不了。他连一个剽窃者或抄袭者都算不上，他甚至连增删一个词语、改动一个标点符号的能力或权利也不具备。他顶多算是一个抄写员，一个故事的复述者。小说本身完美无缺，就像烧制好的陶瓷，装修好的房间，已无须画蛇添足。只要他稍有非分之想，试图在小说中插入片言只语，该小说就会像建筑于沙滩上的城堡坍塌于顷刻间，好比一间木屋虽然结实，但你万万不可将关键处的螺丝钉或榫头敲松。那些小说，看来是属于别人的。那么真正的作者又是谁呢？又为何将其慷慨地交到他的手上？又是怎样实现交接的？当陆深在"写"第六篇小说时，隐约看到一个薄如纸片的身影在眼前一掠而过。他们似曾相识，又像梦中人一样看不清面目。这是一个重要线索，但当时被他轻易错过了。每次陷入书写的漩涡，他都像喝多了酒，亢奋躁动，又神情恍惚。

有大半年，陆深接受了他作为一个记录员或复述者的角色或事实，他庆幸使用了笔名"刘军"。他有些心虚，也有所敬畏。他渴望成为一个真正的小说家。他隐约有一点身涉险境的预感。现在，他要抽身而出，还来得及。

该来的迟早会来。谜底终于被陆深破解了。这既是他渴望又担忧的。他搞清楚了每篇小说都分别来自哪些人。《洞城晚报》报道了一桩奇案——洞城只有晚报没有日报，这也符合地下城永远没有日出的氛围——有六个知名作家先后向警方报案，说他们的新作被卑鄙无耻贪得无厌的恶棍盗取了。那个恶棍就是声名鹊起的刘军。那几个作家指控刘军像盗贼偷走了他们的小说，却又拿不出有说服力的证据。要命的是，他们根本就没有被抄袭的原作。

最先报案的是王作家。当警官问他，你指控人家抄袭了你原作中的哪些段落还是全部？王作家急道，不是抄袭，而是偷盗！警官皱着眉头，字斟句酌地说，你的意思是说，犯罪嫌疑人盗取了你们的手稿，并据为己有——不——将手稿的内容当成了他的作品？王作家说，也不是这样的，还没有手稿，小说已经成形，但仅存在于我的脑海，马上要瓜熟蒂落了，我向来是用电脑操作的，这年头，还有谁用手写？警官说，是电子版被人偷走了？王作家为难地说，在我的电子版诞生之前，小说就不翼而飞了。警官瞪大眼睛，他觉得王作家疯了。但等到赵、周、吴、孙、马等五位作家陆续来报案时，警官不禁怀疑自己是否也被搞得神志不清了。作家们都将矛头指向了"刘军"，但不知道这是一个独行盗，还是一个犯罪团伙，建议警方将其抓捕，严刑拷打，不由得他不招！警官说，我们是法治社会，什么都得依法办事，你们说人家盗用了你们的文稿，但这些文稿根本不存

第七章 小说盗

在。这太荒唐了。那些受害者折腾了半天,但警方暂不受理。

当《洞城晚报》记者苗圃几经辗转通过电话联系上陆深时,他几乎露了馅。好在他反应灵敏,说:

"我不是刘军,也没听说过这个人,更没听说过文稿失窃的怪事。事实上,我是一个粗人,从不关心文艺界的事。你打错电话了。"

苗圃采写的报道在社会上反响很大。在公众看来,警方是对的,那几个作家想出名都想疯了。这不是闹剧,就是炒作!

陆深恍然大悟,原来这些人才是那六篇小说的真正作者!但他无法将小说跟作者一一对应起来。多好的作品啊。他心生嫉妒,像巫婆在魔镜前发问,却看到了白雪公主的容颜。那些鸟人文思如泉涌,而自己像荒瘠之地,颗粒无收。他曾经坐在书桌前,整整一天,脑袋像挤空了的牙膏壳,一丁点东西也挤不出来。他又发现,署名"刘军"发表的那六篇小说,几乎出自一人之手。它们有着相似的面貌和腔调,写的都是洞城之事,叙述方式如出一辙,语言风格何其相似,人物关系也有着千丝万缕的联系,至少在气质上遥相呼应。这当然不是他的问题。他发誓没有对任何一个句子动过手脚。他哪有这个本事?每一个句子都像一棵大树那样扎根,他如蜉蝣无力撼动。陆深在"写作"之前不爱读书,唤醒了作家梦之后,就硬着头皮啃不少世界名著,顺带也读了一点坊间走红的作品,结果渐入佳境,颇得读书之乐。原来,那六位作家都是洞城文学界炙手可热的人物。他作为作家,还没有写过一个属于自己的句子,作为读者则水准不低。他发现了当代作家千人一面的事实,每一部小说都有一个精彩的故事,有一个或好几个塑造得惟妙惟肖的人物,有细腻的心理刻画,有优美的景物描写,故事跌宕起伏,有开端与高潮,有冲突和对抗,总之有头有尾,呈线性结构发展,对现实生活像镜子那样反映,像看门狗一样忠实,而现实就是主人。

陆深看出了问题：那些小说的致命之处，就是缺乏创造性，文学性和想象力都乏善可陈，更无形式感可言。

陆深坚定了自己的看法，在今天，各种事件及信息铺天盖地，光是复述没什么意思，小说家必须对现实有所发现并挖掘其精神性。写作的乐趣在于挖掘对现实的创造性洞见，他对当下时髦的影像记录般的小说敬而远之，也不信任一竿子捅到底的线性叙事。他将十九世纪以来的经典小说家大致溜了一遍，发现好的小说家有两类：一类是传统的、既有的小说艺术的集大成者，譬如巴尔扎克、托尔斯泰和陀思妥耶夫斯基；一类是新异的、陌生的小说艺术的开创者，譬如卡夫卡、普鲁斯特、乔伊斯、福克纳、博尔赫斯、纳博科夫、卡尔维诺，也许还有卡彭铁尔、马尔克斯、科塔萨尔、卡萨雷斯、帕维奇、尤瑟纳尔等等。前者被称为传统派或现实主义作家，拥有更多读者和追随者。后者被归入现代派，读者只有"无限的少数"，被要求更有耐心和思考，阅读也是一门需要训练的技艺。在两者之间的广阔地带，是莫拉维亚、辛格、福尔斯、莫里亚克、莱辛、欧茨、阿特伍德等人或大或小的地盘。作家要什么样的读者，就考虑什么样的写作。在洞城文坛，传统派声势浩大；现代派势单力薄，也常被小说鉴定专家裁决为离经叛道。坏的作家以真理在握的架势将所写当成现实，却无视生活的复杂性，无法洞察表象之下潜流暗涌、神秘未知及不可言说之情形。此类写作阐释空间有限又往往被作者框定，说服力不够。好的作家对现实之复杂充满敬畏，警惕书写的局限及歪曲，只呈现某个视角下的某些侧面，却希望通过隐喻、象征和暗示等修辞手段，提醒并要求读者去探寻潜藏的实情。吊诡的是，有人擅长写实却写下了伪现实，有人以超现实的方式揭示了现实。

现代派跟现实主义的分野不仅在于语言、视角、叙事及技术等小说修辞上的革新，也在于世界观及方法论上的颠覆，若以工具作譬，

第七章 小说盗

一为刀矛,一为枪械。两军对垒,武器落后者未必落败,但看着手持梭镖的人冲向枪林弹雨,或以步枪狙击轰炸机,真让人心酸。人家都登月了,我们还停留在茹毛饮血、刀耕火种的阶段。当然,两者并非泾渭分明乃至水火不容。好的作家超越这个那个主义,化腐朽为神奇;坏的作家捉襟见肘,什么主义也帮不了。一个好的作家或一部杰作的诞生,是天地间的造化。好的小说反映现实,更好的小说揭示现实乃至创造新世界。也许,现实主义是"无边"的。谁能否认卡夫卡的现实性?他的写作跟他生活的世界及他创造的世界是统一的。巴尔扎克也是,但他的时代远去了,卡夫卡式的世界仍在持续。

现实是瞬息万变的,像万花筒让人眼花缭乱,难以捉摸,呈现出钻石或棱镜多侧面的立体感及复杂性,现实是流动之河,是变幻的天空,是轮回的万物,要准确地揭示现实,就必须尊重现实的本质,并寻求有效的表达。但洞城的现实主义作家捕风捉影,掩目捕雀,将生龙活虎的现实当成了凝固乃至僵死之物,将其当成标本钉在文字之墙上,然后告诉读者说,他们抓住了现实。这其实走向了现实的反面,显得多么虚假、空洞和肤浅!像这样的小说,他还是不写为好。他做梦都想拥有一部揭示、穿透乃至超越现实的小说。文学不为现实服务,但现实应为文学服务,好的小说应创造另一个现实。他被这个胆大包天的念头激动得热血沸腾。他在笔记本上写下:"另一个现实"。这是一个好标题,他只欠缺一篇小说。那几个字,是他摆脱了别人影响的第一个创作成果,有点寒碜,但毕竟是好兆头。

陆深对那几位作家指控他是偷小说的盗贼,还真觉得冤枉。他一不偷,二不抢,只能说是捡来的,甚至是被一双看不见的手硬塞到他手上来的,或者是小说本身投怀送抱。当然,他这样说有谁会相信呢。他也为此感到脸红。当又一篇小说像预订的快餐被外卖仔送到他手上时,他已欲罢不能。

地下人

在随后的一年多里,陆深又收获了六七个小说,估计这些小说来自不同的作家,却有着相似的面目和腔调,但也的确像是出自"刘军"之手。他猜想着那些陌生人的性别、年龄、面貌、性取向乃至灵魂深处的冲突。其实,这些小说在题材及内容上都不相同,有的固然是写洞城社会的现实生活,但也有的涉及历史、言情、侦探、武侠,甚至披着科幻小说或幻想小说的外衣,打着先锋实验小说的旗号。公允地说,故事都精彩非凡,文字也晓畅可读,也不能说不简洁不锤炼,有的情节甚至匪夷所思,荒诞不经,引人入胜,但那种话语方式依然是写实的、陈腐的,缺少表现力,语言没有敏感和弹性,对事物及人物的刻画也是粗线条的,无法做到精细微妙的区分,不可能触及人与事物的边界及极限,更无法准确地呈现人物复杂多变的内心世界。他对这些作品渐感腻烦。

陆深迫切需要一部具有创造性的小说,管他是自己写的还是拿来主义。然而,他到哪儿寻觅呢?这可遇而不可求。但他知道,坐在家里像怨妇那样等待,也不会有大馅饼从天上掉下来。他恢复了过去在洞城游荡的习惯,有了目的性,走路时就多留神,像猎犬那样机警,试图嗅到一部好小说的气味。

每次当小说降临时,陆深都试图从疯狂记录或书写的狂热中,分出一点精神或注意力来,奢望能窥见小说背后的作者或将小说送来的投递员。有没有这样的一个邮差或使者?他不确定。但他认为,在他和小说之间,除了作者,应当还有一道桥梁,一个通道,一个传递者。除非是作者亲手奉上。但王作家们的愤怒否定了这种可能性。因此,肯定有第三个人或第三种力量,在他和小说之间建立起了某种隐秘的纽带或联系。如果说有盗贼,那也只能是别的人或什么怪物,而不是他陆深。

或者,是小说自身的意志?它仿佛具有神兽般的魔力。它说来就

第七章 小说盗

来,说走就走,强硬霸道,不由分说,不可强求,也不容拒绝。陆深就像一个容器,一个工具,一个载体。这让陆深感到不满。没有谁愿意做一个傀儡。在平时,他没有跟创作发生联系的端倪。他一直是那个无所事事又有点想入非非的人,这的确是一个幻想家或白日梦患者的表征。只有在梦中,他庶几算得上非凡之人。他曾在梦中完成了《尤利西斯》《追忆逝水年华》和前八十回的《红楼梦》。但愿他永远不要从梦中醒来。而一旦小说光临,犹如山洪暴发,大河崩堤,语言的洪流于瞬间将他席卷,长句短句像咆哮的野马群于刹那间将他践踏成草原及烂泥,他的躯体和灵魂完全被占据。他只能疯狂地写啊写,像新闻联播上的防洪战士,不停地扛着沙包堵塞被冲溃的堤坝。他欲要分心或一心二用,那真是妄想。他仿佛一支自动书写的笔,一架疯狂的打字机,他只不过是作者的书写工具或小说现身的通道而已。他无法停下来,就像神灵附体的巫师,精力充沛,脑力及体能都发挥到了不可思议的巅峰状态。一直到完成小说的最后一个字,他才一头栽倒在床上,全身虚脱,四肢绵软,仿佛连身体也掏空了。

有一次,他为了将中篇小说《倒影》完整地"写"下来,连续奋战了两天一夜,中途只啃了几口面包,上了几次厕所,连门槛也没踏出一步。这好比是一场惨烈的遭遇战,他只好坚守阵地,浴血肉搏,寸步不让。否则,《倒影》就像镜花水月那样虚幻,转眼就要消失,真的是连影子也捞不着了。这依然是一部严格遵循了现实主义法则的小说。《倒影》这个标题,虽有其飘忽性及镜像之义,但写得颇为扎实,某些细节很结实,很有力。陆深一边在奋笔疾书,一边被感动得热泪满眶。完稿后,他为自己的矫情而羞愧,还是为了一篇他不满的写实之作!他越来越不满足于"写"这样的东西了。

该小说主题沉重,陆深也像码头搬运工累得精疲力竭。与其说他盗取别人的小说,毋宁说是该小说找到了一个合适的人充当作者或主人。也许，小说才是主子，而他只不过是助产士。这由不得他，小说犹如无形的巨人，孔武有力，意志强大，他只是一个助手，一个跟班，一个奴隶。他跟小说的遭遇是突如其来的，根本无法预料，其肇始及结束都无从解释。这岂非也跟他遭遇这个世界的种种意外相仿？但他不愿束手就缚，他也在孕育和培养自己的意志，不能任由他人或别的什么摆布。

推着时日的推移，当又一个小说到来时，他不那么容易激动了。他学会了管理自己的情绪和身体，重要的是他能较好地控制手上的笔。渐渐地，他不会因书写而失控了。他终于能驾驭那些自投罗网的故事，就像驯兽师驯服一群顽劣的猴子。譬如说，他控制着故事的长度和节奏，时有增删，也就是说，他充当着一个修改者或篡改者的角色。他有时将冗长的景物描写或内心独白一笔带过，有时又将"原文"只有一两句的场景铺衍成了两三页之多。他还能从容地控制写作时间，培养自己的耐力，不必像以前打仗或救火那样，搞得鸡飞狗跳；也不必一气呵成，大可将一天的工作分成两天去做，而依然没有大碍。他越来越像一位创作者了，除了缺乏一个像样的故事，他在谋篇布局及遣词造句上经验丰富，技艺娴熟，已无愧于一个高明的写手。他的意志压倒了大多数不请自来的小说，或者说他的要求越来越高了。他开始对它们指指点点，说三道四，就像有钱人对着满桌饭菜挑肥拣瘦，只挑对胃口的吃几口。有时，他像暴发户在夜总会挑小姐，觉得个个都不错，但要真那个又谈不上有何激情。他拒绝了大多数。他像一个眼光挑剔的编辑，不让那些缺乏新意或有漏洞的劣作出现在他的版面。不少故事像流浪的孤儿哭着离开了，哭得让他心颤。但他越来越不为所动了。他铁石心肠。他不是慈善机构，而那些家伙也不是他的亲生儿，毕竟将这些孤儿养大，也不容易。他想要的小说，依然在毫无端倪的漫长等待中。这两三个月来，他绞尽脑汁，想

第七章　小说盗

尽办法去东找西寻，却一无所获。

《洞城晚报》又刊登了作家文稿失窃案的后续报道。据报载，王作家哭丧着脸跟记者说，我们构思一篇小说容易吗？就好比十月怀胎，即将分娩，却被强行偷走了，还做得神不知鬼不觉，我甚至还没看清是男是女，又长成什么模样，但只要看到"孩子"，我还是能一眼就认出来。王作家们不知道盗贼是谁，孩子被偷走留下的空洞和疼痛，却是千真万确的，就像被硬生生拔了一颗牙。那个恶贼简直是一位巫师。现在，深受其害的作家们联合起来，同仇敌忾。他们统一行动，双管齐下，一方面重金礼聘高明的文学侦探暗中调查；另一方面，采取了周详严密的防盗措施。至于该侦探是警员？是心理医师？是文学名家？他们拒绝透露，但声称该侦探已找到了线索，很快就会有结果。至于是什么措施，他们暂时不便透露。后来，陆深才知道，作家们的措施岂止是防盗？简直是防不胜防的陷阱或机关，差点使他遭了毒手。

其实，陆深有三个多月没写过一个字了，不是没有东西写，但那些千篇一律的东西，他瞧不上眼了。他内心坚如磐石，任由文字如巨浪汹涌而来，在礁石上摔成水沫，兀自岿然不动。要成为一个创作者，首先得是一个独立的人。

倒是在洞城的闲逛和游荡，使他心情不错，总之，他不想待在房间，就披衣出门。在洞城，也分不清是白昼还是黑夜。地下城主要靠电力照明，繁华大街固然华灯通明，亮如白昼，在城郊的地下村落却隐入无边、深邃而神秘的黑暗，灯火星星点点，老旧纪录片上的夜空，庶几近之。恰是这些荒凉地带让他想起人类多年来逐渐丧失的天空，即使仍有天空残存之一角，也是洞城人不敢奢望的。"洞城三部曲"或隐或现地表达了向往、拯救或干脆重建天空的主题，但在地下城而幻想着天空，这真是无稽之谈，恰如人类命若蜉蝣，而凝望天

地下人

堂和永生。地下天空的传说，像历代以来的乌托邦那样动人与虚幻，吸引了无数个有志之士去寻觅和探索，但枉自皓首穷经，踏破铁鞋，却没有任何线索。他也有天空情结吗？至少，他没有鸟儿般的翅膀，也没有飞翔的能力及想法。

陆深喜欢去洞城白云镇城区中心的白云广场散步，那儿升腾着以水、仪器及光电效果制作的人造云，云雾缭绕，光影变幻，看上去非常真实，在特定时刻还有人工彩虹。只是广场上的"天穹"材料粗糙，手工拙劣，俨然是关于天空的壁画。当他一脚踏入清风村的曲折小巷，就遇见了一个女子，身材高挑，眉眼清秀，笑容纯真，像个大学生。但她的裙子太短了，白皙的大腿暴露无遗。她瞧着他，莞尔一笑。他不禁多看了她两眼。女子说："不认得我了？"

陆深点点头。

"我叫黄晶啊。"

陆深脸色一沉。黄晶是《实验室》里的女主人公，他不喜欢一个陌生人这样开玩笑，也不希望别人知道他是该小说的作者"刘军"。

"我们还是老相识哪。就在地狱小酒馆——"她说。

他想起来了，她叫海黛。那是一个什么节日，他从地狱小酒馆喝了几杯出来，看到街上有几个男子对着一个女子拉拉扯扯，那女子左冲右突，难以脱身。他仗着酒意未消，一股豪气冲上胸膛，上前拉着女子猛地冲出了包围圈。那几个男子拼命追赶，奇怪的是有老有少，其他的事他全忘了。他们逃离之后，好像还聊了一会。聊什么是怎么也想不起来了。也许是那女的欠了别人的债，也许是她遇上了流氓。

"大作家，你要到哪儿去？"

"也就随便逛逛。"

第七章 小说盗

"我带你去一处好地方,保证你感兴趣。"

他们拐弯抹角,左兜右转,来到一处陌生之地。当走完一段陡峭、窄小而曲折的甬道后,陆深突然看到了天空。他被震撼了!天空明晃晃的,像一面辽阔无边的铜镜。这好比陶渊明笔下的武陵渔人误入桃花源,在洞中走了一会,忽感豁然开朗,别有洞天。他呆若木鸡!上一次看到天空是什么时候?一岁还是两岁?在时间洪水的冲刷之处,记忆久远得连碎片也没有踪迹了。当时,好像是母亲带他去果城旅游,但更像是梦境中的场景。他站在天空下激动得全身颤抖。而眼前的天空是真实的,没有边界,没有云彩,没有太阳,却异常明亮,仿佛被一盏巨大的日光灯照耀着,也许还是无影灯。他在天空下竟看不到自己的影子。置身于明亮之处,却没有身影,这就有点不对劲了。但天空太美了,他目不暇接,天穹下的一个果园撞入了他的眼帘。果园不大,只有一棵树,那棵树看来是真的,而不是洞城或果城常见的仿真树。它们全由金属、塑料及橡胶诸物制作而成,顶多算是树的模型。轻风吹拂,枝叶摇曳。那棵树木仿佛在言说,每一片叶子都是嘴唇。一棵果树终究要用果实说话。果园和天空十分明亮,四周却是完全的漆黑,他才发现天空不像初见时的广阔,而是一个圆柱状的空间,仿佛由玻璃或水流构成。他努力使自己镇静下来,终于看到了光源。那棵树十分奇特,他从来没有听说过,更没有见过。树干有点像白桦树,光滑洁净,还带着豹子般的斑纹,而叶子直接从树干上长出来,大如芭蕉叶,苍翠欲滴。整棵树看起来,犹如贵妇人般雍容高贵,气质非凡。光亮是从树上那个唯一的果子散发出来的。但它不是一盏灯,确实是一个熟透了的果子。形状有点像苹果,却透明如水晶球,如一颗微型恒星。陆深凝神一看,果实内部流光溢彩,有山有水,有屋有人,场景在不停地变幻,有人在走动或休憩,就像是一个缩微城市或奇幻国度。它仿佛是一个圆球状的电视屏幕,同时有无数个画面,而在刹那之间,每个画面又被新冒出的画面所替代,就像大海上的浪花在涌现又消逝,无穷无尽。这真是任谁也无法准确地描述。

树底下有一个陌生人,他头戴草帽,倚在树干上打盹。他像在休息,也在等待,也许是像牛顿那样等果子熟透了,掉下来砸中他的头。

陆深上前几步,想凑近看得清楚些,却被一道铁栅栏挡住了去路,铁栅栏就介于光明和黑暗之间,几乎难以觉察,却又无法逾越。你瞧,栅栏顶端如标枪般锋锐,闪着刃光。就在此刻,他看到了那个后来让他爱恨交加的黑影。黑影从浓重的黑暗中飘出来,暴露于光亮之下,犹如一团墨汁在宣纸般的光明中滴落。这一次,他看得很清晰,的确是一个不折不扣的人影,没有五官,没有皮肤和骨肉,那个黑色的外表不知是其躯壳还是衣裳,尽管比剪影要略为丰富,但光凭影子要辨认其本来面目是无法做到的。难道这是他的影子?还是海黛或那个陌生人的影子?海黛笑容满面,跟影子打着手语,两者在相互比画。他问:

"你能跟影子对话?你们聊了些什么?"

海黛扭头对他一笑,不吭声。她忙着跟影子交流。

影子忽然长身而起,变得亢奋起来。它看来具有独立的生命,双手伸展,犹如大鸟飞越了栅栏,迅速摘下了枝头上的果实,放入早已准备好的黑布袋。天啊,那么强烈的光华于刹那间消失,四周漆黑如墨。那个柱状的天空也在刹那间丧失。那个影子瞬即融入了黑暗之中,犹如盐融于水中。树底下的人忽然惊醒过来,一声呼喊。他拧亮手电筒,往树上照了照,忽然"呜哇"一声哭起来,哭得呼天抢地。

陆深一时不知该怎么办好。海黛拉着他迅速离开了这个秘密果园。她在漆黑中七弯八拐,显得轻车熟路。她双眸澄碧,在黑暗中熠

第七章 小说盗

熠生辉，不逊色于猫眼。一会儿，他们来到大街上，路灯明亮，海黛跟他挥了挥手，飘然而去。

陆深好一会儿才缓过神来，就像从一场大雪般深厚的梦境中醒来。当他回到家里，却看到自己正在床上酣眠，在梦中大口咬嚼着一个果子。一道灰黑的人影，像一幅画挂在墙上，等床上的陆深将果子悉数吞咽，才像一股黑烟飘出窗外。陆深恍然大悟，那个影子就是小说盗。就在此刻，陆深终于从一场真实的大梦中醒来。那个人影及从外头匆匆赶回的陆深同时消失，只剩下他躺在床上发愣，口中有奇果异香，头脑里果然有一篇有头有尾的小说，在渴望着纸与笔，以及一只将它飞快地记录的手。

该小说的梗概是这样的，一位叫刘军的作家，写了一个关于抄袭者的故事。抄袭者本来就是个鸡鸣狗盗之徒，偷蒙拐骗，欺世盗名。一天，他在用巫术般的方法盗取别人的故事时，中了埋伏，人赃俱获，身败名裂……小说采用了第一人称叙事，也就是说，主人公刘作家跟抄袭者几乎重叠了。刘作家发现，抄袭者所盗取的故事随着时间的推移，全变成了事实。该故事预言了他的生活，现实生活中的刘作家，其生活轨迹按那个抄来的故事所讲述的，一一展开，无一不符合故事中的描述。换言之，刘作家在一个抄来的故事中精准地预见了他未来的不幸生活。在该小说中，现实层面的刘作家跟故事中的抄袭者难分难解，相互交融，结构复杂而层次清晰，体现了高超的叙事技巧。但陆深对该小说的内容十分反感。他对小说盗越来越不满了。这样的小说也拿来给他，到底是想帮他，还是要害他呢？

他无意中闯入的那个果园，恐怕一辈子都忘不掉。多日后，果树、天空及园中诸人的幻影，仍历历在目，让他迷醉。后来，他灵机一动，将类似园子及其事物，相应称之为小说园、小说树及小说果。这确是天才式的命名。那篇小说散发着不祥的气息，他拒绝将其接引到世上。这一切，以梦幻来解释是说得过去的，却未免失之简单。事实上，他发现他真的去过那个地方，洞城白云镇清风村三十六号，那儿的确有一个废弃花园，砖石之间的缝隙填满了野草。他上周就去过那儿逛，只是印象中没看到天空，也没见到奇异果树及会发光的、小宇宙般的果实。也许是他错过了。他决定在午后再去踏勘，说不定会有意外的收获。

清风村距离市区有四十多公里，坐地铁也不算太远。只是太偏僻了，路况又糟糕，从地铁站出来，还得坐"摩的"走十几分钟，之后连电动摩托车也进不去了，还得摸黑徒步七八分钟。他看到了那个花园，竟然真有一棵树木，长着芭蕉叶般硕大的叶子，树上残留着一截问号似的果柄。果子早被他吃掉了，这一切都发生在梦中？陆深告诫自己不要被这些貌似梦幻的事物及表象所迷惑，要弄清真相，就要像侦探那样保持清醒与敏锐。他知道，他在踏上一条前途未卜的文学小径，虽然窄小、幽暗而泥泞，却有可能使他成为真正的作家，而不是像现在这样跟那个见不得光的小说盗沆瀣一气。

他跟第二个小说园的遭遇同样是一个意外。那天，他在地下海游泳。这当然不是传说中跟地球表面海洋保持平衡及对称的地下海，那个海是否存在都是未知数；而是洞城最大的地下淡水湖，有长达数公里的银白沙滩，说它是地下盘古昔日建造地下天空的遗址倒更可信，有关部门如此命名亦有向地下海致敬之意。这个人工湖吸引了洞城无数的游泳爱好者，常有穿比基尼的美人儿在沙滩上走来走去，或躺在沙滩椅上晒"阳光"，几盏高功率的大灯泡发出白光，犹如高悬的小太阳。陆深在潜水时，发现湖底有一座光华熠熠的水晶宫，宫门有两条蛟龙在把守，里头也有一棵奇异的小说树，小说果已成熟。树底下有一个白花苍苍的老头在打瞌睡。陆深又看到了那个神出鬼没的影子。他跟影子似乎对视了一下，影子略作停顿，又径直往小说树走

第七章　小说盗

去。但影子没有眼睛，又怎么能看见他？他试图跟影子交谈，但影子不理他，将果子从树上扭下来放入黑袋子。水晶宫于刹那间变得漆黑一片，影子也随之不见。

有好几次了，陆深在东游西逛时跟海黛不期而遇。她带他去参观了好几个神秘园。园子各不相同，但无一例外都有一棵奇异之树，树底下有一个守园人。陆深问她：

"你是做什么的？"

"园林专家。"她吃吃地笑。

陆深有点不快，他不喜欢她嬉皮笑脸的样子。那天在地狱小酒馆门口，她穿着暴露，搔首弄姿，像个站街的流莺，或者一株招蜂引蝶的野花。

"好了，我是个富二代，哪有什么正当职业？但我是真的喜欢园艺。"

陆深也没有值得一提的职业，家境更不值得夸耀。母亲一直待在地上城，他连父亲是谁也不知道。近期经常遇见这个女子，他有点奇怪。该女子说：

"我是缪斯之女啊，没有作家不喜欢我的。你倒大惊小怪。"

她仍是那副玩世不恭的口吻，一张俏脸上表情生动，又带着富二代的肤浅和轻佻。但陆深又不得不承认，她的确有说不出的吸引力，看起来很纯真，偏又故作老成，似乎还从骨子里透露出俗世少见的神秘。

多日之后，陆深觉得女子的出现并非偶然，她的言谈亦全非戏言。那天，那几个找她晦气的男子，好像其中就有知名作家王、赵、周和吴，都是洞城小说失窃案的要角。

在类似事件发生了好几次之后，陆深明白了，他看到的神秘果园，其实是作家化抽象为具象的"脑海"。这既是一个幻象，也是实有之物。或者说它既属于虚无,也并非不存在。小说园均建于人迹罕见之处,有的是花园,有的是果园,有的是古堡,有的是矿井,有的是一个洞穴,有的是一个池塘,有的是一个蜂巢……在这些偏僻的地方,栽培着神奇的小说之树,沐浴天地灵气,汲取日月精华,主要是凭借作者日夜浇灌的心血而生长。作者就是园丁,在辛勤地侍弄着,以语言、情感、思想为土壤,以意象与节奏为肥料,在孕育、发展着一个小说之果。在平时,就得时刻提防虫害和鸟啄,如今更要防范让文学界谈之色变的小说大盗。在以前,收获者经过漫长而艰辛的劳作之后,悠闲得像牛顿那样守在树下,等成熟的果子坠落并砸在头上。但现在,就得做足保护措施。守园人必须日夜不停地把守,瞪大眼睛,留意着风吹草动。

陆深亲眼看见一位女作家如何在园中呕心沥血地培育着小说树,目睹了小说缓慢而艰难的生长,犹如种子萌芽,抽出嫩枝及新叶,之后是漫长的照料及等待,终于花朵萎谢,结了一个果实。为了防范小说盗,各式各样的小说园大多安装了大铁门及防盗网,小说树则以荆棘围护。有人还聘了保安,甚至租借狼狗及异兽守门,只望有个好收成。但这都无济于事,陆深看到那个影子轻而易举地突破围墙或栅栏,避开恶狗及猛兽的爪牙,用大棒打晕保安,不费吹灰之力就将小说果摘走了。影子真像文字世界里的江洋大盗,来无踪去无影。而影子好像也慢慢摸对了陆深的脾气,对现实主义小说不大感兴趣了。近来,它光顾的多是年轻作家的小说园,在不同的园子进进出出,在这个果子上摸一摸,在那个果子上捏一捏,如入无人之境。但不知为何,它要找到一个合眼的果子,却越来越难了。

陆深发现,年轻作家思维活跃,想象奇特。其园子也修建在常人意料不到的地方,譬如在草原、雪山及海岛之类,都是洞城人闻所未闻的异域他乡。以缪斯之女自诩的海黛,对文学界一直很关注。她发

第七章 小说盗

现了一位前途无限的小说新秀，遂带陆深去参观其修建于一处隐秘洞穴的小说园。在洞城，洞穴不算稀罕，这个洞却很特别，虽然不算庞大，却有好几栋宫殿般的建筑物，美其名曰"广寒宫"，栽植的当然不是桂树，而是小说树。从洞中望出去，洞口明晃晃的，恰如夜空中的圆月。

一连多日，海黛引导陆深穿越了幽暗的地下城，去参观了数十个风格迥异的小说园。有的小说果熟了，有的青硬未熟，有的刚结出嫩果。那些果子的模样都差不多，也许是同一个品种，连果柄、果蒂及细小的疤痕都毫无二致。看来这一切都在彼此模仿。

"你不喜欢这些果子吗？"海黛说，"这可都是二十一世纪洞城小说界的主流产品，有个别称叫巴尔扎克之果。用的是同样的种子，当然不会有太大差异。事实上，从巴尔扎克到今天，这种口味一直占据着主流市场，广受大众欢迎。其他试验性或杂交的品种也层出不穷，喧嚣一时，却如昙花一现，烟消云散。唯有这些跟现实亦步亦趋的品种，这么多年来历经风雨洗劫，仍能保持生机，可以说是永恒之果。"

"我希望看到的小说果能创造现实，而不是一味反映或模仿现实。"陆深说。

"那可是要冒极大风险的。"

"什么风险？"

"天知道！可能是小说中的幻境——也就是流动中的情节或潜在的现实——会改变乃至颠覆你的生活；也可能是你一伸出手去，就被别人抓住。因为市场滞销的缘故，那种小说树鲜见有人培植，即使有也很难培育成功，一棵幻想或超现实之树，非常娇贵，也不是那么容易挂果的。"

"如果能买到种子，我倒想自己去开辟一个小说园。"

"种子得靠自己创造出来。"

"怎样创造呢？"

"它首先得有虚构的外壳，还得有梦想的仁实。一开始它是虚幻的，抽象的，塑造的，想象的，只是一个梦幻般的雾状物，你必须以心血与情感去浇灌，使它变成真实之物，坚硬，浑圆，像一个栗子之类的坚果——即使是巴尔扎克之果，你也得这样去创造。种子店里没有现成之物——无论是哪一种小说，都毕竟是一种创造。之后，你再围绕着种子，以意念创造出土壤、阳光、空气和水，园子的地基、围墙、铁门、栅栏、保安和守园人等等，这一切都得靠你独自去创造。你可能只花几天，就将种子乃至小说园发明出来，也可能要好几年。这得看你的造化。通常，小说果的生长及成熟期，短则十天半月，长则好几年乃至数十年。有的人，一辈子都守在树下等待果实成熟。这算是幸运的了，不少人一生都走在寻觅种子的路上，到了白发苍苍依然两手空空，更遑论筑园、植树及收获了。那个小说盗不劳而获，太不讲道义了。"

"你不是缪斯之女吗？你也不能帮我？"陆深脸上微热，顾左右而言他。

"我将方法告诉你了。路在你的脚下，但得你自己去走，没有人能帮忙。"

由于小说盗的鲶鱼效应，小说家们的想象力被更大地激发出来，用种种稀奇古怪的新方法将快熟未熟的小说果严密保护。小说果被他们伪装成石头、花朵、瓦罐、火球、蛇、鸟、猕猴、食蚁兽、树木、波浪等形状，或者伪装成一部已出版多年的著作乃至是古籍，小说果像书签那样夹藏其中，像婴孩躲入母亲的怀抱。有人以攻为守，将毒蛇、蜂巢、猛兽、捕兽夹、地雷等伪装成小说果，以诱捕小说盗。陆深发现不少小说园都设置了可怕的陷阱，大多暗藏于园门之侧或小说

第七章 小说盗

树的树荫下,里头插着锋利的竹片或尖刀,上面覆盖着翻板和泥土,管教来犯者一踩中机关,必坠入万劫不复之境。

陆深对此看得一清二楚,却无法告诉影子。他已将影子视为朋友,至少也是同伴。毕竟影子每次出手都是为了他。海黛从他身边消失有两三个月了。她的出现和离去,都像是一团雾,一阵风,一个谜。现在,陆深已掌握了搜索及进出小说园的方法。有的园子,他都去过不止一次了,可谓老马识途。他迷上了逛小说园,权当这是观摩学习。他就算是一个学徒吧。他做梦都想去建设自己的小说园,尽管种子仍不知在何方,又是什么样的。

他很久没"写"过别人的小说了,尽管影子仍时有提供,尽心尽力。关于小说失窃案,据《洞城晚报》报道,小说侦探正在积极侦查中,已发现了重大线索,经过排查及侦缉,已将犯罪嫌疑人的数量缩小至三二人,只等证据收集齐全,即可申请公安机关逮捕。虽然仍没有捉到疑犯,却对不法之徒起到了极大的威慑作用。连日来,小说失窃的事件大大减少了,王、赵等名家都顺利采摘了小说果并发表新作。记者苗圃用的是新闻笔法,这篇特稿却写得精彩纷呈,她对小说园的情景以及小说的描述,生动翔实,引人入胜,堪称独家猛料。她也俨然是一位小说专家了,至少她懂得小说生产的来龙去脉。

陆深每次去看小说园,都很兴奋,也有点恍惚,毕竟瓜田李下,既有私闯民宅之嫌,也有深入虎穴之险。整个过程颇具梦幻性,他走在那些绳子般的小路上,像一脚踩在云团或棉花堆上,但他知道这绝不是做梦,而是循着一条既非现实也非虚构的路径来到此处,看到了这些既是幻象又确实存在的神秘园林。既不同于地下城的街道或园林那样真实,也不像梦境那样虚无缥缈,虽然让人难以捉摸,却都是真切存在着的。至少,小说果一旦变成文字发表,虚构之境也就楔入了现实,甚至成了真实世界的一部分,小说本身就是存在的物证。它可能是两个世界的过渡地带,是真实与幻境的分界线或连接处,譬如那一个个将果城与洞城连通的地铁站,你说它属于地上城还是地下世界呢?那些通向小说园的隐秘小径,并非没有形状,只是存在于虚空中,常人难以发觉,就像高山缆车的绳索"消失"于白茫茫的浓雾之中。这是一个途径,一道门槛。陆深得海黛之助,通过冥想与实践,才逐渐掌握踏上小路的方法。

那些隐秘的小径,在陆深的眼前清晰地呈现,甚至连台阶及台阶上的尘埃、落叶和苔藓,道路两旁的杂草及景物,都看得非常清晰。当然,他有时得借助照明工具。每一次,他都在随便一个小说园看到了影子在逡巡,在窥伺,随时会向小说果伸出手去。这个厚颜无耻的小偷,旁若无人,也许它真的是一个隐身者?也许它是他或什么人的影子,却有自己的意识与思想,并非主人的附庸?还是,它只存在于某种类似于梦境的状态中?陆深想起做梦时,自己都会出现在梦的现场,且每次皆是主角。他试图跟影子沟通,影子却像一个真正的聋子、哑巴和盲人。要不,就是对他不屑于理会。但是,它确实身手不凡,将小说家们的防范措施视作儿戏,碰到有地雷的地方或别的危险,它就像工兵那样灵巧地挖掉或破除。即使遇到埋伏,也总能迅速逃脱,全身而退。有一次,它不慎被关入了一个铁桶般的囚笼,但很快就像高明的越狱者逃之夭夭。

现在,影子对小说果越来越挑剔了。它常在小说园出没,多日来却颗粒无收。这种猫捉老鼠的游戏,陆深是越来越厌倦了。有时影子将新采摘的小说果献给他,他也提不起兴趣。

有一次,影子向他提供了一部先锋小说《迷宫中的男人》。他觉得有点意思,他出于恶作剧的心理,反过来写了一遍,犹如时光倒流一般,从故事的结局开笔,一节节倒着往回写,就像一支倒着往回射的时间之箭,先从虚幻的靶子上后撤,最后停留于现实的弓弦之上,

第七章 小说盗

终结处即是原著的开头,标题也被他改为《迷宫中的女人》。这有点像看影碟时用遥控器倒带回放。他已具备了写作的意志及技巧,欠缺的只是属于他的一个小说果。他对这些故弄玄虚的小说腻透了,遂故意使其出丑,漏洞百出。写完后他发现,似乎比原著要晓畅好读。但无论他如何折腾,如何糟蹋别人的心血,要独立创作出一部小说,对他来说仍遥遥无期。

有一次,影子在盗取小说果时,差点遭了毒手。有个诡计多端的小说家设计了一个局。园中的小说果看来是一张平淡无奇的椅子,实质上是一架具有后现代主义风格的断头机,有着古典主义的古朴外壳,是用坚硬的楠木做成的,油漆都剥落了,却又隐藏着浪漫主义的机栝,安装着解构主义的齿轮,各个部件之间,拧紧着隐喻和象征的螺丝钉,被荒诞主义的轴承及表现主义的链轨所带动,镶嵌着现实主义讲究实用的锋刃,闪烁着存在主义的光芒。影子一时大意,当它一坐下去,断头机的铡刀就呼地劈下来,影子赶紧就地一滚,虽狼狈不堪,却死里逃生。正是断头机那现代派与生俱来的虚幻性及解构性救了它,当然,也多亏它反应敏捷。而那把椅子亦即断头机,却被自己的锋刃劈成了两半。小说果因自身的美学张力四分五裂,像一个在空中爆炸的气球。换言之,一篇不错的小说就这样毁掉了。

这是一次奇特的冒险,陆深瞧得心惊肉跳。他像从梦魇中惊醒过来,想劝告影子就此罢手,但找不到沟通的办法。他对影子提供的小说果一概拒收,以此表明态度或传递某种信息。他希望影子悬崖勒马,不要再作奸犯科之事了。但影子是一个惯犯,一天不去人家的小说园鬼鬼祟祟地转几圈就睡不着觉。也许,影子对结果不是特别看重,而是沉溺于享受偷东西的过程。它偷盗的每一个环节都力求完美,犹如一个唯美主义的艺术家。影子不可救药了。

终于,影子被一块漆黑的强力黏鼠胶粘住了。当时,黏鼠胶伪装成一部黑色幽默的杰作，里头人物的古怪笑声将影子吸引过去了，没想到它的手一搭上去，就中了计。陆深眼睁睁地看着影子被更大更浓郁的漆黑吞没，像一滴墨水掉入了墨水瓶，仿佛从来就不曾存在。他一点忙也帮不上。他仿佛听到影子发出了鼠类般惊惶的吱叫声，其实没有。影子没有声音，也没有表情。这是影子第一次没跟陆深回到他的蜗居。

陆深回到家中，惊魂未定。他有意在灯光下细察，发现自己的确没有影子。或者说，他是一个丧失了影子的人。他过去从未留意过这一点。莫非那个影子是属于他的？但他心生怀疑，譬如无论从思想行为还是别的什么，他跟影子都不是一路人，但要破解影子的秘密或跟影子的关系，却又一时没有头绪。

陆深一想到影子被逮住的那一幕，就不禁心惊肉跳。他躲在家里，有两三个星期没去光顾别人的小说园了。

一天清晨，陆深从一连串不安的梦中醒来，却发现影子就站在面前。他想给影子一个拥抱，以庆祝它劫后余生，但影子身一扭就闪开了。他不知道影子的表情。影子用手指了指，似乎是示意他跟它出门去。平时，他在小说园总有点恍惚感，这一次，他却是在头脑十分清醒时跟影子遭遇的。这让他十分兴奋，以至于忘了追究影子是如何从强力黏鼠胶中逃脱的。多日后，海黛才告诉他，通常，每一部小说都有一个结尾，只要有结尾就好办，小说结束了，它的陷阱或囚笼也会跟着消失，影子遂得以抽身而出。影子不是小说中的人物，不属于小说中的世界，关几天又有什么关系呢，它不会受皮肉之苦，也不会挨饥受冻。怕就怕那种结尾呈开放性结构的小说，循环回复，首尾相连，像迷宫般错综复杂，即使是聪敏如影子者也很难找到出口。

且说陆深跟着影子出门，坐上地铁，又转乘公交车，最后是一段崎岖泥泞的山路。他有点奇怪，洞城除了一个人造白狮山之外，哪儿

第七章 小说盗

还有什么山头岭尾？他有满肚子的话想跟影子说，很想了解影子跟他是什么关系？为什么要帮助他？他终究没问，影子也默不作声。

他们来到了一处草木繁荣的幽谷，清新的花香在空气中弥漫。陆深当时认为这就是小说园，但等他发觉跟现实中的小说园有点出入时，已身陷其中，无力自拔。此处被一场大雾笼罩着，一片白茫茫。后来，他才发现那不是真正的浓雾，而是密密匝匝的、千丝万缕的蛛网，闪烁着灿烂而奇异的银光。银光渐散，他眼前露出了一条铺着青石板的小路，十分清洁而雅致。影子带着他一前一后沿小路走到尽头，路两边及四周皆被大雾或蛛网所笼罩。看来该小说园格局宏大，结构繁复，远非他平时看到的寻常园子可比。他怦然心动，激动得双腿发抖，他将看到本世纪最宏大壮观的小说巨木以及最伟大的小说果亦未可知。若真是如此，别说是影子动心，他也会双手发痒的。

等漫天浓雾完全消散，银光闪烁，只见前面水天相接之处，赫然出现了一个灰青色的庞然大物，趴在平静的海面上，有如巨龟。越来越近了，他看得愈加真切，那是一座小岛。岛中央矗立着一个巍峨的城堡式建筑群，那栋主体建筑远观之像紫禁城的太和殿，近看却又掺杂着古希腊的建筑风格。该城堡是一座梦幻般的建筑物，像神秘的天外来物。因其东方式宫殿的金色大屋顶，嵌着众多构件的庑殿顶，闪光的琉璃瓦，重檐下的滴水兽头，层层错落，舒缓沉稳，颇具"万尖飞动"的意趣。而城堡的主体却由巨石建筑，高大的阶梯，完美的爱奥尼式柱廊和三角形山墙，像意大利维琴察郊外的圆厅公寓那样和谐、精确和优美，深得西方古典建筑的精粹。整座建筑物奇妙地融合了中西方建筑的精华，既恢宏雄浑，又优美灵动。从外观上看，仿佛是一栋古代建筑物，但外墙崭新，金碧辉煌，在灿烂的盛夏阳光下熠熠生辉，无疑是新时代的建筑。大门上有一块横匾，上书三个鎏金大字：海浪堡。

地下人

这哪儿是房子？分明是王宫。海浪堡的四周就是一个大花园，种植着奇花异卉，竞芳斗艳，一条镶嵌着光滑鹅卵石的小径将花园跟码头连接。岛的四周波涛翻滚，更远处是浩瀚的大海。对岸太远了，只见水天一色，看不到别的东西。该岛就像远离尘嚣的仙境，那栋高大建筑物衬托于天空的蔚蓝之上，宛若蓝色背景上的油画，倒也相得益彰。小岛上绿草如茵，绿树成荫，无一不出自人工精心布置，却又显得自然而然。每一茎花木，每一株小草，都得到园艺师的精心养护，它们就像弹簧和链条那样使花园保持弹性和活力，犹如一架巨大机械上的细小零件。莫非他正处身于地下海的岛屿之上？

要不要进去？他狐疑不定，只见城堡门口站着一个戴面具的人在焦虑地张望。那人看上去神不守舍，但也瞧不见面目。而影子就像狗遇到了主人，它一溜小跑，像一阵风吹过去，像一团空气被那个人吸进了体内，合二为一。影子获得了血肉及躯壳，而那人获得了精神和魂魄。

那人的目光似乎带着笑意。陆深想叫他出来，但他携带着影子一转身，迅速走入了城堡。穿着深蓝制服的门岗在守卫，对他们躬身施礼。那人的身影十分眼熟，但陆深又想不起是谁。他不由自主地跟着那人进入大门，那人在回廊的转角处一拐，不见踪影。陆深入得大堂，马上有一个雍容沉稳、精明干练的中年妇人前来迎接。看来她是管家。大厅及回廊伫立着年轻侍者，三三两两，每条甬道的拐角处均有仆从，个个眉眼清秀，衣饰光鲜、整洁。这座建筑物有点像是五星级的大酒店，但更像是私家豪宅。侍从脸带微笑，执礼甚恭。陆深忐忑不安，毕竟他从未涉足过如此尊贵场所。他发现该城堡之富丽堂皇，金碧辉煌，实乃平生所未见，里头似乎有着难以计数的厅堂和套房。关于这座城堡内部的奢侈豪华，又陈设何等奇珍异玩，那是不用说了。如果要表达他当时的震惊程度或向他人形容海浪堡的话，只有

第七章 小说盗

欧洲贵族或美洲新贵的府第才堪以相比,譬如佛罗伦萨的鲁切莱府邸或匹兹堡市东南郊的流水别墅。他也是从建筑文献才看到相关描述。

他们在海浪堡参观了一个晌午,看了会议室、餐厅、影剧院、酒店乃至于套间里的客厅、寝室、盥洗间等地方,看得他眼花缭乱,叹为观止。他还是觉得小城堡后头毗邻大海的后花园更美。他望着一丛花树,枝叶被海风所撼动,而大如杯盏的白色蓓蕾欲绽未绽。陆深很喜欢那几株虞美人及广玉兰树,喜欢那片油绿的青草地及海岛之外起伏而浩瀚的海面。他独自在花园停留了片刻,海风拂面吹来,晕眩感有所减轻。他似乎一脚踩入了别人的一场梦境。但他心生惆怅,找来找去,也没发现园中栽有小说树。他问:

"这是地下海的小岛吗?"

"世上哪里有什么地下海?"女管家笑道,"这儿是地上世界。"

"那这是什么海域?离果城有多远?"

女管家笑而不答,邀他去餐厅用膳。一个女子如公主般穿着洁白的晚礼服,上身两乳之间裁剪成了一个V字形。她的肤色比服饰更白,香肩裸露,手腕带着手镯,发髻高挽,优雅高贵,宛若古希腊女神,却戴着一个状若海棠叶的绿色面具,看不到她的脸。他跟她隔着长长的餐桌,餐桌上摆着铜制的枝形烛台,烛光如嫣红的玫瑰。还有六位陌生人在作陪,均身穿白袍,脸戴叶状面具,从其窈窕身形来判断,看来都是女性。除了女管家,餐厅还有三个年轻的侍女在上菜倒酒。那女子微笑着,向他举起了高脚玻璃杯。杯中的美酒晃荡如女人娇嫩的红唇。女主人站起来说:

"我是鹰眼,欢迎你来到海浪堡,你来了,我们就可以行动了。"

从其声音来判断,应是海黛无疑,陆深心中慌乱,头脑一阵恍惚。他觉得眼前的鹰眼跟记忆中的海黛相差十万八千里。他四下里望了望,没有发现那个将影子吸收了的人,也许那人就在这儿,但无法辨认。这让他惴惴不安。

"欢迎你从虚构世界来到了现实世界，"鹰眼说，"在这里，影子是无法独立存在的。你曾因偷摘一个现代派的小说果，中了埋伏，被老奸巨猾的王作家捉住了，并将你作为小说中的一个反面人物写了进去。你在他那部黑色题材的小说中，将会经历非人的折磨，求生不得，欲死不能，幸亏影子救了你。"

陆深摸不着头脑，他从来就没有伸手摘过任何一个小说果。他需要的是一颗小说种子。出于创造者的尊严，他只想独立完成一部杰出的小说。女主人仿佛看透了他的心思，扬手叫侍女拿来一个白色的布袋。她接过来，抖了抖，里头哐啷作响，仿佛有大珠在碰撞。她随手抓出一把，只见种子呈椭圆形，晶莹剔透，五彩斑斓，像珍珠，像玛瑙，像翡翠，也像是奇异的豆粒，或青鸟下的蛋。每一颗种子里头都有小人像如走马灯般转动，山水天地的画面像万花筒在变幻，仿佛里头隐藏着一个大舞台，一个浓缩的小世界，一个微型星球的雏形。看来个个都是优质种子。

"只要你加入我们，帮我们完成一件事，这种玩意儿你要多少就有多少。这里的奇珍异宝多着呢。几粒种子算什么？比起我们要做的大事，做一个农夫去种小说有啥意思？"

"什么事？"

"协助我们炸掉洞城广场。你是一等一的爆破专家，这次行动少不了你。"

"你们到底是什么人？"陆深大吃一惊。

"你听说过吧，洞城之下还有洞城，是谓根城，根城中有一支正义之师绿色革命联盟，我们就是'绿盟'的人。"

多年以来，绿色革命联盟是洞城的一个地下秘密组织，据说其前身是根城的恐怖组织鹰巢，鹰巢曾声称为洞城及果城的几起恐怖袭击

第七章 小说盗

负责。陆深的意识依然清醒,他想起海黛曾经说过,小说种子只能靠一己之力创造出来,任何人都无法帮忙,于是,他谨慎地表达了疑问。

"但在小说里头,一切皆有可能,"海黛笑道,"何况是区区小说种子。"

一语惊醒梦中人,陆深于刹那间恢复了意识。他眼前的筵席、宾主及城堡之种种,均如一场大雾于阳光之刃的挥舞中消弭于无形。他从小说的虚拟情景中抽身而出。在他的眼前,出现了一个普通的小说园,园子有古朴之风,四周有石砌栏杆,地上长满了杂草和野花,几只蛱蝶在花草上盘旋。而园中矗立着一棵枝叶奇异的小说树,跟之前看到的都不一样,感觉它是一个活物——当然,不是说别的小说树就是死物,但却是静止的,在地上安静地发展和壮大,这也是植物的特性——它是一只珍禽,对了,它就像传说中的凤凰。那些枝条上的叶片也形如凤翅,狭长、肥厚,作势欲飞,枝丫上结出了一个小说果,但仍很细小,很娇嫩,像凤凰下的蛋。假以时日,也许会孵出一个小凤凰来。他发现,刚才所见到的城堡,跟那个戴面具女郎的遭遇等种种情景,都是小说果中孕育的,亦即是该小说的开头。该开头十分精彩,他稍不留神,已被生长中的小说果挟裹其中,幸亏他神智未失,赶紧从中抽身而出。

这是一颗具有魔幻性质的小说果,远非那些写实类或伪现实的小说可比,它可能是这个年代的《聊斋志异》《百年孤独》或《哈扎尔辞典》。陆深一声长叹,如果他能拥有这样的一棵树,这样的一个果子,就是死也没什么遗憾了。以他训练有素的文笔,肯定能将这颗小说果完美无缺地搬到纸上去,使之成为一部真正的杰作。他望着小说果,激动得双腿直打哆嗦。面对着巨大诱惑,他不禁心生贪念,垂涎三尺,就是背着盗贼之恶名,也想将此果摘取。但是他也看到,这个果子刚刚长成，尚未发育成熟，情节还没有充分展开，一篇仅有开头的小说是意义不大的，既不完整，也没有独立的价值。他又惊讶地发现，树底下居然没有守护者。也许是原作者知道这篇小说刚生成开头，不会有人感兴趣？每次光临小说园，那个乌鸦般的影子都跟他在一起，如影随形，这次却破天荒没有出现。那到底是谁的影子？他想起小说开头于海浪堡消失了的那个人以及影子。但是，这是多么奇妙的果实啊，当它成熟并被作者采摘时，势必震撼文坛！

在陆深神游八极之际，仿佛听到有人叫他，声音很小，却很清晰。他四顾无人，好不容易才发现，有人在小说果里头呼唤他。他踌躇不决。他应当掉头就走，从而跟一部神奇之书失之交臂；还是进入小说果中去，见证、参与这部小说的发展历程？前者是安全的，但他不甘心。而后者又实在太危险了。小说果的内部也是一个自足的世界，一个受时间制约的空间，虽有广阔天地，却危机四伏，他既要进入这个世界而又保持清醒及独立性，肯定不是容易的事。他对这个小说果的培育者也就是作者很感兴趣。这是一个什么样的人呢？他想起了海黛跟他说过的话："要完成一部创造出新世界或另一个现实的小说，是要冒风险的。"不入虎穴，焉得虎子，他豁出去了，一咬牙做出了决定。

他心念一动，神奇的虚构之门为他敞开了。

他眼前涌现出了一场大雾又迅速消逝，脚下出现了一条铺着青石板的小径，小路尽头是一座宫殿，门口依稀可见海黛的倩影。陆深不由自主地沿着小径返回了小说的空间。在入口处迎接他的是那个戴着面具的女主人鹰眼。她说：

"欢迎你回心转意，但随着小说情节的展开，线索在交织，场景在变换，你将不能随意进出。你必须服从小说的规律、情节的需要以及作者的意志，到时就由不得你了。你可想好了？"

第七章 小说盗

陆深做了一次深呼吸，点了点头。

"那很好，你在入伙之前，还有一个仪式要做，要交一点东西。"

"交什么？"

"投名状。"

陆深以为她在说笑。他看着鹰眼一本正经的样子，有点好笑。她跟另外六个戴着面具的女子低声嘀咕，好像在商议着一起恐怖袭击的方案。他内心有点惊慌，又感到很滑稽。他望着她们，目光带着一丝怜悯。瞎忙啥呢，她们都是虚构的人物，只有他来自真实的世界。

鹰眼仿佛猜透了他的心思，说：

"在这部小说中，我们都是书中的人物，不管你来自何方，你原来是谁，原来的你都会一笔勾销，你将在这里开展你的新生活，这里有你的一席之地。为了保证小说顺利完成，我们都得全力以赴，你必须尽快进入角色。这将是一部非凡的小说，它同时也在建构一个新世界。当这部小说完稿及新世界到来时，必将在全球引起轰动。我们不仅在参与一部伟大小说的创作，也在创造新的历史。所以，我们一定要认真对待，精诚团结，紧密合作，更要绝对服从。"

"服从谁？服从什么？"

"一切都无条件服从！"

陆深深感愕然，旁边有一个女子解释说：

"作为一个小说人物，在书中要服从你的上级，但重要的是服从小说的叙述者也就是组长。当然，更要服从在小说之外的作者，但直接在书中发号施令的并不是作者；通常，他不会在书中出现，他躲在幕后，他是隐身人，你也可以说他是我们的上帝。毕竟是他创造了我们。作为叙述者，组长懂得的比我们任何一个人都要多，哪怕你是主人公。当然，实际上你不是。作为我们的上级，组长享受支配我们的绝对权力，她有时甚至行使了作者的部分权利。"

陆深惊疑不定，他望着鹰眼想，看来这并非等闲之辈，至少在现实世界也实有其人，就像他一样？他眼前浮现出了海黛的身影，他强自按捺，才忍住了扑上去将鹰眼面具揭开的冲动。他问那个组员：

"作者是谁？"

"古往今来，很少有小说中的人物有幸跟作者相遇，"她笑着说，"我没有这个福气。"

"说不定就隐藏在我们中间呢，"陆深开玩笑说，"就像一起纵火案的肇事者，一桩密室凶杀案的主谋。"

"别瞎说了！亵渎作者就是对神灵不敬，"鹰眼斥道，"你刚才看到的情景，大约有七个页码的篇幅，那只是小说的楔子或序幕，小说的主体叙述尚未开始，那将是气吞山河、壮丽无比的一幕。现在，你来了，好戏马上要开锣了。请你不要轻视你扮演的角色，你也是一个非常重要的人物。不管戏份如何，每一个人物都不可缺少。现在，请大家注意，演好各自的角色。在楔子里，还得补插一小段，新入伙的陆先生必须补交投名状。"

众人齐声应诺，点头称是。

鹰眼将陆深带到了一处地牢，里头有一个老头，长着一张阴鸷的马脸，目光闪烁，犹如蛇舌。鹰眼说出了他的名字：公孙熵。这是一个臭名昭著的工业巨头，富可敌国，穷奢极欲，他贪恋女色，仇恨进步人士，关于其丑闻或罪行罄竹难书。陆深亦略有耳闻。鹰眼掏出了一个小本子，朗声说：

"公孙熵于二〇二八年出任洞城小学校长期间，奸淫幼女七名；二〇三九年，出任洞城秘密警察局头目时，谋杀进步人士、生态学家太公望；二〇四五年，出任金翅人造宇宙公司董事长时，贪贿赃款逾三亿元；二〇五二年出任三仙岛核电站总裁，试图掩盖三仙岛的核泄漏事件，贻误了处理事故的最佳时机，导致三千多人遭受核辐射，邻

第七章 小说盗

近海域遭受核污染……以上指控证据确凿，罪大恶极，每一桩均是死罪，他只手遮天，一直逍遥法外，洞城当局包庇他，但绿色革命联盟绝不能容忍。根据'绿盟'刑律第十三条，应判处公孙熵死刑，验明正身，就地正法！"

鹰眼拔出一把手枪，递给陆深。陆深感到杀气逼人，他犹豫着举起了手枪。众人盯着他，四周鸦雀无声，空气像铁板一样凝重。陆深闭上眼，扣动了扳机，枪声响起，跟他心底的一声叹息重叠，子弹穿透了公孙熵的脑门，一股鲜血飙出来，犹如怒放的红罂粟。尽管公孙熵罪该万死，这也是小说中的情节，换言之，这只是一次虚构的行刑或杀戮。但陆深还是感到了难以名状的恐惧和恶心，他胃里一阵抽搐，弓着身子往地上呕吐。他瞧着沾满了血腥味的手，又忍不住吐起来。后来他才知道，一双手只要沾上血腥，就永远无法洗净，这将伴随他的一生，成了折磨他的噩梦之源。

绿盟档案组要完成的文本或小说，有个标题叫《绿色秘史》。在神秘作者的构想里，这是一部伟大的史诗，气势磅礴，结构恢宏，情节盘根错节，犹如一棵千年大树。也许还是以高大建筑物来形容更准确，有围墙、花园，有圆柱、回廊、穹顶、庭院、通道、大厅、套房和密室等等，俨然是一座由词语筑就的海浪堡，一卷波澜壮阔的历史画卷。小说有两大主线，犹如城堡的两大主轴，第一条叙述线索从第一章开始讲述，绿色革命联盟档案组的文秘陆深是一位天才的速记员，开头只是个小人物，后来逐渐走到了故事的核心，成为举足轻重的要角，曾一度越俎代庖，充当了叙述者的角色，对其他人物发号施令，地位远远高于组长及众人，甚至凌驾于那个隐身于幕后的作者之上。他越来越自信，对小说本身乃至作者说三道四，大发议论。这让其他人物很不习惯，但又不能不服。陆深心思缜密，机警过人，每次行动都没有失手,在小组乃至绿盟的地位越来越重要了。

在长篇小说《绿色秘史》的前面几章里,陆深原本是一位作家,出手不凡,佳作迭出,却遭到评论界漠视。其写作的动因颇为有趣,他不知为什么遗失了一段过去,为了寻找丢失的时间及记忆,开始了疯狂的写作。

有一天,他出版了震撼小说界的重磅力作《迷宫中的女人》,但是被人指控抄袭。他找来有关文本一读,几乎晕倒在地。他呕心沥血完成的长篇小说,竟是别人多年前出版的作品,原著作者是个女人。他认真对照了两书,发现互为倒影,他的小说严格按照现实时间呈线性发展,而女子的小说却倒转过来叙述,从结尾开始,一直写到叙事之初,犹如倒着回放的影碟,一支倒飞回来的时间之箭,显现了让他自叹弗如的高超技巧。那女人进一步指出,小说中所写的故事并非虚构,所有事件全是真实发生过的,男女主人公都有权利书写这一段往事。换言之,他们正如故事所交代的,原本是夫妻但失散多年,现在,这两部小说又像列车一样将他们送到了重逢的小站。因此,她指控他抄袭是言过其实了。由此,陆深在该女子的帮助下,恢复了对往昔的记忆。原来他在涉足写作之前,是一位双面特工,本来是果城当局的卧底探员,却潜伏于洞城秘密组织绿色革命联盟,参与及策划"挖根行动"而事泄失败。因单线联系的上司老何亦被谋杀,他无法证明自己的真实身份,遭到果城当局和绿盟的双重追杀,只好亡命天涯。但是该女人也就是他的妻子黄晶,耐心而坚决地更正了他的说法——故事完全是真实的,背景、人物及事情都没有问题,但是陆深将最关键的一点搞反了。他是"绿盟"打入果城当局的卧底,而不是相反。

该女人告诉陆深,正是这翻来覆去的双重身份及颠沛流离,以及多年来出生入死的冒险生涯,使他无法承受越来越大的压力,遂出现

第七章 小说盗

了严重的精神分裂。她会设法治好他的。

在许多时候,陆深本人也搞不清自己到底在为谁服务,谁才是他的敌人或朋友,因为他接触的人当中,有不少人同样具有双重乃至多重身份,譬如那个自称是他妻子的女人,他记忆中就有着数不清的姓名及职业,例如记者舒舒、售楼员君慧、女城管榛子、富二代海黛、女作家兼科学工作者黄晶及绿色革命联盟档案组组长鹰眼……好比一份三百多页的文件,里头详尽记载着陆深在失忆之前作为双面特工而主要是绿盟特工的冒险经历及非凡功绩,这比他记忆宝库里的珍藏要更丰富,更具体,更细致,这足以解答他的任何疑问。

这份文件就是第二条叙事主线要陆续展开讲述的内容。在这条线索里,第一条主线上微不足道的小作家或文秘一跃而成为书中的主角——该部分内容亦即关于他的档案——一位热血青年为了全人类的解放事业,秘密接受了严格的特工训练,潜伏于果城当局,跟罪恶的后资本主义帝国做斗争,不惜忍辱负重,出生入死。他经历了无数次难以想象的危险及奇遇,时而化身为富家公子,出入于上流社交场所乃至风月场中,风度翩翩;时而化身为屌丝青年,进出贫民窟;时而化身为冷血杀手,深入虎穴,孤身锄奸……总之他胆大心细,智勇双全,虽九死一生,却总能顺利完成任务并全身而退,当之无愧成了书中相关章节的主人公。当然,你也可以说关于他的档案文件,只是《绿色秘史》套着的一个故事,母故事套着子故事,子故事套着孙故事,如此无穷无尽,实乃该小说的特色。但陆深当局者迷,要充分了解这一点,还得等小说的情节陆续展示。事情仍远未结束,事实上才刚刚开始。该女人过来找他,不仅是要让他恢复记忆,还有一项光荣而艰巨的任务要交给他。换言之,他的冒险生涯虽暂告一段落,但随着他记忆的复苏,又必须重操旧业。因为果城及洞城已成了万恶的后现代资本主义帝国之殖民地,被掠夺成性、贪得无厌的资本家所统治，连天空、泥土和河流都消失了，更遑论生命的象征——绿色植物了。如果不将其推翻，地球就一日没有希望，黎民百姓就只好继续生活于水深火热之中。有天空而不能目睹，有太阳而不可看见，不唯独地下城，果城人也像鼠辈一样生活于黑暗、潮湿的阁楼中，这跟洞城人居住的巢穴式住宅有何区别呢？陆深别无选择。

陆深整装待发，他盘点着组长鹰眼给他的狙击步枪、手枪、手雷、弹夹、十字弩、匕首、窃听器、针孔摄像头、防弹背心等等，还有一沓护照，口腔还嵌着一只暗藏剧毒的假牙。宁可自尽，也决不能被捕，这向来是绿盟特工的作风。

与其说鹰眼给了他一段有头有尾、不容置疑的往昔，不如说将他彻底洗了脑。但通过对绿盟文献的阅读以及对地球史的重温——人类文明的发展史，就是一部地球的衰亡史，至少是生态的毁灭史，想想自然界消亡了十之八九的物种——他已经激起了对工业托拉斯及后现代资本主义帝国的满腔怒火，一股正义感像火焰从他的心底飙起。地球兴亡，匹夫有责，他决定不管过去是什么人，都要加入"绿盟"，投身于波澜壮阔的解放全人类的革命事业之中，为了拯救全人类和地球母亲而奋斗终生。这几年来，陆深浴火重生，浑身是劲，投身于惊心动魄又隐秘沉寂的地下工作之中，像清末民初的职业革命家，策划着爆炸、绑架和暗杀的勾当；像潜伏于国民党特务组织的中共地下党，收集情报，刺杀汉奸，策反敌人，以坚定的信念及丰富的经验战斗在最前线，迎接着胜利曙光的到来。

在档案组兼行动组的努力下，随着《绿色秘史》情节的发展走向纵深、宽广和繁复，现实中的陆深逐渐成了小说中的一个人物，像一个词语、一个句子，被嵌入了小说果的一个褶皱中或未来之书的一个段落；像一枚棋子，被一双看不见的手挪到了棋盘上，并放上了短兵相接的战壕。

第七章 小说盗

一开始,陆深还提醒自己说,他不是小说中的虚构人物,而是真实存在的人——洞城一个喜欢游荡、无所事事的人,一个因机缘巧合发表了几篇小说而怀揣文学梦的人。为了谋求一颗小说种子,他不惜进入《绿色秘史》而成为一个人物,但他没有忘记初衷,他终究会返身于现实。然而,随着小说逐渐羽翼丰满,他的意志在慢慢减弱,小说的意志渐渐压倒了他的意识。不用多久,他已将这一切抛之脑后,承担起了小说人物的责任,将全副身心投入了刺探情报及策划暗杀之中,像一个机器人严格执行着来自上头的指令。有时他也纳闷,谁才是作者或绿盟领袖?无论作为小说之内或之外的人,他都想跟这个大人物共谋一面。事实上,他常将这两者混为一谈,也分不清自己纯属虚构还是真实之人。后来,他干脆不再思索这些恼人的问题,他逐渐将这些忘却了。这已经是癔症或谵妄即将发作的表征了。更准确的说法是,陆深进入了一部复杂幽深如无底洞的小说文本,深陷其中,无力自拔。他被困在里头。小说仍在撰写中,情节越来越曲折,线索越来越繁密,人物关系越来越复杂,矛盾冲突越来越激烈,高潮迭出,一波未平,一波又起,还看不到结束的趋势。

在小说的前半部分,两大叙述主线是交替进行的,但有不少细节搅缠其中,如一堆乱麻难以拆解,犹如河流的两岸,在相互对照、投射和合作。每一条河岸都是无数条往昔的、消失的、未来的或隐形的河岸之代表、符号或躯体。尽管在任一时刻,你都只能看到两条河岸,但每一条河流都可能拥有数不清的河岸。想想黄河改道的事吧。小说果生长的速度惊人,它在膨大,而其包含的文本,其长度已让人望而生畏。事实上,要分清哪些是前半部分或后半部分为时尚早。

随着故事情节的发展、迂回与推进,两条主线在一个奇妙的时刻及地点不可避免地交叉了,弯曲成了一个圆环、一个圆形的迷宫,故事犹如一把大剪刀在合拢,像殿堂的穹顶在交接。河流的岸是复数,是两条带着弧度或优美地弯曲的平行线。无数条往昔出现过又消逝的河岸之遗迹荡然无存，显现的只是岸的形象——岸的魂灵与肉体，岸的化石或标本。现在，线性叙述的小说变成了复调结构的小说海，它的岸犹如古老太阳般浑圆。一个曾经光辉万丈却变得黯淡无光的圆形废墟，每一个点、每一段弧线、每一个扇面、每一个圆圈都能在反方向上找到对应之物或其镜像，就像故事或叙述开始了周而复始、生生不息的循环。只是，二十一世纪中叶的太阳已被尘埃及灰霾遮蔽了，它再也无法照亮任何事物，哪怕是自己的脸庞，除非清除那些层层堆积的遮蔽之物——绿盟档案组的工作或《绿色秘史》的撰写，就像一把大扫帚在天地间无情地挥舞——这是一部越来越复杂的全景式小说，它一刻不停在生长，源源不断，像一个深渊，一个无底洞，一个星云中的黑洞，一个只有入口没有出口的迷宫，犹如长河或时间本身。

可以预见，陆深作为书中的一个人物将成为永恒，而小说仍远未结束，也就谈不上出版。你瞧瞧那个逐渐饱满、浑圆的小说果吧，它开始散发幽香，但远未成熟。有时，陆深幸运地清醒了片刻，但他被过去及未来折磨得寝食难安，魂不守舍，也不知道究竟是谁在撰写这部仿佛在无限延伸的浩瀚之书。小说的篇幅仍在以惊人的速度生长，固然看不到尽头，要回顾其开端也殊非易事，更无法让作者停顿下来。也许作者不是一个人？而是一群人？也许不是人类，而是某个灵异之兽或某种神奇的力量？也许只是一架永动机般疯狂书写的打字机或电脑？甚至是造物主本身？现实中的陆深坠入了记忆或往事的黑洞。或者说，他被一片咆哮如雷的书写洪流淹没了，被一部猛兽般的虚构之书吞噬了。有时，他混淆了过去与现在的界线，他将虚构与现实混为一谈，他不知道自己是谁，来自哪里，又要往哪儿去。换言之，他成了一部小说的囚徒。该小说就是一个以语言、经验及思想铸

第七章 小说盗

成的捕兽夹,或以意念及潜意识建筑的囚室。该小说由大师级的高手精心炮制,陆深既入其彀中,能否获得解救,还得视作者的心情如何。但陆深对此一无所知,既没有恐惧,也没有悲伤。在旁观者看来,他像一个可怜的白痴。

《洞城晚报》记者苗圃怀着掘到宝藏的愉快心情,采写了一版关于洞城小说失窃案的专题,乃是该系列报道的收官之作,堪称完美。

该专题大意是,自从小说盗频频得手以来,肆无忌惮,文学界是可忍孰不可忍,经过文学侦探的缜密侦查,巧妙设局,终于将作案的无业游民刘军亦即陆深捕获了。侦探是一个叫李缪斯的美女作家,她本是果城及洞城小说界的新一代人气天王,很年轻,也很漂亮,但她心计深沉,手段高强。话说她将陆深作为一个人物,诱入了她正在撰写的一部名叫《地下人的救赎》的长篇惊险小说之中。该小说富有悬疑色彩,风格怪诞,情节惊悚,非常好看,却又是一部自动生长、无限繁殖的小说,犹如大海的波涛在无穷无尽地涌现——这由李缪斯精心设计制造的一部小说永动机在日夜不停地工作,只要给它提供足够的电能或石油,它将一直工作到世界末日或宇宙的终结。至于诱饵是什么,女记者没有直接交代,但她不怀好意地将线索引向了李缪斯粉嫩的鹅蛋脸和白皙丰满的胴体。

报道的重心放在对该小说的描述上,它除了可以当作常规小说阅读外,又远远超出了小说乃至文本的含义,说它是一个巧夺天工的囚笼或迷宫,完全没有问题,堪称有史以来人类以文字编织的最古怪最恐怖的器具之一。罪有应得的小说大盗陆深先生,在小说中成为要角,化身为自由斗士,怀揣解放全人类的理想,奔走于大江南北,出入于阴阳两界,为了建功立业而出生入死,有好几次差点丢了性命而九死犹未悔,他被解放全人类的狂热与激情烧坏了脑子,找不着北。他在其中迷失了。更确切地说,迷失或被囚禁的是他的"意识"或精神。在现实生活中，他当然拥有人身自由，却像一个白痴那样无能，不要说他已经没有能力去偷去抢，就是仅有三四个字的短句也无法组织了。由于他偷盗小说时用的是一种类似于巫术的方法，犹如羚羊挂角，不着痕迹，要用现行法律去将他定罪难如登天。但现在的惩罚也不算轻了。王、赵、周、吴、孙等一干受害者终于出了一口恶气。小说盗的思维意识或逻辑能力已不足以支撑他去阅读或听说一个短句，换言之，他虽然没有受到世俗法律的严惩，却在某个层面上受到了更有力的制裁。这种利用特殊功能的犯罪，就应当施予精神性上的惩罚，也算是以其人之道还治其人之身。

但让公众不解的是，神探兼作家李缪斯拒绝接受任何采访。没有一个受害者跟她见过面。消息来源均出于王作家的讲述，他是一干受害者松散联盟的头儿，去请李缪斯仗义出手也是他的主意。也许，李缪斯早就预见了其行为将带来道德、心理、法律乃至文学上的巨大争议，干脆选择了隐身。她通过王作家转告公众：她只是一个小说家，从前是，现在也是，她从来没有停止过写作。至于诱捕小说盗，那不足挂齿，只是创作生涯中的一段小插曲，甚至是她写作计划中的一小段，小说盗的命运已成了书中的一部分。而她那部仍在撰写中的长河小说，已有数家大出版商向她伸出了橄榄枝，洞城企鹅出版公司甚至说，不必等到写完，可以一边写一边出，也可以先出版目前完成的章节，总之合作方式多种多样，稿酬绝不含糊。但出版商无一例外遭到了李缪斯的婉拒。于是，有人冷嘲热讽地质疑《地下人的救赎》纯属子虚乌有，只是一种炒作，是一个隐喻，是一个意识机关或精神捕兽夹的别称，无非是用来诱捕小说盗罢了。不管怎么样，自从宣称小说盗被抓住之后，又过了大半年，小说失窃案再也没有发生过，却是事实。

苗圃的专题报道引起了轰动及争论。毕竟小说失窃案及小说盗的

第七章 小说盗

出现,一直让公众绷紧了神经,如今奇案告破,人心大快,曾经惶惶不可终日的大小作家喜笑颜开,视李缪斯为大救星、小说侠。而争议的焦点在于,有人在网上发帖子称,李缪斯貌美如花,心如蛇蝎,她神不知鬼不觉地摧毁了对手的意识,这手段忒也歹毒!双方在网络、报刊及电台、电视上大打嘴仗,正反观点都十分尖锐,互不相让。

这正是李缪斯也就是李海黛要的效果。早已淡出争论漩涡而渐被人们遗忘的陆深,正在她的悉心调教下,很快就掌握了特务工作的基本技能,从事着更隐秘、更危险的工作。苗圃报道中披露的情况当然并非全是事实,而是经过海黛精心组织、剪裁、删减才提供给王作家的,虽然多有依据或由头,大多已遭到歪曲,至少也面目全非了。事实上,作为绿盟特工的陆深,当然没有失去意识,也没有被囚禁于一部永无穷尽的小说中,这样的小说本身就是无稽之谈。小说的情节随后变成事实,或将真实发生过的事情写入小说,这是有可能的。这本是一枚硬币的两面。甚至,在小说中发现另一个现实,或预见了潜在的现实,那都并非不可能。但要说在一篇小说中创造另一个世界,这多半是痴人说梦。小说与现实,这是一个很艰深的命题,不可能有标准答案。海黛的确是文学及心理学的双料天才,但对此也语焉不详。除非是事件一边在发生,一边被写入小说中;或者恰好相反,但这两者必须像双人舞的伴侣一样保持同步与默契。她当然不是在做一次极端的文学实验。她没有这样无聊。事实上,她作为绿盟档案组兼特别行动组组长,时间很宝贵,有多少大事等着她去做哪。

海黛盯上陆深很久了。她在多次试探或测试中获得了满意的答案。他真是一个天才的记录员或复述者。他在筹划已久的行动中将会大显身手。通过海黛提供的某个特殊路径或方法,陆深得以进入小说果,是因为小说种子的诱惑。他会不会还有隐藏得更深的、不可告人的目的？海黛认为此举纯属多虑。经过她的再三试探及彻底搜查——主要是对其潜意识的搜索及清查——他的表现都无懈可击。她放心了。他的潜意识就像玻璃鱼缸里的金鱼及水草暴露无遗，纤毫毕现，休想对她有任何隐瞒。她可能是当今世上最顶尖的三位精神学科专家之一。据说另外两位在欧洲和美国。

就记录或复述方面的天赋与技能而言，陆深是不世出的人杰，才堪大用，只要稍加点拨，将会激发出惊人的能量，为绿盟立下彪炳功绩。他过去没有做过特工，但不妨碍他成为一个出色的特工；他过去没有被作家写入小说中，但正在成为一部小说或史诗中叱咤风云的人物而被读书界铭记。一个创造历史的人将永载史册，而历史的有效记录者也一样。一个翻开地球人类史新纪元的伟大时刻就要降临了，海黛将成为创造历史的人或其中一分子，陆深则是这个伟大时刻的见证者及记录者。"绿盟"在彻底取得胜利之前，不能缺少这光辉一页的完整记载。

陆深当然也看到了《洞城晚报》关于小说盗落网的报道，"刘军"身败名裂。至此，他终于知道了自己只是一个替罪羊，而真正的小说盗就是海黛——她当然也是受害作家们请来的文学侦探李缪斯——实则是"绿盟"大权在握的超级女特工，身负重任。当然，她还有好几个秘密或公开的身份，譬如心理学家、小说家诸如此类。正是她一手炮制了小说失窃连环案，也是她将凶手诱捕并终结了案件。而她处心积虑撒出这个烟幕弹，却是要掩护绿盟档案小组顺利创作一部阴险的叛逆之书——美学及政治上的双重反叛——当然，书中的情节也是一个即将变成事实的大阴谋。这弄假成真的工作，将由绿盟特别行动组负责。

海黛坦白说：

"那个善于摘取别人小说果的影子，不是你的，而是我的。"

第七章 小说盗

"将别人头脑里构思好的小说取出来送入我的脑海，真是不可思议。你是如何做到的呢？"陆深尚有疑问，"小说园、小说树及小说果都是真的吗？"

"我只是运用了一种相对复杂的催眠术，你可以说是变戏法，也可以说是发气功。你有没有听说过捕梦者及其特殊的手段？或者说半个世纪前的好莱坞老电影《盗梦空间》？说来很复杂，原理也大致差不多。小说果之类当然是幻象，小说本身却是真实的。譬如做梦，你所梦见的东西可能是事实，也可能是幻境，但梦的行为及其本身却是确凿无疑的。在那些小说里，至少人物、情景、事件都活灵活现，都经得起推敲，很有说服力。在足够好的小说里，不仅仅是反映、模仿或揭示，还能发现、预见、颠覆现实，甚至创造出另一个世界来，这也是你一直想要的。我没有看走眼。但王呀赵呀他们不行，也许他们对小说有很好地理解或构想，基本功也不错，但缺乏才能去完成一部真正的杰作。他们不是文笔稍逊，就是思想肤浅，又或者一口气提不上来。写小说需要一种综合性的能力，它是语言、经验、思想、情感、故事诸如此类的合金或结晶。小说大于一切材料的总和。作家头脑里有了一部好小说是一回事，要将其完美地捕捉并呈现在书页上，那是另一回事。一部伟大的小说在等待我们去完成。"

"小说种子也是你随口胡诌的吗？"

"当你完成一部好小说，它同时就是一把优质的种子。光明与永恒的种子，梦与真，诗与道，美与善，都会借此而生根发芽，开枝散叶，并回归种子，生生不息，完成大自然神秘的循环之圆。我是在隐喻的意义上说的。"

"但我看到的分明是实物，是一些类似豆粒、雀蛋、珍珠或水晶球的种子。"

"通过潜意识或意念，将某种抽象之物化作具体的东西，这是催眠师的寻常手段。将一部构思中的小说物质化、形象化，这有什么稀奇呢。现在连人造星球都不是空想了，很多人造宇宙公司都在研制核桃或玻璃珠大的宜居小星球，打开来半径有三四百公里，收起来也不过如果壳般大小，可以随身携带，随时使用。有的公司已进入了试验阶段，批量生产并推向市场指日可待。"

"为什么要找上我？"陆深默然半晌说。

"是你钻石般的意识之光吸引了我，否则我如何从茫茫人海中看到你？我像一颗恒星被另一颗恒星所吸引。老实说，无论就书写还是对潜意识的捕捉或运用来说，我们都是不可多得的人才。你拥有非凡的记忆力及速记才能，你能将一场复杂的梦境或头脑里的冗长故事完整地在纸页上复述出来，这使你足以胜任《绿色秘史》神出鬼没、变化多端的叙述工作——情景及叙述方式也必将随着现实的变化而变化——作为一个人物，你还谈不上有多重要。当然，现在下结论还为时尚早。还得看小说自身的发展，因为它深刻地涉及并楔入了现实，或者说它就是潜在的现实及可能性的现实。这样说吧，这是一部具有自身意志和生命力的小说，甚至连作者也不能说想控制就控制。它像一棵具有魔力的奇幻之树，具有自由生长的意志，连种植它的人也无法随意干涉。这是伟大小说的特征。作者要做的就是将它完整地复述下来，你还不能算是作者，却是一个很好的执笔人或叙述者。作者在头脑里孕育了这一部注定要石破天惊的杰作，正如你在小说园中看到了那枚凤凰蛋般神奇的小说果，但作者能否顺利地将其完美地呈现，却是未知数。我们绝不能冒险，我们要做到万无一失。我们为作者找到了理想的合作者。在这样的情况下，你作为专家，马上可以大显身手了。"

"我还是不明白，是什么样的天才或狂人构思了这部小说？他为什么要这样做？"

第七章 小说盗

"作者创作《绿色秘史》的意图有三。一,要以富有创造性的小说艺术,对当下腐朽堕落、平庸之作大行其道的文学界给予致命一击。二,这是一部伟大的小说,也是一篇雄辩的战斗檄文,一本革命的宣传手册,要使革命成功,就要唤醒国民的抗争意识,认识到现在深受压迫的奴隶处境,凭什么他们就得像老鼠、蟑螂世世代代都住在暗无天日的地下城?而要改变国民性或唤醒民众,自从伏尔泰、鲁迅、叶·扎米亚京、奥威尔、索尔仁尼琴、哈维尔以来,文学作品尤其是小说,向来是不二法门。此书将以浓墨重彩描绘地球在黄金时代的美好画卷,彼时万物相竞,碧水蓝天,绿浪遍野,鸟语花香,这是人类被逐出天堂的后伊甸园时代。之后是一段长达数千年的下坡路,但最危急的关头,是在工业革命后因持续衰败而坠入万劫不复之境的今天。该书将以逻辑缜密、雄辩犀利的言辞,论述大自然崩溃的悲怆事实及'绿盟'重整乾坤的雄心壮志。三,这也是一部革命纲领、军事地图、生活指南乃至最锋锐的武器,它将指导我们的战士为解放全人类浴血奋战,披荆斩棘,勇往直前,不惜将头颅别在裤腰带上,不成功,则成仁,直至将后现代工业彻底摧毁,还我一个尽洗耻辱的大自然。当然,正如标题所说,该书主要是一部记述绿盟近百年来屡仆屡起的革命史,由于革命尚未成功,顶多是渐入佳境,这为本书的撰述开了一个精彩的好头,但远谈不上完结。历史一边在创造,一边被书写。你想想吧,多么迷人的一幕!或者说,这也是一部革命的计划书,革命的种子撒播全球,随风飘荡,正在一一落地,生根发芽。我们不仅是在写一部小说,也是在创造一段历史,而书中讲述的已变成了现实,至少,书的前半部分就是这样的。这需要一个杰出的见证人、记录员或叙述者。有时,叙述者作为书中人物,也局部地行使了作者或知情者的权利,这无可厚非,但这得有分寸。我作为监督者,也得履行我的职责。而你就是绿盟档案组长期物色并通过考察的最佳人选，这是你的荣耀。"

  陆深呆若木鸡，继而如梦方醒。他百感交集，不知道该笑还是哭好。他终究还是一个书写工具，一个文抄公或速记员，无非是替他人做嫁衣裳罢了。当然，书写本身是合法的，也没有冒犯到任何人，不必遭受来自法律或道德上的指责与追究。然而，他加入了"绿盟"，那就是造反，这可是要坐牢乃至掉脑袋的。在革命成功之前，他注定要做一个隐身人了。革命会使世界变得更美好吗？他不知道。但他还是想到了海黛许诺的酬劳，这本来就是加入"绿盟"的由头。拥有一个小说园的想法让他迷醉，如今既然成了泡影，那么能像真正的作家那样正常创作也是好的。

  "说了半天你还不明白？之前我为你所做的一切，"海黛苦口婆心说，"都是使你成为一位小说家的课堂训练及临床实践。那好吧，我们给你的回报，不仅是让你参与历史，待大功告成之日，再给你提供一个有蓝天彩云、有湖泊草地和繁茂森林的庄园，并在我的指导下经营一个专属于你的小说园，培育小说树——哈哈，我都习惯你这个说法了——总之，你将成为一位名副其实的小说家或文本创造者，这包在我身上。但是，正如你从这颗小说果看到的，还有什么比生长中的《绿色秘史》更伟大？它既是小说，也是文献；既是预言，也是即将到来的现实。它集《推背图》《诸世纪》、《独立宣言》及《尤利西斯》于一体，《没有个性的人》与《百年孤独》算什么？连《追忆逝水年华》跟《战争与和平》都得靠边站！你作为它的'书写者'，还不感到满足？"

  "这么说，你一直对我施催眠术？"陆深大声说。他身体在发抖，嘴唇在哆嗦，不知道是因为激动还是惊慌。

  "偶尔为之吧。这跟气功师发功相似，都很耗费能量。你的意志力很厉害，对你催眠不容易。"

第七章 小说盗

"现在呢?"

"当然没有。起码你知道我们各自是谁,我们在干什么,对吧?"

"《绿色秘史》的作者是谁?"陆深终于将这个问题抛了出来。这折磨了他无数个夜晚。

"作者不是一个人,而是一个集体或团队。现在,你和我都加入了。"

"总有一个主创者吧,我是说,到底是谁最早构思了它?"

"你不必细究了。你没必要了解跟小说无关的。"

"我作为一个记录员,却连那个该死的'口述者'是谁也不知道!"

"陆深,请你注意你的态度!你暂且可以当作是我,尽管事实上不是。我是你的组长,你的一切行动都得听我指挥。别忘了,你递交了投名状。"

"那只是小说中的情节,不是真实的。"陆深嗫嚅说。他不禁毛骨悚然。

"那也是事实。别忘了,我们在创作一部将对世界或现实作出颠覆性改变的小说。这是组织的任务,也是你我的梦想。"

海黛望着陆深,嘴角露出嘲讽之色,递给他一份报纸。工业大亨公孙熵被刺杀的新闻登在头版头条,还配着事发现场的大幅图片,场面血腥。"绿盟"已通过网络发表声明对此负责,还警告说,倘若后现代资本主义帝国的主子及其走狗还在执迷不悟、倒行逆施,公孙熵就是他们的榜样!陆深拿着报纸的手在颤抖,他闻到了手上的血腥味,真的害怕了。但他除了任由海黛摆布,看来别无选择。

过了几天,海黛向陆深介绍"绿盟"成立以来的历史及其丰功伟绩,这是他要上的第一课。还有很多特工训练的课程要尽快完成,这都由海黛负责。之后,海黛向他下达了一系列行动的指令。原来,

地下人

他作为一个书写者，不仅要用笔和墨水，还得用手枪和鲜血。这也是《绿色秘史》第二条叙述主线的主要内容。据百度可知，"绿盟"是一个激进的秘密革命组织，拥有政党和武装力量，其最低革命纲领是号召全世界地下城的人联合起来，推翻地上城的殖民统治，建立一个地下联邦共和国；其最高纲领是全面消灭后现代工业以及后现代资本主义帝国，并以伟大的东方农业帝国汉唐为蓝本，恢复一度辉煌了两千多年如今被西方文明以暴力强行中断的伟大农耕文明，到时河清海晏，国泰民安，不仅"天日"重现，被水泥、柏油、石料覆盖的土地也终得翻身之日，所有靠饮用石油的钢铁怪物将会被扫荡一空，绿色遍布河山不再是白日梦。

绿盟现任首席理论家李海黛亦即档案组组长鹰眼，她年纪虽轻，但出道甚早，在组织内外影响很大。她出版过一本小册子《绿色革命宣言》，堪称"绿盟"近百年来的经典文献。该文指出，地球的"人性化"意味着荒野的自由自在被人类扰乱，失去了原始与野性。驯服植物及动物，显然就是破坏自然原生态及荒野精神之滥觞——人类的文明史就是地球的衰亡史——正如爱德华·O.威尔逊所言："文明是通过背叛自然获取的。在新石器革命中，我们已经走偏了方向。我们曾经试图走出自然而不是走向自然。现代科学技术革命尤其是基于计算机的信息技术的巨大进展，第二次背叛了自然。使人类误以为将城市和农村的物质生活与自然割裂，也足以满足自身的需要。……人类的大锤已经落下，第六次大灭绝已经开始。生物多样性的丧失如果不能有所减轻的话，物种永久丧失的程度注定要在二十一世纪末达到中生代末期的水平。我们将会进入诗人和科学家称作的'沙漠时代'和'孤独时代'。"他不幸而言中，尚未到世纪末，人类已经进入了荒凉的沙漠时代。人只是大自然——上帝、存在、最高意志、最大的神秘诸如此类，随便你怎么说——的造物而妄称创造者，

第七章 小说盗

并因为学会使用工具而妄自尊大,遗忘了其无非是神灵或魔鬼手上的工具,制造了很多无关紧要乃至后患无穷的东西,譬如弓箭、枪械及原子弹。在人类登月之后,科学家更狂妄地宣称:当一种资源耗尽时,科技天才将会发现其他的新资源;当地球上的资源耗尽了,就乘坐宇宙飞船移民到火星。人类将五谷及花卉之外的野草称之为杂草,将大多数昆虫称之为害虫,而对相近于人类的灵长类猿猴乃至同类又何尝手软。"害虫"和"杂草"这些字词,表明了人类的无知、傲慢及空洞的优越感。对森林和原野上的野生动物而言,每个外来人都是恐怖分子,不同肤色的狩猎者和肉食者是,披着裘皮大衣的贵妇人是,取熊胆及虎骨制药的药剂师是,头戴野雉尾的花旦也是。每一个流域或森林都是一座庙宇。老子说:"反者道之动,弱者道之用……道法自然,无中生有"。道元禅师说:"龙把水视为宫殿……研究水时,学佛之人不应局限于人类的视野。"加里·斯奈德说:"森林是山猫很好的食堂,山猫带着魔鬼与饥饿的幽灵分享着鹌鹑并以呢喃表达感激。"每一个生灵都带有神性而不是神。推倒神庙的伐木者得享征服大自然的美名而被凸出的树根绊倒。一只金龟子或一朵矢车菊以死相告:"大自然隐秘的链条早已崩断——"而蹩脚的钟表匠将这个旧钟表轻率地拆掉,翻来覆去找寻却找不到发条,更遑论修理。加里·斯奈德说:"这个在某一生态系统内的关系网,让人想起华严宗的因陀罗网意象,就像戴维·巴恩希尔所描述的:'宇宙被看作一个巨大的网,网上缀有多面体的、磨得发亮的宝石,每一颗都作为一个多面镜。从某种意义上讲,每一颗宝石都是单一的独立存在物。但是在审视一颗宝石时,我们看见的只有其他宝石的映像,而这些宝石自身也映现了其他宝石,就这样在无穷无尽的镜像系统中不断映现。因此在每一颗宝石上都有整张网的形象。'"

《绿色革命宣言》观点鲜明、尖锐,高屋建瓴,论证严密,论据有力，言辞雄辩，富有理论气势，让人难以反驳。文章的结论更是掷地有声，振聋发聩：如今，宇宙之网已被撕裂，缀在网上的宝石也支离破碎，黯淡无光，化为尘埃。请每一个尚未麻木的人睁开双眼，看看我们周遭的世界吧，居住于果城或洞城的人们，被金属、水泥、玻璃、塑料和橡胶诸物所包围，荒野及泥土已丧失殆尽，要找到一只昆虫和一株野草，都是奢侈之事了。在人类历史上，并不缺少有识之士，呼吁人类反抗暴政，寻归荒野，他们因恪守绝对之善而放弃了使用暴力的权利——譬如雨果以爱制暴、托尔斯泰主义及甘地的非暴力抵抗运动——但收效甚微，根本无法遏止撒旦及其子孙对地球的侮辱与损害，该是以牙还牙、以血还血的时候了！

陆深注意到，绿盟行动的思想资源可追溯至东方哲学天人合一的理念，以周易、老庄、禅宗等为主体，糅杂了《吠陀经》、苏菲神秘主义、自然神论以及上个世纪初以来的生态主义，极端仇恨以工业革命及科技主义为核心的西方后现代资本主义帝国，主张极端意义上的复古，回归农业文明，最好是回到刀耕火耨的原始共产主义社会，以革命的烈火荡涤人类的罪孽，将地球上的一切推倒重来，以塑造新一代的纯真之人，建立一个美丽新世界。"绿盟"使用暴力的理论依据固然五花八门，其推崇的英雄人物也略显古怪，既有陈胜吴广、梁山好汉、白莲教徒、洪秀全，也有斯巴达克斯、罗宾汉、托马斯·闵采尔、佐罗、十二月党人，还有卢梭、梭罗、阿尔多·李奥帕德、约翰·缪尔、罗伯斯庇尔、切·格瓦拉等等，像个大杂烩，狂暴而混乱，正如其组织近年来策划的一系列活动，既有和平请愿、游行示威，也有恐怖袭击，在社会上引发了极大的争议与恐慌。绿盟为了正本清源，祛除当局对组织的妖魔化，这也是上头安排档案组撰写《绿色秘史》的意图，革命成功之日，也是新书首发式的举行之时。

近来，陆深成功执行了三次任务，一次是公交车爆炸案。一次是

第七章 小说盗

刺杀《果城日报》副社长马大图。马大图经常在报纸及网络发表文章，鼓吹科学主义至上及向火星移民，认为自然主义者是跳梁小丑，在上个世纪初已留下笑柄，如今的"绿盟"更是丧心病狂，要恢复小国寡民的农耕社会，完全是疯掉了。据说他本来是"绿盟"的骨干，后来叛变了。还有就是策划了一处地下河的溃堤事件，冲垮了两条地下村落，造成多人丧生及失踪。绿盟宣传组发表了谴责声明，将责任推到了洞城当局管理不善的头上，目的是制造社会混乱及恐怖气氛，以便浑水摸鱼，从中行事。

因为工作的需要，陆深不得不从书写中的小说进进出出，常将虚构情景跟现实生活混淆乃至搞反了。好在有海黛在一旁提点，他的书写及执行任务都相当顺利，两不耽搁，这受到了档案组兼特别行动组同仁的高度评价。这实际上是两套牌子一班人马。他们完全接纳了他。陆深已知小说果纯属幻象，但他眼前经常浮现出那颗神奇的小说果，仿佛看到它在膨大、饱满，呈现出快要成熟的迹象，而不是像苗圃的专题报道所言，那是一部永远没有尽头的小说。尽管如此，他还是看不到结局，或者说前途未卜。也许这是一场注定要在半个地球上烧起的熊熊烈火，那个凤凰般的果子将于大火中涅槃，还是立马化成灰烬？

陆深能确定的是，小说果马上就要瓜熟蒂落了。他分不清看到的是幻象，还是小说果确有其事。此时此刻，他不禁怀疑海黛的幻象说。你看，那个小说果多么真实。其实，他已经知道海黛有很多东西瞒着他，或者根本就在撒谎。

终于，陆深从海黛那儿得到了小说创作就要进入尾声的指示。根据小说中的记载，二〇六六年九月二十九日，档案组组长海黛向陆深发出了指令，要他枕戈待旦，随时候命，他将以狙击手兼战地记者的身份，准备参加炸毁洞城广场并一举攻占洞城市政府办公大楼的军事行动，果城、禾城、谷城等地上城及其卫星地下城同时配合起事，诸城将有两百支绿盟敢死队或突击队同时向当局发动袭击，将以迅雷不及掩耳之势，分头占领诸城的政府机关、兵营、火车站、银行、电力局等重要单位、建筑物及交通枢纽，并将在一场无比激烈的巷战中，将当局的战斗力量全盘歼灭或瓦解。这就是"绿暴行动"，一个伟大的计划。绿盟成立就快一百周年了，经历过漫长的草创期及小打小闹之后，终将毕其功于一役，将洞城及果城等从资本家和工业寡头的手上夺回来，在地球上率先成立绿色人民共和国。这就是海黛多次眉飞色舞跟陆深说过的，一部永恒之书，将变成伟大的现实！

陆深一直在等待这个时刻。他无论是默认了海黛安排的"小说盗"，还是加入"绿盟"成为一个叛逆分子，都是为了等待这一天的到来。为了这个时刻，他曾经秘密接受了长达七年的特工训练课程，除了收集情报、擒拿格斗、操作枪械、易容伪装术、驾驶车辆汽艇、开直升机乃至驾驶宇宙飞船等常规课程外，还精研文史哲、博物学、人类学、心理学、艺术学等等科目。他堪称文武双全，简直是一位百科全书式的奇才。终于，李海黛找上门来，招揽他加入了"绿盟"，并在其核心部门档案组工作。他出入于虚构与现实的地带，在幻想与真实之间小心翼翼地走着钢丝绳，时刻面临着精神分裂的危险，但他以坚如磐石的意志及邪不胜正的信念，努力保持了潜意识的秘密国土不受侵犯，犹如汪洋大海之中无人窥见更无人涉足的神秘岛。这一点，看来连精通催眠术的李海黛也未能察觉。为了万无一失，他甚至精心准备了好几套虚构的潜意识——他将其命名为"面具"——以应付海黛突如其来的试探及搜查。她的催眠术实在不容小觑。

绿盟档案组的成员一共八人，待在一个大房间里，随时准备出发，海黛、陆深及另外六个组员戴着绿叶面具，手持枪械，整装待发，但手机之类的通信工具早就被没收了。终于，"绿暴行动"的准确时间传到了小组,将于翌日凌晨四点发起总攻。这是一场起义还是暴乱,得看你持何种立场。他们还有不足五个小时的睡眠。陆深去上厕所,他拧开了大衣的金属纽扣,从中取出了一只黄蜂,这是一只电子机械蜂,它将带走陆深迅速植入的情报。该情报使用了类似于"时间之锁"的密码方法。黄蜂振翅飞起,悄无声息地掠出了窗口,并以惊人的速度飞离了他的视线。陆深从厕所回来,畅快之至,他忍住了吹口哨的冲动。包括档案组兼行动组在内的"绿暴"敢死队将会受到热情接待,就像远道而来的客人,而主人早已精心准备好了筵席。看来,《绿色秘史》的撰写马上要结束了,他不算是作者,却有把握将这本书终结。

(本章刊发于《花城》2014 年第 5 期,头条,"实验文本"栏目,配发创作谈《小说与现实》)

二〇一二年六月十六日初稿于广州
二〇一三年三月十五日定稿于广州

附录

小说与现实（创作谈）

■黄金明

一

我的小说写作既瓜熟蒂落，又充满未知与意外。我不知道下一篇小说何时动笔，我只是持着铁风筝捕捉文学天空上的闪电，而难以预测及控制其后果。"地下人"系列小说包括《小说盗》同样是意外的收获。套用基尼亚尔的话说："我在读写中有一种不寻求达到目的的等待。读书就是漫步。写作就是游荡。"每个作家都有他的理想读者。理想读者有让人敬畏的水准，属于"无限的少数人"。我尊重读者的方式，就是做好手艺活，无暇他顾。

故事只是糖衣，里头得包裹严肃思考。这符合我对"思想小说"的想象。我一度认同自然论或萧沆式的怀疑论。这是"地下人"系列的隐秘来源之一。我读过萧沆的《解体概要》。该书是对地狱的复仇，尤其是精神牢狱。他致力于摧毁一切信念、意志、绝对主义之类的庞然大物。在这里，"解体"有溶解、粉碎、摧毁、颠覆和解构之类的含义。"生命是未知数""信仰即放弃""真正的罪魁祸首是那些在宗教与政治上建立起了正统，区分开了信徒与异教徒的人"，这些观点惊世骇俗。他认为被奴役的根源在于对偶像和权威的崇拜。吊诡的是，他揭示了罪恶世界应当解体而实则岿然不动；某些貌似美好和清澈的源头，在他的穷诘下纷纷坍塌，而建立于神秘主义及怀疑论的世界却越来越凝固。于是，他的绝望牢不可摧。可以说，《小说盗》主人公陆深正是萧沉式的人物，也就注定了他不得安宁。

我不应该也不可能被什么主义所捆缚。我承认我被自由所诱惑，但更信仰艺术。艺术家的道德就是创造。在这一点上，我跟陆深有相似之处。一个人最重要的是精神自由，但自由的学说也五花八门。在读到约翰·罗尔斯的《政治自由主义》之前，我倾向于认同以赛亚·伯林的自由论，他倡导宽容和多元论。这跟穆勒的学说或"人只有不侵犯他人的自由"一脉相承。伯林指出人类困境没有一劳永逸的解决方法，乌托邦只是神话；而浪漫主义跟国家主义或权力的结合必然走向专制及疯狂，譬如卢梭的自大，使其试图垄断"自由"的解释权：人生而自由也必须自由，但什么是自由，只有我才能告诉你。马里奥·巴尔加斯·略萨在《面向二十一世纪的小说》中认同以赛亚·伯林的观点："自由即个人选择的神圣权利和既无外来压力、亦无附加条件，完全尊重个人的聪敏与智慧。这就是几个世纪后以赛亚·伯林所说的'否定的自由'，即不受干扰的和非强制性的思想、言论和行为。寓居于这种自由思想的灵魂具有怀疑权威和否定一切滥权的深刻性。"

我终究是一个失败者并乐于享受失败。我的写作，不计成败得失，不计后果。我甚至不计较是否能达到预料中的艺术境界，只专注于写作本身并享受这个过程。我认为可能性蕴藏于生活的未知或不可知当中。一切尽在掌握中的工作不值得去做，而某种危险的、未知的世界却在吸引我迈出脚步。我愿以实验写作的方式，涉入未知与神秘之境。我在写作上避开安全、可靠的道路，在生活上倒是步步后退。

地下人

我以后退、消减、否定的方式捍卫了最大的神秘，那既是大自然或宇宙的神秘，也是内心浩瀚如汪洋的精神世界。这是使生命活跃如火焰的方法，元气由此而充沛，不轻易耗损。这也决定了我写小说时对形式感的偏爱与追寻。

二

2012年5月，我蹦出一个念头，决定以系列形式撰述思想小说"地下人"，先写了《实验室》《蝉人》《寻我记》《胶囊公寓》。2013年又写了《看不见风景的房间》《倒影》和《小说盗》。人物具有多重身份，各怀心事，踪迹诡秘。当小说完成，我已被改变。正如《小说盗》中的作家跟小说相互影响，这组小说也跟作者相互塑造。小说像人一样，具有独立的生命，自有其轨迹，并因引力使周遭发生了变化，譬如读者的反应乃至某个范围的文学生态。

我为什么会写"地下人"系列小说呢？要追根溯源是困难的，但这肯定也是现实的产物以及我长期打量现实并思索的结果。在今天，物质已极大丰富，但地球并非乐园。人类在历史上承受着内部的相残和奴役，又面临着外部环境的崩溃。对地球无情地掠夺和榨取，将万物分成有用或有害两大类。精英发号施令，群氓蜂拥而上："干杯吧，我们已大功告成，花了数千年，将大自然改造成四季如春的温室。"好比于黑夜中，一艘满载着旅客的大船，在茫茫大海中航行，风高浪急，船舱入水，酩酊大醉的船中人浑然不觉。显而易见，人类命运的分水岭在于人祖被逐出乐园，也在于山丘被越堆越高的塑料、橡胶、旧电器和核废料填埋。连天空也被腐蚀，连土地也被毒化，树林中的空气悬浮着尘埃，江河湖海都被污染了，人类只好饮用瓶装纯净水。你瞧，武器专家津津乐道于导弹的射程和威力，而不关心打击的对象是谁，航天专家津津乐道于宇宙飞船的性能和安全而不关心要到达哪里。人类坐上了一列单向行驶的高速列车，越来越快，越走越远。无人在中途下车，也没有服务站，在到达终点之前，无人知道到底要去哪里，但没有一个乘客扭头往回走。地球被损毁的部分，是玛格丽特·尤瑟纳尔的小说——《死去女人的奶》里的女主人公，死了，仍在哺育着人类的孤儿；也是一只穿烂了的鞋子，被随手抛弃。

对现代性的反思，是"地下人"系列小说的另一个隐秘来源。我一直以为，东方文化强调整体虽有忽略个体或个人的弊端，但其天人合一、崇尚自然的思想却使大自然生生不息，循环往复，能保持物种的多样化及生命的活力。而西方文明虽然对个人给予了最大的尊重，但其享乐主义和科技至上乃是建立在掠夺和毁坏大自然的基础之上。人类扰乱大自然的结果必是扰乱自身而在劫难逃。在瓦特发明蒸汽机之后，大自然隐秘的链条已断裂而无法修复。这不仅是人与自然冲突的根源，也是种族之间、国家之间乃至文化之间冲突的根源，在争夺能源、核威胁、恐怖袭击、生态恶化和社会非正义笼罩的今天，和平深受威胁。雷蒙·潘尼卡在《文化裁军——通向和平之路》等著作中深入揭示了现代性的后果。他从人的本质、宗教、政治及宇宙本体诸个角度重新定义了和平：和平是和谐、自由和正义三等分扇面构成的圆，而被"爱"之圆心所联结。但丁诗云：推动太阳和星星的爱。他认为任何形式包括个体、体制、政治或宗教等的独裁和专制不会带来和平，建立在现代科学及文化基础上的竞争、发展、进化、胜利和征服也不可能通向和平。他清晰而严谨地论证了和平的条件就是文化裁军，而特指肇始于西方而肆虐全球的现代性文化尤其是技术统治和进化宇宙论，将使其成为垄断文化而最终崩溃。进化的、竞争的、战争的上帝，不是和平的上帝。只有吸取人类数千年的历史教训，在平等基础上寻求诸种文化的对话才可能有和平。这表现了他对

地下人

某些狂热和绝对主义的彻底否定,也要求个人有足够清醒的头脑及植根于宽恕的行为。

我写"地下人"系列,可以说是对雷蒙·潘尼卡在文学上的声援或呼应。《小说盗》是对当下现实的反应,也是对当下小说现状的反拨,这是一组相互支撑的镜像。我不讳言这建立在不满的基础上并试图揭示或变革。该系列描述人类在后工业时代的生存境遇、精神生活及其出路,题材涉及新科技、建筑学、房地产、生态学、现代都市、地下世界等领域,杂糅科幻、悬疑、言情、侦探、商战等元素。主人公陆深经历复杂,行踪不定,具有画家、作家、特工等多重身份及职业。正是这翻来覆去的多重身份及生活,及多年来出生入死的冒险生涯,使陆深精神分裂,丧失了记忆。他疯狂写作,试图以书写对抗遗忘。现实、记忆、想象以及他写的小说相互交融,混淆不清。但在《小说盗》中,他不过是一个另类的抄袭者,别人在头脑里孕育的小说,还没有来得及创作,就被他像摘果子一样盗取了。见识了奇幻的小说园、小说树及小说果后,他立志写出一部创造另一个现实的小说。他被地下城"绿盟"头目海黛以类似于催眠术的手段控制了精神,参与创作史诗性长篇小说《绿色秘史》。该"小说"实是"绿盟"的档案纪录,其记载的亦是事实或潜在的现实,事情一边在发展,一边被记载,书写与行动融为一体。人物、时空与事件,乃至叙述及语句,都在一个话语万花筒中高速旋转,让人目不暇接。

二十世纪之前,一个自然论者意味着是一个艺术家,以诗句提炼大地的水晶和蜂蜜,以颜料捕捉夏日天空变幻的美及向日葵的金黄。以乐曲模仿百灵鸟的歌声和整座森林的飒响;是一个和平主义者,厌弃一切武器和战争。在今天,一个自然论者意味着是一个收殓者或哀悼者。自然界是一座墓地——在这具大象无形的尸骸上,聚集了动植物、微生物乃至森林、河流、云朵和空气的魂灵;也意味着他是一个永不使用暴力的战士，是在工业巨兽面前疯狂地挥舞长矛的堂·吉诃德，必败无疑，但必须战斗。然而，今天某些海外生态组织采用的极端手段也让我不安，这也是《小说盗》所关涉的。

三

"地下人"系列重视形式创新。说我是一个现实主义者，不要说他人反对，我也不好意思。说我跟伪现实者不共戴天，那也言过其实了。我背对舞台，走向荒野。但我的确看重现实感。有人擅长写实却写下了伪现实，有人以超现实的方式揭示了现实。比起风光者，我的小说形象略显尴尬。有论者认为，我注重先锋实验意图，处于边缘，难免吃亏。这是自找的，也就没有挫败感。正如弗罗斯特《未走之路》一诗云：我选了一条人迹稀少的行走，/结果后来的一切都截然不同。

实验不是目的，而是艺术的途径。这跟我的天性或对现实的理解有关，也跟先锋派影响有关。1992年，我在小县城读高中时发现了《花城》，之后读到了王小波、余华、北村、鲁羊、吕新、格非、行者等等，并借此完成了文学启蒙。现实瞬息万变，难以捉摸，呈现出钻石或棱镜的立体感及复杂性。我常琢磨小说与现实的关系。小说不是镜子，不能满足于反映；也不是奴仆，不能被现实呼来喝去；当然要关涉生活，但还得挖掘生活中潜在的、可能的现实。当下，各种事件及信息铺天盖地，小说家必须有所发现并挖掘其精神性。文学不为现实服务，但现实应为文学服务。我对当下时髦的摄像头纪录性写作敬而远之，也不信任一竿子捅到底的线性叙事。现成的道路有千万条，但不是我的。形式是小说的内衣、面具，甚至是面孔，你借用了别人的形式，跟借用内衣没有两样。当然，语言有穷尽，现实却无限宽广、丰饶和复杂。不管从哪个窄门入去，我都试图揭示人物的内在心理、事件的细小分岔及事物的隐秘边界，指向开放、未知乃至神秘之境。我在文本中尽量少写，但希望读者看到更多不写的。

在《小说盗》中，我摈弃了常规或写实的叙事方式，这既由题材所决定，也跟我对小说的理解有关。我以为，小说不是故事，故事固然重要，但光有故事意义不大。福斯特说，国王死了，王后也死了，这就是故事。国王死了，王后死于心碎，这就是小说。故事是单向链条的线性滑动，只关心然后、然后……而小说内部充满了因果的齿轮和隐秘的链轨，这些构件在叙事机械中转动，发出的声音蕴含了命运的秩序——这就是小说的声音——只要有几个结实如钢制支架的细节，就足以支撑叙事的帐篷了。然而，有的人将故事奉为圭臬，对小说内部的声音毫无感知。当下时髦的叙事模型，大多仍是巴尔扎克式的俗套或对博尔赫斯的模仿，这都是没有创造性的表现。好的小说反映现实，更好的小说揭示现实乃至创造新的文学世界。也许，现实主义是"无边"的。谁能否认卡夫卡的现实性？他的写作跟他生活的世界及他创造的世界是统一的。巴尔扎克也是，但他的时代远去了，卡夫卡式的世界仍在持续。当代作家千人一面，对生活像镜子那样反映，像看门狗一样忠实，现实就是主人。那些小说的致命之处，就是缺乏创造性，想象力乏善可陈。每一个作家都必须为自己的写作发明一套叙事方式，一套语言密码，而不能将他人方法据为己有。当某种形式变成经验，就会因教条而僵化。作家不能重复别人，也不能重复自己。这一点，经典作家卡尔维诺给我们树立了榜样，他每一部小说都不同，他的风格就是流动，就是变幻莫测。

可以说，"地下人"系列小说每一篇都有多种阅读或阐释的可能。《实验室》是一个关于测试人造星球的实验报告。《看不见风景的房间》是一封情书、一份申诉状、一卷忏悔录，又有男欢女爱，阶级斗争、侦缉暗杀……每篇都有双重乃至多重文本的属性。《小说盗》则是一篇关于小说修辞学的文论,一篇包裹着人物、思想与故事的超级创作谈。《小说盗》泄露了我的写作秘密。正如小说盗对洞城小说界的冒犯是无心的,《小说盗》对当下小说界的冒犯亦属无意但已难免。我在书写时曾陷入话语的风暴、故事的漩涡及人物的悲欢中不能自拔,此刻回头来看,我为此略感惊诧。

2014.7.22 定稿于广州

(刊发于《花城》2014年第5期"实验文本"栏目,头条)